HEYNE <

DAS BUCH

Die junge Lehrerin Hannah ist schockiert, als sie einen Hilferuf ihres Vaters bekommt: Ihre Mutter sei selbstmordgefährdet, Hannah möge bitte dringend zu ihnen in die Toskana kommen. Obwohl sie schreckliche Flugangst hat und schwanger ist, nimmt Hannah den nächstmöglichen Flieger. Dort lernt sie einen charmanten Deutschen kennen, der in Italien wohnt. Die Landung in Florenz verschiebt sich in den späten Abend. Deswegen nimmt Hannah dankbar die Einladung des sympathischen Fremden zu einem Abendessen in seinem Palazzo an. Was sie nicht weiß: Ihr Sitznachbar saß nicht zufällig neben ihr. Er hat von Anfang an einen perfiden Plan verfolgt. Hannah geht mit ihm, und seitdem fehlt von ihr jede Spur.

Ihr Vater Eberhard wendet sich in seiner wachsenden Sorge an den örtlichen Commissario Neri. Doch der Fall erweist sich als sehr kompliziert.

Und dann verschwinden weitere Frauen.

DIE AUTORIN

Sabine Thiesler, geboren und aufgewachsen in Berlin, studierte Germanistik und Theaterwissenschaften. Sie arbeitete einige Jahre als Schauspielerin im Fernsehen und auf der Bühne und schrieb außerdem erfolgreich Theaterstücke und zahlreiche Drehbücher fürs Fernsehen (u. a. *Das Haus am Watt, Der Mörder und sein Kind, Stich ins Herz* und mehrere Folgen für die Reihen »Tatort« und »Polizeiruf 110«). Bereits mit ihrem ersten Roman *Der Kindersammler* stand sie monatelang auf den Bestsellerlisten. Ebenso mit den folgenden Büchern *Hexenkind, Die Totengräberin, Der Menschenräuber, Nachtprinzessin, Bewusstlos, Versunken, Und draussen stirbt ein Vogel, Nacht in meinem Haus* und zuletzt: *Zeckenbiss*.

Weitere Infos unter www.sabine-thiesler.de.

SABINE THIESLER

DER KELLER

THRILLER

WILHELM HEYNE VERLAG
MÜNCHEN

Sollte diese Publikation Links auf Webseiten Dritter enthalten, so übernehmen wir für deren Inhalte keine Haftung, da wir uns diese nicht zu eigen machen, sondern lediglich auf deren Stand zum Zeitpunkt der Erstveröffentlichung verweisen.

MIX
Papier aus verantwortungsvollen Quellen
FSC® C014406

Verlagsgruppe Random House FSC® N001967

Vollständige Taschenbuchausgabe 11/2020

in der Verlagsgruppe Random House GmbH,
Neumarkter Str. 28, 81673 München
Umschlaggestaltung: Eisele Grafik • Design, München,
unter Verwendung der Fotos von robertsrob/Bigstock
Satz: Leingärtner, Nabburg
Druck und Bindung: GGP Media GmbH, Pößneck
Printed in Germany
ISBN: 978-3-453-44114-9

www.heyne-verlag.de
www.sabine-thiesler.de

Für meine Freundin
und Seelenverwandte
Claudia

»Es gibt Menschen, die in Erfahrungswelten leben,
die wir nicht betreten können.«

JOHN STEINBECK

Hannah und Heiko

1

Toskana, Oktober 2017

Ein leichter, durchsichtiger Nebel lag wie ein Schleier über dem Tal, hellorange ging die Sonne auf, und der Wetterbericht sagte achtzehn Grad voraus.

Mitte Oktober. Weinlese in der Toskana.

Ein wunderschöner Herbsttag kündigte sich an.

Eberhard stand im Bademantel vor dem Haus und genoss die klare, frische Luft. Atmete tief durch. War für einen kurzen Moment entspannt und mit sich im Reinen.

Die Seitenwände des Pools schimmerten bereits grünlich, Algen bildeten sich, und auf der Wasseroberfläche schwammen braungelbe Blätter. Er würde sie später herausfischen.

Überhaupt erschien ihm das Wasser dunkler als sonst. Egal. Er würde dieses Jahr keine Chemie mehr hineinkippen und keine Zeit mehr darauf verwenden, den Boden zu saugen und die Wände zu scheuern.

Er hatte beobachtet, dass sie nicht mehr richtig schwimmen konnte. Sie hatte es offenbar verlernt und wusste nicht, wohin mit ihren Armen und Beinen. Zweimal hatte er gesehen, dass sie unterging wie ein Stein, und er hatte sie gerade noch rechtzeitig aus dem Wasser ziehen können.

Es war kein schöner Sommer gewesen.

Ute lag noch im Bett. Sie schlief viel in letzter Zeit, zehn oder zwölf Stunden waren keine Seltenheit. Früher war sie nach sechs Stunden Schlaf immer wach und voller Tatendrang gewesen.

Aber auch diese Zeiten waren vorbei.

Er ging ins Haus, zog den Bademantel aus und stellte sich unter die warme Dusche. Das war der schönste Moment des Tages, und er sang leise vor sich hin. »Imagine all the people, living life in peace …«

Er stellte die Dusche aus, trocknete sich ab, schlüpfte in Unterwäsche, Jeans und Pullover und lief nach oben ins Schlafzimmer.

Sie lag auf dem Bett und schäumte. Ihr Speichel bildete Bläschen, die sich wie winzige Seifenblasen auf ihrem Gesicht türmten. Sie wimmerte leise.

»Ute!«, rief er und packte ihre Hand.

Sie reagierte nicht.

»Wach auf! Red mit mir!«

Keine Reaktion.

Sie war nicht bei Bewusstsein.

Erst jetzt sah er die ausgedrückten Tablettenverpackungen: Herztabletten, Abführmittel, Schlaftabletten, Entwässerungspillen, Antibiotika, Cortison.

Ein Mördercocktail. Sie hatte alles geschluckt.

Eberhard rief den Notarzt.

2

Berlin-Schönefeld

Er schätzte sie auf Ende zwanzig, Anfang dreißig. Vielleicht auch älter. Sie hatte ein mädchenhaft glattes Gesicht mit klarem Teint und kleinen Augen. Wahrscheinlich würde sie in zehn Jahren kaum anders aussehen.

Sie war mittelgroß und eigentlich schlank, aber nur bis zur Taille. Ihre Hüften waren ausladend und ihre Beine ziemlich dick. Das passte so gar nicht zu der im Grunde zierlichen Person.

Er musste grinsen.

Sie hatte das Handgepäck auf ihren Koffer gestellt und rollte beides Zentimeter für Zentimeter vorwärts. Obwohl es in der Abfertigungshalle kühl war, wischte sie sich ständig den Schweiß von der Stirn, und nur dann ließ sie für einen Moment ihre Tasche los.

Offensichtlich war sie alleinreisend.

Sehr gut.

Zwischen ihm und der jungen Frau stand nur ein älteres Ehepaar in der Schlange. Betont lässige, aber sehr teure Kleidung. An den Koffern weder ein Staubkorn noch ein Kratzer, die Haare ordentlich frisiert, die Fingernägel kurz und perfekt manikürt.

Er ging davon aus, dass sie nach Florenz flogen, um von Palazzo zu Palazzo, von Kirche zu Kirche und von Museum zu Museum zu wandern. Ein oder zwei Wochen pralles Kultur- und Kunstprogramm.

Bei der jungen Frau konnte er sich das nicht so recht vorstellen.

Er hatte sie unentwegt und sehr gut im Blick.

Jetzt war sie an der Reihe, checkte ihr Gepäck ein und wählte einen Sitzplatz am Gang.

Das sind die ganz Ängstlichen, die die Gangplätze bevorzugen, dachte er. Die, die verdrängen wollen, wie hoch sie sich über der Erde befinden. Die ständig Fluchtgedanken entwickeln und hoffen, im Notfall schneller rauszukommen.

Er hörte, wie die Stewardess »Reihe 17, Platz D« sagte und der jungen Frau die Bordkarte reichte. »Boarding ist in einer Dreiviertelstunde, Gate 8B. Guten Flug.«

Nach dem älteren Ehepaar war er an der Reihe.

»Wo möchten Sie sitzen?«, fragte die Stewardess. »Fenster oder Gang?«

»Mir egal, aber bitte in der Mitte des Fliegers. Ich bin ehrlich gestanden ein wenig ängstlich. Hätten Sie eventuell etwas in der Reihe 17? Das ist meine Glückszahl.«

Die Stewardess lächelte. »Aber sicher. Ich habe in Reihe 17 noch einen Platz in der Mitte der Dreierreihe. Oder in Reihe 19 und 25 einen Fensterplatz und in Reihe 9 was am Gang.«

»Dann nehme ich den Platz in Reihe 17«, sagte er schnell.

Die Stewardess nickte, und nur Sekunden später gab sie ihm die Bordkarte. »Gate 8B. Guten Flug.«

Er bedankte sich lächelnd.

Als sie am Gate ihr Handgepäck durchleuchten ließ, stand er direkt hinter ihr. Sie war hektisch, legte Handtasche, Ticket,

Halstuch, Smartphone, Tablet und schließlich auch noch ihren Gürtel in die Plastikwanne.

Dann fuhr sie sich gestresst durch die langen, dunkelbraunen Haare.

Er roch ihr Parfum. Eine faszinierende Mischung aus blumig und bitter mit einem Hauch von Mandel und Orchidee.

Ihr Handgepäck fuhr auf dem Band durch den Röntgenapparat, und sie trat durch den Kontrollbogen.

Es piepte, was sie kaum merklich zusammenzucken ließ.

Sie musste die Schuhe ausziehen. Er sah, dass sie flammend rot geworden war. Ihr empfindlicher Teint glühte, und sie ging ein zweites Mal durch den Bogen.

Es piepte wieder.

Verzweifelt rang sie die Hände.

Die Sicherheitsangestellte sagte etwas zu ihr, das er nicht verstand, dann suchte sie die junge Frau mit dem Handkontrollgerät ab, lächelte ihr kurz zu und winkte sie weiter.

Am Gate 8B stand »Florenz 19:25« an der Anzeigetafel.

Die meisten Passagiere saßen wartend auf den grauen Plastiksitzen, lasen Zeitung oder tippten auf ihren Smartphones herum.

Er setzte sich der jungen Frau gegenüber.

Sie wusste anscheinend nicht, was sie machen sollte. Nahm ein Buch in die Hand, las eine halbe Seite, legte es wieder weg. Ständig checkte sie ihr Handy, ob eine Nachricht gekommen war, und klappte es wieder zu.

Sie seufzte, durchwühlte ihre Handtasche, zog ihre Bordkarte heraus und las aufmerksam jedes Wort. Als wäre es rasend interessant.

Dann nahm sie ihr Portemonnaie aus der Handtasche, zog ihren Personalausweis heraus, stand auf, um ihn sich in die

Hosentasche ihrer Jeans schieben zu können, und wischte dabei mit ihrer Jacke die Bordkarte vom Stuhl.

Er war schnell, hob sie vom Boden auf und gab sie ihr, noch bevor sie überhaupt etwas bemerkt hatte.

»Hier, bitte. Die sollten Sie vielleicht besser nicht verlieren.«

»Oh! Vielen Dank!« Sie wurde schon wieder rot.

Es gefiel ihm.

In diesem Moment änderte sich die Anzeige am Gate. »Florenz – verspätet«, stand da. »Voraussichtliche Abflugzeit 20:20«.

Die junge Frau starrte fassungslos auf den Bildschirm. »Das darf nicht wahr sein«, murmelte sie leise.

Er sah auf die Uhr. »Noch eineinviertel Stunden. Oh mein Gott! Hoffentlich fliegen wir heute Abend überhaupt noch.«

Die Frau nickte.

Er ließ ihr einen Moment. Dann sagte er: »Wir sollten was trinken gehen, um uns die Zeit zu vertreiben. Darf ich Sie zu einem Glas Champagner einladen?«

Sie schien völlig überrascht. »Wie kommen Sie denn auf die Idee?«

»Nur so.« Er zuckte die Achseln. »Wir haben eine elende Warterei vor uns ... Gemeinsam vergeht die Zeit schneller, und ein Glas Schampus vertreibt die schlechte Laune.«

Sie sah ihn ungläubig an. Dann huschte der Hauch eines Lächelns über ihr Gesicht. »Überredet. Das ist aber nett.«

Sie saßen sich gegenüber und drehten ihre Champagnergläser in den Händen.

»Wissen Sie, dass ich heute schon hundertmal daran gedacht hab, einfach abzuhauen und nicht mitzufliegen?«, begann sie das Gespräch.

Er lächelte. Natürlich wusste er das. Schließlich hatte er sie beobachtet. Aber das würde er ihr nicht auf die Nase binden.

»Haben Sie Flugangst?«, fragte er mitfühlend.

Sie nickte. »Ja. Ganz furchtbar. Und jetzt habe ich noch einmal die Gelegenheit zur Flucht. Einen Aufschub von einer knappen Stunde. Vielleicht ist es ein Wink des Schicksals?«

»Dann müssen Sie jetzt aber ganz schnell austrinken, aufstehen und gehen. Und es wird ein Heidentheater geben, Ihr Gepäck wiederzubekommen. Und dann sitzen Sie heute Abend um elf zu Hause vor dem Fernseher, und die Welt ist in Ordnung. Es gab keinen Flugzeugabsturz, es ist nichts passiert. Und Sie ärgern sich schwarz, dass Sie gekniffen haben und nicht in Florenz sind.«

»Glauben Sie? Es geht alles glatt?«

»Aber natürlich.«

Eine Weile schwiegen beide, sahen sich ab und zu an und lächelten. Dann fragte er, um den Gesprächsfaden wieder aufzunehmen: »Aber wenn Ihnen das Fliegen so einen Stress bereitet, was gibt es dann so Dringendes, dass Sie unbedingt nach Florenz wollen? Urlaub doch sicher nicht?«

»Nein.« Sie schüttelte den Kopf. »Meine Mutter ist sehr krank, und mein Vater hat mich gebeten zu kommen.«

»Ihre Eltern leben in Italien?«

»Wir haben dort seit Menschengedenken ein Ferienhaus, und so zwei, drei Monate im Jahr sind meine Eltern dort.«

»Das ist ja wunderbar.«

»Sie wissen nicht, dass ich heute komme, damit meine Mutter nicht enttäuscht ist, wenn etwas schiefgeht. Oder ich es nicht schaffe und doch nicht fliege …« Sie lächelte gequält.

»Heute fliegen Sie. Ich passe auf Sie auf. Es wird nichts geschehen. Das Wetter ist gut, wir haben kaum Wind, kein

Gewitter, nicht mal Regen, was will man mehr. Alles bestens. Wenn Sie heute nicht einsteigen, wann dann?«

»Stimmt.«

»Darf ich fragen, wie Sie heißen?«

»Hannah. Und Sie?«

»Daniel.«

Es war nicht zu übersehen, dass Hannah ruhiger geworden war. Sie wirkte entspannt, ihre Hände zitterten nicht mehr, und ihre Haut hatte einen zarten pastellfarbenen Ton.

3

Hannah wunderte sich nicht schlecht, als Daniel seine Tasche direkt neben ihr auf den Sitz stellte.

»Sie sitzen hier?«

»Offensichtlich, ja!« Er sah noch einmal auf seine Bordkarte und zeigte sie ihr.

»Das kann ich gar nicht glauben.«

»Ich auch nicht«, meinte er, »aber wenn das kein Wink des Schicksals ist, dann weiß ich es auch nicht!« Er verstaute seine Sachen und setzte sich.

»Was für ein Zufall!«, sagte sie. »So was glaubt einem ja keiner!«

»Nee. Das Leben schreibt Geschichten, die man sich gar nicht ausdenken kann.«

Vor Hannah und Daniel saßen drei Italienerinnen, um die vierzig Jahre alt, die sich lautstark unterhielten. Hannah konnte jedoch nicht verstehen, worüber. Ab und zu kreischte eine laut, dann gab es wieder schallendes Gelächter. Die Frau, die neben Hannah auf der anderen Seite des Ganges saß, gehörte offensichtlich auch zu der Gruppe und beugte sich quer über den Gang, um mit ihren Freundinnen reden zu können.

Hannah und Daniel sahen sich an. Als sie begriffen, dass sie in diesem Moment dasselbe dachten und gleichermaßen von den vieren genervt waren, mussten sie grinsen.

»Da sehen Sie mal«, sagte Daniel leise in Hannahs Ohr, »es gibt Leute, die machen sich überhaupt keine Gedanken, ob das Flugzeug abstürzt oder nicht. Diese Menschen fliegen genauso sorglos, als wenn sie morgens zum Bäcker gehen und sich ein paar Brötchen kaufen. Das sollte Sie beruhigen.«

Hannah nickte dankbar.

Die Stewardess kam, bat die vier Frauen, jetzt sitzen zu bleiben und sich anzuschnallen, und führte ihr Sicherheitsballett vor.

Daniel schaltete sein Smartphone in den Flugmodus.

»Hoffentlich haben die auch alle ihre Handys ausgeschaltet«, flüsterte Hannah.

»Keine Sorge. Heutzutage stürzt kein Flugzeug mehr wegen so was ab. Sonst würden die Flieger ja pausenlos vom Himmel fallen. Was glauben Sie, wie viele Leute ihre Geräte anlassen. Jede Menge, aber so genau wollen wir das gar nicht wissen.« Er lächelte.

Kurz darauf rollte die Maschine auf die Startbahn, hielt noch einmal inne und beschleunigte dann.

Daniel nahm Hannahs Hand. »Es ist alles gut«, sagte er leise. »Alles läuft nach Plan. Jetzt ganz ruhig einatmen – ausatmen – einatmen – ausatmen …« Und bei jedem »Einatmen« drückte er ihre Hand, bei jedem »Ausatmen« lockerte er den Griff wieder.

Erst als hoch über den Wolken die Anschnallzeichen erloschen, hörte er damit auf.

»War es schlimm?«, fragte er leise.

»Nein, gar nicht. Sie haben mir sehr geholfen!«

Erst jetzt ließ er ihre Hand los.

Kurz darauf zog Daniel ein Buch aus seinem Handgepäck.

Florenz: Die Maler der Renaissance. Er blätterte darin herum, las aber nicht.

Daher wagte Hannah, ihn zu stören. »Entschuldigen Sie, aber was machen Sie denn in Italien? Sind Sie an einer deutschen Schule? Unterrichten Sie?«

Daniel schloss das Buch, legte den Kopf in den Nacken und lachte leise. »Nein. Ich bin nur kunstgeschichtlich sehr interessiert, und da hat man ja in Florenz und Umgebung wirklich die besten Voraussetzungen. Kunst und Kultur in Hülle und Fülle. Nein, es ist ganz banal. Ich besitze in der Toskana einen kleinen Palazzo und vermiete Ferienappartements an wahrscheinlich ebenso kunstinteressierte Urlauber.«

»Fantastisch! Sie haben wirklich einen Palazzo?«

»Nun ja.« Er wand sich, was bescheiden wirken sollte. »Das ist ja in der Toskana nahe Florenz nicht so ganz außergewöhnlich.« Er wechselte das Thema. »Und was machen Sie beruflich, wenn ich fragen darf?«

»Ich bin Lehrerin. Habe gerade Herbstferien.«

»Oh! Was für ein schöner Beruf! Kommen Sie, wir trinken noch ein Gläschen. Sie werden sehen, es hilft dabei zu vergessen, dass wir in einem Flugzeug sitzen.« Er klingelte nach der Stewardess.

»Diesmal für mich aber etwas Alkoholfreies, bitte!«, sagte sie.

Als sie die Gläser in der Hand hielten, fragte Daniel: »Worauf trinken wir? Auf eine schöne Zeit in der Toskana?«

Hannah nickte.

Sie stießen an, nahmen einen Schluck, und Hannah vergaß ihre Flugangst.

Stattdessen dachte sie an ihre Mutter, ihren Vater und an die SMS, die sie vor einigen Tagen bekommen hatte.

Sie hatte sie so oft gelesen, dass sie sie auswendig kannte:

Hannah, hatte ihr Vater geschrieben, *deiner Mutter geht es sehr schlecht. Ich habe Angst um ihr Leben. Sie hat versucht, sich umzubringen. Du bist wahrscheinlich die Einzige, die ihr noch helfen kann. Bitte, komm! So schnell wie möglich. Dein Vater*

Am Abend hatte sie Heiko die SMS vorgelesen. Er hatte mit unbeweglicher Miene zugehört und sie auch nicht angesehen, als er fragte: »Ich nehme an, du willst hinfliegen?«

»Ich weiß es nicht, ich überlege noch, aber ich denke schon«, antwortete Hannah vorsichtig.

Heiko schwieg. Dann wandte er sich ihr zu und strich ihr übers Haar. »Schatz, du bist schwanger. Du solltest nicht fliegen!«

»Mach dir keine Sorgen. Ich hab beim Arzt angerufen. Er hat gesagt, in diesem Stadium ist es kein Problem. Im neunten Monat sollte man es lieber bleiben lassen, aber jetzt Ende dritter, Anfang vierter Monat muss man sich keine Gedanken machen.«

»Wir freuen uns so sehr auf das Kind, bitte, du solltest wirklich alles vermeiden, was auch nur im Entferntesten nicht gut für das Würmchen sein könnte.«

»Ich hab es dir doch gerade gesagt: Es ist echt kein Problem!«

Heiko raufte sich die Haare. »Hannah, deine Mutter ist seit Monaten krank, ach was, seit Jahren. Sie ist depressiv, schizophren, was weiß ich. Kein Mensch weiß, warum und wieso und wann genau es angefangen hat. Wir leben damit. Du und ich und dein Vater. Wir ertragen es, dass sie ständig weint, tagelang im Bett liegt, nichts isst, mit niemandem spricht oder stundenlang durch den Wald irrt. Das ist alles nichts Neues. Und jetzt ist sie in Italien. Die Toskana hat ihr eigentlich immer ganz gutgetan. Aber diesmal eben nicht. Und da willst du gleich hinfliegen? Bitte!«

»Sie hat versucht, sich umzubringen, Heiko!«

»Ja. Aber das war sicher nur ein Hilfeschrei. Sonst hätte es ja geklappt. Und dein Vater ist bei ihr. Was willst du machen? Tagelang an ihrem Bett sitzen, Händchen halten und auf den nächsten Versuch warten? Der vielleicht nie kommt? Das ist Blödsinn, Hannah. Die Krankheit, die deine Mutter hat, kannst du nicht heilen, indem du zwei Tage an ihrem Bett sitzt oder ihr draußen Blümchen pflückst und sie ihr ins Zimmer stellst. Vergiss es!«

»Ich hab das Gefühl, sie braucht mich. Und Papa meint das auch. Normalerweise schreibt er so etwas nicht. Da muss es schon ernst sein.«

Er rang die Hände. »Ich brauche dich auch, Hannah. In drei Wochen beginnt das Staatsexamen. Ich muss noch lernen ohne Ende. Habe einen Berg von Arbeit vor mir und die Hosen gestrichen voll. Hab in meinem Leben noch nie so viel Schiss gehabt, Hannah. Bitte, hau jetzt nicht ab! Lass mich nicht allein! Ich kann mich nicht auch noch um den Haushalt kümmern. Verstehst du das nicht? Es tut mir einfach gut, wenn du abends da bist, mir ein Spiegelei in die Pfanne haust und mich in den Arm nimmst. Ich pack das sonst nicht allein!«

»Aber was ist, wenn meiner Mutter was passiert? Das ist endgültig. Ein Staatsexamen kann man wiederholen.«

»Wiederholen?«, schrie Heiko fassungslos. »Weil meine schwangere Frau zu ihrer depressiven Mutter fliegt, muss ich nicht nur vor Angst um sie umkommen, sondern auch noch mein Staatsexamen wiederholen?«

Hannah wusste, dass der Streit jetzt bald eskalieren würde, aber sie sagte dennoch: »Ach so. Und weil mein gesunder, intelligenter Mann sich allein kein Spiegelei in die Pfanne hauen kann, darf ich nicht zu meiner schwerkranken Mutter und muss mein Leben lang darunter leiden, wenn sie stirbt und ich nicht da gewesen bin? Ich hab meinem Mann das Frühstück gemacht, bevor er in die Uni gegangen ist! Währenddessen ist meine Mutter einsam gestorben. Und ich hab mich nicht von ihr verabschieden können? Meinst du das im Ernst?«

Heiko überlegte einen Moment. Dann sagte er: »Meinetwegen, flieg zu deiner Mutter. Damit setzt du die Priorität. Und damit ziehen wir nicht mehr an einem Strang. Ich bin allein auf mich gestellt. Ich habe keine Frau, die in Krisenzeiten – und ein Examen ist eine Krisenzeit – zu mir hält. Falls du es schon vergessen haben solltest: Als du im Prüfungsstress warst, hab ich alles für dich getan, hab dir rund um die Uhr den Rücken freigehalten, hab dich auf Händen getragen. Und du lässt mich jetzt hängen!«

»Aber das kannst du doch nicht vergleichen, Heiko!« Hannah war den Tränen nahe.

»Doch, das kann ich!«

Hannah zuckte hilflos die Achseln.

»Ich dachte außerdem, du hast schreckliche Flugangst?«, setzte Heiko nach. »Seit Jahren findest du tausend Gründe, warum wir nicht fliegen sollten, und nun steigt die Lady plötzlich ohne Probleme in ein Flugzeug? Und dann auch noch mit Babybauch? Das versteh ich nicht!«

»Es fällt mir verdammt noch mal auch nicht leicht!«

»Na also. Dann würde ich an deiner Stelle eben nicht fliegen.«

»Ich habe dir schon gesagt, dass ich mich noch nicht entschieden habe! Ich wollte mit dir in aller Ruhe darüber reden, aber das geht anscheinend nicht. Jedenfalls will ich mir keine Vorwürfe anhören, wenn ich deinen Rat brauche!«

»Ich glaube, es gibt nichts mehr dazu zu sagen.«

»Du verstehst mich nicht.«

»Kann sein. Keine Ahnung.«

Es war unerträglich still im Zimmer.

Dann brach er als Erster das Schweigen. »Flieg nicht«, murmelte er, »bitte. Schreib zurück, dass du keine Zeit hast.«

»Mein Vater weiß, dass ich Ferien habe.«

»Dann schreib, dass du krank bist. Dich nicht wohlfühlst. Oder sag ihnen, dass du schwanger bist und deswegen nicht fliegen kannst.«

»Nein. Das soll eine Überraschung sein.«

»Na gut. Ganz egal. Schreib irgendwas. Denn ich würde es nicht einsehen, wenn du fährst. Und wenn du es tust, kriegen wir beide ein riesiges Problem.«

»Warum setzt du mich so unter Druck, Heiko?«, rief Hannah und wollte ihn in den Arm nehmen, aber er stieß sie zurück. »Was soll ich denn bloß machen? Ich sitze zwischen allen Stühlen, und du machst es mir jetzt noch schwerer.«

Heiko tippte sich an die Stirn. »Deine Mutter ist nur hysterisch. Sie droht doch ständig, sich umzubringen, und schikaniert damit ihre gesamte Familie. Alle opfern sich auf, und dann wird sie wahrscheinlich neunzig.«

»Und das ist eben genau das, was *du* nicht begreifst!« Jetzt wurde auch Hannah lauter. »Vielleicht muss ich sie nur einmal in den Arm nehmen. Vielleicht reicht das schon. Und dabei bricht mir kein Zacken aus der Krone.«

Heiko ließ sich in einen Sessel fallen. »Sag mal, wie naiv bist du denn?« Er sah sie an, und Hannah hielt seinem Blick stand. »Gut! Bitte! Dann flieg! Fall deiner Mutter um den Hals, und dann heult ihr zwei Tage, und alles ist wieder gut. Und dann backt sie uns zu Weihnachten einen Stollen und strickt dir Wollsocken. Ach wie schön! Gut, dann fahr! Aber ich weiß nicht, ob ich noch hier bin, wenn du wiederkommst.«

Hannah brach in Tränen aus.

Heiko ging hinaus, und Hannah hörte, wie er die Tür seines Arbeitszimmers zuknallte.

Hannah hatte einen Flug gebucht. Sie redeten kaum noch miteinander, nur über das Allernötigste. So ein Schweigen hatte es während ihrer langjährigen Beziehung noch nie gegeben.

Hannah war todunglücklich. Fürchtete sich vor dem Abschied und gleichzeitig davor, dass es gar keinen Abschied geben würde.

Aber ihre Sorge war unbegründet. Heiko brachte sie zum Flughafen, blieb aber im Auto und kam nicht mit in den Terminal.

»Also dann, tschüss«, sagte sie, und in ihren Augen schwammen Tränen. »Bitte, sei mir nicht böse, bitte! Es geht nicht gegen dich, aber ich muss da hin. Kannst du das nicht verstehen?«

»Ich möchte nicht mehr darüber reden.«

»Gibst du mir noch einen Kuss zum Abschied?«

Heiko küsste sie.

Sie umarmte ihn, klammerte sich an ihn und weinte.

»Pass auf dich auf!«, sagte er, als sie ausstieg.

Dann fuhr er davon.

Sie winkte ihm hinterher, wusste aber nicht, ob er es im Rückspiegel überhaupt gesehen hatte.

Als der Flieger zur Landung ansetzte, nahm Daniel wieder ihre Hand.

»Beim Start ist alles gut gegangen«, sagte er leise, »dann wird auch jetzt alles gut gehen. Das Wetter ist immer noch super, wir werden in Florenz die sanfteste Landung seit Menschengedenken haben.«

Dieser Mann tat ihr ungeheuer gut. Hannah schätzte ihn auf etwa fünfzig, er war also ungefähr zwanzig Jahre älter als sie. Aber er strahlte eine solche Ruhe und Gelassenheit aus, dass sie sich augenblicklich geborgen fühlte. Obwohl es ja Blödsinn war. Wenn das Flugzeug abstürzte, stürzte es ab. Ob er nun neben ihr saß oder nicht.

Es war längst dunkel, und Hannah sah tief unter sich die funkelnden Lichter der Stadt, als die Maschine noch eine Schleife über Florenz drehte.

Eigentlich kann Fliegen auch schön sein, dachte sie, genieß den Moment, es wird eine perfekte Landung geben.

Plötzlich sackte das Flugzeug ab. Hannah schrie. Schon im nächsten Moment setzte die Maschine hart auf, schwankte, rüttelte, quietschte und machte eine Vollbremsung.

»Oh mein Gott!«, seufzte Hannah voller Entsetzen, und Daniel drückte ihre Hand.

»Das war ganz normal, besser geht es hier in Florenz nicht. Die Landebahn ist ein bisschen kurz, daher sind die Landungen immer *molto sportivo*, aber die Piloten wissen das. Es ist eine Herausforderung für sie, und das ist gut so, denn dann passen sie auf.«

Einen kurzen Augenblick ließ sich Hannah an Daniels Schulter sinken und schloss die Augen.

Als das Flugzeug zum Stehen gekommen war, löste sich Hannah von ihm und atmete tief durch. Geschafft.

Sie lebte noch.

Es dauerte ewig. Bestimmt eine Viertelstunde, bis die Türen geöffnet wurden. Hannah fühlte sich eingesperrt und beengt.

Die Italienerinnen vor ihnen machten pausenlos Fotos, Filme und Selfies, Daniel drehte sich weg. Einmal, als Hannah spürte, dass sie unweigerlich mit auf dem Film war, lächelte sie.

»Sprechen Sie Italienisch?«, fragte Daniel, der versuchte, diese unerträgliche Frauengruppe zu ignorieren.

»Nein. Kaum. Also nur das Allernötigste.«

Daniel nickte. »Wo wohnen denn Ihre Eltern, wenn ich fragen darf?«

»In Civitella. Das ist in der Nähe von Ambra. Kennen Sie das?«

Daniel nickte. »Ja, ich glaube, ich war vor einer Weile mal dort in der Nähe. Und wie wollen Sie da hinkommen? Für ein Taxi ist es zu weit.«

»Ich dachte, ich nehme mir hier einen Mietwagen.«

Daniel riss überrascht die Augen auf. »Oh! Aber es ist schon bald elf!«

Hannah nickte.

»Ich bezweifle, dass Sie hier um diese Zeit überhaupt noch einen Mietwagen bekommen. Und selbst wenn: Abholen können Sie ihn nur auf einem großen Parkplatz im Zentrum, wohin ein Shuttlebus Sie karrt. Von dort müssten Sie dann selbst sehen, wie Sie aus Florenz herausfinden. Um diese Zeit ist im Zentrum immer noch ein Wahnsinnsverkehr. Und dann im Dunkeln mit einem nur Italienisch sprechenden Navi ist das alles kein Vergnügen.«

»Oh mein Gott, im Ernst?«

Daniel nickte. »Es ist desolat. Eine absolute Zumutung.«

Hannah seufzte.

Daniel sah aus, als würde er überlegen. Dann sagte er sehr leise: »Ich mache Ihnen einen Vorschlag. Es ist wirklich nur ein Vorschlag. Sie können ihn ohne Probleme ablehnen. Aber warum kommen Sie nicht mit zu uns? Mein Auto parkt hier auf dem Flughafenparkplatz. Ich lade Sie zu einem wunderschönen Abendessen ein. Oder besser: zu einem kleinen Nachtmahl! Meine Frau liebt Gäste und wird sich sicher freuen. Und dann übernachten Sie bei uns, wir haben sicher noch irgendwas frei. Für eine Nacht auf alle Fälle. Und morgen früh fahren Sie ganz in Ruhe zu Ihren Eltern.«

Hannah überlegte. Das klang alles mehr als verlockend.

»Civitella ist nicht weit von uns«, fuhr Daniel fort. »Eine gute halbe Stunde vielleicht. Da bringe ich Sie morgen Vormittag mit meinem Wagen direkt hin.«

»Das kann ich alles nicht annehmen«, sagte sie leise.

»Machen Sie mich nicht böse«, erwiderte Daniel freundlich lächelnd, »sonst stelle ich Ihnen das Abendessen und die Übernachtung in Rechnung. – Nein, das war nur ein Scherz, ich lade Sie wirklich herzlich ein!«

»Okay!«, sagte Hannah nach einer kurzen Pause. »Das ist wahnsinnig nett von Ihnen. Ich nehme Ihr Angebot gern an, denn es ist schließlich auch egal, ob ich heute spät nachts oder morgen Vormittag bei meinen Eltern bin. Sie erwarten mich ja nicht.«

»Das meine ich doch auch.«

Noch immer konnten die Passagiere das Flugzeug nicht verlassen, und Daniel schaltete sein Handy an und wählte.

»Ja, Octavia, ich bin's. Du, ich bringe einen Gast mit. Eine nette junge Frau, die Probleme hat, hier von Florenz aus um diese Zeit weiterzukommen. Sie bleibt heute zum Abendessen und für eine Nacht. Va bene? – Prima! – Das ist lieb. – Ich schätze, wir sind in anderthalb Stunden da.« Er sah auf die Uhr. »Wir sind leider sehr spät. Aber egal. Bis dann! Danke!«

Er drehte sich zu Hannah um.

»Meine Frau freut sich«, sagte er.

4

Eberhard Klausner war mit seinem Latein am Ende. Er hatte gedacht, dass der Aufenthalt in der Toskana seine Frau aufmuntern würde. Dass sie in ihrem Ferienhaus, das sie seit dreißig Jahren besaßen und wo sie abschalten und zur Ruhe kommen konnte, zumindest ein klein wenig lebendiger werden würde.

Aber das Gegenteil war der Fall.

Der Notarzt hatte sie in das Krankenhaus von Siena gebracht, man hatte ihr den Magen ausgepumpt und sie unter Beobachtung gestellt. Aber als sie morgens immer brav »buongiorno« und abends »buonasera« sagte, stets lächelte, wenn jemand hereinkam, niemals schrie, nicht jammerte oder weinte, nicht in den Fluren herumirrte, sogar einen Bruchteil des unerträglichen Krankenhausfraßes herunterschluckte, ohne sich zu beschweren, und auch generell nicht den Eindruck machte, sich noch einmal etwas antun zu wollen, wurde sie mit einer herzlichen Umarmung und guten Worten nach drei Tagen entlassen.

Sie war eine stille, freundliche Patientin gewesen, die vielleicht nur aus Versehen oder in geistiger Umnachtung die Tabletten geschluckt hatte.

Der Arzt legte Eberhard ans Herz, gut auf seine Frau aufzupassen, und dann fuhren Eberhard und Ute wieder nach Hause.

Vor einer Woche hatte Eberhard eine SMS von Hannah erhalten, die er sich jeden Tag fünfmal durchlas, als wollte er es nicht glauben.

Ich komme, hatte Hannah geschrieben. *In den Herbstferien. Aber ich weiß noch nicht genau, wann. Sag Mama nichts, ich will sie überraschen. Bis bald. Hannah*

Seit vier Tagen waren in Berlin Herbstferien.

Hoffentlich hatte sie so kurzfristig überhaupt einen Flug bekommen.

Oder kam sie etwa mit dem Auto?

Oder zu zweit? Mit Heiko?

Das konnte er sich nur schwer vorstellen, aber möglich war alles.

Warum meldete sie sich nicht noch einmal?

Er hing völlig in der Luft und wusste überhaupt nicht, was los war.

Hannah, bitte, komm!

Wenn er seine Frau sah, wie sie den ganzen Tag apathisch auf einer Liege lag, es überhaupt nicht spürte, wenn ein kalter Wind aufkam, sie nur ein T-Shirt anhatte und ein Wolkenbruch sie vollkommen durchnässte, dann wartete er auf Hannah wie auf den Notarzt, wenn es nach einem Herzinfarkt um jede Minute ging.

Vor zwei Tagen war Ute schon sehr früh morgens aufgestanden. Er hatte es im halbwachen Zustand mitbekommen, war dann aber sofort wieder eingeschlafen.

Als er um halb acht auf die Terrasse kam, hatte Ute einen Wiesenblumenstrauß gepflückt, stellte ihn gerade in eine Vase und summte leise vor sich hin.

Sie strahlte ihn an und umarmte ihn. »Es ist so herrlich hier!«, sagte sie glücklich. »So wunderbar! Guck die Wolken, die im Tal hängen, und wir haben hier oben die Sonne und den allerbesten Blick. Es scheint, als hätten wir ein Haus am Meer!«

Er drückte sie an sich. »Soll ich uns Kaffee machen?«

»Au ja! Bring alles nach draußen! Wir frühstücken heute auf der Terrasse!«

»Ist es nicht zu kalt?«

»Überhaupt nicht!«

Er sah sie skeptisch an, weil sie nur einen dünnen, seidenen Morgenmantel trug, aber er sagte nichts und ging ins Haus.

Als er zehn Minuten später mit einem großen Tablett zurückkam, saß Ute auf einem Stuhl und klapperte mit den Zähnen. Der Wiesenblumenstrauß schwamm im Pool.

»Willst du immer noch draußen frühstücken?«, fragte er vorsichtig.

»Nein«, antwortete sie schlapp, »dazu ist es doch viel zu kalt.«

Sie ging ins Haus, legte sich ins Bett und stand erst am Abend wieder auf. Sprach kein Wort, aß nichts und trank nichts. Saß in einem Sessel und starrte gegen die Wand.

Nur Hannah konnte ihrer Mutter noch helfen.

Heute lag sie wieder draußen am Pool. Ohne Buch, ohne Decke, ohne Brille, einfach nur so. Mit geschlossenen Augen. Bewegungslos.

Er trat zu ihr. »Ute? Hörst du mich?«

»Ja, ja«, sagte sie leise.

»Wir müssten nach Montevarchi fahren, was einkaufen. Wir haben kein Brot, keine Eier und keinen Salat mehr.«

»Ist gut. Fahr mal. Ich bleib hier.«

»Meinst du nicht, dass du mal auf andere Gedanken kommst, wenn wir zusammen einkaufen gehen?«

»Nein, mein ich nicht.«

»Okay. Soll ich dir was mitbringen? Worauf hast du Appetit? Eine Avocado? Oder soll ich dir mal melanzane mit parmigiano in der Pfanne braten?«

»Nein. Ich habe auf nichts Appetit, ist schon o.k. Kauf mal Eier, das ist gut.«

»Und sonst? Brauchst du was aus der Apotheke?«

»Nein. Alles gut.«

»Soll ich dir noch was zu trinken holen?«

»Nein. Alles gut.«

»Kann ich dich wirklich allein lassen?«

»Aber natürlich. Es ist alles in Ordnung. Was soll schon sein?«

»Ute, soll ich nicht doch lieber hierbleiben? Oder Stefania anrufen, dass sie herkommt und bei dir ist, wenn ich weg bin?«

Ute seufzte. Dann schlug sie die Augen auf und fuhr Eberhard liebevoll mit der Hand über die Wange. »Nein, das ist nicht nötig. Wirklich nicht. Es geht mir gut, ich bin nur ein bisschen müde und will hier liegen bleiben, weißt du. Fahr! Bitte, fahr! Wir brauchen das alles, was du einkaufen willst. Der Kühlschrank ist ja leer!«

Er erhob sich und sah sie an. War total überfordert.

»Ich bin bald zurück«, sagte er und drückte ihr einen Kuss auf die Stirn. »Pass auf dich auf, und wenn was ist, ruf mich an, ja?«

»Natürlich.«

»Wo hast du denn dein Handy?«

»Keine Ahnung.«

»Ich such es dir.«

Er lief ins Haus und kam nach wenigen Minuten mit dem

Handy wieder. »Hier, Ute! Bitte, steck's dir in die Hosentasche und hab es jederzeit griffbereit, ja?«

»Ja, klar.« Sie nahm es, legte es sich auf den Bauch und schloss die Augen.

Er entfernte sich vom Liegestuhl und war sich nicht sicher, ob sie sich in fünf Minuten überhaupt noch daran erinnern würde, dass er einkaufen gefahren war.

Als er im Auto saß und nach Montevarchi fuhr, war es wie immer: Er wusste nicht, ob er sie noch einmal lebend wiedersehen würde.

5

Florenz

Daniel hatte kein Gepäck aufgegeben, daher sagte er zu Hannah, als sie bei der Gepäckausgabe ankamen: »Bitte entschuldigen Sie mich einen Augenblick, ich gehe nur mal kurz auf die Toilette.«

Hannah nickte und lächelte ihm zu.

Er ging quer durch die kleine Halle.

Hannah wartete und wurde von Minute zu Minute nervöser. Sie hatte wegen Daniel ein schlechtes Gewissen, obwohl es nicht ihre Schuld war, wenn die Koffer nicht kamen.

Es war seine freie Entscheidung gewesen, sie mitzunehmen. Er hätte auch freundlich »Tschüss« sagen und davonfahren können.

Nach zehn Minuten sah sie entnervt auf die Uhr. Das Kofferband lief immer noch nicht, und auch Daniel war noch nicht von der Toilette zurück, was ihr komisch vorkam.

Egal, was ich tue, ich mache mir ständig Sorgen, habe Ängste und überall ein schlechtes Gewissen, dachte sie. Das ist ja kein Leben. Ein bisschen Gelassenheit wäre nicht schlecht, sonst war sie spätestens, wenn sie auch noch für ein Kind die Verantwortung übernehmen sollte, ein nervliches Wrack.

Endlich, nach fünfzehn Minuten, sprang das Laufband an,

und die ersten Koffer rollten in die Ankunftshalle. Hannahs Koffer war einer der ersten.

Gott sei Dank, dachte sie erleichtert und hob ihn vom Band.

In diesem Moment war Daniel plötzlich wieder an ihrer Seite und nahm ihr den Koffer aus der Hand.

»Gehen wir«, sagte er.

Als sie kurz darauf aus dem Flughafengebäude trat, war sie auf alles gefasst gewesen, aber nicht auf eine dermaßen warme Nacht.

Der Vorplatz war hell erleuchtet, Passagiere verschwanden in Taxis, andere rollten ihre Koffer zum Parkplatz. Die Luft war so warm, dass sie sich sogar vorstellen konnte, im T-Shirt auf der Terrasse zu sitzen.

Ein Wahnsinn, dachte sie, wo bin ich? In Asien? Hier ist ja immer noch Sommer!

In Berlin hatte vor einer Woche ein Sturm mit Starkregen getobt, hatte Markisen zerfetzt, Fahrräder, Schirme und Kinderwagen durch die Straßen gefegt, Straßen, Unterführungen und Parkhäuser überflutet, Gullydeckel hochgeschwemmt und Autos davonschwimmen lassen. Bereits der zweite Herbststurm in diesem Jahr. Und die Temperaturen waren empfindlich kühl. Seit drei Wochen hatten Heiko und sie die Heizung in ihrer Wohnung angestellt.

Diese warme Oktobernacht war ein Geschenk des Himmels.

Daniels SUV der teuren Oberklasse war so penibel sauber, dass Hannah sich fast nicht traute einzusteigen.

Er hatte ihr den Koffer aus der Hand genommen, zusammen mit seinem Handgepäck im leeren Kofferraum verstaut und dann sein Jackett auf den Rücksitz gelegt.

Auch sie zog ihre Jacke aus.

Im Inneren des Wagens gab es kein Haar, kein Staubkorn, keine Krümel, keinen fettigen Fingerabdruck auf der Scheibe oder auf dem Armaturenbrett, es war alles so steril, als käme der Wagen direkt aus dem Autohaus. Sie erinnerte sich daran, als sie vor drei Jahren einen neuen Kleinwagen gekauft hatten und der Verkäufer meinte: »So sauber wie heute wird er wohl nie wieder sein.« Das war die reine Wahrheit gewesen.

Auch dieser SUV wirkte wie frisch vom Band. Absolut clean. Und er roch auch so.

Am Rückspiegel hing ein Rosenkranz.

Daniel zog aus der Ablage der Seitentür ein kleines Fläschchen Desinfektionsmittel, spritzte sich etwas davon auf die Hände und säuberte sie akribisch.

»Wollen Sie auch?«, fragte er und hielt Hannah das Fläschchen hin. »Flugzeuge und Flughäfen sind voller Keime. Jeder Quadratzentimeter ist verseucht. Man darf gar nicht daran denken, wie viele Millionen und Milliarden von Keimen jetzt an unserer Haut und an unserer Kleidung haften. Eine absolut gruselige Vorstellung. Und was wir alles eingeatmet haben, ist wahrscheinlich auch verheerend, aber nicht mehr zu ändern. Da sollte man sich wenigstens die Hände desinfizieren, wenn man dieser Hölle entronnen ist.«

Hannah nickte und ließ sich brav etwas Desinfektionsmittel in die Handflächen spritzen.

»Danke«, sagte sie.

»Was für ein fantastisches Auto«, sagte sie, als Daniel vom Parkplatz rollte. »Ein Traum. Ist der Wagen ganz neu?«

»Nein, er ist jetzt drei Jahre alt.«

»Aber er macht den Eindruck, als wäre noch niemals jemand damit gefahren.«

Daniel nahm es anscheinend als Kompliment. »Ich habe eine Angestellte, eine wahre *Perle*, die pflegt ihn, und sie nimmt es wahrscheinlich sehr genau. Ich bin ihr dankbar dafür, denn ich kann schmutzige Autos nicht ausstehen.«

Er fuhr auf die Autobahn. Der Wagen glitt dahin, als würde er fliegen.

Hannah sank tief in die weichen Sitze des teuren Wagens und dachte, dass das Leben hervorragend sein konnte, wenn man es nur machen ließ. Wer weiß, was an diesem Abend noch alles geschehen würde.

Sie zog ihr Handy aus der Handtasche und schrieb Heiko eine kurze WhatsApp, als hätte es wegen ihrer Reise nie ein Problem gegeben.

Bin gut gelandet, Liebster. ✈ *Alles bestens. Wie findest du es, dass ich den Flug ohne Nervenzusammenbruch überlebt habe?* 😄 *Ich melde mich morgen wieder. Schlaf schön!* 😌❤❤❤💋💋💋

Dass sie der Einladung eines Wildfremden zum Abendessen und zur Übernachtung zugestimmt hatte, musste er jetzt nicht erfahren. Er würde sich nur Sorgen machen und Wunder was denken. Sie würde es ihm später ausführlich erzählen, wenn sie wieder zu Hause war.

Hannah klappte das Smartphone zu und steckte es wieder in ihre Handtasche.

»Haben Sie Ihre Eltern benachrichtigt, dass Sie erst morgen kommen?«, fragte Daniel.

»Nein. Dann wäre ja die Überraschung kaputt. Ich habe meinem Mann geschrieben, dass ich gut gelandet bin. Dass ich erst morgen zu meinen Eltern fahre, muss er ja nicht wissen. Manchmal ist weniger mehr.« Sie lachte leise. »Und manchmal ist es besser, wenn man Männern nicht alles erzählt.«

Daniel lächelte.

Es gab ein kurzes, leises »Pling«. Heikos Antwort.

Hannah klappte ihr Handy wieder auf. *Bin froh*, schrieb er. *Hab heute den ganzen Tag gelernt. Mach mir jetzt noch ein Bier auf und geh in die Falle. Bis morgen!*

Hannah grinste, lehnte sich zurück und schloss einen Moment die Augen. Wahrscheinlich war er nicht mehr sauer. Es war alles in Ordnung, sonst hätte er nicht »bin froh« geschrieben.

Sie konnte sich entspannen.

Daniel stellte leise Musik an. Irgendetwas Klassisches, das sie nicht kannte.

In diesem Wagen könnte ich noch stunden- und tagelang fahren, dachte sie. Durch ganz Europa.

Sie schloss die Augen. Es war einfach zu schön, und so unsagbar bequem.

In diesem Augenblick setzte Daniel den Blinker, nahm die Ausfahrt und fuhr von der Autobahn ab.

»Sind wir schon da?«

»Nein, noch nicht ganz. Jetzt fahren wir in die Berge. Ich habe Ihnen doch einen fantastischen Blick über die Hügel der Toskana bis nach Florenz versprochen. Und dazu müssen wir jetzt das Tal verlassen und hinauffahren.«

Hannah nickte.

Daniel fuhr auf einer schnurgeraden Straße durch drei ziemlich unansehnliche Straßendörfer, die einen heruntergekommenen Eindruck machten. Von den Häusern fiel der Putz, Feuchtigkeit zog in den Mauern hoch, die tristen Fassaden waren schwarz vor Schimmel. Vereinzelt waren noch kleine Bars geöffnet, ein paar alte Männer saßen auf der Straße und rauchten. In den Fenstern flackerten die Lichter der Fernseher.

Schließlich bog Daniel rechts in eine schmale Straße ab, die in Serpentinen den Berg hinaufführte.

Auf einmal fühlte sie sich überhaupt nicht mehr wohl.

Es war nur ein ganz diffuses Gefühl, und sie wusste auch nicht genau, warum.

Die Nacht war pechschwarz. Straßenbeleuchtung gab es nicht mehr, und auch beruhigende Lichter eines Dorfes oder einer Stadt waren nirgends mehr zu sehen.

Rechts und links des Weges lag undurchdringlicher, tiefdunkler Wald.

6

Hannah wunderte sich, dass Daniel nichts mehr sagte.

Auch sie schwieg.

Während der gesamten Reise hatten sie sich so locker unterhalten, jetzt machte seine Schweigsamkeit sie nervös.

Der Wald nahm kein Ende. Nirgends ein Haus oder ein Licht. Nur die Scheinwerfer bohrten sich einen Weg ins absolute Dunkel.

Hannah bekam Angst.

Und geriet innerlich in Panik.

Sie überlegte, die Beifahrertür aufzureißen und sich aus dem Auto zu werfen. Aber vielleicht verletzte sie sich dabei, und er wäre schneller, würde sie einholen …

Mit zitternden Fingern holte sie schließlich ihr Handy aus der Handtasche.

Er sah sie an. Lächelte nicht mehr.

»Sie brauchen es gar nicht erst zu probieren«, sagte er leise, »hier hat man keinen Empfang. Das ist auch unser Problem im Haus. Wir wohnen mitten in einem Funkloch.«

Hannah nickte, sah, dass er recht hatte, und packte das Handy mit zitternden Händen wieder ein.

»Sie haben Angst«, sagte der Fremde. »Ich sehe es Ihnen an.

Sie fürchten sich vor mir, nur weil wir durch den Wald fahren. Stimmt's?« Er lachte kurz auf.

Hannah antwortete nicht.

»Gut, es enttäuscht mich, aber gut.« Er presste die Lippen zusammen.

Die Straße war jetzt so schlecht, dass er nur noch im Schritttempo fahren konnte.

Ihr war klar, dass sie hier in diesem Wald vollkommen hilflos, orientierungslos und verloren sein würde, falls sie es wagen sollte zu fliehen, daher saß sie wie festgeschraubt in ihrem Sitz. Verschränkte ihre flatternden Hände ineinander und biss ihre Zähne fest aufeinander, damit sie nicht klapperten.

Heiko, dachte sie, Heiko, Liebster, warum bist du nicht mitgeflogen, dann hätte es niemals ein Problem gegeben.

Und jetzt war sie in der ausweglosesten Situation ihres Lebens.

Der Wald lichtete sich ein klein wenig, und sie sah, dass es direkt neben der Straße steil bergab ging. Dort war eine Schlucht.

Daniel hatte die Angewohnheit, immer sehr weit rechts zu fahren, und ihr blieb fast jedes Mal das Herz stehen, wenn sie sah, wie nah sie dem Abgrund waren.

»Haben Sie immer noch Angst?«, fragte er.

Sie sagte nichts.

»Okay. Öffnen Sie das Handschuhfach.«

Sie sah ihn verunsichert und fragend an.

»Na los! Machen Sie es auf!«

Hannah tat es.

Und zuckte zurück.

Darin lag ein Revolver.

Er sah sie herausfordernd an. »Bitte, nehmen Sie ihn, wenn Sie sich unsicher fühlen. Er ist geladen. Und wenn ich Ihnen zu nahe komme und Ihnen irgendetwas tun will, drücken Sie ab, o.k.? So einfach ist das. Wenn ich jetzt anhalte, Sie ins Gebüsch zerre und versuche, Sie zu vergewaltigen, erschießen Sie mich, und Ihnen wird nichts geschehen.«

Hannahs Augen waren weit vor Entsetzen.

»Na los! Warum nehmen Sie ihn nicht in die Hand? Warum schützen Sie sich nicht? Ich denke, Sie haben Angst vor mir?«

Ohne die Waffe zu berühren, schloss Hannah das Handschuhfach wieder.

Daniel lachte. »Haben Sie mehr Angst vor dem Revolver als vor mir? Ich wollte Ihnen nur zeigen, dass bei mir niemand etwas zu befürchten hat. Auch Sie nicht.«

Der Weg wurde immer steiniger, holpriger, glich mittlerweile mehr einem ausgewaschenen Flussbett als einer Straße. Hin und wieder hatte Hannah das Gefühl, der SUV würde kippen.

»Es gibt noch eine andere Straße, eine kürzere, aber sie ist noch steiler und steiniger. Wenn es sich vermeiden lässt, fahre ich sie nicht. Dort wohnen Stachelschweine. Ich hasse sie.«

»Wieso?«

»Ich hatte zwei Rottweiler. Starke, stolze Hunde. Die Stachelschweine haben sie getötet.«

»Wie denn das?«

»Bei Gefahr klappern Stachelschweine mit ihren Stacheln und regen Hunde furchtbar auf. Dann stürzen sich die Hunde auf die Schweine, die in diesem Moment ihre Stacheln aufstellen. Dicke, spitze, stabile Stacheln. Mordwaffen. Mit so einem Stachel kannst du einem Menschen ins Herz stechen. Ich habe Hunderte gesammelt. Kann sie Ihnen im Haus zeigen.«

Hannah sank immer tiefer in ihren Sitz.

»Na, jedenfalls spießten die Stachelschweine meine beiden Hunde auf. Stacheln steckten in ihren Beinen, in den Pfoten, im Bauch, in den Lefzen und sogar im Gaumen und im Auge eines meiner Hunde. Zwölf Zentimeter tief bis ins Gehirn. Beide Hunde wurden stundenlang operiert, aber sie haben es nicht überlebt. Und darum hasse ich Stachelschweine.«

»Das kann ich verstehen.«

»Wenn ich kein Gewehr dabeihabe, möchte ich ihnen nicht begegnen.«

»Sie haben ein Gewehr? Sind Sie Jäger?«

»Sicher.« Er lächelte. »Hätte ich sonst einen Revolver im Handschuhfach?«

Plötzlich huschten schwarze Schatten über die Straße.

Daniel bremste, der Wagen kam zum Stehen.

»Was war das?«, fragte sie leise.

»Wildschweine«, sagte er. »Hunderte gibt es hier. Tausende. Viel zu viele. Ich würde Ihnen nicht raten, im Wald zu übernachten.«

An einer kleinen Kreuzung mitten im Wald bog Daniel rechts auf eine nicht wesentlich breitere, aber asphaltierte Straße ab. Hannah bemerkte auch einen schief stehenden Wegweiser, den sie aber in der Dunkelheit nicht entziffern konnte.

Offensichtlich hatte er eine Abkürzung und dafür die schlechte Straße in Kauf genommen.

Der asphaltierte Weg beruhigte sie ein wenig.

Und endlich tauchte irgendwann im diffusen Nachtnebel unmittelbar vor ihnen ein Tor auf.

Daniel hielt an, drückte eine Fernbedienung, und das Tor öffnete sich beinah lautlos.

Augenblicklich gingen rechts und links des Weges Dutzende von Lichtern an, und der Wagen glitt durch eine breite Zypressenallee bis an die geschwungene Freitreppe eines beeindruckenden Palazzos.

»Allora!«, sagte Daniel. »Da wären wir.«

Hannah war vollkommen erschlagen und überwältigt.

Daniel kam um den Wagen herum und öffnete ihre Beifahrertür. »Bitte, steigen Sie aus! Willkommen!«

In diesem Moment kam eine Frau in einem Rollstuhl aus dem Haus. Sie trug einen fließenden, beigefarbenen Hosenanzug aus Seide, der ihre perfekte, schlanke Figur sanft umspielte.

Sie lächelte strahlend. Hannah ging die Treppe hinauf, Daniel folgte ihr mit ihrem Gepäck.

Die beiden Frauen reichten sich die Hand. »Herzlich willkommen!«, sagte die Frau im Rollstuhl. »Ich hoffe, die schreckliche Anfahrt hat Sie nicht verschreckt und Ihnen nicht den Appetit verdorben. Bitte, kommen Sie! Ich freue mich!«

Und dann öffnete sich die Tür, und Hannah sah in das Entree, den Empfangssaal des Palazzo. Große, hohe Fenster mit Brokatvorhängen, ausladende Sitzgarnituren, in der rechten Ecke eine kleine Bar, deren Flaschen und Gläser im Licht der Lüster aus Muranoglas glitzerten und funkelten.

Es war wunderschön. Überwältigend.

Und Hannah schämte sich zutiefst, dass sie diesem Mann jemals misstraut hatte.

7

»Ich habe mich Ihnen ja noch gar nicht vorgestellt«, sagte die elegante Frau des Hauses. »Mein Name ist Octavia Scarpaccini. Meinen Mann Daniel haben Sie ja bereits kennengelernt.« Sie lächelte ihm zu. »Darf ich Ihnen etwas zu trinken anbieten?«, fragte sie Hannah. »Oder soll ich Ihnen Ihr Zimmer zeigen, damit Sie sich ein wenig frisch machen können?«

»Das wäre wundervoll. Ich bin übrigens Hannah Gassen und freue mich, Sie kennenzulernen.«

Octavia lächelte. »Kommen Sie.«

»Ich werde mich unterdessen um das Essen kümmern«, meinte Daniel leise.

»Tu das, mein Lieber. Das ist ganz wundervoll.«

Daniel nickte Hannah noch einmal kurz zu und entfernte sich.

Leise surrend fuhr Octavia mit ihrem Rollstuhl auf einer Rampe ins Untergeschoss. Hannah folgte ihr zu Fuß auf einer Treppe mit ausgetretenen Sandsteinstufen hinunter ins Kellergewölbe, an den Wänden alte, eiserne Gestelle.

»Was ist das?«, fragte Hannah.

»Das sind Halterungen für Fackeln. So wurden die Gänge

in den Katakomben und Kellergewölben früher beleuchtet. Hier ging man ja damals auch mit Eseln hinein, wenn man aus den Magazinräumen Vorräte holen wollte.«

Oberhalb der Halterungen waren Rußspuren. Die sind sicher keine hundert Jahre alt, dachte Hannah, hier haben noch vor Kurzem Fackeln gebrannt.

Hannah fragte sich allmählich, was das Ganze sollte. Warum zeigte ihr Octavia die Kellergewölbe? Sie hatte keine Lust mehr auf irgendeine Besichtigung, sie war müde und wollte nur noch schlafen. Und sie hatten ja wohl nicht vor, sie im Keller unterzubringen. Das würde sie nicht aushalten. Schon als Kind hatte sie vor Kellern Angst gehabt.

Im unteren Gewölbe angekommen, standen sie vor einer schweren Holztür.

»Sie benötigen ja nur eine Unterkunft für eine Nacht, wenn ich meinen Mann richtig verstanden habe …?«

»Ja, genau.«

»Da kann ich Ihnen etwas Kleines, aber Feines anbieten. Leider nicht in einem unserer Appartements, das tut mir sehr leid. Aber ich denke, für eine Nacht geht es.«

»Ich habe absolut keine Ansprüche, bin Ihnen sehr dankbar, dass ich überhaupt hierbleiben kann.« Hannah wurde übel. Sie wusste nicht, wie sie sich verhalten sollte.

»Fein.«

Der Raum, den Octavia nun öffnete, war kein normales Gästezimmer, das Hannah erwartet hatte, sondern ein Gewölbekeller. Wunderschön indirekt beleuchtet und luxuriös ausgestattet.

Hannah war wie erschlagen. Ihre Ängste waren wie weggeblasen. So etwas Traumhaftes gab es sonst eigentlich nur im Film.

In der Mitte des Raumes stand ein schmiedeeisernes, antikes

Bett mit einer samtenen, purpurroten Tagesdecke. Goldbestickte Kissen lagen darauf, den Nachttisch zierte ein kleiner, messingfarbener Kerzenständer. Teure, seidene Wandteppiche mit Jagdmotiven hingen an der beeindruckenden Natursteinwand, sechs antike Stühle passten zu der schwülen, etwas überladenen Atmosphäre eines riesigen, schweren Eichentisches. Darauf ein fünfarmiger, silberner Kerzenleuchter mit zum Teil heruntergebrannten Kerzen.

Und in der Mitte des Raumes hing ein prunkvoller Kronleuchter, perlenbesetzt und sich nach oben in sechs Stufen verjüngend.

»Wow!«, sagte Hannah leise und ging umher. »Das ist ja unglaublich. Und wirklich wunder-wunderschön.« Dabei strich sie mit ihrer Hand über die weichen Kissen und die edlen Wandteppiche. »Was war denn dieser Raum früher einmal?«

»Ein Magazin. Für Wein und Öl. Ich schätze, er ist siebenhundert bis achthundert Jahre alt. Ein Schmuckstück. Ein Geschenk. Für uns ist dieser Ort fast das Wertvollste am ganzen Palazzo, weil er so ursprünglich ist. Hier hat niemand renoviert oder umgebaut, alles ist wie früher. Wir haben nur versucht, ihn ein bisschen wohnlicher zu gestalten. Der hintere Teil war leider bereits eingestürzt, und was glauben Sie, wie viele Schubkarren Steine, Schutt und Geröll wir hier rausgekarrt haben? Hunderte wahrscheinlich. Zu dieser Zeit konnte ich noch laufen.« Sie schluckte. »Und bei dieser Gelegenheit haben wir dort auch gleich ein Bad eingebaut. Ohne Bad würden sich Gäste hier sicher nicht wohlfühlen.«

Hannah nickte.

Sie sah in ein kleines, aber helles, luxuriöses Bad, mit einer Dusche, einem Waschbecken und einem Spiegelschrank darüber.

Fantastisch, dachte Hannah. Ein Wahnsinn! Dann schloss sie die Badezimmertür wieder.

Octavia rollte langsam durch den Raum und zog einen Samtvorhang zur Seite, aber dahinter war nur die nackte Mauer.

»Hier gibt es keine Fenster?«, fragte Hannah.

»Nein.« Octavia lächelte. »Wie denn? Wir sind unter der Erde. Aber eine Klimaanlage sorgt Tag und Nacht für frische Luft. Die Vorhänge habe ich nur anbringen lassen, damit man sich ein wenig behaglicher fühlt.«

»Verstehe.«

»Ich hoffe, es gefällt Ihnen«, sagte Octavia.

»Es ist wunderschön. Ich fühle mich wie in einem Schloss, wie im Märchen und kann es kaum glauben, dass ich hier eine Nacht verbringen darf. Vielen, vielen Dank.«

»Sehr gern. Keine Ursache.«

»Aber sagen Sie, wo bin ich hier eigentlich? Ich möchte meinem Mann Bescheid sagen, aber ich weiß ja gar nicht, wie das hier heißt, dieser Ort, der Palazzo …«

Octavia lächelte und reichte Hannah eine Visitenkarte. »Hier: Palazzo Desiderio.«

»Super, danke.«

»Ist es Ihnen recht, wenn wir in einer Viertelstunde essen?«

»Aber ja. Danke.«

»Gut. Dann sehen wir uns gleich im großen Saal.«

Octavia lächelte noch einmal, dann verließ sie das Zimmer und rollte die Rampe hinauf.

Hannah schloss die Tür. Sie sah auf die Uhr. Schon nach Mitternacht. Und da sollte sie jetzt noch essen? Sie war todmüde und hätte nichts dagegen gehabt, sich einfach nur hinzulegen und zu schlafen.

Aber sie wollte nicht unhöflich sein.

Sie setzte sich aufs Bett und ließ den Raum auf sich wirken.

Noch nie hatte sie so etwas Wahnsinniges und so etwas irrsinnig Schönes gesehen. So etwas konnte man sich gar nicht ausdenken, es war einfach genial. Niemandem würde sie je klarmachen können, was sie hier gerade und heute Nacht erlebte.

Sie machte schnell ein paar Fotos. Später, wenn sie Heiko erzählt hatte, wo sie in dieser Nacht gewesen war, würde sie sie ihm schicken.

Plötzlich spürte sie einen leisen Windhauch, und erst jetzt bemerkte sie die Lüftungsschlitze der Klimaanlage, die sich unterhalb der Decke um den gesamten Raum zogen.

Es war gut, dass sie geflogen war, sonst hätte sie dies alles nicht erlebt und so faszinierende Menschen wie Daniel und Octavia nie kennengelernt.

Und plötzlich hatte sie Sehnsucht nach Heiko. Wollte keine Heimlichkeiten, wollte ihm mitteilen, wo sie war.

Sie schnappte sich die Visitenkarte und versuchte, Heiko anzurufen, aber ihr Handy hatte wirklich keinen Empfang. Logisch, hier in diesem Gewölbekeller funktionierte gar nichts. Und hatte Daniel auf der Fahrt nicht erzählt, dass sie hier generell ein Problem mit Internet und Handy hatten?

Na toll. Dann würde sie ihm eben eine WhatsApp schreiben und später vielleicht noch draußen vor dem Haus versuchen, ob ihr Handy Empfang hatte. Vielleicht ging die Nachricht dann ab.

Heiko, Liebster, schrieb sie um 0 Uhr 12, *großes Chaos mit den Mietwagen in Florenz. Erzähl ich dir später. Hab für die Nacht ein Zimmer in einem Palazzo in der Pampa gefunden. Palazzo Desiderio, Via d'Argento, 17, 24635 San Stefano, Tel. 0039 054 467723. Du, es ist irrsinnig schön hier. Man hat einen tollen Blick über die funkelnden Lichter von Florenz. Wenn du dein Staatsexamen hast, müssen wir hier zusammen ein Wochenende verbringen. Der Hammer! Ich geh jetzt noch was essen. Spät zwar, aber egal. Bis morgen. Ich liebe dich. Hannah*

Die Tür vom Zimmer zum Bad mit dem vergitterten Fenster wirkte im Zimmer sehr schön. Als ginge es dort nach draußen. Wenn sie im Bad Licht machte, schien ein warmer, heimeliger Schein ins Zimmer. Natürlich konnte jeder ins Bad sehen, aber was soll's, dachte sie, ich bin ja allein.

Sie packte ihren Kulturbeutel aus, versuchte den Spiegelschrank über dem Waschbecken zu öffnen, aber er war verschlossen.

Merkwürdig, dachte sie. Doch für eine Nacht würde es gehen. Für eine Nacht ging alles.

Im Zimmer zog sie noch mehr Samt zur Seite, weil sie die Natursteinwand viel schöner fand als die Vorhänge.

Sie erschrak. Hinter dem Vorhang befand sich eine Fahrstuhltür. Also fuhr ein Fahrstuhl von oben direkt in dieses Zimmer. Ein Wahnsinn. Sie musste nach der Karte oder einem Schlüssel fragen. Einen Zimmerschlüssel hatte sie ja auch noch nicht bekommen. Auf jeden Fall wollte sie sicher sein, dass nachts nicht irgendjemand mit dem Fahrstuhl in ihr Zimmer kam.

Wohl war ihr nicht, aber sie versuchte die negativen Gedanken zu verdrängen. Beim Abendessen würde sie alles klären.

Sie warf ihren Schlafanzug aufs Bett, zog sich statt ihres Reisepullovers eine frische, leichte Bluse an, tauschte die Turnschuhe in hohe Stiefeletten, erneuerte ihr Deo und ihr Make-up, fuhr sich mit der Bürste durch die Haare, nahm ihre Handtasche, steckte ihr Handy ein und verließ den Raum.

In fünf Minuten wurde sie im Salon erwartet.

Heiko hatte sich noch nicht gemeldet.

Sicher war die WhatsApp in diesem Funkloch auch noch nicht abgegangen.

Sie freute sich auf das Essen.

8

Hannah stand wie erstarrt.

Der Festsaal war riesig, mit pompösen stuckverzierten Decken, glänzendem Parkett, gewaltigen Wandgemälden und Fenstern, die vom Boden fast bis zur Decke gingen.

Hannah schätzte sie auf mindestens drei bis vier Meter hoch.

Zwei gewaltige Lüster funkelten und glitzerten und ließen den Saal festlich erstrahlen, golden verzierte, geschwungene Wandlampen gaben warmes Licht und dem Raum ein faszinierendes venezianisches Flair.

An langen Tafeln würden in diesem Saal bestimmt bis zu hundert Personen speisen können, dachte Hannah.

In dieser Nacht war der Raum jedoch bis auf einen einzigen Tisch, der für drei Personen gedeckt war, leer.

Hannah fühlte sich wie in einem Schloss und stand nun allein etwas verloren herum.

Im Hintergrund hörte sie leise klassische Musik, die wie Vivaldi klang, aber Hannah war sich nicht sicher. Nur Sekunden später ertönte ein leises »Pling«, und eine Fahrstuhltür öffnete sich, die Hannah noch gar nicht wahrgenommen hatte, so gut war sie dem herrschaftlichen Ambiente angepasst.

Daniel schob Octavia in den Saal, obwohl ihr Rollstuhl einen elektrischen Antrieb hatte.

Sie trug ein schwarzes, spitzenverziertes, langes Abendkleid, er einen seidig glänzenden dunkelblauen Anzug.

In ihrem Schoß lag eine rote Rose.

Oh mein Gott, dachte Hannah, das ist ja hier wie bei Königs. Sie kam sich plötzlich in Jeans und Bluse ungeheuer underdressed und vollkommen deplatziert vor.

Octavia rollte näher und reichte ihr die Hand. »Carissima! Haben Sie sich gut zurechtgefunden? Fehlt Ihnen irgendetwas?« Sie wartete eine Antwort von Hannah gar nicht ab, sondern fügte gleich hinzu: »Hoffentlich haben Sie großen Appetit mitgebracht, dann können wir gleich essen. Bitte, setzen Sie sich.«

Daniel hielt sich im Hintergrund und schenkte ihr nur ein Lächeln.

»Wie sieht es aus?«, fragte Octavia, als sie Platz genommen hatten. »Mögen Sie einen Aperitif? Vielleicht einen Champagner?«

»Danke, am liebsten einfach erst mal ein Wasser, wenn es geht?«, antwortete Hannah.

»Bist du so lieb?«, fragte Octavia, und Daniel lächelte.

»Aber selbstverständlich.«

»Um diese Zeit ist das Personal, wenn keine größere Festivität ansteht, natürlich längst zu Hause«, bemerkte Octavia. »Daher muss mein Mann einspringen. Aber er macht es gern.«

Gott, geht es hier förmlich zu, dachte Hannah, das ist ja grauenvoll. Und plötzlich wusste sie gar nicht mehr, wie sie sich verhalten sollte.

Daniel ging hinaus, um die Getränke zu holen.

»Erzählen Sie ein bisschen von sich«, begann Octavia das Gespräch und beugte sich interessiert vor. »Warum sind Sie allein nach Italien gereist? Warum begleitet Sie Ihr Mann denn nicht?«

»Er hatte keine Zeit, weil er unmittelbar vor dem juristischen Staatsexamen steht. Daher war er auch fast ein bisschen verärgert, dass ich geflogen bin.«

»Oh, das versteh ich gut«, meinte Octavia. »In einer Ausnahmesituation wie einer Prüfung kann man nicht die kleinste Veränderung ertragen.«

Daniel kam mit zwei Flaschen zurück und schenkte ein.

Octavia hob ihr Glas. »Was für eine herrliche Nacht! Und wie schön, dass wir uns kennengelernt haben!«

Sie stießen an. »Salute!«

Hannah wurde innerlich lockerer, sie fand Octavia mittlerweile richtig sympathisch.

Daniel ging wieder hinaus.

»Und was machen Sie jetzt in Italien? Ferien?«, fragte Octavia weiter.

»Nein. Meine Eltern haben hier ein Ferienhaus, und meiner Mutter geht es nicht gut. Darum bin ich hergeflogen.«

»Um Gottes willen! Was hat sie denn, wenn ich fragen darf?«

»Sie ist schwer depressiv und suizidgefährdet.«

»Oh!« Octavia schlug eine Hand vor den Mund. »Das ist schlimm. Und man ist so hilflos, nicht? Man kann nicht ein Antibiotikum nehmen und alles ist gut! Als Angehöriger bleibt einem eigentlich nur zu hoffen und zu beten, dass es vorbeigeht.«

Hannah nickte. »Genau.«

»Aber wir wollen heute Abend nicht über so schreckliche Dinge reden, sondern lieber das Schöne genießen! Sie sollten die absolute Spezialität unseres Hauses kennenlernen: ›Oro della Toscana‹. Gold der Toskana! Das ist ganz mageres, zartes Fleisch, das wie Thunfisch schmeckt, aber mit Thunfisch nicht das Geringste zu tun hat. Es wird stundenlang gekocht und in sehr besonderer Art und Weise gewürzt. Ich bin gespannt, was Sie dazu sagen.«

»Thunfisch mag ich sehr gerne.«

»Dann werden Sie das auch mögen.«

Daniel kam herein und kredenzte den Rotwein. Er öffnete die Flasche, goss einen winzigen Schluck in einen Dekanter, ließ den Wein kreisen, goss diesen Schluck dann in ein separates Glas, kostete, nickte und lächelte. Dann füllte er den gesamten Flascheninhalt in den Dekanter, ließ ihn erneut kreisen und schenkte ein.

Für jeden nur einen Fingerbreit im bauchigen Glas.

Hannah traute sich nach diesem Spektakel nicht abzulehnen.

Octavia hob ihr Glas. »Zum Wohl! Auf dass es Ihrer Frau Mutter bald besser geht!«

»Danke!«

Octavia und Daniel lächelten sich zu. Dann stellte Octavia ihr Glas ab, nahm die Rose, die jetzt neben ihrem Teller lag, atmete kurz ihren Duft ein und strich sie sich langsam über ihre geöffneten Lippen.

Daniel verschwand wieder in der Küche.

»Wir holen dieses außergewöhnliche Fleisch, das mein Mann uns gleich serviert, extra bei einem exquisiten Schlachter in Siena. Aber das Rezept, wie er dieses wundervolle Fleisch einlegt, kocht und würzt, bis es mit Thunfisch zu vergleichen ist, ist die alleinige Kreation meines lieben Mannes, und er hütet das Rezept natürlich wie seinen Augapfel«, meinte Octavia. »In gewissen Kreisen ist unsere Adresse hier schon berühmt für Daniels kulinarische Köstlichkeiten. An den Wochenenden haben wir hin und wieder kulturelle Veranstaltungen im kleinen, erlesenen Kreis mit anschließendem Dinner.«

In diesem Moment trug Daniel eine große Platte herein. »Oro della Toscana« in dünne Scheiben geschnitten auf Rucola mit Tomaten und Oliven. Dazu eine cremige Kapernsoße und knuspriges Baguette.

»Das ist ja ein Traum!«, sagte Hannah. »Unglaublich. Da steige ich nachmittags in Berlin nichts ahnend in den Flieger und lande am Abend in einem Palazzo mit so einem köstlichen Abendessen! Ich kann es kaum begreifen!«

»Nun kosten Sie erst einmal. Ich hoffe, Sie sind nicht Vegetarierin?«

Hannah lächelte. »Nein. Wir essen zwar nicht sehr häufig Fleisch, aber wenn, dann gerne.«

Daniel tat allen dreien eine kleine Portion auf und setzte sich nun auch.

»Buon appetito!«, sagte Octavia und hob ihr Glas. »Schön, dass Sie da sind.«

»Buon appetito!«, wiederholte Hannah leise und lächelte Daniel zu, der schwieg.

»Sagen Sie«, fragte Hannah und wandte sich Octavia zu, »woher können Sie so gut Deutsch? Sie sind doch Italienerin, oder?«

Octavia nickte. »Ja, das bin ich, aber die deutsche Sprache ist wunderschön, und ich habe viel von meinem Mann gelernt.« Sie lächelte ihm zu.

Alle drei begannen zu essen und schwiegen eine Weile.

Dann sagte Hannah: »Also, es schmeckt absolut köstlich! Ich habe so etwas Gutes in dieser Art überhaupt noch nie gegessen!«

»Das freut mich!« Octavia lächelte. »Es ist die Spezialität unseres Hauses, und ich kann mich nicht erinnern, dass es je einen Gast gab, dem es nicht geschmeckt hätte. Oder, Daniel?«

»Nein. Dieses Fleisch mögen alle.«

Sie aßen und tranken wieder schweigend.

»Eigentlich kann ich um diese Zeit nichts essen«, meinte Hannah leise, »es ist ja schon mitten in der Nacht!«

»So?« Octavia schien überrascht und sah auf ihre Uhr. »Oh ja, stimmt, Sie haben recht! Aber bei uns kommt es nicht darauf an. Jeder Tag ist anders. Mal stehen wir morgens um fünf auf und mal mittags um zwei. Je nachdem. Und wir nehmen die Mahlzeiten ein, wenn es sich ergibt, nicht wahr, Liebster?«

Daniel nickte.

»Und heute hat sich eben diese späte Stunde ergeben, weil Sie so spät gelandet sind. Ich finde, es ist nicht wichtig. Dann schlafen wir morgen eben ein wenig länger.«

Hannah dachte, dass Octavia völlig recht hatte. Ob sie nun morgen früh um zehn oder erst mittags um zwölf bei ihren Eltern war, machte nun wirklich keinen Unterschied. Insgeheim bewunderte sie die beiden, die einfach in den Tag hinein lebten und sich an keinen festen Rhythmus halten mussten. Das war im Grunde wahre Anarchie.

Nach einer Weile sah Hannah zu Daniel und sagte in die Stille: »Es ist unglaublich. Wir treffen uns zufällig auf dem Flughafen, wir sitzen auch noch zufällig nebeneinander, unterhalten uns ein bisschen, und dann laden Sie mich zum Abendessen und für die Nacht in Ihrem Palazzo ein. Warum?«

»Weil Sie mir auf Anhieb sympathisch waren«, antwortete Daniel ruhig. »Weil wir gerne Gäste haben, weil Sie ein Problem hatten, heute Abend noch zu Ihren Eltern zu kommen, und weil wir gerne helfen, meine Frau und ich. Ich würde unsere Begegnung als schicksalhaft bezeichnen, und dem Schicksal sollte man sich nicht widersetzen, meinen Sie nicht auch?«

Hannah nickte. Offensichtlich gab es Menschen, die so tickten und wildfremde Leute zu sich nach Hause einluden. Das war ja auch irgendwie toll.

»Vermieten Sie mein Zimmer da unten normalerweise auch an Gäste?«, fragte sie.

»Nein«, antwortete Daniel. »Nur an Freunde und Bekannte, wenn sie vorbeikommen und wir ausgebucht sind.«

»Und sind Sie im Moment ausgebucht?«

»Selbstverständlich!«, meinte Octavia. »Wir haben im Appartementhaus hinter dem Teich nur vier Appartements, die sind schnell belegt. Es ist eine kleine, aber feine Gemeinde, die ein paar entspannte Tage bei uns zu schätzen weiß. Zu jeder Jahreszeit. Unsere Gäste wohnen mitten in der Natur und fahren dann, wenn sie Lust haben, nach Florenz. Das ist hier für Kultur- und Naturliebhaber ein idealer Ort.«

»Wahnsinn. Und was kostet bei Ihnen die Nacht, wenn man ein Appartement mietet?«

Octavia lächelte. »Ach, Geld! Mein Gott, Geld! Geld regiert die Welt, sicher, aber ist es wirklich so wichtig? Reden wir über andere Dinge!«

In diesem Moment gab Hannahs Handy ein Geräusch von sich. Daniel sah auf, sagte aber nichts. Hannah lächelte entschuldigend und freute sich insgeheim. Endlich war die WhatsApp an Heiko rausgegangen. Super. Dann würde er vielleicht heute Abend noch antworten.

»Und Sie arbeiten als Lehrerin?«

»Ja.«

»An welcher Art von Schule denn?«

»Grund- und Hauptschule mit Schwerpunkt auf Deutsch und Mathematik.«

»Ah ja.« Octavia sah auf ihren Teller und spießte ein Stück Fleisch auf ihre Gabel. »Ist das in der heutigen Zeit nicht ein wahnsinnig enervierender, anstrengender Beruf?«

»Schon. Aber auch toll. Ich bekomme eine Menge zurück von den Kids. Und irgendwer muss es ja machen. Wo kommen wir hin, wenn alle sagen, ach nee, das ist mir zu anstrengend?«

»Da haben Sie recht!« Octavia strich sich eine winzige Haarsträhne aus der Stirn.

»Aber eins würde mich interessieren«, sagte Hannah, »wie kommt man denn zu so einem irrsinnigen Palazzo in der Toskana? Können Sie mir das verraten?«

Octavia atmete tief ein. Sie und Daniel wechselten einen Blick. Dann sagte Octavia leise: »Nun ja, ich habe geerbt. Mein erster Mann Elio Francesco – Gott hab ihn selig – war ein ziemlich großer Süßwarenfabrikant hier in Italien. Nach seinem Tod habe ich die Firma übernommen und verwalte unsere Ländereien. Aber hier in diesem Palazzo zu wohnen und nebenbei ein paar Wohnungen zu vermieten ist natürlich etwas ganz Besonderes und bereitet mir große Freude.«

Hannah nickte. »Das kann ich verstehen.«

»Haben Sie Kinder?«, fragte Octavia.

Hannah grinste glücklich und zögerte einen Moment. Aber dann sagte sie: »Nein. Noch nicht. Aber bald. Ich bin schwanger.«

»Oh wie schön!« Octavia errötete. »Wenn ich könnte, würde ich jetzt aufspringen und Sie umarmen, meine Liebe! Herzlichen Glückwunsch und alles, alles Gute!«

»Danke!« Hannah strahlte vor Freude.

Daniel holte die Rotweinflasche von einem Beistelltisch und schenkte Hannah nur einen winzigen Schluck Wein nach. »Ach, deswegen trinken Sie auch so zögerlich.«

Hannah nickte erneut und nippte an ihrem Wein. Ihr Teller war inzwischen leer, und sie legte ihr Besteck zur Seite. Konnte einfach nicht mehr. Plötzlich ekelte das Fleisch sie an, sie bekam keinen Bissen mehr hinunter, hatte fast den Eindruck, sich übergeben zu müssen.

»Möchten Sie noch etwas?«, fragte Daniel.

»Nein, bitte nicht, ich bin so satt, habe schon lange nicht mehr so viel gegessen. Aber es war wirklich sehr, sehr gut.«

Auch Octavia und Daniel aßen nichts mehr, und Daniel räumte den Tisch ab.

Während der Nachspeise, es gab Vanilleeis, übergossen mit flüssiger Schokoladensoße, wurde Hannah zunehmend unwohler. Schließlich murmelte sie mit schwerer Zunge: »Bitte … entschuldigen … Sie mich, aber ich … würde mich jetzt gern verabschieden. Ich bin hundemüde …, kann kaum noch … die Augen offen halten …«. Mit einem leisen Stöhnen fasste sie sich an die Stirn und schloss die Augen. »Es war ein … ein … jetzt hab ich vergessen, was ich sagen wollte … Ich kann nicht mehr.«

Sie erhob sich und hielt sich am Tisch fest.

»Aber das ist doch gar kein Problem«, sagte Octavia mitfühlend, »das verstehen wir doch. Ab acht Uhr gibt es übrigens morgen Frühstück.«

Hannah wollte sich wegdrehen, machte eine ungeschickte Handbewegung und stieß ihr Glas Rotwein um.

»Oh!«, sagte sie. »Sorry. Tut mir leid.«

»Gar kein Problem«, meinte Daniel. »Machen Sie sich keine Gedanken.«

»Ich danke Ihnen … für das … fantastische Essen … und für Ihre … grandiose Gastfreundschaft«, lallte Hannah, obwohl sie so gut wie gar nichts getrunken hatte. »Gute Nacht!« Sie gab Daniel die Hand, bückte sich und umarmte Octavia kurz, wobei sie beinah kopfüber nach vorne fiel.

Dann nahm sie ihre Handtasche und schleppte sich aus dem Saal, wobei sie immer wieder stolperte und sich an der Wand festhalten musste.

Daniel und Octavia sahen sich an.

Und lächelten.

9

Heiko las Hannahs WhatsApp erst, als er ins Bett gehen wollte und das Handy vom Wohnzimmertisch nahm, um es im Schlafzimmer aufzuladen.

Es war jetzt halb zwei. Hannah schlief sicher schon, aber er tippte dennoch eine Antwort.

Ist gut, rufe heute Nacht nicht mehr an, wir reden morgen. Schlaf schön im Palazzo, Schatz! Heiko.

Mittlerweile konnte er gut nachvollziehen, dass sie zu ihrer Mutter gefahren war. Er trug ihr nichts mehr nach, sondern freute sich darauf, sie wiederzusehen. Ihren sinnlosen Streit hätte er am liebsten ungeschehen gemacht.

Er trank die letzte Pfütze Whisky aus, die noch im Glas auf dem Küchentisch stand, löschte das Licht und ging ins Schlafzimmer.

Es erschien ihm kalt, trostlos und leer ohne Hannah.

Er zog die Decke hoch bis zum Kinn und versuchte zu schlafen.

Bevor er am nächsten Morgen um halb zehn in die Uni ging, schrieb er ihr eine kurze Nachricht:

Guten Morgen, Sonnenschein, ich hau jetzt ab in die Uni, bin um zwölf wieder zurück. Meld dich mal. Heiko 💋💋💋

Er checkte sein Smartphone stündlich, aber sie meldete sich nicht. Keine WhatsApp, keine SMS, nichts.

Heiko wartete den ganzen Tag auf eine Nachricht. Wurde fast verrückt dabei. Schickte ihr Sprachnachrichten, versuchte sie anzurufen: keine Reaktion. Nichts.

Allmählich wurde er wütend. Was war denn los? Warum meldete sie sich nicht, verdammt noch mal?

Er griff zum Telefon und rief bei seinen Schwiegereltern in Italien an, musste es lange klingeln lassen und wollte schon fast wieder auflegen, als sich Eberhard mit müder Stimme meldete: »Pronto?«

»Hallo, Eberhard! Hier ist Heiko aus Berlin.«

Es entstand eine Pause. Dann sagte Eberhard überrascht und freudig erregt: »Oh! Hallo, Heiko!«

»Eberhard, ich hoffe, es geht euch gut?«

»So einigermaßen, nee, wenn ich ehrlich bin, nicht wirklich gut. Aber warum rufst du an?«

»Du, ich will nicht lange drum herumreden. Ist Hannah bei euch? Kann ich sie mal sprechen?«

»Nein, sie ist nicht hier. Sie wollte uns besuchen, ja, jetzt irgendwann in den Herbstferien, aber sie hat nicht gesagt, wann. Bisher ist sie noch nicht gekommen. Ist sie denn nicht bei dir? Ich warte sehnsüchtig auf sie, denn – unter uns – Ute geht es sehr schlecht.«

»Ich weiß.« Er machte eine Pause. »Hannah ist gestern losgeflogen und müsste eigentlich längst bei euch sein. Am Abend hat sie mir eine Nachricht geschrieben, dass sie gut in Florenz gelandet ist. Aber dann gab es Probleme mit dem Mietwagen, und sie hat in einem Palazzo nahe Florenz übernachtet.«

»Vielleicht hat sie sich noch die Stadt angeguckt und kommt heute später zu uns?«

»Vielleicht. Obwohl das nicht ihre Art ist. Sie ist ja nicht wegen Florenz nach Italien geflogen, sondern wegen Ute. Und seit gestern Abend habe ich keinen Kontakt mehr zu ihr. Sie antwortet mir nicht auf meine Nachrichten, sie geht nicht ans Telefon. Gar nichts.«

»Vielleicht ist es kaputt. Oder der Akku ist leer.«

»Kann sein. Aber warum ist sie dann nicht schon längst bei euch?«

»Keine Ahnung. Es gibt tausend Gründe, die wir nicht kennen. Hattet ihr Stress miteinander, als sie abgeflogen ist?«

»Nein!« Heiko schrie fast. »Nein! Verstehst du nicht? So wie sie sich verhält, das ist nicht Hannah. Sie hat mir immer geantwortet, immer. Sie hat mir Nachrichten, Bilder, Filme geschickt. Sie hat mir Gute Nacht und Guten Morgen gesagt. Und jetzt? Auf einmal nichts mehr? Da stimmt doch was nicht!«

Eberhard schwieg und atmete dann – nach einer langen Pause – so tief und laut durch, dass Heiko es hören konnte. »Noch würde ich mir keine großen Sorgen machen, Heiko«, sagte er langsam und leise. »Guck mal. Gestern Abend hat sie sich gemeldet, jetzt ist es Viertel nach fünf. Vielleicht steht sie jeden Moment bei uns vor der Tür, und dann rufen wir dich sofort an. O.k.?«

»Gut. Wir bleiben in Kontakt, ja? Derjenige, der etwas von ihr hört, meldet sich.«

»Okay. Und mach dich nicht verrückt, Heiko! Bis später.«

Abends gegen 21 Uhr hatte er immer noch nichts von Hannah oder Eberhard gehört. Ihm fiel die Decke auf den Kopf, also ging er zu seinem Stammitaliener um die Ecke und bestellte sich eine Lasagne.

»Alles gut, Capo?«, fragte Luciano, als er an den Tisch trat und ein Viertel Chianti vor Heiko stellte. »Wieso du bist allein? Wo ist Hannah?«

»Sie ist in Italien, bei ihren Eltern«, sagte Heiko und lächelte Luciano schief zu. »Aber sie meldet sich nicht. Jetzt schon 24 Stunden. Ihr Handy ist ausgeschaltet, meine WhatsApp hat sie nicht gelesen, sie geht nicht ans Telefon, langsam werde ich nervös.«

»Keine Sorge, amico«, sagte Luciano und tätschelte Heikos Hand. »Alles in Ordnung. Glaub mir. Italia ist groß, ist schön, ist aufregend, sie hat Zeit vergessen, ist wie im Rausch, meldet sich schon, ganz bestimmt. Spätestens heute Abend, wenn sie geht schlafen.«

Heiko lächelte. »Hoffentlich hast du recht. Aber ungewöhnlich ist es schon. Normalerweise telefonieren wir oder schreiben uns mehrmals am Tag, wenn wir getrennt sind. Fünfmal, sechsmal sind keine Seltenheit, und wenn ich ihr eine Nachricht schicke, antwortet sie immer sofort. Nur diesmal nicht. Und warum nimmt sie nicht ab, wenn ich anrufe?«

»Amore, amico! Das ist immer Grund für alles! Wahrscheinlich sie liegt im Bett mit heißem italienischen Liebhaber! Und Handy ist unter Kopfkissen und ist auf vibrazione gestellt«, lachte Luciano, um Heiko aufzumuntern.

Aber Heiko wurde fast ein bisschen sauer. »Ich find das nicht komisch, Luciano, ich mach mir wirklich Sorgen!«

Luciano ruderte sofort zurück und wurde ernst. »Gut. Ich verstehe. Vielleicht guckt sie Kirche an.«

»Nein. Sie besucht ihre Eltern.«

»Dann ruf Eltern an. Dann weißt du Bescheid.«

»Ich hab schon angerufen. Da ist sie nicht.«

»Wann hast du angerufen?«

Heiko sah auf die Uhr. »Vor fünf Stunden.«

»Dann ruf noch mal an. Jetzt gleich. Vielleicht ist sie vor fünf Minuten gekommen, und dann ist Stress für dich vorbei.«

Heiko nickte.

»Und?«, fragte Luciano, als er die Lasagne brachte. »Hast du telefoniert?«

Heiko nickte. »Bei meinen Schwiegereltern ist sie immer noch nicht. Sie ist einfach wie vom Erdboden verschwunden. Kannst du dir so was vorstellen?«

Luciano schüttelte den Kopf. »Natürlich nicht! Pass auf, morgen ist sie wieder da! Und dann gibt es einfache Erklärung, die keiner von uns im Kopf hatte. Du nicht und ich auch nicht. Und jetzt lass dir schmecken. Buon appetito. Nervennahrung.«

Er grinste und ging, um sich seinen anderen Gästen zu widmen.

Heiko dagegen wusste nicht, wie er die Nacht überstehen sollte.

10

Hannah tauchte nicht auf.

Es gab nicht das geringste Lebenszeichen von ihr.

Zwei weitere Tage waren vergangen, und mittlerweile lagen auch bei Eberhard die Nerven blank.

»Ich habe bestimmt schon hundertmal versucht, sie anzurufen, hab ihr Nachrichten geschickt – nichts«, berichtete er Heiko am Telefon.

»Ich auch. Was machen wir? Ich halte das alles nicht mehr aus, Eberhard! Ich drehe durch!«

»Ich gehe noch heute hier zur italienischen Polizei. Jetzt mache ich mir auch Sorgen. So wie du. Ich gebe eine Vermisstenanzeige auf. Dazu brauche ich alles, was du an Reiseinfos hast, und ein aktuelles Foto.«

»O.k. Ich werde das zusammenstellen und schick es dir per Mail. Dann hast du es schwarz auf weiß für die italienische Polizei.«

»Gut. Aber vielleicht solltest du dich auch an die Berliner Polizei wenden. Wenn sie in Berlin gemeldet ist, sind die dort zuständig.«

»Das mache ich. Und danach buche ich einen Flug und komme. Ich halte es hier nicht mehr aus. Denn wenn es stimmt, was sie schreibt, ist sie in Florenz gelandet. Dann muss ich sie dort suchen und helfe ihr nicht, wenn ich hier in Berlin rumsitze und warte.«

»Alles klar.«

»Wir suchen sie dort gemeinsam, Eberhard, ja?«

»Aber sicher. Ich bin froh, wenn du kommst. Und bitte sag Ute nichts, noch weiß sie es nicht.«

»Ich schick dir die Mail so bald wie möglich. Und du kannst mich jederzeit anrufen, wegen jeder Kleinigkeit, o.k.?«

»Okay.«

»Ciao.«

Eine halbe Stunde später war die Mail da.

Hallo Eberhard,
sie hatte einen Direktflug Berlin – Florenz am 23. Oktober gebucht. Abflug 19 Uhr 25, Ankunft 21 Uhr 20.

Sie wollte eigentlich in Florenz einen Mietwagen nehmen, schrieb dann aber, dass es da Probleme gegeben hätte. Sie hätte aber eine Unterkunft in einem Palazzo nahe Florenz gefunden:

»Palazzo Desiderio, Via d'Argento, 17, 24635 San Stefano.

Tel. 0039 054 467723«

Keine Ahnung, wie sie ohne Mietwagen dorthin gekommen ist oder ob das doch noch mit dem Auto geklappt hat.

Die WhatsApp mit dieser Info hab ich übrigens erst nach Mitternacht um 1 Uhr 31 bekommen. Vielleicht war die Nachricht so lange unterwegs – das weiß ich nicht.

Hannah hatte Jeans an, Turnschuhe, eine Jeansjacke und ein T-Shirt oder einen Pullover, das weiß ich jetzt nicht mehr genau. Auf jeden Fall trug sie ein Tuch in Hellblau, Rosa, Grau, drei Farben, die ineinander übergehen.

Sie trug eine große, runde Sonnenbrille, neu und total modern, du siehst sie auch auf dem Foto. Als Gepäck hatte sie einen kleinen

Trolley, den sie aufgeben wollte, und eine Handtasche als Handgepäck. Diese war bauchig, knautschig, gelblich, mit einem leichten Stich ins Rosafarbene. Irgendwie fleischfarben.

Ihre Haare sind im Moment lang und dunkelbraun, sie trägt einen Mittelscheitel und hält die Haare eben meist durch diese Sonnenbrille zurück. Wie auf dem Foto.

Sie schminkt sich wenig. Eigentlich benutzt sie nur einen Eyeliner und Wimperntusche.

Mehr weiß ich nicht.

Ach ja, eine Brille trägt sie nicht. Weder zum Lesen noch für die Ferne.

Bitte, Eberhard, setz Himmel und Hölle in Bewegung, um Hannah zu finden, ich bemühe mich jetzt um einen Flug.

Heiko

Dann ging Heiko zur Polizei.

In dem für seinen Wohnsitz zuständigen Polizeirevier begrüßte ihn ein kleiner, schmächtiger Polizeibeamter überaus freundlich und mit Handschlag. Was Heiko befremdlich fand.

»Mein Name ist Polizeihauptmeister Koschinski. Was kann ich für Sie tun?«

»Meine Frau, Hannah Gassen, ist seit drei Tagen verschwunden. Ich möchte eine Vermisstenanzeige aufgeben. Ich will, dass die Polizei sie sucht. Ich bin sicher, dass ihr was zugestoßen ist, denn das ist nicht normal.«

»Gut. Oder besser nicht gut.« Koschinski lächelte, Heiko nicht. »Das machen wir doch. Würden Sie bitte mitkommen?«

Koschinski führte Heiko durch zwei Räume zu einem tristen, kahlen Büro, in dem nur ein kleiner Schreibtisch, zwei Stühle und ein Computer standen, und bat Heiko, Platz zu nehmen.

Heiko setzte sich.

»Fangen wir einfach mal mit Ihren und mit den Personalien Ihrer Frau an. Das ist das Einfachste.«

Heiko nickte und diktierte Namen, Geburtsdatum und Adresse.

»Und jetzt erzählen Sie mal. Sie sagten, Ihre Frau wäre verschwunden. Seit wann?«

»Meine Frau ist am 23. Oktober nach Florenz geflogen. Um 19 Uhr 25.«

»Sie haben sie zum Flugplatz gebracht?«

»Ja.«

»Haben Sie gesehen, wie sie eingecheckt hat, wie ihr Handgepäck durchleuchtet wurde und wie sie zum Abflugschalter gegangen ist?«

»Nein. Ich hab sie nur vor dem Flughafengebäude abgesetzt und gesehen, dass sie reingegangen ist.«

»Dann könnte es also sein, dass sie gar nicht geflogen ist?«

Heiko schwieg. Dann sagte er: »Davon gehe ich nicht aus. Sie hat mir eine WhatsApp geschickt, dass sie gut gelandet ist, und dann noch mal eine, dass sie für die Nacht eine Unterkunft in einem Palazzo gefunden hat.«

Koschinski tippte in seinen Computer. »WhatsApps sind geduldig. Ich kann neben Ihnen sitzen, Ihnen eine WhatsApp schicken und behaupten, ich wäre in Hongkong. Das können Sie dann glauben oder auch nicht. Aber egal. Haben Sie die Adresse von dem Hotel?«

Heiko hatte sie auf einem Zettel notiert und schob sie Koschinski rüber. »Ich hab da auch schon angerufen, aber die sprechen kein Englisch, ich kann mich mit denen nicht verständigen.«

»Gut. Danke. Und was passierte dann?«

»Nichts. Gar nichts. Wir haben keinen Kontakt mehr. Obwohl wir uns sonst zehnmal am Tag Nachrichten schicken, damit der andere immer genau weiß, wo man ist und was man macht. Sie antwortet nicht mehr.«

»Was wollte sie in Florenz?«

»Ihre Mutter besuchen, die sehr krank ist. Meine Schwiegereltern wohnen ungefähr siebzig Kilometer von Florenz entfernt. Aber auch da ist sie nicht angekommen und hat sich nicht gemeldet. Ich habe mit meinem Schwiegervater mehrmals telefoniert.«

»Das ist der letzte Stand der Dinge?«

»Ja. Und ich muss dazu sagen, dass meine Frau ein sehr kommunikationsfreudiger Mensch ist. Sie telefoniert gern und oft und lange, sie schreibt den ganzen Tag Mails, WhatsApps und SMS. Sie würde mich niemals einen ganzen Tag lang im Unklaren lassen, was mit ihr los ist. Niemals! Und jetzt sind schon drei Tage um!«

»Und warum melden Sie sich erst jetzt?«

»Weil ich weiß, was Sie sagen werden: Ihre Frau ist erwachsen, sie kann tun und lassen, was sie will, sie kann hingehen, wohin sie will und ohne Sie zu informieren. Wenn es keine Hinweise auf eine Straftat gibt, haben wir keine Veranlassung, sie zu suchen. Hören Sie mir auf! Darum habe ich gewartet. Ich wusste schon am nächsten Morgen, als sie auf meine nächtliche WhatsApp nicht geantwortet hat, dass etwas nicht stimmt. Aber das hätten Sie mir nie geglaubt.

Aber jetzt, nach drei Tagen, weiß ich, dass etwas passiert sein muss. Das ist nicht Hannah. Und darum bitte ich Sie inständig, nach ihr zu suchen! Ich fühle es, dass ihr etwas passiert ist! Wir waren uns so nah! Außerdem ist sie schwanger, und wir haben uns beide unglaublich auf dieses Kind gefreut!«

Koschinski seufzte.

»Sie wollen also nicht nach meiner Frau suchen?«

»Doch, natürlich. Wir gucken mal, ob sie überhaupt geflogen

ist, und dann setzen wir die Vermisstenanzeige ins Netz. Aber mehr können wir nicht tun. Was hatte Ihre Frau denn an, was hatte sie bei sich, welche Frisur, vielleicht ein Foto ... Das bräuchte ich jetzt.«

Heiko gab ihm alles, was er hatte und was er wusste.

»Danke«, sagte Koschinski. »Ja, ich denke, damit kann man sehr gut arbeiten. Gab es in den letzten Tagen irgendwelche Kontobewegungen? Ich meine, hat Ihre Frau etwas abgebucht, umgebucht oder mit ihrer Kreditkarte bezahlt?«

»Nein, das habe ich alles überprüft.«

»Können Sie ihr Konto sperren?«

»Schlecht. Es ist unser Gemeinschaftskonto.«

»Okay, aber dann kontrollieren Sie bitte jeden Tag, ob sich da was tut. Wir werden dann herausfinden, ob Ihre Frau oder ein Fremder etwas abgebucht oder mit Karte bezahlt hat.«

»Kein Problem. Das mach ich.«

Koschinski lächelte, faltete die Hände und überlegte einen Moment. »Wissen Sie was, ich setze das jetzt alles ins Internet. Und dann gucken wir mal. Aber eins muss ich Ihnen leider sagen: Wenn es keinen hinreichenden Verdacht auf ein Verbrechen gibt, geht die Maschinerie nicht los. Und da reicht ein stummes Handy leider nicht aus.«

»Was brauchen Sie denn?«, fragte Heiko entnervt. »Eine Leiche? Knochen? Zähne?«

Koschinski stand auf. »An so etwas wollen wir jetzt nicht denken. Warten Sie ab. Ihre Frau taucht sicher bald wieder auf.«

Auch Heiko erhob sich. »Danke, dass Sie sie wenigstens ins Netz setzen.«

»Gerne.« Koschinski reichte ihm die Hand. »Ich wünsche Ihnen von Herzen, dass die Geschichte ein glückliches Ende nimmt.«

Heiko nickte und verließ das Büro.

»Was gibt's?«, fragte ein Kollege, der kurz darauf in Koschinskis Büro kam.

»Vermisstenfall. Junge Frau, schwanger, wollte ihre Eltern in Italien besuchen, fliegt nach Florenz und ist ab da wie vom Erdboden verschwunden. Der Mann dreht fast durch.«

Der Kollege grinste. »Das Übliche. Die Gute ist durchgebrannt, schätze ich. Ist genervt von ihrem Gatten und fängt irgendwo ein neues Leben an.«

»Was ja ihr gutes Recht ist.«

»Genau. Wie viele Fälle dieser Art haben wir in Deutschland? Hunderte! Da verschwinden sogar Frauen, die fünf kleine Kinder zu Hause haben. Also komm, lass es. Wir können uns immer noch drum kümmern, wenn die Leiche auftaucht. Ansonsten warten wir, bis die Lady eine Ansichtskarte schreibt. Wir haben weiß Gott Wichtigeres um die Ohren.«

»Wahrscheinlich hast du recht.« Koschinski atmete tief durch, überlegte einen Moment und schob die Akte Gassen dann tief unter den Aktenstapel, der sich auf seinem Schreibtisch türmte. »Der Ehemann sagte allerdings, dass dieses Verhalten vollkommen untypisch für seine Frau sei.«

»Ja, klar. Das sagen alle.«

11

Eberhard Klausner kannte Donato Neri seit neun Jahren. Damals war bei den Klausners eingebrochen worden, während sie gemütlich auf der Terrasse gesessen und die warme Sommernacht genossen hatten. Eberhard und Ute hatten gar nicht mitbekommen, wie die Diebe ungerührt Fernseher, Handys, Bargeld und sonstige Wertsachen aus dem Haus räumten und wieder verschwanden.

Neri hatte die Ermittlungen übernommen, die natürlich im Sande verlaufen waren. Bis heute waren die dreisten Täter nicht gefasst.

Aber hin und wieder begegneten sich Neri und Eberhard dienstags auf dem Markt, wechselten ein paar Worte und tranken einen Espresso zusammen. Eberhard sprach gut Italienisch, die beiden duzten sich und grüßten sich, wenn sie sich trafen.

Neri telefonierte gerade, als Eberhard an diesem Morgen das Carabinieri-Büro in Ambra betrat.

Er winkte ihm freundlich zu, bedeutete ihm mit einer Geste, sich zu setzen, und beendete das Gespräch sehr schnell.

Dann wandte er sich Eberhard zu. »Mein Freund, was gibt's? Schön, dich zu sehen!«

»Wie geht's dir?«, fragte Eberhard.

»Tutto bene. Wir genießen unser neues Leben in dem umgebauten und renovierten Haus! Wir hätten das viel früher machen sollen, es ist einfach toll! Ihr müsst unbedingt mal vorbeikommen. Einfach so, auf ein Glas Wein.«

»Oh ja, das machen wir gern.«

»Tut das. Wann ihr wollt. Ein kurzer Anruf genügt. Aber warum bist du gekommen?«

»Ich habe ein Problem, Donato. Und ich hoffe, du nimmst es ernst. Denn ich würde dich nicht behelligen, wenn ich mir nicht wirklich Sorgen machen würde.«

»Was ist passiert?«

»Meine Tochter ist verschwunden.«

»Ach?«

Eberhard nickte, und dann erzählte er die ganze Geschichte. Alles, was er wusste.

Donato brach innerlich zusammen. Diese verdammten Vermisstenfälle nervten ihn, weil man nichts Handfestes in der Hand hatte und immer im Nebel stocherte. Eberhard Klausner war ihm wirklich sympathisch, aber in diesem Moment wünschte Donato Neri ihn zum Teufel.

»Das ist ja fürchterlich«, sagte Donato, als Eberhard mit seinem Bericht zu Ende war. »Hast du in diesem Hotel mal angerufen?«

»Natürlich! Dort ist sie nie gewesen. Eine Hannah Gassen ist da völlig unbekannt! Und darum mache ich mir solche Sorgen. Bitte, Donato. Gibt es irgendjemanden, der weiß, wie Hannah vom Flughafen weggekommen ist? Hat sie ein Taxi genommen? Oder ist sie privat mit jemandem mitgefahren? Hat sie ein Busticket gelöst? Oder einen Wagen gemietet? Erinnert sich jemand an sie?«

Donato sah ihn vollkommen entsetzt an.

Daraufhin meinte Eberhard: »Bitte, hilf mir, Donato! Wir können in diesem Fall nicht warten, wir müssen die Initiative ergreifen. Das ist wirklich ein Notfall!«

Keiner der beiden Männer sagte ein Wort.

Dann meinte Donato: »Va bene, ich werde mich in den umliegenden Krankenhäusern erkundigen, ob deine Tochter dort eingeliefert wurde. Vielleicht hatte sie ja einen Unfall. Nichts Schlimmes, aber sie liegt dort, hat ihr Handy verloren und kann nicht telefonieren.«

»Danke, Donato.« Dann flüsterte Eberhard fast: »Ich habe eine Scheißangst, Donato, und du bist der Einzige, der mir helfen kann.«

Donato nickte und wünschte sich ans Ende der Welt.

»Wie viele Leute hast du?«, fragte Eberhard.

»Einen.«

»Nein!«, sagte Eberhard entsetzt. »Kriegst du keine Soko zusammen?«

»Niemals. Nur wenn ich ein paar Bauern zusammentrommle. Alte, die nicht mehr aufs Feld müssen. Die Achtzig- bis Neunzigjährigen, die blind, taub und gehbehindert sind.«

»Das meinst du jetzt nicht ernst?«

»Doch, das meine ich völlig ernst.« Dieser dämliche Deutsche, für den er im Moment kein bisschen Sympathie mehr empfand, wollte ihm hier die Hölle heißmachen, nur weil sich seine Tochter verdünnisiert hatte und wahrscheinlich mit irgendeinem italienischen Schnulzensänger auf einer Yacht in der Koje lag und an alles dachte, aber nicht daran, sich bei ihren Eltern zu melden, weil sie ihren Mann aus Deutschland in die Wüste wünschte.

Er raufte sich die Haare, und in diesem Moment kam ihm der rettende Gedanke. Eberhards Tochter war ja gar keine Italienerin, sondern eine Deutsche. »Eberhard«, sagte Neri und stand auf. »Wo hat deine Tochter ihren festen Wohnsitz? A Berlino?«

»Ja.«

»Dann liegt der Fall anders, und die Zuständigkeit ist klar. Du musst sie dort als vermisst melden, nicht hier.«

»Das hat ihr Mann schon getan.«

»Dann ist es ja gut. Dann ermitteln die deutschen Kollegen. Wenn sie feststellen, dass sie wirklich nach Florenz geflogen ist, und wenn sie davon überzeugt sind, dass ein Verbrechen vorliegt, dann werden sie sich über Interpol mit Rom in Verbindung setzen. Und Interpol sucht sie. Europaweit, und natürlich auch hier in Italien. Und wenn sich herausstellt, dass sie in Ambra in der Bar gesessen und einen Espresso getrunken hat und man gesehen hat, dass sie mit einem Mann mitgegangen ist, dann melden sich die Kollegen aus Rom bei mir und sagen: Neri, übernimm, das könnte dein Fall sein. Wenn deine Tochter dann aber zwei Tage später auf Capri gesichtet wird, bin ich wieder raus. Und im Moment bin ich noch gar nicht drin, das heißt, ich habe mit der Sache nichts zu tun.«

Neri war schweißnass.

»Siehst du, und wegen dieses Systems fühlt sich eigentlich niemand zuständig«, sagte Eberhard und sprang auf. »Und niemand legt sich ins Zeug. Und darum flehe ich dich an, Donato, hilf mir! Dir öffnen sich doch alle Türen! Wenn du eine Frage stellst, bekommst du auch eine Antwort. Bitte frag auf dem Flughafen, bei den Taxis, Bussen, hol dir die Passagierlisten, bitte! Ich kann doch hier nicht bis anno Schnee warten! Die Kollegen in Florenz interessieren sich sicher nicht die Bohne für den Fall! Die werden bestimmt nicht all ihre Kraft und Zeit und Mühe aufwenden, um meine Tochter zu suchen!«

Da musste Neri Eberhard recht geben. »Das kann schon sein, aber ich kann nichts machen, mein Freund, mir sind die Hände gebunden. Ich würde meine Kompetenzen überschreiten.«

Eberhard ging zur Tür.

»Ich würde dir wirklich sehr, sehr gerne helfen, Eberhard, aber ich kann nicht! Ich würde meinen Job verlieren, wenn ich mich um Sachen kümmere, die mich nichts angehen!«

Eberhard nickte müde und enttäuscht.

»Es tut mir leid, Donato, dass wir uns diesmal unter einem so schlechten Stern treffen. Aber bitte, Zuständigkeit hin oder her – hilf mir! Ich gehe jetzt nach Hause und recherchiere im Internet, und wenn ich etwas in Erfahrung bringe, lasse ich es dich wissen. Gab es hier in letzter Zeit eigentlich schon andere Vermisstenfälle?«

»Nicht, dass ich wüsste«, meinte Neri.

»Danke!«

Eberhard verließ das Büro, ließ den Kopf hängen und ging die Straße hinauf bis zum Parkplatz.

Wie ein gebrochener Mann.

Neri saß da, brach drei Bleistifte kaputt und überlegte, ob er in dieser Sache wenigstens irgendjemand anrufen könnte.

»Cesaré!«, brüllte er.

Sein Mitarbeiter steckte den Kopf durch die Tür.

»Capo?«

»Ruf alle infrage kommenden Krankenhäuser in Florenz, Siena, Arezzo, Perugia et cetera an und frag, ob dort eine Hannah Gassen eingeliefert worden ist. Va bene?«

»D'accordo.« Cesaré ließ sich den Namen buchstabieren und zog sich zurück.

Neri wusste, dass er innerhalb der nächsten Stunde ein Ergebnis auf dem Tisch haben würde.

Dann fuhr er nach Hause.

Verflucht seien die Touristen, die mit ihren absurden kriminellen Geschichten seinen kleinen, friedlichen, beschaulichen Ort immer wieder ins Chaos stürzten und zum Zentrum des Verbrechens machten.

12

Ute saß vor dem Fernseher und lächelte ihm zu, als er hereinkam.

»Ist der Film gut?«, fragte er.

»Ja. Eine komplizierte, aber spannende Geschichte. Sehr zu Herzen gehend. Dauert nur noch eine Viertelstunde. Ich glaube nicht, dass ich dir erklären kann, worum's geht.«

»Nein, nein!« Eberhard winkte ab. »Um Gottes willen. Guck dir das mal zu Ende an.«

Ute schien ihm heute Abend sehr aufgeräumt und klar. Offensichtlich ging es ihr gut, vielleicht war es der passende Zeitpunkt, mit ihr zu reden.

»Möchtest du ein Glas Wein?«, fragte er.

»Gerne.«

Er ging hinaus, um ihr eins zu holen, stellte es auf den Tisch und wartete ab.

Als der Film zu Ende ging, liefen seiner Frau die Tränen übers Gesicht.

»Das war ein schöner Schluss«, schniefte sie. »Heftig, aber schön. Ein toller Film.«

Sie putzte sich die Nase, trank einen Schluck und sah ihn an. »Was gibt's?«

»Du, Ute ...«, wand er sich, »ich muss dir was sagen.«

»Ja«, sagte sie, »soll ich dir doch den Film erzählen? Es war so furchtbar, ich werde bestimmt die ganze Nacht nicht schlafen. Hätte ich ihn mir bloß nicht angeschaut!«

»Ich wollte jetzt nicht über den Film mit dir reden, sondern über etwas anderes. Ich muss dir was sagen.«

»Da war ein Mann«, sagte sie, »das musst du dir mal vorstellen. Seine Tochter ist entführt worden, und er hat so darum gekämpft, sie wiederzubekommen. Er wollte auf gar keinen Fall, dass sie stirbt, verstehst du? Und er hatte viel Stress mit seiner Frau, is' ja klar, die beiden waren ja völlig neben sich in so einer Situation. Und dann kriegen sie das Kind wieder, na, was sag ich, ein Kind war das ja nicht mehr, sie war fünfzehn oder sechzehn oder siebzehn, irgendwie so, jedenfalls ist sie wieder zu Hause, und der Verbrecher ist gefasst, alles ist in Ordnung, alle sind glücklich, aber der Vater zieht aus. Er will nicht mehr. Und damit ist alles kaputt. Seine Frau und seine Tochter sind unglücklich, und er ist auch unglücklich, und er ist schrecklich einsam, und seine beiden Frauen sind genauso einsam. Und der Hund heult rund um die Uhr, weil sein Herrchen nicht da ist. Ist das nicht furchtbar? Und ich kann es auch gar nicht verstehen, Eberhard, warum zieht er aus? Kannst du mir das erklären?«

»Nein, das kann ich nicht. Ute, bitte, hör mir mal einen Moment zu.«

»Ich hör dir die ganze Zeit zu, Eberhard, aber ich versteh's einfach nicht, und du sagst mir auch nichts dazu und lässt mich wieder allein damit in der Nacht …«

»Es war doch nur ein Film, Ute, lass uns doch jetzt einmal über die Realität reden!«

»Aber das tun wir doch die ganze Zeit!«

Eberhard stand auf.

Es hatte keinen Zweck. Er konnte es ihr nicht sagen. Sie würde es nicht begreifen.

13

Heiko hatte gleich nach seinem Besuch auf dem Polizeirevier einen Flug für den nächsten Tag nach Florenz gebucht. Er hielt es in Deutschland nicht mehr aus.

Das Flugzeug flog gerade über die Alpen, und wenn er aus dem Fenster blickte, sah er schneebedeckte Gipfel im gleißenden Sonnenlicht.

Atemberaubend schön.

Und jetzt saß er hier und war auf dem Weg zu ihr.

Vielleicht würde er sie finden.

Vielleicht wartete sie ja auf ihn. Irgendwo.

Es war 13 Uhr 45, als er in Florenz ankam, Sonne, dreiundzwanzig Grad. Er stieg in den Shuttle-Bus, fuhr zu dem Parkplatz im Zentrum und suchte seinen Mietwagen. B 16 hatte man ihm gesagt.

B 16 war ein Bereich mit mindestens zwanzig Wagen, aber er fand den Volvo, den er gebucht hatte, sofort, stieg ein und fuhr los. Es lief alles vollkommen problemlos. Das Navi ließ sich leicht auf Deutsch umschalten, und bereits fünfzehn Minuten später hatte er die Stadt verlassen.

Sein Ziel war der Palazzo Desiderio in San Stefano. Sicher,

Eberhard hatte dort bereits angerufen, aber er wollte den Ort mit eigenen Augen sehen, von dem sie geschrieben hatte, dass sie dort unbedingt einmal gemeinsam hinfahren müssten.

Eine Dreiviertelstunde später hielt er vor dem »Palazzo Desiderio«. Das Haus mit dem prunkvollen Namen war schlicht und dreistöckig, mit gelblich grauem Putz, und hatte sicher schon bessere Zeiten gesehen. Es stand direkt an der Straße, aber vom obersten Stockwerk aus hatte man vermutlich einen schönen Blick ins Tal.

Der Parkplatz vor dem Haus war fast leer. Heiko nahm seine Reisetasche aus dem Auto und sah sich um.

Das Hotel wirkte wie ausgestorben. Kein Mensch war zu sehen, auch hinter den Fenstern regte sich nichts. Die Eingangstür lag im Schatten, und es schien, als wäre dort seit Jahren niemand mehr ein- und ausgegangen. Darüber stand in geschwungener Schrift »Desiderio«.

Ein verlassener Ort. Gespenstisch.

Heiko widerstand dem Drang, einfach wieder ins Auto zu steigen und davonzufahren, und zwang sich, das wenig einladende Gebäude zu betreten.

Vor der Tür drehten sich Bonbonpapiere im Wind, Blätter häuften sich, der Abtreter war voller Sand.

Hier hatte schon lange niemand mehr gefegt.

Vor der Eingangstür hing eine Speisekarte. Alt, vergilbt, hinter zersprungenem Glas.

Heiko konnte sich nicht vorstellen, dass die Karte noch aktuell war. Wahrscheinlich hing sie schon seit zehn Jahren dort. Er fragte sich, ob es in diesem heruntergekommenen Hotel überhaupt etwas zu essen gab, zumal er nirgends das Wort »Ristorante« entdecken konnte.

Er ging hinein.

Das Entree war dunkel und klein. Licht drang nur durch das verfärbte Milchglas der Eingangstür.

Kein Mensch war zu sehen.

Heiko drückte auf die Klingel, die auf dem Tresen der Rezeption stand.

Niemand reagierte.

Er sah sich um.

Gegenüber dem Tresen befanden sich zwei durchgesessene Sessel, darüber einige Hirschgeweihe und der martialische Kopf eines Wildschweins. Daneben ein gläserner Kühlschrank mit bunten Limonaden und Bier.

Er drückte erneut auf die Klingel.

Ungefähr eine Minute später erschien eine dicke, ältere Frau, die sich ihre roten, rissigen Hände an einem Küchenhandtuch abtrocknete. Heiko mochte sich nicht ausmalen, was sie zuvor mit diesem Handtuch alles abgewischt hatte.

Sie hatte strähnige, lichte Haare, durch die man die Kopfhaut schimmern sah, und schiefe Zähne. Als Haarspange diente ihr eine Klammer mit einem winzigen, glitzernden Schmetterling, die die Haare aus der Stirn hielt, aber in dem dünnen Haar kaum Halt fand, was Heiko rührte.

»Buongiorno«, sagte sie und sah Heiko abwartend an.

»Haben Sie ein Zimmer für eine Nacht?«, fragte Heiko auf Englisch, obwohl ihm bereits jetzt vor der Übernachtung grauste.

Die Frau seufzte, setzte sich eine Brille auf und blätterte in einem DIN A3 großen Gästebuch. Und blätterte und blätterte, und ihr Gesichtsausdruck wurde immer sorgenvoller.

Heiko ahnte schon, dass sie einfach keine Lust hatte, ein Zimmer nur für eine Nacht zu vermieten, und ergänzte:

»Dieses Hotel ist mir von Freunden empfohlen worden. Wenn es mir gefällt, würde ich eventuell gern eine Woche bleiben.«

Die Miene der Frau erhellte sich augenblicklich, und ihr Blättern schien plötzlich zielgerichteter zu sein.

Wenige Sekunden später meinte sie in holprigem Englisch: »Ja, da hätte ich noch was im zweiten Stock. Allerdings hundertfünfzig Euro die Nacht.«

»Das ist o.k.«, sagte Heiko schnell.

»Bene.« Sie schob ihm ein Anmeldeformular über den Tresen, bat ihn, es auszufüllen und zu unterschreiben.

Während er schrieb, meinte Heiko: »Sagen Sie, wohnt im Moment zufällig eine Hannah Gassen bei Ihnen?«

»Wie bitte ist der Name?«

»Hannah Gassen. G – a – s – s – e - n.«

»Un attimo.« Sie begann wieder in ihrem zerlesenen Gästebuch zu blättern, diesmal weiter vorn. Die Seiten waren mit unterschiedlichen krakligen Schriften vollgeschrieben, Namen waren durchgestrichen, andere darübergeschrieben, Fettflecken durchtränkten teilweise mehrere Blätter, die Seitenkanten waren dunkel vor Dreck und nach oben gebogen. Sie blätterte hin und her und fuhr mit ihrem gichtigen Zeigefinger die Zeilen hinauf und hinab.

Dann sagte sie nach einer Weile, die Heiko wie eine Ewigkeit vorkam: »Nein, tut mir leid, aber eine Signora Gassen ist nicht hier.«

Plötzlich durchfuhr ihn ein Gedanke: Vielleicht hatte sie sich ja unter falschem Namen eingemietet? Aber warum sollte sie? Und warum sollte sie ihm dann die Adresse von diesem Hotel geben? Nein, das ergab überhaupt keinen Sinn.

»War in der Nacht vom 23. Oktober eine deutsche Signora hier?«, fragte er. »Könnten Sie bitte mal gucken? Es ist sehr wichtig.«

Die Signora suchte noch einmal ausführlich und wiederholte all das, was sie schon einmal getan hatte. Dabei schüttelte sie ständig den Kopf.

»Nein, mi scusi, aber eine Signora Gassen war in letzter Zeit nicht Gast bei uns. Ganz sicher nicht.«

»Danke.«

Sie reichte ihm einen Zimmerschlüssel, Zimmer 15. »Frühstück gibt es von sieben bis zehn Uhr. Buona giornata.«

»Danke.« Heiko nahm seine Tasche und ging zur Treppe.

Im Zimmer roch es muffig nach alter, abgestandener Luft.

Heiko riss das Fenster auf.

Das Zimmer war mehr als karg. Ein schmales Bett, ein hoher Schrank, ein kleiner Schreibtisch, im Bad nicht mal ein Föhn.

Und Hannah war so begeistert gewesen, dass sie mit ihm sogar extra hier hinfahren wollte? Das konnte ja wohl nicht wahr sein.

Er packte seine kleine Reisetasche aus, stellte danach seine Kulturutensilien ins Bad, überlegte einen Moment, ob er noch duschen sollte, entschied sich dann aber dagegen, nahm seine Brieftasche, seine Jacke und den Zimmerschlüssel und verließ das Zimmer.

Im dritten Stock gab es eine Terrasse. Die Sonne schien, es war warm, ein leichter Wind wehte. Ideal für einen kleinen Drink unter freiem Himmel. Ein magerer junger Mann mit einem Block in der Hand kam und lächelte.

»Un prosecco, per favore«, sagte Heiko, und der Mann verschwand.

Wegen dieser Terrasse mit Betonumrandung und einem Wellblechdach, auf der keine zehn Personen Platz hatten, hatte Hannah sicher nicht noch einmal herkommen wollen.

Er trank seinen lauwarmen Prosecco und hielt es keine halbe Stunde aus.

Um neunzehn Uhr ging er zum Abendessen in den verwinkelten Speisesaal, bestellte sich Pasta und trank dazu zwei Flaschen Wein. Weil er panische Angst hatte, nicht schlafen zu können.

Als er gegen dreiundzwanzig Uhr das Restaurant verließ, hatte er Schwierigkeiten, aufrecht und gerade bis zur Tür zu gehen, und schaffte es nur mit Mühe bis in sein Zimmer.

Dort fiel er todmüde ins Bett, machte sich nicht mal mehr die Mühe, sich auszuziehen und die Zähne zu putzen.

Trotz des Weines schlief er unruhig. Wachte immer wieder auf, dachte an Hannah, an ihre WhatsApp. Stundenlang warf er sich hin und her, dann stand er auf. Es war kurz vor fünf und immer noch stockdunkel.

Er stand in der Mitte des Raumes. Nervös. Zittrig.

Ihm war leicht schwindlig. Er ging zum Fenster und öffnete es. Sah hinaus.

Es war still. Auf dem Parkplatz vor dem Haus brannten zwei Laternen. Daneben die Mülltonnen. Eine war aufgeklappt, und ein paar Plastiktüten quollen heraus.

Die dichten Wälder in der Umgebung versanken in tiefschwarzer Nacht.

Nirgendwo ein Laut.

Er atmete tief durch. Die kühle Nachtluft tat ihm gut. Er stand einige Minuten still und sah hinaus in die Welt, die ihm so feindlich erschien, seit Hannah verschwunden war.

Dies war kein Palazzo. Dies war kein Ort, an dem man sich wohlfühlen konnte, sondern einer, von dem man sich nur ganz weit weg wünschte. Und man sah nirgends die funkelnden Lichter von Florenz. Florenz war viel zu weit weg. Hier gab es nur die einsame, bewaldete Toskana und ein heruntergekommenes, armseliges Hotel.

Sie hatte ihm die Nachricht mit dieser Adresse von irgendeinem Ort in der Welt geschickt.

Aber niemals von hier.

Hatte sie ihm vielleicht bewusst eine falsche Adresse geschickt? Um ihn in die Irre zu führen? Um ihn auf eine völlig falsche Fährte zu locken, da sie ja wusste, dass er sie suchen würde? Aber warum?

Plötzlich begann er zu zweifeln. Dieser Gedanke saß ihm wie ein Stachel im Fleisch. Er würde in der Nacht kein Auge mehr zutun.

Denn eines war klar: An diesem Ort war sie nie gewesen.

14

Eine leise Melodie riss ihn aus dem Schlaf. Er schreckte auf, schaltete den Weckruf seines Handys aus und sah auf die Uhr. Vier Uhr zwanzig.

Leise stand er auf und ging ins Bad.

Zehn Minuten später war er in der Küche und packte seinen Rucksack. Die Thermoskanne mit heißem Tee hatte er schon am Abend vorher gefüllt, dazu steckte er sein Jagdmesser, sein Fernglas, eine Stirnlampe, Latexhandschuhe, Kleenex und eine Flasche Wasser ein.

Aus dem Waffenschrank nahm er eine Büchse und drei Schuss Munition 308 Winchester und ging leise die Treppe hinunter, hinaus aus dem Haus und zu seinem Wagen auf dem Parkplatz, wo er alles hineinlegte.

Dann lief er noch einmal zurück zum Kühlraum, den er im Magazin eingebaut hatte, holte den Müllsack mit den Fleisch- und Knochenresten heraus, die er nicht mehr verwerten konnte, hob ihn in eine Plastikwanne ins Auto und drückte leise die Tür zu.

Sie war so eine Hübsche gewesen.

Um diese Zeit war noch niemand von den Gästen wach oder unterwegs, der Palazzo und die Appartementhäuser waren dunkel, alle schliefen tief und fest. Niemand sah ihn, als er mit seinem Wagen leise den leicht abschüssigen Kiesweg zum Eingangstor hinunterrollte. Erst zweihundert Meter weiter schaltete er den Motor an.

Er fuhr hinauf in die Berge, dorthin, wo die dichten Wälder von keinen befestigten Wegen mehr durchschnitten waren. Sein Jeep, den er nur für die Jagd benutzte, quälte sich auf steinigen Pisten durch das Dickicht.

Schließlich hielt er an und parkte seinen Wagen am Ufer eines kleinen Baches. Hierhin verirrten sich normalerweise keine Spaziergänger, keine Pilzsucher und keine Jäger.

In dieser Wildnis gab es nur Wildschweine, Füchse, Rotwild und ab und zu mal einen durchziehenden Wolf.

Er ging los. Trug Rucksack, Gewehr und den Sack mit den Fleisch- und Knochenresten über der Schulter. Die Stirnlampe leuchtete ihm den Weg.

Ab und zu hielt er inne und lauschte. Bis auf das Rauschen der Blätter im Wind war es absolut still.

Noch waren sie nicht da, aber sie würden schon kommen, da war er absolut sicher.

Er ging ungefähr zehn Minuten. Der Schweiß lief ihm den Rücken hinab, sein Gepäck war auf die Dauer verdammt schwer.

Als er den von ihm selbst eingerichteten Luderplatz endlich erreicht hatte, musste er einen Moment erschöpft innehalten. Aber der Platz war wie immer total leergefressen. Dort lag nichts, aber auch wirklich gar nichts mehr.

Er wartete einen Moment, horchte und sah sich um, ob er irgendwo im Kegel des Lichtes ein tierisches Augenpaar aufblitzen sah. Als er sicher war, absolut allein zu sein, kippte er den Sack aus, stülpte ihn zuletzt von rechts auf links.

Der Fleisch- und Knochenberg, der im fahlen Licht der Lampe widerlich aussah, wog bestimmt annähernd fünfzehn oder zwanzig Kilo. Er war froh, dass er ihn los war und die Schlepperei ein Ende hatte.

Ungefähr dreißig Meter entfernt lag ein beim letzten Sturm entwurzelter Baum. Sein gewaltiger Wurzelballen war komplett aus der Erde gerissen, und dadurch war unter ihm eine Höhle entstanden, in der bestimmt drei Männer Platz gehabt hätten.

Er stieg in den modrigen Hohlraum, der ihm wie ein Grab erschien, und wartete ab.

Noch eine knappe halbe Stunde bis zur Morgendämmerung. Er wollte einfach sehen, wie sie sich über die Fleisch- und Knochenreste hermachten.

Der Wind stand günstig und blies ihm leicht ins Gesicht.

Wildschweine kamen meist im Morgengrauen, das wusste er. Er wollte sie schmatzen hören. Er wollte hören, wie sie die Knochen brachen, zerkauten und zermalmten.

Er hatte es schon ein paarmal miterlebt, und es war jedes Mal wie ein Fest für ihn gewesen.

Die Feuchtigkeit kroch ihm in die Knochen. Ein Frosch stieg langsam über seine Stiefelspitze.

Minuten vergingen. Er schraubte die Thermoskanne auf und trank seinen schwarzen, bitteren Tee, der noch erstaunlich heiß war.

Als ein schwacher, bläulich heller Streifen über den dunklen Bäumen aufstieg und er den feuchten Wald im Morgennebel dampfen sah, kamen sie.

Eine ganze Rotte.

Er hob das Gewehr, hatte sie im Fadenkreuz seines Zielfernrohrs. Zwei Sauen boten ihm die volle Breitseite, Entfernung höchstens fünfzig Meter, besser ging es nicht.

Er entsicherte, hielt das Gewehr ganz ruhig – aber schoss nicht.

Schließlich sicherte er das Gewehr wieder und lehnte es an den entwurzelten Baum.

Sie grunzten und schnauften, es erschien ihm unverschämt laut. Und schließlich machten sie sich über die Fleisch- und Knochenreste her.

Für ihn war es pures Glück.

Sie waren ganz nah. Er hatte die Sauen immer noch gut im Blick, hätte eine oder mehrere von ihnen mühelos erlegen können, aber er tat es nicht. Schweinefleisch verabscheute er, und er wollte sie nicht von diesem Luderplatz, an den sich die Tiere mittlerweile gewöhnt hatten, verscheuchen.

Die Büchse hatte er eigentlich nur zu seiner eigenen Sicherheit dabei. Man konnte ja nie wissen. Vielleicht griff ihn ein Keiler an, oder es lief ihm ein Hirsch direkt vor den Lauf.

Rotwild gejagt hatte er schon lange nicht mehr.

Es kostete zu viel Zeit.

Seine Jagd war eine andere geworden.

Als die Rotte weiterzog, kam er aus seiner Höhle. Die Schweine hatten noch einiges übrig gelassen, nun gut, das würden sie sich morgen holen. Da war er sicher.

Zufrieden ging er zurück zu seinem Wagen und startete den Motor.

Die frühe, bleiche Morgensonne kam hinter den Bergen hervor und beleuchtete das Land. Morgentau glitzerte auf den Wiesen.

Er freute sich auf einen heißen Kaffee und knusprige Croissants.

Und war glücklich.

Als Neri die Bar in Ambra betrat, um seinen Morgenkaffee zu trinken – Gabriella hatte noch geschlafen, als er ging –, sah er den Ehemann und Jagdaufseher der Signora Scarpaccini in der Ecke sitzen und »La Repubblica« lesen. Er war in Jagdkleidung.

Neri erinnerte sich, dass er wenige Male ein paar Worte mit ihm gewechselt hatte, doch das war schon länger her. Aber seine Frau, die Signora Scarpaccini, die eine große Mäzenin war, hatte der Gemeinde einen Notarztwagen spendiert, nachdem ein junger Jäger im Wald verblutet war, als er sich versehentlich ins Bein geschossen hatte und in dem unwegsamen Gelände nicht rechtzeitig abtransportiert und gerettet werden konnte.

Das meiste, was Neri von dem Ehepaar Scarpaccini wusste, hatte er aus der Presse erfahren, aber die beiden waren ihm äußerst sympathisch. Vor allem die Signora, die im Rollstuhl saß, ein so schweres Schicksal erdulden musste und dennoch so viel Gutes für die Menschheit tat.

Neri ging zu ihm. »Buongiorno, Dottore Scarpaccini«, sagte er vorsichtig. »Mi scusi, disturbo?«

»Aber Sie stören überhaupt nicht«, antwortete Daniel in perfektem und akzentfreiem Italienisch und lächelte Neri gnädig an. »Ich freue mich, Sie zu sehen! Bitte, setzen Sie sich! Möchten Sie einen Kaffee?«

»Oh ja, sehr gerne.«

Daniel machte der Bedienung ein Zeichen.

Neri setzte sich. »Darf ich fragen, wie es Ihrer Frau Gemahlin geht?«

»Gut. Sehr gut. Danke der Nachfrage.«

»Das freut mich. Waren Sie auf der Jagd?«

Daniel nickte.

»Und? War sie von Erfolg gekrönt?«

»Leider nein. Niente. Es war zu neblig heute Nacht. Kein Mond. Und heute früh kam das Schwarzwild nicht. Ich habe seit zwei Uhr auf dem Ansitz gesessen, aber umsonst. Werde wohl oder übel auf mondhelle Nächte warten müssen. Aber es war so schön warm heute Nacht, da konnte ich nicht widerstehen.«

Die Besitzerin der Bar stellte einen Espresso vor Neri.

»Grazie.« Er rührte etwas Zucker hinein und trank.

»Hier oben in den Bergen ist ein fantastisches Jagdgebiet«, sagte Daniel. »Ich komme leider viel zu selten hin, mir fehlt – ehrlich gesagt – die Zeit.« Er lächelte. »Aber wie sieht es bei Ihnen aus? Gibt es viel zu tun?«

»Jetzt, wo die Touristen weniger werden, wird es besser und sehr viel ruhiger.«

Daniel sah ihn amüsiert an. »Das meinen Sie doch jetzt nicht ernst, oder?«

»Doch, das meine ich sehr ernst. Mit den Touristen kommt die Kriminalität. Leider Gottes. Ich weiß auch nicht, warum, aber in den Sommermonaten passiert immer irgendetwas Schreckliches. So ist es leider. Im Winter dagegen ist es friedlich. Ich freue mich schon darauf, ein bisschen durchatmen zu können.«

Daniel stand auf. »Maresciallo, ich empfehle mich und wünsche Ihnen noch einen wunderschönen Tag. Meine besten Grüße an Ihre Gattin!« Er verbeugte sich leicht und verließ die Bar.

Was für ein feiner Mensch, dachte Neri, einer, der wirklich noch gesittete Umgangsformen hat.

So etwas traf man hier auf dem Land wahrlich selten.

Neri trank aus und stand auf. Er hatte sich ja gar nicht für den Kaffee bedankt – verdammt, hoffentlich blieb das dem Dottore Scarpaccini jetzt nicht negativ in Erinnerung.

Das Land brauchte Menschen wie die Scarpaccini. Wenn irgendwo Not am Mann war, ließen sie sich nicht zweimal bitten, sondern waren zur Stelle und halfen sofort.

15

Am späten Vormittag erreichte Heiko das Grundstück seiner Schwiegereltern.

Eberhard hatte den Wagen gehört, kam aus dem Haus und breitete die Arme aus.

»Heiko!«

Die beiden Männer umarmten sich kurz.

»Komm rein. Ute hat sich gerade ein bisschen hingelegt, aber wenn sie hört, dass du da bist, wird sie sicher aufstehen.«

Heiko folgte Eberhard schweigend ins Haus.

»Bitte, setz dich. Möchtest du was trinken?«

»Ja, einen Espresso, wenn du hast.«

»Sicher. Ich mach ihn dir und sag Ute Bescheid.« Dann sagte er flüsternd: »Bitte, sei vorsichtig. Ich hab ihr noch nichts erzählt. Sie weiß von nichts.«

Heiko nickte stumm.

Ute ging strahlend auf Heiko zu. »Heiko! Wie schön, dass du hier bist! Ich freu mich ja so! Wie geht es dir? Wie lange bleibst du? Und wo ist Hannah?«

»Das sind so viele Fragen, Ute, da brauche ich ja einen halben

Tag, um alle zu beantworten!« Er lachte und küsste Ute auf die Wange. »Du siehst gut aus! Wie geht es dir?«

»Prima. Die Toskana tut mir gut. Wie immer. Warum hast du deine Frau nicht mitgebracht?«, fragte sie und strahlte immer noch.

»Es geht ihr nicht so gut«, sagte Heiko und zwang sich zu einem Lächeln. »Sie möchte im Moment nicht fliegen.«

Ute wurde blass. »Wieso? Was ist los? Was hat sie?«

Heiko schluckte. »Sie ist schwanger, Ute!«

»Was?« Ute sprang auf. »Wie bitte? Sag das noch mal!«

»Ja. Wir bekommen ein Kind.« Heiko hätte sich am liebsten hingeschmissen und geheult.

»Oh, wie wunderbar!« In Utes Augen schwammen Tränen. »Und deswegen ist sie nicht geflogen?«

»Richtig. Deswegen ist sie nicht geflogen.«

»Aber du bist gekommen …«

»Ja, weil ich gehört habe, dass es dir ziemlich schlecht geht.«

»Das stimmt.« Ute war einen Moment still und überlegte. »Ja, es ging mir nicht gut, aber jetzt geht es mir gut, weil du mir sagst, dass Hannah ein Kind bekommt. Ich kann es nicht glauben! Ich werde Oma! Eberhard, hast du das gehört? Wir werden Oma und Opa!« Sie lachte und klopfte pausenlos auf den Tisch.

»Ja, so ist es.« Mehr sagte Heiko nicht.

Was?, dachte Eberhard entsetzt und sank auf einen Stuhl. Das kann nicht sein. Sie ist verschwunden, und sie ist schwanger? Oh mein Gott! Er blieb stumm und spürte, wie sich sein Herz zusammenkrampfte.

»Eberhard!«, rief Ute. »Du sagst ja gar nichts! Ist das nicht wundervoll? Was für eine schöne Nachricht!«

»Ja, ich finde es auch wundervoll«, bemerkte Eberhard matt.

Es war absurdes Theater, das hier aufgeführt wurde, und er konnte es kaum ertragen.

Ute sprang auf, lief zum Telefon und wählte Hannahs Nummer. Während sie wartete, sah sie so glücklich aus wie seit Monaten oder Jahren nicht mehr.

Sie ließ es so lange klingeln, bis sich der Apparat von allein abschaltete.

»Sie ist wohl nicht zu Hause«, sagte Ute mit einem enttäuschten Lächeln. »Schade. Ich hätte ihr so gern gratuliert.«

»Versuchst du es eben später noch mal«, meinte Eberhard leise und fing an zu weinen.

»Ja, natürlich. Heute Abend erreiche ich sie bestimmt.« Erst jetzt bemerkte sie, dass ihr Mann weinte, setzte sich zu ihm und strich ihm übers Haar. »Er freut sich so sehr«, murmelte sie und sah Heiko dabei an, »was für ein Glück für uns alle.« Dann küsste sie ihren Mann. »Es wird wunderschön werden, Eberhard, so ein kleines Wesen bringt ganz neues Leben ins Haus!«

Schließlich wandte sie sich an Heiko. »Wann fliegst du zurück?«, fragte sie ihn.

»Ich weiß es noch nicht. In ein paar Tagen. Ich bin doch gerade erst angekommen!«

»Ja sicher, aber du musst zu ihr! Wir sind nicht wichtig, du musst auf sie aufpassen, verstehst du, eine schwangere Frau darf man nicht allein lassen.« Sie sah an die Decke und überlegte einen Moment. »Wann ist es denn so weit?«

»Im April.«

»Komm!«, sagte Eberhard. »Wir gehen ein bisschen in den Garten.«

Sie liefen eine Weile schweigend nebeneinander her. Dann sagte Heiko: »Ich habe übrigens gestern in diesem angeblichen

Palazzo-Hotel Desiderio in San Stefano übernachtet. Ich weiß jetzt definitiv, dass sie dort nie gewesen ist. Denn das ist eine Bruchbude, da wäre sie wahnsinnig geworden und hätte sich niemals gewünscht, dass wir dort gemeinsam hinfahren!«

Anschließend erzählte er so ausführlich wie möglich, was er dort gesehen und erlebt hatte. »Keine Ahnung, warum sie mir diese Adresse geschickt hat, ich kann es mir nicht erklären, und das ist es, was mich um den Verstand bringt. Verstehst du?«

Eberhard nickte und berichtete seinerseits von seinem Gespräch mit Neri.

»Okay«, meinte Heiko und knirschte vor Wut mit den Zähnen. »Dann ist es hier also genau wie in Deutschland, keiner fühlt sich zuständig. Eine erwachsene Frau, die anscheinend der Erdboden verschluckt hat, wird nicht gesucht.« Das Blut schoss ihm ins Gesicht. »Und was machen wir jetzt? Wo sollen wir anfangen? Wen können wir noch fragen? Mir fällt nichts mehr ein.«

Eberhard schwieg.

Dann meinte Heiko: »Es muss doch wohl herauszufinden sein, wie sie vom Flughafen weggekommen ist? Wohin auch immer! Das muss man doch ermitteln können!«

»Heiko!«, meinte Eberhard leise. »Du kennst doch Florenz. Zu Fuß kommt man vom Flughafen in kein Hotel der Welt. Der Terminal ist von einer sechsspurigen Straße umgeben, ohne Übergang oder Fußwege. Das fällt also weg. Eine Bahn in die City gibt es auch nicht. Ob sich die Busfahrer an einen ihrer hundert oder tausend Passagiere an einem langen Tag erinnern, bezweifle ich, und die Taxifahrer kannst du auch vergessen. So einer, der schwarz und ohne Lizenz fährt, wird kaum zugeben, dass eine Frau wie Hannah bei ihm eingestiegen ist.

Keine Chance, Heiko. Niemand wird etwas wissen, und niemand wird etwas sagen. Allerdings bleibt immer noch die

Möglichkeit, dass sie vielleicht gar nicht nach Florenz geflogen ist«, und das flüsterte er fast, »sondern irgendwohin. Die Welt ist groß.«

Heiko schüttelte den Kopf. »Ausgeschlossen. Sie war in diesem Flugzeug und ist in Florenz gelandet. Das hab ich bei der Airline gecheckt. Eberhard, bitte! Wir waren glücklich, verdammt glücklich! Wir haben uns derart auf unser Kind gefreut, das kannst du dir nicht vorstellen. Unser ganzes Leben drehte sich nur noch um diese wundervolle Schwangerschaft! Hannah ging es gut, sie fühlte sich wohl, wir hatten bereits das Kinderzimmer komplett eingerichtet, wir fühlten uns beide wie auf Wolke siebzehn! Und dann kam deine SMS, dass es Ute nicht gut geht, und Hannah hat sofort einen Flug gebucht, um hierherzufliegen und für ihre Mutter da zu sein! Das war völlig o.k. Und warum sollte Hannah uns denn dann alle anlügen und nach Hongkong, Dubai oder Paris fliegen? Warum? Es gibt keinen Grund!«

Eberhard zuckte hilflos die Achseln. »Du hast ja recht.« Und nach einer Pause fragte er: »Was machen wir denn jetzt, Heiko? Was machen wir bloß?«

»Ich weiß es doch auch nicht.« Heiko nahm seinen Schwiegervater in den Arm.

Beide Männer hielten einander fest und fanden Trost allein in dem Gedanken, dass sie zumindest gemeinsam an einem Strang zogen.

16

Heiko erschrak, als er erwachte und auf die Uhr sah. Viertel nach zehn. So lange hatte er schon seit Monaten nicht mehr geschlafen. Auch am Wochenende hatte er meist schon um sechs angefangen zu lernen, lange bevor Hannah aufstand, um seine Ruhe zu haben. Und auch wenn er wochentags in die Uni ging, schlief er nie länger als bis sieben.

Und jetzt war es Viertel nach zehn.

Er fühlte sich völlig benommen und schleppte sich ins Bad.

Kurz vor elf kam er in die Küche.

Eberhard saß am Küchentisch, in der Hand einen Kaffee.

»Ute ist weg«, sagte er. »Sie hat das Auto genommen und ist irgendwohin gefahren. Hat keinen Zettel hinterlassen, nichts. Normalerweise ist das ja nichts Schlimmes, aber das hat sie noch nie getan.«

»Und du machst dir Sorgen?«

Eberhard lachte leise. »Ich bestehe nur noch aus Sorgen. Hannah … Ute …, es nimmt ja kein Ende.«

Um fünfzehn Uhr kam sie, bremste scharf, sodass es vor dem Haus eine tiefe Spur im Kies gab, und hupte laut.

Eberhard und Heiko traten beinah gleichzeitig aus dem Haus.

Ute stieg aus dem Auto und strahlte. »Ihr Lieben!«, rief sie und öffnete den Kofferraum. »Heute war mein Glückstag! Ich habe richtig schöne Sachen gefunden für Mama, Papa und Kind, das muss ich euch zeigen! Ihr könnt es euch nicht vorstellen! So ein Kind ist wie ein neues Leben, und dann kann man das Haus quasi komplett neu einrichten! Ein Traum!«

»Warum hast du keinen Ton gesagt, dass du Babysachen einkaufen fährst? Wir haben uns große Sorgen gemacht!«

»Aber das konntet ihr euch doch denken!«, lachte Ute. »Nach so einer Nachricht sitzt man doch nicht zu Hause! Es gibt so wahnsinnig viel vorzubereiten, das kann sich wahrscheinlich kein Mann vorstellen.«

»Du hättest mir wenigstens einen Zettel auf den Küchentisch legen können, dann hätte ich mich nicht so verrückt gemacht.«

»Hätte ich, ja gut, hab ich aber nicht. Hab nicht dran gedacht. Tut mir leid. Aber jetzt willst du doch hoffentlich nicht ein paar Stunden darauf herumhacken. Komm, wir tragen die Sachen rein und gucken sie uns an. Und wenn euch was nicht gefällt, kann ich es umtauschen. Gar kein Problem.«

Eberhard und Heiko sahen sich an und schwiegen.

Dann halfen sie Ute, die Tüten und Taschen und Kartons ins Haus zu tragen.

Je mehr sie ins Haus schleppten, desto übler wurde Heiko.

Und in diesem Moment glaubte er nicht mehr daran, dass er Hannah je wiedersehen und dass Ute jemals ein Enkelkind bekommen würde.

Sie hatte eingekauft wie eine Verrückte. Strampler und Jäckchen, Schühchen und Mützchen, Kuscheltiere, weich und schmiegsam und waschmaschinentauglich. Außerdem Schmusekissen, flauschige Decken, Fläschchen und, und, und.

Sie packte alles aus, schmiss das Verpackungsmaterial durch die Gegend und freute sich ihres Lebens.

Nach kürzester Zeit war der gesamte Fußboden des Wohnzimmers mit Papier, Pappe und Plastik übersät.

Als sie fertig war, sah Ute ihren Mann und ihren Schwiegersohn erwartungsvoll an.

»Und?«, fragte sie. »Gefällt es euch? Ich hab doch wirklich schöne Sachen gefunden, oder?«

»Das hast du«, meinte Eberhard. »Ohne Zweifel. Ganz toll.«

»Hannah wird sich freuen. Es kostet verdammt viel, wenn ein Baby auf die Welt kommt, da können wir doch ein bisschen helfen, findest du nicht auch?«

»Aber natürlich!« Eberhard lächelte und nahm Ute in den Arm, die sich sofort an ihn schmiegte. Und er hielt diesen Moment noch ein, zwei Sekunden fest. Diesen so seltenen und kostbaren Moment.

Draußen vor dem Haus knirschte der Kies. Oh, dachte Eberhard, das ist wahrscheinlich Eros, der Elektriker, der endlich die Wechselschaltung im Wohnzimmer repariert.

Aber als er zusammen mit Ute auf die Terrasse trat, sah er, dass es nicht Eros war, sondern Neri, der Carabiniere, zusammen mit einem jungen Kollegen.

Eberhard wurde blass, und sein Herzschlag erhöhte sich.

»Buonasera Eberhard, buonasera Ute, ich hoffe, wir stören nicht? Das ist mein Kollege Cesaré, und wir haben ein paar Neuigkeiten. Habt ihr ein paar Minuten Zeit?«

Eberhard nickte. Ute sah ihn voller Unverständnis an. Was wollen die hier?, fragte ihr Blick.

»Setzen wir uns auf die Terrasse«, meinte Eberhard.

In diesem Moment kam Heiko aus dem Haus.

»Darf ich vorstellen: mein Schwiegersohn«, sagte Eberhard dumpf.

»Ach so. Ja. Piacere. Sie sind also der Mann der vermissten Frau?«

Heiko hatte den Satz nicht ganz verstanden, aber Eberhard nickte für ihn. »Ja, genau so ist es.«

»Wie?«, fragte Ute. »Was redet ihr da? Welche vermisste Frau? Hannah? Oder was meint ihr?«

»Ute, ich kann dir das erklären …«, begann Eberhard hilflos.

»Ja, bitte!«, zischte sie scharf.

Eberhard sackte in sich zusammen und suchte noch nach den richtigen Worten, als Heiko sagte: »Ute, bitte, warte einen Moment, wir werden dir alles erklären. Aber jetzt wollen wir erst einmal wissen, warum die Carabinieri gekommen sind.«

»Also«, begann Neri, »wir haben recherchiert und ermittelt. Sie ist tatsächlich am Abend des 23. Oktober in Florenz gelandet, aber wie sie vom Flughafen weggekommen ist, lässt sich noch nicht sagen.«

»Wir werden uns die Passagierlisten ansehen«, schaltete sich Cesaré ein. »Vielleicht ist sie ja weitergeflogen. Oder auf den Überwachungskameras im Terminal ist irgendetwas zu sehen …«

»Sehr gut, Cesaré«, klinkte sich nun wieder Neri ein. »Da mach dich mal morgen früh gleich an die Arbeit. Wir sind für diesen Fall zwar gar nicht zuständig, aber ich möchte meinem Freund Eberhard helfen. Schließlich geht es um das Leben seiner Tochter.«

»Es könnte natürlich auch sein«, sagte Cesaré vorsichtig, »dass sie einfach in ein Taxi gestiegen und davongebraust ist. Irgendwohin. Und was dann mit ihr passiert ist, werden wir wahrscheinlich nie erfahren.«

»Was ist los?«, schrie Ute schrill. »Wovon redet ihr? Was ist mit Hannah?«

»Hannah wollte dich besuchen«, sagte Eberhard mit schleppender Stimme. »Sie ist nach Florenz geflogen, aber seitdem verschwunden. Mehr wissen wir alle nicht, aber wir wollten dir noch nichts sagen, um dich nicht zu beunruhigen. Weil es dir so schlecht ging. Und weil wir gehofft haben, dass sie jeden Moment vor der Tür steht. Und dann wäre die ganze Aufregung umsonst gewesen.«

»Aber sie ist schwanger!«, schrie Ute.

»Ja, das ist ganz furchtbar. Ich weiß. Wir verstehen das alles überhaupt nicht. Und darum ist auch Heiko hier. Um Hannah zu suchen.«

»Ist das wahr, Heiko? Darum bist du hier?«

Heiko nickte.

»Und warum erfahre ich das erst jetzt?«, schrie Ute. »Und nur durch die Carabinieri? Sonst hätte ich es vielleicht nie erfahren!«

»Weil wir dich schonen wollten, verdammt noch mal!« Jetzt brüllte auch Eberhard. »Das hab ich dir doch gerade gesagt! Wir wollten dich nicht aufregen! Du warst selbstmordgefährdet oder bist es noch immer, ich weiß es nicht, aber auf jeden Fall warst du so, dass man jede Aufregung von dir fernhalten musste! Das kannst du mir doch jetzt nicht zum Vorwurf machen!«

Ute stand da. Ganz still. Ganz stumm. Starrte ihren Mann und Heiko an. Und dann fiel sie um. Sackte wortlos in sich zusammen und blieb regungslos liegen.

Eberhard stürzte sich sofort auf sie. »Ute! Was ist los mit dir? Komm zu dir! Tut dir was weh?« Er klatschte ihr auf die Wange.

»Ich rufe die ambulanza«, sagte Neri und zog sein Handy aus der Tasche.

»Nein! Noch nicht! Warte einen Moment!«

Ute schlug die Augen auf. Eberhard zog sie hoch, sodass sie zum Sitzen kam.

»Tut dir was weh?«

Ute schüttelte den Kopf.

»Kannst du dich bewegen?«

Ute nickte. Und dann begann sie zu weinen.

Heiko setzte sich ebenfalls zu ihr und nahm sie in den Arm.

»Ist sie o.k.?«, fragte Neri leise. »Ich meine, ist sie verletzt, sollten wir vielleicht doch die ambulanza rufen?«

»Nein, ich denke, es geht. Wir kommen klar. Danke, Donato.«

»Va bene, wir gehen dann mal«, sagte Neri schließlich vorsichtig. »Wir melden uns, wenn wir Neues erfahren. Cesaré ist unser Computerexperte und wird was weiß ich alles durchsuchen. Vielleicht findet er was.«

Eberhard nickte. Er war ganz blass. »Danke, Donato. Du siehst, wir sind hier alle ziemlich durcheinander.«

Neri und Cesaré verabschiedeten sich und gingen zum Wagen.

17

Valerio Raspini hatte gerade einen Herzinfarkt überstanden. Nach zwei Wochen im Krankenhaus und drei Wochen in der Reha schätzte er sich als den glücklichsten Menschen dieser Erde, dass er endlich wieder zu Hause wohnen und seinen Hund Luca um sich haben konnte.

Valerio war mager geworden und sein Kopf fast kahl. Luca hatte sich vor Freude schier überschlagen, als Valerio ihn vor zwei Tagen von seiner Schwester Ilaria abgeholt hatte. Sie hatte sich rührend um den Mischling gekümmert, aber die Spaziergänge waren zu kurz gekommen, da Ilaria einen Meniskusschaden hatte und schlecht laufen konnte.

Der Hund hatte es nicht leicht gehabt in den vergangenen fünf Wochen, das wollte Valerio jetzt alles wiedergutmachen.

Schon früh, kurz nach Sonnenaufgang, fuhr er in den Wald, so wie er es auch schon vor seiner Krankheit immer getan hatte. Luca sollte sich mal richtig austoben.

Der Doktor hatte Valerio ausdrücklich ans Herz gelegt, sich viel zu bewegen. Langsam, aber ausdauernd.

Luca hatte nichts verlernt. Er sprang aus dem Auto, wartete, bis sein Herrchen seine Sachen zusammengesucht und den

Wagen abgeschlossen hatte, und lief dann schwanzwedelnd und vergnügt mit ihm in den Wald.

Dorthin, wo es keine Spaziergänger gab, wo Valerio seinen Hund ohne Leine laufen lassen konnte.

Luca tobte und sprang, rannte von vorne nach hinten und von rechts nach links, die ungewohnte Freiheit ließ ihn fast durchdrehen.

Für Valerio war es eine Freude, dem Hund zuzusehen.

Nebel lag über dem Land und zog in dichten Schleiern durch den Wald. Valerio konnte den nahenden Winter förmlich riechen, und er freute sich darauf. Im Winter in den Wald zu gehen war ihm immer das Schönste gewesen.

Schwäne flogen laut schreiend über den Baumwipfeln davon, und der Hund zuckte zusammen.

»Alles in Ordnung, Luca«, beruhigte Valerio ihn, und der Hund schnüffelte weiter.

Es hatte immer wieder geregnet in letzter Zeit, und der Boden war weich und matschig.

Valerio sah Spuren von Rotwild, ganz offensichtlich Hirsche, die jetzt während der Brunft unterwegs waren. Aber er bemerkte auch Reifenspuren, die in den Wald hineinführten. Das war ungewöhnlich. Wer fuhr denn hierhin noch mit dem Wagen? Und wer kam überhaupt in diese entlegene Ecke des Waldes?

Seit Valerio denken konnte, war er hier immer allein gewesen und nie einem Menschen begegnet.

Er folgte den Reifenspuren.

Auch die Spuren des Wildes wurden zahlreicher. Hier waren Wildschweine gewesen. Suhlen, in denen sie sich gewälzt hatten, und auch die Abdrücke der Schalen waren deutlich zu erkennen.

Er ging weiter.

Luca blieb auffällig nah bei ihm.

Und dann sah er ihn. Einen Luderplatz im Schatten der Bäume.

Luca wollte sich gerade auf die Knochen stürzen, aber Valerio packte ihn am Halsband und hielt ihn zurück. Dann klinkte er die Leine ein und band Luca an einen genügend weit entfernten Baum.

Gut, dachte Valerio, als Luca ihn nicht mehr störte. Ein Luderplatz, um fleischfressendes Wild anzulocken und es dann zu bejagen. Warum auch nicht. Es gab sowieso viel zu viele Wildschweine in dieser Gegend, sie mussten dringend dezimiert werden.

Er trat näher heran.

Und dann stockte ihm fast der Atem. Dort lag der Rest eines Fußes. Umständlich und mit zitternden Händen fummelte er seine Brille aus dem Rucksack und besah ihn sich genauer.

Ohne Zweifel, er hatte sich nicht verguckt, es war der Teil eines menschlichen Fußes. Er glaubte sogar, einen Splitter roten Nagellacks zu erkennen.

Valerios Herz begann zu rasen.

Dies hier war keine Sache für den zuständigen Jäger, sondern für die Polizei.

Er stand wie erstarrt. Musste immer wieder hinsehen, konnte es gar nicht glauben.

Ein Handy hatte er nicht dabei, sein Leben lang war er ohne in den Wald gegangen, warum sollte er jetzt damit anfangen? Wenn ihn der berühmte zweite und meist tödliche Infarkt in der Wildnis erwischen sollte, dann war es eben so. Dann war es Gottes Wille. Dann kam sowieso jede Hilfe zu spät.

Jetzt hätte er sich ein Handy gewünscht.

Er band Luca vom Baum los, ließ ihn aber angeleint und hatte seine liebe Mühe, ihn vom Luderplatz wegzuziehen.

Es würde zwei Stunden dauern, bis er zu Hause war und telefonieren konnte.

Er hoffte, dass der Fuß noch da war, wenn die Polizei kam. Damit er nicht als alter Spinner dastand, der Gespenster gesehen hatte.

So aufgeregt und nervös wie an diesem Morgen war er in seinem ganzen Leben noch nicht gewesen.

Als er im Auto saß, fiel ihm ein, dass er den Fuß vielleicht hätte mitnehmen sollen. Dann wäre er vor wilden Tieren sicher gewesen. Aber er hatte weder Handschuhe noch Plastiktüten dabei, und daher verwarf er den Gedanken sofort wieder.

Er konnte an nichts anderes denken als an den Fuß. Wie kam der dahin?

Dass zu einem Fuß eine komplette Leiche und mit großer Wahrscheinlichkeit noch mehr Leichenteile gehörten, die dringend geborgen und identifiziert werden mussten, bevor sie von wilden Tieren gefressen wurden, daran dachte er erst einmal nicht.

18

Das von der Welt vergessene, abgelegene und einsame Waldstück in den umbrischen Bergen glich wenige Stunden später einem Irrenhaus.

Die Carabinieri aus Florenz waren mit fünf Wagen vor Ort, außerdem die Spurensicherung, die forestale und die vigili del fuoco. Die ortsansässige Feuerwehr war wohl eher aus Versehen gekommen, denn in diesem Fall hatte sie am Tatort nichts zu suchen, sondern störte nur.

Es wurde gerufen, geschrien und hin und her gerannt, es wurden Scheinwerfer aufgestellt, Pflöcke in den Boden gerammt und Flatterbänder gezogen. Jede Spur, die vor Stunden vielleicht noch verwertbar gewesen wäre, war nun für immer vernichtet.

Erst vierundzwanzig Stunden später hatte man einen ungefähren Überblick über den Leichenfund, und erst nach zwei Tagen gab es die erste Pressekonferenz.

Neri fiel fast vom Stuhl, als er sich gegen Mittag eher zufällig beim Fernsehen hineinschaltete.

»Es handelt sich um die sterblichen Überreste einer Frau, so viel können wir heute schon bestätigen«, sagte der Maresciallo des betreffenden Bezirks. »Allerdings konnte die Leiche noch nicht identifiziert werden. Das wird noch Tage oder Wochen dauern, falls es überhaupt gelingt.« Er räusperte sich. »Wir haben nur den Teil eines Fußes gefunden. Daher konnte die Todesursache auch noch nicht festgestellt werden. Es ist möglich, dass die Frau einem Verbrechen zum Opfer gefallen oder von Tieren angegriffen, getötet und fast völlig gefressen worden ist. In diesem Fall kämen hauptsächlich Wildschweine oder Wölfe in Betracht, Letztere sind in dieser Gegend aber eher selten anzutreffen.«

Er machte eine Pause und trank einen Schluck Wasser.

»Lässt sich der Todeszeitpunkt schon etwas genauer angeben?«, fragte einer der Journalisten.

»Nein. Wir gehen davon aus, dass die Frau mindestens seit drei Tagen tot ist, vielleicht aber auch schon wesentlich länger. Genaue Kenntnisse wird die nächste Zeit bringen.«

»Haben Sie schon eine Vermutung, wer die Tote sein könnte?«

»Nein.«

»Gab es in letzter Zeit vermisste Frauen in dieser Gegend?«

»Soviel ich weiß, nein.« Der Befragte sah sich nach seinem Hintermann um, der schüttelte den Kopf.

Neri wurde abwechselnd heiß und kalt. Er hatte den Fall der vermissten Hannah nicht nach Rom gemeldet, da es nicht seine Angelegenheit war. Das sollten dann schon die Deutschen tun. Aber jetzt hatte er das Gefühl, sich schleunigst rühren zu müssen. Wer weiß, wann die deutschen Behörden aus ihrem Dornröschenschlaf erwachten.

Neri schüttelte den Kopf und sah der Pressekonferenz nur noch unkonzentriert zu. Es war doch nicht zu fassen! Jetzt musste er verdammt langwierige, komplizierte und umständliche Berichte verfassen, nur weil die Deutschen nicht zu Potte kamen und ihre Bürokratie nicht im Griff hatten?

Wie immer blieb alles an ihm hängen!

Er spürte, dass er schlechte Laune bekam, und beschloss, erst einmal in die Bar zu gehen und einen caffè zu trinken.

Aber zuvor rief er Cesaré herein und gab ihm Instruktionen: »Cesaré, der Fall der verschwundenen Hannah könnte sich als brisanter herausstellen, als wir dachten. Bitte besorge mir einen Mitschnitt der Pressekonferenz, die heute ab 13 Uhr auf RAI Uno gelaufen ist. Dann wende dich an Rom und bitte um ein Protokoll der Untersuchungsergebnisse. Schicke denen alles, was wir bereits über den Fall wissen. Begründe in einem Brief, dass wir Verdacht zu der Annahme haben, dass es sich bei der Toten um die vermisste Hannah Gassen handelt, da ja weitere Vermisste nicht bekannt sind. Ich möchte alles hier auf dem Schreibtisch haben, verstehst du, alles! Deine Schreiben und Berichte und deren Antworten. Aller Wahrscheinlichkeit nach ist hier wieder mal ein Verbrechen geschehen, eines, das alles in den Schatten stellt, was wir bisher erlebt haben. Und darum brauche ich Fakten, Fakten, Fakten, damit ich weiterarbeiten kann, capito?«

Cesaré nickte wie erschlagen. »Ho capito.«

»Gut. Dann mach dich an die Arbeit.«

Neri ging hinaus und in die Bar. Er brauchte jetzt dringend einen Espresso, sonst konnte er nicht mehr klar denken.

Hannah Gassen war in Florenz verschwunden, überlegte er. In der Umgebung von Florenz gab es Tausende Hektar dichten Wald, der teilweise seit Jahrzehnten sich selbst überlassen war. Kein Mensch, auch kein Tourist verirrte sich dorthin. Es war also ein viel günstigerer Ort, um eine Leiche zu entsorgen, als die umbrischen Berge. Warum sollte der Mörder Hannah Gassen, tot oder lebendig, so weit durch die Gegend fahren? Das ergab einfach keinen Sinn.

Nein, die gefundenen Leichenteile und das Verschwinden von Hannah Gassen hatten ganz bestimmt nichts miteinander zu tun. Es war klüger, sich aus der ganzen Sache herauszuhalten.

Neri trank seinen Espresso aus und ging zurück ins Büro. Nein, er lief fast die Straße hinunter, so eilig hatte er es.

»Cesaré!«, rief er, als er die Tür zur Polizeistation aufstieß, »Cesaré, hast du schon mit Rom Kontakt aufgenommen?«

»Nein, capo.« Cesaré kam aus seinem Büro. »Noch nicht. Tut mir leid, denn ich maile gerade RAI Uno wegen der Pressekonferenz und hab auch schon mit denen telefoniert. Es geht klar, wir kriegen den Mitschnitt. Sie brauchen nur eine offizielle, schriftliche Anfrage.«

»Sehr gut. Ich hab es mir nämlich überlegt, Cesaré, wir sollten uns heute noch nicht mit Rom in Verbindung setzen, sondern erst einmal die Untersuchungsergebnisse abwarten. Vielleicht haben wir gar nichts mit der Angelegenheit zu tun, und da sollten wir besser keine schlafenden Hunde wecken. Den Finger heben und uns anschließend mit Arbeit überschütten lassen können wir immer noch, wenn es nötig sein sollte.«

»Sehr gute Idee, capo, das finde ich auch. Alles andere wäre vielleicht doch ein bisschen voreilig gewesen.«

»Va bene, dann haben wir uns ja verstanden.« Neri verdrehte leicht die Augen, als er in sein Büro ging. Was war dieser Cesaré doch für ein Schleimer, der allen und jedem nach dem Mund redete. Aber egal, er tat brav, was man ihm sagte. Jetzt sollten sich erst mal die in Rom und Florenz mit dem Fall herumärgern, er war fürs Erste raus aus der Nummer.

Neris Laune besserte sich schlagartig, und er beschloss, Gabriella anzurufen und sie zu fragen, was es zum Abendessen gab. Dann hatte er noch ein paar Stunden Zeit, sich darauf zu freuen.

19

Seit Tagen stand Heiko nun auf dem Flughafen von Florenz. Wechselte ständig zwischen Abflug- und Ankunftshalle hin und her, je nachdem, wo gerade mehr los war.

Er trug ein großes Schild mit Hannahs Porträt, daneben stand in Deutsch, Italienisch und Englisch:

Haben Sie diese Frau gesehen?

Sind Sie ihr begegnet?

Dann sprechen Sie mich bitte an.

Meine Frau ist verschwunden, und ich will herausfinden, wo sie ist.

Die Besitzerin des Lederwarengeschäfts, wo er am liebsten eine Handtasche für Hannah gekauft hätte, brachte ihm einen Kaffee.

»Hoffentlich finden Sie Ihre Frau«, sagte sie.

Manche kamen, sprachen ihn an und wollten nur wissen, was passiert war.

Am dritten Tag sprachen ihn die Carabinieri an. Im Grunde seiner Seele hatte es ihn gewundert, dass sie nicht schon viel früher gekommen waren.

»Ihre Papiere, bitte«, bat der ältere der beiden auf Englisch.

Er zeigte sie ihnen.

»Nehmen Sie Ihr Plakat und gehen Sie nach Hause.«

»Warum kann ich nicht bleiben? Vielleicht hat irgendjemand meine Frau gesehen und kann mir weiterhelfen!«

Der jüngere der beiden Carabinieri lächelte und verdrehte leicht die Augen. »Weil es in Italien 50 Millionen Bürger gibt, die alle irgendwelche Probleme haben. Wo kommen wir da hin, wenn die alle im Flughafen herumstehen und Plakate in die Höhe halten?«

»Aber sie ist doch *hier* verschwunden! Gerade hier! Es gibt ja nicht 50 Millionen Italiener, deren Frau auf dem Flughafen von Florenz verschwunden ist! Verstehen Sie das denn nicht? Ich stelle mich ja auch nicht in Mailand auf die Piazza. Dass das keinen Sinn hätte, weiß ich. Aber hier schon.«

»Bitte, nehmen Sie Ihr Plakat und gehen Sie. Dann sehen wir über die Sache hinweg. Wenn Sie bleiben, wird es schwierig für Sie.«

»Wollen Sie mich dann verhaften?«

»Wenn Sie unseren Anweisungen nicht Folge leisten, nehmen wir Sie mit. Also verlassen Sie jetzt bitte das Flughafengebäude.« Die Stimme des Carabiniere wurde schärfer, und sein Kollege stand jetzt breitbeiniger da, mit der Hand an der Waffe.

Heiko rollte sein Plakat zusammen. »Ich verstehe das nicht«, sagte er.

»Das macht nichts«, meinte der Carabiniere knapp. »Buonasera. Und ich würde Ihnen nicht raten, das Ganze hier noch einmal zu wiederholen.«

Heiko nickte. Er hatte ja keine Wahl. Und es brachte auch nichts. Niemand hatte sie gesehen.

Wahrscheinlich würde er nie erfahren, was mit ihr geschehen war.

20

Neri hatte die ganze Nacht schlecht geschlafen. Ihm war klar, dass er ein fauler Hund war, das war nicht weiter schlimm, aber jetzt war er dabei, einen Fehler zu machen.

Er stand früh auf und saß so zeitig im Büro wie noch nie. Jedenfalls konnte er sich nicht erinnern, schon mal um sieben Uhr früh hier gewesen zu sein.

Carlotta, der Putzfrau, fiel fast vor Schreck der Staubsauger aus der Hand, als sie Neri am Schreibtisch entdeckte. Er erschien ihr wie ein Gespenst.

»Lassen Sie sich bitte nicht stören, Carlotta«, meinte Neri gönnerhaft. »Ich bin heute ein bisschen früher dran, weil mir die Arbeit buchstäblich über den Kopf wächst.«

Carlotta nickte nur und verschwand verschüchtert im Nebenraum. Sie fühlte sich kontrolliert.

Neri tat unterdessen das, was er überhaupt nicht gern tat. Er verfasste einen Bericht in Sachen Hannah Gassen und schickte die ganze Angelegenheit nach Rom. Natürlich hätte das auch Cesaré machen können, aber die jungen Leute hatten ja längst nicht die Erfahrung, und so wurde es wenigstens richtig. In dem Bericht stand genau das, was wichtig war, und ansonsten nichts Überflüssiges.

Um Viertel nach acht schickte er die Mail nach Rom.

Feierabend, dachte er, in den nächsten drei Tagen wird sich zu diesem Thema sicher niemand melden.

Aber schon um zwanzig nach zehn, als er gerade von einer kurzen Kaffeepause auf der Piazza wiederkam, war eine Antwort aus Rom eingetroffen, mit der dringenden Bitte, unbedingt und sofort DNA-Material von der verschwundenen Hannah Gassen zu organisieren und nach Rom zu schicken.

Neri brach der Schweiß aus. Genau das hatte er eigentlich vermeiden wollen.

Er erreichte Heiko nur wenige Minuten, bevor er zum Flugplatz aufbrechen wollte, um nach Hause zu fliegen, und dankte dem Himmel, dass er an diesem Morgen aus einer Eingebung heraus zwei Stunden früher aufgestanden war als gewohnt.

»Ich brauche unbedingt DNA-Material von Ihrer Frau«, brüllte Neri ins Telefon, ohne sich bewusst zu sein, dass er brüllte. »Unbedingt! In Rom laufen die Ermittlungen auf Hochtouren. Überlegen Sie! Haben Sie irgendetwas hier, was brauchbar sein könnte?«

Heiko erstarrte. »Wieso?«

»Wir haben Leichenteile gefunden. Leider nur sehr, sehr wenig, und nur durch eine DNA-Analyse können wir herausfinden, um wen es sich handelt.«

»Wie? Wenig?«

»Nur Teile eines Fußes.«

Es war still in der Leitung. Dann fragte Heiko: »Wo haben Sie das gefunden?«

»Im Wald. In Umbrien. Es ist sehr einsam dort. Es muss auch nicht Ihre Frau sein, Herr Gassen, es kann eine Spaziergängerin sein, die dort von Wölfen oder Wildschweinen angegriffen und gefressen wurde. Alles ist möglich. Aber um sicherzugehen, brauchen wir die DNA Ihrer Frau.«

Wieder schwieg Heiko.

»Herr Gassen?«, fragte Neri nach einer Weile.

Keine Antwort.

»Sind Sie noch da?«

»Ja.« Heikos Stimme klang kraftlos.

»Können Sie uns DNA-Material zukommen lassen?«

»Ja, natürlich. Selbstverständlich.« Heiko dachte nach. Ging in Gedanken alle Dinge durch, die in seinem Koffer waren. Aber da gab es nichts, was mit Hannahs DNA behaftet sein könnte.

»Nein«, antwortete er schließlich. »Tut mir leid, aber hier habe ich nichts. Nur meine eigenen Sachen. Ich muss Ihnen etwas aus Berlin schicken.«

»Gut. Dann tun Sie das. Aber wenn es geht, bitte sehr schnell.«

»Ja. Ich beeile mich.«

Als er aufgelegt hatte, überlegte Neri, ob es nicht sinnvoll wäre, ein kleines Kästchen mit einigen Haaren von Gabriella und ihm selbst irgendwo aufzubewahren. DNA von ihnen beiden. Für den Fall der Fälle.

Man wusste ja nie.

Neri hielt das für eine gute Idee, aber er befürchtete, dass Gabriella ihn für verrückt erklären würde.

Eine halbe Stunde später kam Cesaré ins Büro.

»Buongiorno, capo«, sagte er und wollte gerade wieder in seinem Büro verschwinden, als Neri ihn aufhielt: »Ach übrigens, ich habe den Bericht in Sachen Hannah Gassen nach Rom geschickt, und sie haben umgehend geantwortet.« Er lachte. »Manchmal sind die Brüder in der Hauptstadt ja ganz schön schnell. Jedenfalls wollten sie DNA-Proben von der Vermissten. Ich habe ihren Mann gerade noch erreicht, er wird uns so schnell wie möglich etwas schicken.«

Cesaré stand ganz starr und bewegte sich nicht.

Neri sah ihn eine Weile an. Dann fragte er: »Was ist?«

»Capo, ich überlege gerade«, begann Cesaré zögerlich. »Aber ich glaube, so geht das nicht. Das hatte ich als Frage in der Prüfung auf der Polizeischule, darum kann ich mich noch einigermaßen dran erinnern.«

Neri sackte innerlich in sich zusammen. »Was denn?«

»Also, bei Deutschen zum Beispiel, die hier als vermisst gemeldet werden, wird das BKA, also das deutsche Bundeskriminalamt, über das italienische Interpol informiert. Das italienische Interpol muss die DNA beim BKA anfordern, die arbeiten wiederum mit den kleinen Polizeidienststellen zusammen, so was wie hier Bucine oder Ambra et cetera. Diese deutschen Polizeidienststellen stellen dann das DNA-Material zusammen, schicken es zum BKA, und die stellen es anschließend Interpol in Italien zur Verfügung.« Er schwieg erschöpft und sah Neri ängstlich an.

»Woher hast du denn den Quatsch?«, fragte Neri.

»Aus der Polizeischule.«

Neri schlug mit der flachen Hand auf den Tisch. »Was für ein Schwachsinn! Das Ganze dauert Wochen oder Monate, und die arme DNA-Probe geht auf diesem Irrsinnsweg wahrscheinlich zehnmal verloren. Sicher ist, dass sie niemals hier bei mir ankommt. Also gehen wir lieber nicht den Dienst-, sondern den vollkommen unbürokratischen und schnellen Direktweg. Heiko Gassen schickt mir die DNA, und ich hab sie. So einfach ist das. In dem Moment, wo das italienische Interpol in die Sache involviert ist, ist alles verloren. Dann verschwindet der Fall unter irgendwelchen Aktenbergen, und wir hören nie wieder davon. Und Heiko aus Deutschland auch nicht.«

»Da bin ich völlig Ihrer Meinung, capo, ich wollte Ihnen ja auch nur sagen, wie der offizielle Weg ist.«

»Danke, Cesaré. Aber der offizielle Weg ist das eine, und unser Weg das andere.«

»Va benissimo, capo! Bloß …«

»Ja?«

»Die meisten Morde werden innerhalb der eigenen Familie begangen. Über neunzig Prozent.«

»Ja, und?« Neri wurde immer ungeduldiger.

»Ich meine ja nur. Es könnte ja auch sein, dass dieser Heiko Gassen etwas mit dem Verschwinden seiner Frau zu tun hat.«

Neri seufzte. »Ja, natürlich könnte das sein.«

»Und wenn das so wäre«, fuhr Cesaré fort, »dann würde er natürlich nicht die richtige DNA-Probe schicken, sondern die von seiner Tante oder seiner Putzfrau oder sonst wem. Und niemand wird je erfahren, dass dies die Leichenreste seiner Frau sind.«

Neri seufzte erneut. »Und? Was sollen wir tun?«

»Wir müssten die DNA von den Leichenresten hier nehmen und dann sehen, ob die DNA in der Berliner Wohnung von Heiko und Hannah Gassen zu finden ist. Und das muss das deutsche BKA machen.«

Neri starrte Cesaré fassungslos an. »Auf welchem Stern lebst du?«, fragte er müde. »Das funktioniert doch niemals! Nicht mit den deutschen Behörden! Und es dauert Monate. Und dann ist die Probe längst unbrauchbar.« Neri stand auf und ging zum Fenster. »Nein. Gehen wir mal davon aus, dass der Ehemann der Verschwundenen nichts mit der ganzen Sache zu tun hat. Danach sieht es ja aus. Und dass er nicht so viel kriminelle Fantasie hat wie du, Cesaré. Und dann wird er uns die DNA von seiner Frau schicken, und wir wissen Bescheid.«

Cesaré nickte. »Wahrscheinlich haben Sie recht, capo.«

»Die Polizeischule ist das eine und die Praxis das andere«, meinte Neri. »Das darf man nicht vergessen.«

»Va bene, capo.« Cesaré grinste und verschwand in seinem Büro.

Neri schüttelte den Kopf. Es wurde Zeit, dass er pensioniert wurde. Diesen Irrsinn machte er auf die Dauer nicht länger mit.

Drei Stunden später saß Heiko im Flieger auf dem Weg nach Deutschland. Alles hatte sich verändert. Er würde zu Hause in ihrem gemeinsamen Bad Hannahs Zahnbürste und ein paar Haare aus ihrem Kamm einpacken und nach Italien schicken, damit man herausfinden konnte, ob der gefundene Fuß ihrer war oder nicht.

Vor Kurzem hatte sie noch in seinen Armen gelegen, und sie hatten sich auf ihr gemeinsames Kind gefreut.

Das durfte einfach nicht wahr sein. War außer ein paar Haaren, ein paar Schuppen, ein paar unsichtbaren Zellen nichts von ihr übrig geblieben?

Ausgelöscht.

Von einem Tag auf den anderen.

21

Berlin

Am nächsten Morgen um acht Uhr stand Heiko vor dem Schreibtisch Koschinskis im Polizeirevier.

»Morgen, Herr Gassen, wie geht es Ihnen?«, fragte Koschinski und öffnete eine Akte.

Das hätte er sich auch sparen können, dachte Heiko. Es zeigte nur, wie desinteressiert er an dem Fall war. Falls er sich überhaupt erinnerte.

»Mir geht es blen-dend!«, antwortete Heiko scharf. »Wie Sie sich sicher denken können. Meine Frau ist nämlich immer noch nicht aufgetaucht, aber die italienische Polizei ermittelt zumindest. Sie geben sich alle Mühe und benötigen jetzt unbedingt DNA von meiner Frau. Es gibt einen Leichenfund, und sie wollen vergleichen können.«

»Ah ja«, sagte Koschinski.

»Was heißt ›Ah ja‹?«, zischte Heiko. »Wollen Sie nicht langsam mal die Italiener kontaktieren, mit denen zusammenarbeiten, Informationen austauschen?«

»Herr Gassen!« Koschinski unterdrückte ein Gähnen. »Ihre Frau ist in Italien verschwunden. Die Italiener ermitteln. Sie wollen ihre DNA haben, um sie zu vergleichen. Alles läuft. Da müssen wir nicht mitmischen. Wie auch?«

»Ich dachte, *Sie* schicken die DNA hin. Ganz offiziell sozusagen.«

»Nein. Sie nehmen jetzt einen Briefumschlag, packen ein paar Haare Ihrer Frau hinein und schicken den Brief an die Polizeidienststelle, die das Material angefordert hat. Und fertig.«

»Ganz ohne Brief und Siegel?«

»Ganz ohne Brief und Siegel.«

»Aber es könnte ja auch die DNA von Lieschen Müller sein?«

»Sicher. Aber dann werden Sie Ihre Frau nie finden. Machen Sie die Sache bitte nicht komplizierter, als sie ist. Und seien Sie froh, dass sich die Italiener darum kümmern.«

»Sonst wäre ich vollkommen verraten und verkauft. Ja sicher. Herzlichen Dank auch und schönen Tag noch!«

Heiko verließ wutschnaubend das Büro.

Und Koschinski schüttelte den Kopf.

22

Luisa hatte jetzt zehn Tage durchgearbeitet und war fix und fertig. Zehn Tage bei Ipercoop Firenze. Die Hölle. Sechs Tage an der Wursttheke, dann zwei beim Fisch und schließlich noch zwei an der Kasse. Jetzt hatte sie drei Tage frei, aber dann ging es wieder von vorn los. Sie war ja dankbar, wenn sie nicht Gemüse und Obst einsortieren musste, das war körperlich anstrengend und total langweilig. Zum Glück machten das meist Studenten, die sich ein paar Wochen Geld dazuverdienen wollten.

Drei Tage frei, das hieß: einen Tag nur schlafen, einen Tag Hausputz und einen Tag telefonieren, Leute besuchen, Bürokratie und Mails erledigen und all das tun, wozu man sonst nie kam.

Luisa wohnte in einer Zweizimmerwohnung mit kleinem Balkon und Blick auf den Parkplatz von Montevarchi und war glücklich damit. Sie hatte alles, was sie brauchte: ihr Auskommen, ihr Zuhause und Freunde und Kollegen in der Nähe. Vor dem Haus stand ihr achtjähriger Fiat Panda und hatte sie noch nie im Stich gelassen.

Luisa war zufrieden.

An diesem Morgen hatte sie sich die Haare gewaschen, aber

noch nicht geföhnt, lag im Bademantel auf dem Bett, die Kaffeemaschine ratterte, und sie sah, dass sie eine WhatsApp bekommen hatte.

Eine Freundin von der Käsetheke bei Ipercoop schrieb:

Ciao, Luisa, eine Frau ist in Florenz verschwunden. Sie saß in der Maschine, in der wir auch von Berlin nach Hause geflogen sind. Erinnerst du dich? War ein cooler Trip.

Natürlich erinnerte sich Luisa. Sie waren zu viert geflogen, um sich Berlin anzugucken. Traumhaft. Sie hatten den Reichstag, die Museumsinsel, den Dom, den Ku'damm und was nicht alles gesehen, die vier Tage waren viel zu schnell vergangen.

Aber ist das nicht Wahnsinn?, schrieb die Freundin weiter. *Hier, ich schick dir mal ihr Bild, das ich bei Facebook gefunden hab.*

Luisa sah sich das Foto von Hannah genau an, dann stand sie auf, holte sich einen Kaffee, nahm ihr Handy und suchte die Fotos, die sie auf dem Rückflug gemacht hatte. Und sah sich noch einmal alle Videos an. Sie erinnerte sich, dass sie ziemlich albern gewesen waren und ziemlich verrücktgespielt und daher auch so viel gefilmt hatten.

Ja, die Frau, nach der gesucht wurde, erkannte sie auf einem Video.

Vor Schreck verschüttete Luisa beinah ihren Kaffee.

Der fremde Mann neben der Vermissten telefonierte und sagte dann irgendetwas zu der Frau, was sie leider nicht verstand. Sie war sich ziemlich sicher, dass er deutsch sprach.

Verflucht!

Luisa sprang aus dem Bett und sah sich alles noch einmal an.

Ganz eindeutig. Der Typ hatte telefoniert, irgendetwas zu ihr gesagt, sie hatte gelächelt.

Aber auf den Fotos und Videos hatte sie den Typen kein einziges Mal deutlich im Bild. Das war schade.

23

Noch am selben Nachmittag saß Luisa einem Carabiniere in Florenz gegenüber. Sie hatte den Fall geschildert, und jetzt herrschte Ruhe im Büro. Der Carabiniere suchte im Computer, worum es sich überhaupt handelte.

Es dauerte endlos. Der Carabiniere sagte mindestens fünfmal »allora«, mehr nicht. Ob er irgendetwas im Netz gefunden hatte, blieb sein Geheimnis.

»Was ist?«, fragte Luisa nach einer Viertelstunde. »Haben Sie die Vermisstensache Hannah Gassen gefunden?«

»Certo.« Der Carabiniere nickte. »Aber wie ich das sehe, ist für diesen Fall die Carabinieri-Station in Ambra zuständig. Dort ist auch die Vermisstenanzeige aufgegeben worden.«

»Aber wenn sie hier in Florenz verschwunden ist, dann sind doch Sie zuständig?«

»Das meint man auf den ersten Blick, ja. Aber in Ambra wird sie vermisst, hier ist sie nur verschwunden. Da müssen sich die Kollegen in Ambra drum kümmern. Könnten Sie mir das Video mal zeigen?«

»Aber sicher.« Luisa ließ es auf ihrem Smartphone laufen. »Ich verstehe leider nicht, was der Mann sagt. Ich kann kein Deutsch.«

»Ich auch nicht«, meinte der Carabiniere. »Aber schicken Sie mir doch bitte die Datei per WhatsApp aufs Handy oder per Mail. Hier sind meine Nummer und meine Mail-Adresse. Dann leite ich das an die Kollegen in Ambra weiter, vielleicht können die was damit anfangen.«

»Sicher.« So etwas war für Luisa ein Leichtes. Sie tauschte mit ihren Freundinnen den ganzen Tag Videos aus.

Nach einer Minute sagte sie: »Fatto.«

»Benissimo. Vielen Dank, Signora. Und vielen Dank auch, dass Sie so aufmerksam waren und sich extra herbemüht haben.«

Luisa nickte und stand auf. »Gern geschehen. Hoffentlich wissen Sie bald, was mit der Frau geschehen ist.«

»Ja. Wir geben uns alle Mühe.«

Das bezweifelte Luisa, da der Carabiniere so erpicht darauf gewesen war zu betonen, dass das nicht in seiner Zuständigkeit lag. Aber sie sagte nichts, sondern gab ihm die Hand.

»Buonasera.«

»Grazie e buonasera.« Der Carabiniere geleitete sie noch hinaus.

Dann schloss er die Tür, setzte sich an seinen Schreibtisch und schickte Neri das Video per Mail mit einem kurzen Anschreiben, worum es sich handelte.

Damit war der Fall für ihn erledigt.

Neri saß in seinem Büro am Computer und sah sich den kurzen Film an. Er wusste zwar nicht, was das sollte – schließlich war Hannah Gassen in Florenz verschwunden –, aber bitte.

Neri zog ratlos die Augenbrauen hoch und rief seinen Kollegen. »Cesaré!«

Drei Sekunden später öffnete Cesaré die Tür. »Ja?«

»Ich möchte, dass du dir das Video hier mal anguckst, das

ich gerade von den Kollegen aus Florenz geschickt bekommen hab.«

Cesaré nickte. »Va bene.«

Neri ließ erneut den Film laufen, und Cesaré sah aufmerksam zu.

Als er fertig war, fragte Neri: »Hast du was verstanden?«

»Leider nicht, nein. Tut mir leid, aber ich habe kein Wort verstanden.«

»Hattest du nicht Deutsch in der Schule?«

»Nein, ich habe Französisch gewählt.«

»Schön dumm«, stöhnte Neri. »Denn dass die Entscheidung falsch war, siehst du ja jetzt hier.«

»Tut mir leid, capo«, bemerkte Cesaré kleinlaut.

»Aber gucken wir doch noch mal.«

Schweigend sahen sich Neri und Cesaré weitere drei Mal den kurzen Film an.

»Ich kann nicht ein einziges Mal den Mund von dem Typen sehen«, meinte Cesaré. »Irgendwie nuschelt er immer in eine andere Richtung, und darum glaube ich auch nicht, dass überhaupt jemand was von dem verstehen kann, was er sagt. Ich meine, auch ein Deutscher wahrscheinlich nicht.«

»Du musst nicht immer alles so negativ sehen, Cesaré«, meinte Neri. »Aber ich werde dennoch einen Dolmetscher beauftragen, damit wir wissen, was der Mann zu Hannah Gassen sagt. Es kann wichtig oder total unwichtig sein – aber ich will es wissen. Schließlich ermitteln wir in dem Fall.«

»Aber es ist doch gar nicht unser Fall.«

»Schon. Aber Eberhard zuliebe kümmere ich mich drum. Er tut mir leid. Und seine Frau auch. Schließlich kenne ich die beiden schon seit Jahren.«

Cesaré nickte verständnisvoll.

»Cesaré«, meinte Neri nachdenklich, »du hast doch gestern

die Passagierlisten erhalten. Wer saß im Flugzeug neben der Signora Gassen?«

»Un attimo.« Cesaré verschwand und kam wenig später mit einigen Listen wieder. »Also: In Reihe siebzehn saß die Signora Gassen am Gang, rechts neben ihr in der Mitte ein Signor Daniele Scarpaccini und ganz rechts am Fenster ein Signor Hari Sharma aus Indien.«

Neri fiel die Kinnlade herunter. »Was? Signor Daniele Scarpaccini? Der Ehemann der Contessa Scarpaccini?«

Cesaré zuckte die Achseln. »Anscheinend. Jedenfalls steht es hier.«

Neri war ganz rot vor Aufregung. »Ich kenne Signor Scarpaccini! Ich kenne ihn sogar sehr gut! Der Ehemann einer der reichsten Frauen Italiens!«

»Warum fliegt er dann nicht im Privatjet?«, fragte Cesaré mit großen Augen.

»Weil er bescheiden geblieben ist. Das macht ihn ja so sympathisch. Er spendet sein Geld lieber, als mit ihm zu protzen. Nein, Cesaré, ich sag dir, da hat irgendein Deutscher, der die Signora Gassen vielleicht schon vorher am Flughafen kennengelernt hat, mit Dottore Scarpaccini die Plätze getauscht, damit er sich mit der Signora weiterunterhalten kann. So etwas passiert ja oft. Es ist ein Phänomen! Selbst heillos zerstrittene Familien wollen im Flugzeug unbedingt zusammensitzen. Auch wenn der Flug nur eine Stunde dauert. Und so streben die Nationalitäten zueinander. Deutsche zu Deutschen, Italiener zu Italienern und so weiter. So wie die beiden sich unterhalten, ist der Mann neben der Signora Gassen ein Deutscher. Keine Frage. Und Dottore Scarpaccini sitzt irgendwo anders und liest seine kunsthistorischen Bücher. Er ist eine Koryphäe auf dem Gebiet, wusstest du das? Da hat er doch bestimmt keine Lust, mit einer kleinen Lehrerin aus Berlin Small Talk zu machen!«

»Da haben Sie sicher recht, capo!«

»Natürlich hab ich recht. Aber ich werde zu ihm fahren und ihn befragen. Vielleicht kann er zu dem Mann, mit dem er den Platz getauscht hat, etwas sagen. Und dann werde ich meinem Sohn Gianni das Video zeigen. Er kann Deutsch und wird sicher verstehen, was der Unbekannte sagt.«

»Das ist eine geniale Idee, capo.«

So etwas hörte Neri gern. »Gut. Wir werden die ganze Sache aufklären, obwohl das ja eigentlich gar nicht unser Bier ist. Das müssten die Florentiner machen, aber die kommen ja nicht drauf. Wenn jemand dem Verschwinden der Signora auf die Spur kommt, dann wir!«

»Da bin ich ganz sicher, capo.« Er stand irgendwie ratlos im Raum herum.

»Ist noch was?«, fragte Neri.

»Ja, Chef. Was, bitte, ist eine Koryphäe?«

Neri runzelte die Stirn. »Ein Experte. Wusstest du das nicht?«

»Nein. Entschuldigung, Chef.«

Neri nickte, und Cesaré verzog sich.

Was lernten diese jungen Menschen heutzutage überhaupt noch in der Schule, fragte sich Neri, schüttelte den Kopf, griff zum Telefon und rief seinen Sohn Gianni an.

»Gianni«, sagte Neri, als sein Sohn abhob. »Geht's dir gut?«

»Sehr gut, tutto bene, was gibt's denn?«

»Pass auf, ich hab hier den Fall einer verschwundenen Frau in Florenz. Ich schick dir gleich mal ein Video per WhatsApp. Das wurde im Flieger aufgenommen. Nach der Landung hat sie sich in Luft aufgelöst. Was du siehst, ist nicht so wichtig, sondern das, was der Mann, der nicht richtig zu erkennen ist, sagt. Ich verstehe ihn nicht, weil er deutsch redet. Kannst du mal hinhören, ob du was mitkriegst?«

»Na klar! Schick mal los, ich rufe dich in zehn Minuten zurück.«

Es dauerte eine halbe Stunde, aber dann rief Gianni an. »Also, babbo, ich hab nicht alles verstanden, aber doch eine ganze Menge. Er sagt sinngemäß etwa: Sie können zu uns mitkommen. Mein Auto parkt gleich hier auf dem Flughafenparkplatz. Ich lade Sie zum Abendessen ein, meine Frau hat gerne Gäste. Sie freut sich.«

»Großartig!«

»Wie gesagt – jetzt nicht wortwörtlich, aber so ungefähr.«

»Super, Gianni!« Neri war ganz begeistert. »Benissimissimissimo. Jetzt wissen wir definitiv, dass sie zu ihrem Sitznachbarn mit nach Hause gefahren ist.«

»Obwohl – bewiesen ist das nicht, babbo. Vielleicht hat sie Nein gesagt und etwas ganz anderes gemacht?«

»Ach komm, hör auf! Ich finde, das ist Beweis genug! Alles andere wäre eine so wüste Spekulation, dass sie kein Mensch mehr nachvollziehen kann. Nein, mir reicht das völlig. Sie ist mit diesem Mann mitgefahren. Wohin auch immer. Das werden wir herausfinden, und dann haben wir ihn. Denjenigen, der sie wahrscheinlich umgebracht hat.«

»Va bene.«

»Ich werde das deutsche BKA anrufen, schicke ihnen die Passagierlisten, sofern sie sie nicht schon haben, und sage ihnen, sie sollen sich nach einem Deutschen umsehen, der Hannah Gassen zum Abendessen eingeladen hat. Das Filmchen schicke ich ihnen auch. Und dann sollen sie sich amüsieren.«

»Super, babbo. Tu das. Und grüß die Mamma.«

»Va bene. Grazie!« Neri lächelte und legte auf.

24

»Die DNA-Analyse ist gekommen«, brüllte der sonst so zurückhaltende Cesaré beinah euphorisch und stürmte in Neris Büro.

Neri nahm die Füße vom Schreibtisch. »Und?«

»Die DNA des Fußes und die von den Haaren Hannah Gassens sind identisch. Also steht zweifelsfrei fest, dass es sich bei der Leiche um Hannah Gassen handelt.«

Neri schloss die Augen. »Ich hab so gehofft, dass es nicht so ist, obwohl ich es vermutet habe. Ich hab ja auch Gianni schon gestern gesagt, dass sie wahrscheinlich ermordet worden ist.«

»Tut mir leid, Chef.«

»Dir braucht es nicht leidzutun, du kannst ja nichts dafür.« Neri war wütend. Auf Cesaré, der einfach zu dämlich war, und auf die ganze Welt. »Gut. Dann wissen wir jetzt, woran wir sind. Wir müssen es Eberhard sagen, und wir müssen Daniel Scarpaccini interviewen. Grauenvoll.«

»Ganz Ihrer Meinung, capo.«

Es war merkwürdigerweise überhaupt kein Problem gewesen, mit Signor Scarpaccini einen Termin zu bekommen.

Schon eine Dreiviertelstunde später saß Neri zusammen mit Cesaré im Auto. Auf dem Weg zum Palazzo Scarpaccini.

Als sie an das prächtige Tor gelangten, öffnete es sich wie durch Geisterhand ganz von allein, sie wurden also erwartet.

Neri parkte auf dem weitläufigen Parkplatz, auf dem nur fünf weitere Wagen standen, und schaltete den Motor aus.

»Dann wollen wir mal«, sagte er zu Cesaré.

Cesaré nickte.

Die beiden gingen zum Palazzo und die große geschwungene Treppe hinauf. Oben wurden sie bereits von Daniel Scarpaccini erwartet, der ihnen die Hand schüttelte und sie hereinbat.

»Bitte, kommen Sie. Einen caffè?«

»Sehr gern«, sagte Neri und sah Cesaré an. Dieser nickte, leicht verunsichert.

Daniel führte die beiden Carabinieri in den Wintergarten. An einem kleinen runden Tisch bat er sie, Platz zu nehmen.

Neri sah sich um. Er fühlte sich augenblicklich wie im Dschungel. Ein Wahnsinn, was hier Ende Oktober noch alles wuchs. Sogar Bananen wucherten an üppigen Stauden.

»Wie schön haben Sie es hier!«, sagte Neri beeindruckt. »Das macht sicher sehr viel Arbeit?«

»Nun ja«, sagte Daniel zögerlich, »da fragen Sie mich zu viel. Ich habe so gut wie gar nichts damit zu tun. Aber ich denke, wenn die Pflanzen erst einmal etabliert sind, dann wachsen sie, und der Aufwand hält sich in Grenzen. Wir haben eine Gartenfirma engagiert, die kümmert sich um alles.«

Stimmt, dachte Neri, was für eine dusslige Frage. Es wurde Zeit, dass er auf den Fall zu sprechen kam.

Eine Servicekraft brachte drei espressi und ein paar Kekse, stellte alles auf den Tisch und verzog sich unauffällig wieder.

»Was kann ich für Sie tun?«, fragte Daniel lächelnd. »Sie

wissen, ich freue mich immer, Sie zu sehen, Commissario, aber Sie kommen heute sicher nicht ohne Grund.«

»Nein.« Neri wusste nicht mehr, wo er anfangen und was er sagen sollte. Sein Kopf war wie leer gefegt.

»Es gibt einen Mordfall hier bei uns«, begann Cesaré vorsichtig. »Eine junge Frau, Hannah Gassen, ist getötet worden.«

»Wir haben in einem Waldstück ein Leichenteil gefunden«, schaltete sich jetzt Neri ein, »und die DNA-Analyse hat zweifelsfrei ergeben, dass es sich bei dem Opfer um Hannah Gassen, eine 30-jährige Deutsche, handelt. Und darum dreht sich auch unsere Frage: Signora Gassen ist am 23.10. um 19 Uhr 25 von Berlin nach Florenz geflogen, Flugnummer LH 56234. Anhand der Passagierliste haben wir festgestellt, dass sie neben Ihnen, Herr Scarpaccini, gesessen hat. Reihe 17 in der Mitte saßen Sie, am Gang saß die Signora Gassen.«

Daniel zog die Augenbrauen hoch. »Oh mein Gott, ich reise und fliege so viel, da werfe ich alles durcheinander. Ich muss erst einmal meinen Terminkalender holen und nachschauen, wo ich wann in welchem Flieger war. Wissen Sie, manchmal ist es so schlimm, dass ich morgens in einem Hotelzimmer erwache und nicht weiß, in welcher Stadt ich bin und was ich da soll.« Er lachte etwas angespannt. »Das hört sich komisch an, aber eigentlich ist es beängstigend.«

Neri lächelte milde, und Cesaré sagte gar nichts.

Daniel ging aus dem Wintergarten, um seinen Terminkalender zu holen.

Nur Augenblicke später kam er – blätternd – mit einem dicken Terminkalender wieder herein und sagte: »Ja, Sie haben recht! Am 23. Oktober bin ich von Berlin nach Florenz geflogen, und ich weiß noch, der Flug hatte fürchterliche Verspätung. Ja, daran kann ich mich erinnern. Es war sehr spät und sehr ärgerlich. Die Leute waren alle genervt. Lassen Sie mich bitte einen Moment überlegen …« Er ging im Wintergarten auf und ab. Sein Espresso wurde kalt. »Neben mir saß eine Signora aus Deutschland, meinen Sie? Ach du lieber Himmel, da kann ich mich überhaupt nicht dran erinnern. Wie sah sie denn aus? Während eines Fluges lese ich ununterbrochen und schaue nicht nach rechts oder links. Ich habe keine Ahnung, wer neben mir saß.«

»Kann es vielleicht sein, dass Sie jemand auf diesem Flug gebeten hat, den Platz zu tauschen? Weil er eventuell die Signora kannte und sich mit ihr unterhalten wollte?«

Daniel riss die Augen auf und überlegte. »Sie meinen, dass ich meinen Platz getauscht habe?«

»Ja.«

»Lassen Sie mich nachdenken.« Daniel rieb sich die Stirn. »Oh mein Gott, das ist so schwierig, sich zu erinnern, ich fliege so oft, dass ich manchmal denke, ich bin mehr in der Luft als am Boden …, aber warten Sie mal … Ja, da war etwas, auf einem Flug nach Florenz, da kam ein Mann auf mich zu, der fragte mich auf Englisch, ob ich den Platz mit ihm tauschen könne, da er sich mit der Signora neben mir weiterunterhalten wolle. Ja, jetzt erinnere ich mich wieder! Ich hatte das schon total vergessen, weil es so unwichtig war! Na klar hab ich das gemacht! Ich saß dann ein paar Reihen weiter vorn neben einer Italienerin, die nur geschlafen hat, aber fragen Sie mich nicht, in welcher Reihe. Das weiß ich nicht mehr, bitte entschuldigen Sie. Ich habe gelesen und mich nicht für meine Nachbarn interessiert.«

»Können Sie den Mann beschreiben?«

Daniel schüttelte den Kopf. »Oddio. Ich habe ihn ja nur ein paar Sekunden lang gesehen, habe ihn gar nicht richtig registriert, sondern einfach nur meine Sachen genommen und bin gegangen. Ich glaube, er war Mitte vierzig, vollschlank … Aber fragen Sie mich nicht, ob er eine Brille hatte oder nicht. Keine Ahnung. Was interessieren mich die Leute in einem Flugzeug? Überhaupt nicht!«

Neri nickte und stand auf. »Das glaube ich Ihnen. Dann müssen wir jetzt denjenigen finden, der tatsächlich neben der verschwundenen Signora gesessen hat. Aber ich danke Ihnen sehr für Ihre Auskunft und Ihre Hilfe und wünsche Ihnen noch einen guten Tag!«

Daniel verbeugte sich leicht und geleitete Neri und Cesaré hinaus.

Als sie gegangen waren, atmete er tief durch.

»Für den Conte lege ich meine Hand ins Feuer«, sagte Neri, als er mit Cesaré zum Auto ging. »Das ist ein ganz feiner Mensch.«

»Und Sie glauben ihm, dass er den Platz getauscht hat?«

»Aber hundertprozentig. Man müsste jetzt nur noch den finden, der wirklich neben ihr gesessen hat. Aber das ist definitiv Sache der Deutschen, da kommen wir hier nicht weiter. Es tut mir leid für Eberhard, aber wir haben wirklich alles getan, was wir konnten.«

»Ganz Ihrer Meinung«, meinte Cesaré und grinste.

25

Um kurz vor acht fuhr ein Auto direkt vors Haus. Der Kies knirschte, und Eberhard war sofort alarmiert. Er zog den Morgenmantel über und ging nach draußen.

Ute schlief noch.

»Vostri verniciatori« stand an der Wagentür und dann die Adresse.

Was soll das?, fragte sich Eberhard. Was zum Teufel will denn eine Malerfirma hier? Wahrscheinlich haben sich die Jungs verfahren.

Als sie aus dem Wagen ausstiegen, ging er zu ihnen.

»Buongiorno«, meinte er freundlich. »Was gibt's?«

»Wir haben den Auftrag, hier im Haus ein Zimmer zu streichen«, sagte der Ältere der beiden, während der Jüngere Farben und Handwerkszeug auslud.

»Hier?«, fragte Eberhard entsetzt.

»Ja.« Er zeigte ihm die Adresse auf dem Auftrag. »Ist das richtig?«

Eberhard nickte stumm. »Moment. Ich muss meine Frau sprechen. Bitte warten Sie einen Augenblick.«

Der Ältere nickte, lehnte sich an seinen Wagen und zündete sich eine Zigarette an.

Eberhard lief ins Haus. »Ute!«, schrie er. »Ute!«

Im Schlafzimmer schüttelte er sie aus dem Tiefschlaf. »Ute! Hier sind Maler! Die wollen ein Zimmer streichen! Hast du die bestellt?«

Ute drückte sich langsam aus den Kissen hoch und lächelte. »Aber natürlich!«, sagte sie, stand auf, zog sich ihren Morgenrock über und sah aus dem Fenster. »Wie schön, dass die Jungs so pünktlich sind.«

»Ute, was soll das?«

»Du kümmerst dich ja nicht darum, also hab ich es getan und die Maler bestellt. Ich möchte unser Gästezimmer in ein Kinderzimmer umwandeln. Schließlich wird unser Enkelkind öfter bei uns sein als irgendwelche Gäste. Ich möchte, dass das Zimmer gestrichen wird. Blau, mit rosa Elefanten. Dann passt es, egal, ob es ein Junge oder Mädchen wird. Und ich habe auch eine Wickelkommode und eine wunderschöne Wiege bestellt. Sie kommen morgen.« Sie strahlte vor Glück. »Eberhard, ich hab ganz vergessen, es dir zu erzählen, aber diese Wiege ist ein Traum. Handgeschnitzt, aus Vollholz und wunderschön bemalt. Ich lasse sie aus Bayern kommen. Ein Schmuckstück!«

Eberhard war einen Moment sprachlos.

»Komm!«, rief sie enthusiastisch. »Es tut mir leid, dass ich dich nicht vorgewarnt habe, aber lass die Jungs anfangen. Das Ganze muss ja irgendwann losgehen, was glaubst du, wie schnell so ein halbes Jahr vergeht, und dann ist das Baby da, und nichts ist vorbereitet!«

Eberhard atmete tief durch und packte Ute an den Schultern. »Ute, bitte! Hör mir endlich einmal zu! Es wird kein Enkelkind geben! Weil wir keine Tochter mehr haben! Unsere Tochter ist tot! Tot! Tot! Hörst du? Sie ist weg! Wird nie mehr wiederkommen! Nie mehr!«

Die Tränen liefen ihm übers Gesicht.

Ute lächelte und strich ihm über die Wange. »Du bist ja irre«, sagte sie. »Du bist ja komplett durchgedreht, aber das nehm ich dir nicht übel. So geht es uns ja schließlich allen einmal. Und jetzt sollten wir aufhören zu diskutieren, die Maler wollen endlich mit ihrer Arbeit anfangen!«

Sie schnürte die Kordel ihres Morgenmantels fester um ihre Taille und ging hinaus.

Eberhard lief ihr hinterher und schrie: »Ute, sie ist tot! Unsere Hannah ist tot! Begreifst du das nicht? Sie kommt nie mehr wieder! Nie mehr!«

Ute winkte nur ab und ging hinaus auf den Hof.

Eberhard beobachtete die Szene vom offenen Fenster aus.

Ute begrüßte die Maler freundlich und bat sie, mit ins Haus zu kommen. »Sie können sich nicht vorstellen, wie sehr wir uns auf unser Enkelkind freuen«, hörte er sie sagen. »Wir können es kaum erwarten. Und darum bin ich so froh, wenn jetzt endlich das Kinderzimmer hergerichtet wird! Bitte, entschuldigen Sie mich noch einen Moment, ich geh mich kurz anziehen.« Sie winkte den Malern noch einmal kurz zu und ging ins Haus.

»Es tut mir sehr leid«, sagte Eberhard kurz darauf. »Bitte, fahren Sie und vergessen Sie den Auftrag. Meiner Frau geht es nicht gut, wir haben kein Enkelkind, wir werden auch nie eins bekommen, darum brauchen wir auch kein Kinderzimmer. Aber das versteht sie im Moment nicht. Es tut mir wirklich leid.«

Er drückte den beiden Malern jeweils fünfzig Euro in die Hand. »Scusate, ich wünsche Ihnen noch einen schönen Tag.«

»Alles klar. Gar kein Problem«, sagte der Ältere der beiden. »Rufen Sie an, wenn Sie was brauchen.« Die Maler steckten das Geld ein, fassten sich grüßend an die Mütze und fuhren davon.

Eberhard setzte sich. Fünf Tage war es her, seit Neri ihm die traurige Gewissheit über Hannahs Tod verschafft hatte. Er hatte mit Heiko telefoniert, der sich in seiner tiefen Verzweiflung von der Uni abgemeldet hatte und nicht mehr wusste, wie er noch weitermachen sollte. Und Eberhard hatte fünf Tage lang versucht, irgendwie mit Ute darüber zu reden. Vergeblich.

Das war das Ende. Sie würde den Tod ihrer Tochter und ihres Enkelkindes nie begreifen.

Sie hatte den Schmerz verdrängt und kam wahrscheinlich nie wieder zu ihm zurück.

26

Kurz vor Mitternacht hörte er das leise Surren des Fahrstuhls.

Octavia kam.

Er war kurz vor dem Einschlafen und kniff sich, um wieder wach zu werden. Sie wurde entsetzlich wütend, wenn er zu müde war, um das zu tun, was sie wollte.

Sie stieß mit dem Rollstuhl die Tür auf. Bremste in der Tür und lächelte. Hatte sich frisch geschminkt, das sah er.

»Amore«, sang sie fast, »ich hoffe, ich störe dich nicht. Was für ein herrlicher Abend! Hast du mal aus dem Fenster gesehen? Wir haben fast Vollmond!«

Er stand auf und zog die Gardine zur Seite, obwohl ihn das überhaupt nicht interessierte, denn er war so unendlich müde und wollte nur seine Ruhe haben.

Der beinah perfekte Vollmond, dem nur noch ein Hauch fehlte, stand über dem Tal und leuchtete über Florenz.

»Oh, wie schön«, sagte er.

»Komm her zu mir!«, flüsterte sie. »Und heb mich ins Bett.«

Er tat es.

»Bitte, leg dich zu mir.«

Er legte sich neben sie und begann mit dem Liebesdienst, obwohl er nichts dabei empfand. Er streichelte ihr Haar, ihre

Stirn, ihre Lider, ihren Nasenrücken, ihre Wangen, ihre Lippen, ihr Kinn und ihren Hals.

Sie bog ihren Oberkörper unter seinen Berührungen, schloss die Augen und schnurrte leise wie eine Katze.

Dann knöpfte er ihre Bluse auf, fuhr mit der Hand unter ihren BH und knetete sanft ihre Brust. Sie atmete heftiger.

»Du warst gut das letzte Mal, sehr gut. Hab ich dir das schon gesagt?«, flüsterte sie ihm ins Ohr.

»Nein.«

»Dann sage ich es dir jetzt. Es war ein Event. Ein Erlebnis. Wie immer. Es hat mich für alles entschädigt.«

»Das freut mich.«

»Ich glaube, ich spüre doch etwas. Es reißt mich geradezu weg, wenn ich dir dabei zusehe. Es kribbelt, es tut fast weh, es ist …« Sie überlegte.

»Wie ein Orgasmus?«

»Ja. Ich glaube, es ist wie ein Orgasmus. Wunderschön. Ein Geschenk.«

»Das freut mich.«

»Danke, Daniel.« Sie lächelte ihn an. »Du erfüllst meine Fantasie und gibst ihr Bilder.«

Daniel sah sie an und nickte brav.

Deine Fantasie ist krank wie dein Körper, dachte er. Krank und kaputt.

»Bitte, lass uns nicht so lange warten. Lass es uns öfter tun. Es ist so wundervoll.«

Er nickte stumm.

»Ich liebe dich dafür.«

»Die Polizei war bei mir, Octavia. Der Carabiniere aus Ambra hat sich nach der verschwundenen Hannah Gassen erkundigt. Sie wissen, dass ich im Flugzeug neben ihr gesessen hab.«

Sie lächelte. »Na und? Das sagt gar nichts. Mach dich nicht verrückt.«

»Wir müssen vorsichtiger werden.«

»Natürlich. Das werden wir. Mach dir keine Sorgen.«

Sie zog die Decke über sich. »Komm zu mir!«, flüsterte sie. »Ganz nah, ich brauche dich jetzt so sehr!«

Er schmiegte sich an sie und nahm sie in den Arm. Sie war warm und weich. Wenn sie neben ihm im Bett lag, konnte er verdrängen, dass sie im Grunde für ihn nur ein halber Mensch war.

Irgendwann träumte er davon, sie mit einer Fackel innerlich zu verbrennen.

Mit einer Fackel, die er zu den anderen in den Kellergang stecken würde.

Octavia blieb bei ihm, und er konnte weder gut schlafen noch hinaus in den Wald, er musste bei ihr bleiben und ihren Schlaf bewachen. Und immer wieder daran denken, dass es nicht an ihr lag, sondern dass er allein an allem schuld war.

Gegen fünf wachte sie auf. »Bitte, mach mich fertig, ich möchte zurück in mein Zimmer.«

Ihr Wunsch war ihm Befehl. Er stand torkelnd auf, zog sie an und hob sie in den Rollstuhl.

»Danke«, sagte sie. »Gute Nacht.« Dann rollte sie aus dem Zimmer, zurück in ihren stillen Turm.

Es war seine Buße, und sie kostete einen hohen Preis.

Denn das Leben, das er führen musste, hatte er sich so in seinen wildesten Albträumen nicht vorgestellt.

Daniel und Octavia

27

2001

Die Trauung fand in der Franziskanerkirche Santa Croce in Florenz statt, anwesend waren zweihundert Gäste, außerdem Journalisten von der Klatschpresse.

Die riesige, einer Kathedrale ähnelnde Kirche war bis auf den letzten Platz besetzt.

Alle warteten, und allmählich wurde man nervös, denn die Trauung hätte schon vor einer Viertelstunde beginnen sollen.

Im Mittelgang vor dem Altarraum stand Elio Francesco Scarpaccini, schlank, aufrecht, mit vollem weißen Haar und gebräunter Haut. Er war einer der reichsten Männer Italiens, und wie alle Anwesenden wartete er auf die Braut.

Dann endlich.

Zuerst spürten die Wartenden nur den leisen Luftzug, der hereinwehte, als die schwere hohe Kirchentür geöffnet wurde, und dann ging ein Raunen durchs Kirchenschiff.

Die Braut kam. Octavia Manucci.

An der Hand ihres Vaters Samuele schritt sie verschleiert und in einem eigens zu diesem Anlass von Donatella Versace kreierten Kleid durch das riesige Kirchenschiff. Das traumhafte Brautkleid mit der fünf Meter langen Schleppe brachte ihre schmale Silhouette, die wespengleiche Taille und ihre zarten Schultern hervorragend zur Geltung.

Während sie langsam durch die Kirche schritt, sah sie unentwegt ihren Vater an und weinte dabei.

»Ich liebe dich, Papa«, flüsterte sie und drückte seine Hand.

Samuele Manucci blieb stehen und blickte einen Moment in das verweinte, schöne Gesicht seiner Tochter. »Ich liebe dich auch, Prinzessin«, flüsterte er. »Mehr als mein Leben, mehr, als ich es ausdrücken kann. Und ich danke dir!«

Der Hauch eines Lächelns zog über Octavias Gesicht. Sie hätte ihn gerne umarmt und festgehalten. Ganz lange. Aber das ging ja leider nicht. Nicht jetzt, nicht in dieser Kirche, wo alle warteten: Freunde, Verwandte, Bekannte, beinah die gesamte italienische High Society, die Presse und natürlich Elio Francesco. In wenigen Minuten ihr Ehemann.

Sie gingen weiter.

Ihr Vater kämpfte nun auch mit den Tränen, als er Octavias Hand in die ihres zukünftigen Ehemanns legte, der fünfzig Jahre älter war als seine Tochter und einundzwanzig Jahre älter als er selbst. Denn der siebzigjährige Conte Elio Francesco Scarpaccini schickte sich an, die zwanzigjährige Octavia Manucci zu heiraten.

Sie lächelte jetzt und war in diesem Moment strahlend schön, schmal und zart, mit dunklen Augen, blassem Teint und glänzenden, schwarzen Haaren, in denen Diamanten funkelten. Aufgrund ihrer Zerbrechlichkeit wirkte sie noch jünger, als sie war, und der Altersunterschied zwischen Elio und ihr erschien dadurch noch krasser und frappierender.

Octavia weinte, als sie vor dem Altar ihr Eheversprechen gab. Ihre Stimme zitterte, und sie bekam sie kaum unter Kontrolle. »Ich, Octavia Manucci, nehme dich, Elio Francesco Scarpaccini, zu meinem Ehemann, und ich weiß, dass du mein ewiger Freund und meine große Liebe bist. Ich gebe dir heute mein heiliges Versprechen, immer an deiner Seite zu sein, in Krankheit und Gesundheit, in Freude und Trauer, in guten und in schlechten Zeiten. Ich verspreche dir, dich bedingungslos zu lieben, dir Trost zu spenden, dir zu helfen, wann immer du meine Hilfe benötigst, mit dir zu lachen und zu weinen, dir immer treu zu sein, dich nie zu belügen und dich wertzuschätzen und zu ehren, solange wir beide leben.«

Elio antwortete. »Ich liebe dich, Octavia, und ich werde alles tun, was in meiner Macht steht, um dich glücklich zu machen. Ich werde immer bei dir sein. Bis dass der Tod uns scheidet.«

Elio schob ihr den Ehering über den Finger und küsste sie. Und Octavia hoffte, dass alles gut werden würde.

Als in den frühen Morgenstunden die Hochzeitsfeier ihrem Ende zuging, die Tänzer spärlicher und müder wurden, die Kapelle langsamere Stücke spielte und sich die Zahl der Gäste gelichtet hatte, nahm Samuele seine Tochter beiseite.

»Komm, Liebes, lass uns ein paar Schritte gehen.«

Octavia nahm seinen Arm und folgte ihm.

Langsam gingen sie um den beleuchteten Pool des Palazzo Scarpaccini, der ab jetzt ihr Zuhause sein würde, über die unterschiedlichen Terrassen und dann zwischen den Oleanderbüschen und Zypressen hindurch.

»Ich möchte dir nochmals danken«, sagte Samuele leise, und er war so gerührt, dass er kaum sprechen konnte. »Du hast mir das größte Geschenk gemacht, das ein Mensch einem anderen überhaupt machen kann. Das werde ich dir nie vergessen.«

»Sag so etwas nicht.« Octavia drückte ihren Vater an sich. »Hör auf, so etwas zu denken. Es ist alles in Ordnung. Ich habe Elio aus ganz freien Stücken geheiratet. Nicht nur wegen dir, babbo.«

»Du hast mich gerettet. Ich wäre sonst ruiniert.«

»Ich weiß, aber das ist egal. Bitte, denk da nicht mehr drüber nach, babbo.«

»Ich hätte Insolvenz anmelden müssen.«

»Bitte, ich möchte das nicht mehr hören. Es interessiert mich nicht.«

Samuele erinnerte sich, dass Elio eines Abends nach einem Fest zu ihm gekommen war und gesagt hatte: »Du hast eine so schöne Tochter, Samuele, sie ist wie ein Stern, der auf diese Erde gefallen ist. Sie ist wie die Wiedergeburt deiner Frau. Sie hat Klasse, sie hat Stil, sie ist intelligent. Sie ist ein Juwel.

Ich weiß, dass du Probleme hast, dass deine Firma kurz vor dem Konkurs steht, und mir blutet das Herz. Samuele, ich liebe dich, und ich liebe deine Tochter! Lass uns eine Familie sein! Ich werde deine Tochter lieben wie meine eigene, ich werde sie ehren und auf Händen tragen.«

Vater und Tochter umarmten sich und hielten sich ganz fest. Über Samueles Wangen liefen Tränen.

»Es ist so schade, dass deine Mutter das nicht mehr erleben konnte.«

Octavia nickte.

»Werde glücklich, meine Kleine«, flüsterte er.

Octavia nickte, drückte ihrem Vater noch einen Kuss auf die Wange und zog ihn mit sich zurück zum ausklingenden Fest.

Es war still geworden im Haus. Die Kapelle spielte nicht mehr, die letzten Gäste hatten sich zurückgezogen.

Elio und Octavia gingen zusammen nach oben, in ihren privaten Trakt mit zwei Schlafzimmern und zwei Bädern.

»Du siehst wundervoll aus. Für mich bist du die schönste Frau der Welt.«

Octavia antwortete nicht.

Im Schlafzimmer stieg sie vorsichtig aus dem Brautkleid, und er beobachtete sie dabei.

Dann verschwand sie im Bad.

Auch Elio zog sich aus und ging ins zweite Bad.

Nach wenigen Minuten trafen sie sich wieder im Schlafzimmer. Sie trug ein langes, seidiges Nachtgewand, er einen edlen Pyjama. Sie sahen sich an. Lächelten. Gingen ins Bett und zogen die Decke über sich.

Elio drehte sich zu ihr um und berührte sie sanft. Strich über ihren Hals, ihre Schultern, ihre noch mädchenhaft straffe Brust.

»Bitte nicht«, sagte sie. »Ich kann nicht, ich kenne dich ja kaum.«

»Das ist richtig«, sagte Elio, »bitte entschuldige. Wir sollten uns Zeit lassen. Und Zeit haben wir ja zum Glück genug.«

Er küsste sie, nahm sie in den Arm, und eng aneinandergeschmiegt schliefen sie ein.

Drei Tage lang wurde gefeiert. Mit Tanz und Gesang, unterbrochen von sieben-, acht-, neungängigen Menüs und wechselnden Gästen.

Im Anwesen der Scarpaccini tobte das Leben, Musik und Lachen nahmen kein Ende.

Bis die Feierlichkeiten vorbei waren und Stille in den Palazzo einkehrte.

Elio war ein schöner Mann. Auch noch mit siebzig. Er hatte schlohweißes, halblanges, leicht gewelltes Haar, einen gepflegten Bart, gütige, leuchtende Augen und feine Züge. Seine Statur war schlank und aufrecht und seine Hände schmal und sensibel.

Abends saßen sie oft im Salon am Kamin, und Elio liebte

es, gemeinsam mit Octavia aus der Göttlichen Komödie von Dante Alighieri zu lesen.

»Bitte, Liebes«, sagte Elio mühsam und unterbrach seinen Vortrag, »kannst du weiterlesen? Die Verse sind schön, aber meine Augen sind so müde.«

»Aber natürlich«, antwortete Octavia und drückte seine Hand. »Selbstverständlich.« Sie nahm das Buch.

»Und in der Tat fand ich mich an dem Rande
der schmerzensreichen Niederung des Abgrunds
endlosen Jammers Donnertön' umschließend.«

Elio hörte ihr aufmerksam zu. »Du hast eine wunderschöne Stimme«, sagte er, »ich könnte dir stundenlang zuhören!«

Lächelnd las sie weiter.

Sie sah, dass Elios Kopf langsam nach unten sank, aber als sie eine Pause machte, schreckte er sofort wieder hoch, und sie fuhr fort:

»Begann zu mir ganz totenbleich der Dichter
›Ich selber geh voraus, du wirst mir folgen!‹«

Sie hielt inne. Elio regte sich nicht, er schlief.

Leise legte sie ein Lesezeichen zwischen die Seiten, klappte das Buch zu und stand auf.

Es war ein langer Tag gewesen. Sie würde ihn wecken, wenn es auch für sie Zeit war, zum Schlafen nach oben zu gehen.

Wegen des frappierenden Altersunterschiedes konnte es sich niemand so recht vorstellen – aber Octavia war nicht unglücklich. Sie bewunderte den Mann an ihrer Seite, er erklärte ihr die Welt und die Kunst, er war ihr »Maestro«. Ob sie ihn liebte, fragte sie sich immer wieder, aber sie wusste es nicht. Elio war höflich, gebildet, hatte Etikette und keine schlechten Angewohnheiten, trank nie einen über den Durst, war ständig gepflegt, roch gut und kleidete sich elegant und außergewöhnlich geschmackvoll.

In der gesamten Toskana genoss er höchstes Ansehen, und auch ihr wurde automatisch Hochachtung entgegengebracht, obwohl man natürlich ständig munkelte, dass sie den alten Mann nur wegen seines Geldes geheiratet hatte.

Bei Elio gab es kein Thema, von dem er keine Ahnung hatte und das sie nicht mit ihm diskutieren konnte. Er hatte einen messerscharfen Verstand und einen Sinn für Ästhetik. Er war Realist und Romantiker. Und er war ein durch und durch aufrichtiger Mensch.

Er wirkte nicht alt und war der angenehmste Freund und Begleiter, den man sich überhaupt vorstellen konnte. Ein Gentleman. Ein Edelmann. Un gentiluomo.

»Wenn ich nicht mehr bin«, sagte er häufig, »ich bitte dich, sei eine würdige Scarpaccini.«

»Aber natürlich«, sagte sie lächelnd und strich ihm übers Haar. »Ich werde dein Lebenswerk in Ehren halten. Da brauchst du dir keine Gedanken zu machen, amore.«

Es war ein kalter Märzmorgen, als Elio auf Wildschweinjagd ging.

Er wartete drei Stunden. Seine Füße schmerzten vor Kälte, in seinen Taschen spielte er mit seinen Händen wie auf einer Klaviatur, um sie beweglich zu halten.

Bewegungslos starrte er in die mondhelle Nacht. Sein Gewehr war geladen. Bitte, komm, dachte er und betete innerlich. Komm hierher, und ich werde dich zur Strecke bringen, mit einem einzigen, sauberen Schuss.

Er wartete weiter.

Gerade als er überlegte, ob er es lassen und vielleicht doch lieber nach Hause gehen sollte, kamen sie. Eine Sau mit fünf

Überläufern. Und kurz darauf folgte der Keiler in gebührendem Abstand. Er schätzte ihn auf 200 Kilo. Die Haderer und Gewehre voll ausgebildet, mindestens sechs Jahre alt. Ein Wahnsinn. Eine Herausforderung. Vergleichbar mit einem Elch oder Bär in Schweden.

Alles war still. Die Wildschweine suchten leise und grunzend in der Erde nach Wurzeln oder Pilzen.

Der Keiler stand gut. Breit. Circa achtzig Meter entfernt, ruhig.

Elio legte an.

Ein Keiler war etwas Besonderes.

Vielleicht war es heute der Schuss seines Lebens.

Er zielte. War ganz ruhig, drückte ab …

… aber seine Finger waren fast steif vor Kälte, er schoss zu spät, verriss im letzten Moment.

Der Keiler brach zwar augenblicklich zusammen, sprang aber dann wieder auf und flüchtete.

Elio fluchte innerlich.

Er hatte verdammt schlecht getroffen, das war ihm schon ewig nicht mehr passiert.

Er war genervt, ungeduldig. Ging zum Anschuss. Ja, genau, wie er vermutet hatte: viel Wildbretschweiß, Knochensplitter, Schwartenfetzen.

Er würde ihn finden. Und zwar sofort. Nicht erst in ein paar Stunden. Das war er ihm schuldig.

Elio ging zu seinem Wagen und holte seinen Schweißhund Brutus aus dem Auto.

Mann und Hund standen unbeweglich und horchten.

Es war alles still.

Kein Laut.

Brutus setzte sich neben ihn. Aufrecht. Eng an Elios Bein gedrückt. Atmete kaum. War aufmerksam, wartete auf das, was passieren würde.

Elio gab ihm schließlich den Befehl, und Brutus suchte an der langen Leine. Elio konnte sich auf ihn verlassen, er war ein erfahrener Hund.

Brutus rannte mit der Nase am Boden, Elio lief hinterher und hatte Mühe, ihm zu folgen.

Und plötzlich kam der Keiler aus dem Schilfdickicht, direkt auf Elio zu.

Es ging so schnell, Elio kam nicht mehr zum Schuss. Der Keiler stürzte sich auf ihn, warf ihn um und rammte ihm die riesigen, geschwungenen Vorderzähne in den Oberschenkel und zerfetzte die Hauptschlagader.

Elio war nicht in der Lage, sich gegen diesen Koloss zu wehren, der selbst schwer verletzt intuitiv wusste, dass dies sein letzter Kampf war, und todeswütig schäumte.

Der alte Mann spürte, wie sein eigenes, warmes Blut unaufhaltsam aus seinem Oberschenkel strömte und Kraft und Leben langsam aus seinem Körper wichen.

Als der Keiler von ihm abließ und in seiner unmittelbaren Nähe zusammenbrach, richtete er sich mühsam auf und gab ihm mit seiner Pistole den Fangschuss.

Er sah, wie der Keiler sich noch ein paarmal aufbäumte, aber dann still in sich zusammensackte und starb.

Elio selbst konnte nicht mehr aufstehen. Ein Handy hatte er nicht dabei.

»Ciao bella, bellissima, amore mio«, stöhnte er, während er auch sich selbst die Pistole an die Schläfe setzte und schoss.

Octavia war dreiundzwanzig, als sie erbte und über Nacht eine der reichsten Frauen Italiens war.

Plötzlich gehörten ihr nicht nur das grandiose Anwesen aus dem siebzehnten Jahrhundert auf den Hügeln oberhalb von Florenz, sondern auch weitere Immobilien auf Sardinien, auf

Capri und in Venedig. Dazu Kunstschätze aller Art, außerdem Hunderte Hektar Land, Olivenhaine und Weinberge und ein stattliches Barvermögen.

Octavia war reich, aber einsam, und vermisste ihren Elio in jeder Minute. Jetzt erst wurde ihr klar, wie viel er ihr wirklich bedeutet und wie sehr sie ihn geliebt hatte. Bei allem, was sie tat, hatte er ihr Sicherheit, Rat und Unterstützung gegeben und hatte sie gleichzeitig auf Händen getragen.

Haltlos geworden, taumelte sie, fiel in tiefe Traurigkeit.

Die Vorhänge des Palazzo blieben Tag und Nacht geschlossen. Sie schlief kaum, aß wenig und ging wochenlang nicht aus dem Haus. Wenn, dann nur zu einem Gottesdienst, schwarz gekleidet und verschleiert. Die Leute nannten sie »la vedova nera«, die schwarze Witwe, und sie war unnahbar. Sprach mit niemandem.

Wenn sie allein war, weinte sie und fühlte sich wie im unaufhaltsam freien Fall.

28

1982

Die magere Frau, die Pater Ansgar kurz vor Ostern in seinem Büro gegenüberstand, würde er nie vergessen. Das wusste er in dem Moment, als er sie sah.

Sie hatte strähniges Haar, dunkle Augenringe und eine Traurigkeit im Blick, die ihm durch Mark und Bein fuhr. Ihr rechtes Augenlid hing herunter, ihre Schneidezähne fehlten, und vom Scheitel bis zum Ohr hatte sie eine lange Narbe, auf der keine Haare mehr wuchsen.

An der Hand hielt sie einen elfjährigen, ebenso dünnen Jungen. Der Reißverschluss seiner Jacke war ausgerissen, das Haar verschnitten und die Schuhsohlen schief heruntergetreten.

»Sie sind doch die Barmherzigen Brüder«, brachte die Frau, die sich als Marietta Hollberg vorgestellt hatte, mit Mühe heraus. »Bitte helfen Sie uns!«

Pater Ansgar nickte, weil er im Moment nicht wusste, was er sagen sollte. Er war jetzt zweiundsechzig, und er hatte schon eine Menge erlebt, aber noch niemals eine Frau, die dermaßen am Ende war.

»Was kann ich für Sie tun?«, fragte er und zeigte auf zwei Stühle. »Bitte!«

Marietta setzte sich schwerfällig und schwieg.

»Wie kann ich Ihnen helfen?«, fragte der Pater erneut.

Immer noch fehlten der Frau die Worte. Sie zog die Schultern hoch, als würde sie frieren.

»Was ist passiert?«, fragte Pater Ansgar erneut mit Engelsgeduld.

»Bitte, Mama, sag was«, flüsterte der Junge, »bitte, Mama, deswegen sind wir doch hier, du musst was sagen!«

Pater Ansgar lächelte ermutigend, und endlich begann sie stockend zu erzählen.

Mariettas Mann Kalle war Lkw-Fahrer, und sie wusste nie, wann er nach Hause kam. Wenn er sagte, »ich komme Samstag«, war er oft schon Freitagabend da. Wenn er Donnerstagabend kommen wollte, wurde es Sonntagnacht, bis er plötzlich vor der Tür stand.

Es konnte jeden Moment so weit sein, dass sie die Schlüssel in der Tür hörten und ihnen das heilige Donnerwetter bevorstand.

»Kalle ist wieder da!«, schrie er dann und knallte sein Schlüsselbund auf die Kommode im Flur. »Wo ist meine kleine Schnuckelmaus?«

Die Schnuckelmaus war Daniels zwei Jahre jüngere Schwester Belinda. Sie rannte quietschend auf ihren Vater zu, er hob sie hoch, drehte sie in der Luft, bedeckte ihr Gesicht mit Küssen und drückte ihr irgendein kleines Geschenk in die Hand. Eine Winzigkeit zum Spielen. Da fand er immer was. Und die Schnuckelmaus drückte ihn ganz fest an sich, bis er sie absetzte.

»Wo bist du?«, schrie er, und damit war Marietta gemeint. Er nannte sie nie beim Namen, auch nicht mit einem Kose- oder Fantasienamen, sie war immer nur »du« oder »du da« oder »du, komm mal« oder »du, hast du nicht gehört?«.

Marietta stand in der Tür und versuchte zu lächeln. »Schön, dass du schon da bist«, flüsterte sie.

»Scheiße«, meinte Kalle und lachte. »Lüg doch nicht. Wo ist das Arschloch?«

»Im Schrank«, hauchte Marietta, »wie immer.« Und in diesem Moment fiel ihr siedend heiß ein, dass sie vergessen hatte, den Schrank abzuschließen, als Daniel darin verschwunden war, weil er Kalle an der Tür gehört hatte.

Kalle war sein Stiefvater, Daniel war der Sohn von Mariettas Ex, und darum hasste ihn Kalle.

Kalle stürmte ins Schlafzimmer, sah den nicht abgeschlossenen Schrank, der ein wenig aufstand, obwohl ihn Daniel von innen krampfhaft zuhielt, riss ihn auf und zog Daniel an den Haaren heraus.

Daniel schrie.

Kalle schmiss ihn auf den Boden. »Wie geht es dir, Arschloch?«, schrie er.

»Gut«, hauchte Daniel mit trockenem Mund.

»Gut?« Kalle stieß Daniel zurück in den Schrank und schloss die Tür ab. »Kein Abendbrot heute. Es geht ihm zu gut. Und auch morgen kann er da drin bleiben. Immer, wenn ich nach Hause komme, kann ich sehen, dass er dem Scheißkerl, der meine Frau gefickt hat, noch ähnlicher sieht.«

Daniel war verzweifelt. Hier würde er nicht herauskommen, bis Kalle wieder losmusste. Wenn er sich nicht muckste, wenn kein Laut aus dem Schrank kam, dann vergaß Kalle ihn. Aber das wurde von Mal zu Mal schwieriger.

Seit drei Jahren musste er in den Schrank. Da war Kalle bei ihnen eingezogen. Aber damals war es noch einfach gewesen, jetzt wurde es immer enger, und obwohl er fast nichts zu essen bekam, wenn Kalle da war, wurde er doch größer, und die Knochen schmerzten. Er passte einfach nicht mehr in dieses enge hölzerne Loch, das so schmal war, dass man höchstens fünf Anzüge hineinhängen konnte.

Schlimm wurde es in der Nacht, wenn Kalle und seine Mutter im Schlafzimmer waren. Er hörte, wie er sie schlug, wie er sie vergewaltigte, wie sie weinte. Er konnte nichts tun, konnte ihr nicht helfen, kam nicht raus aus seinem Gefängnis. Konnte sich noch nicht mal umdrehen und seine schmerzenden Knochen entspannen, denn wenn Kalle im Schrank etwas hörte, riss er die Tür auf und verprügelte ihn.

An Geburtstagen, zu Weihnachten oder an Tagen, an denen Kalle besonders milde gestimmt war, durfte er draußen schlafen. Im Flur, auf dem nackten Boden. Er fror entsetzlich, aber er konnte sich zumindest ausstrecken.

Er wusste nicht, was besser oder schlimmer war.

So oder so war es kein Leben zu Hause.

Und dann, vor zwei Wochen, hatten sie nicht aufgepasst. Da hatte Kalle sie erwischt. So schnell hatten sie alle nicht reagieren können.

Es war Donnerstagabend, und sie dachten, Kalle käme erst Freitag.

Plötzlich stand er in der Küche und grinste gemein. Traute seinen Augen nicht, denn die Schnuckelmaus, Daniel und ihre Mutter saßen friedlich am Tisch und aßen Abendbrot.

Kalle rastete aus. Wischte alles, was auf dem Tisch stand, herunter, obwohl er wusste, dass Marietta mit jedem Pfennig rechnete. Dann verprügelte er Daniel derart, dass er auf dem rechten Ohr nichts mehr hören konnte, schlug Marietta mit den Fäusten zu Boden und attackierte sie mit einem Messer.

Die Schnuckelmaus war mittlerweile so alt, dass sie es schaffte, die Polizei zu rufen.

Zwei Mannschaftswagen kamen, und Einsatzkräfte stürmten die Wohnung. Kalle landete in Untersuchungshaft, Marietta im Krankenhaus, sie musste notoperiert werden, und Daniel und die Schnuckelmaus wurden kurzfristig in einem Heim untergebracht.

Keiner sagte etwas, als Marietta geendet hatte.

Daniel blickte zu Boden.

Pater Ansgar blieb stumm. Er war kein Mensch, der schnell denken konnte.

»Pater, bitte! Der Junge ist brav, können Sie ihn nicht hier im Internat aufnehmen? Er ist nicht dumm. Und er singt schön. Seine Schwester ist bei einer guten Pflegefamilie untergekommen, da bin ich ganz erleichtert. Aber was soll denn aus ihm werden? Ich kann nicht mehr, Pater, ich bin am Ende, weiß nicht, ob ich jemals wieder klarkomme. Ich kann mich nicht um diesen Jungen kümmern. Ich kann mich ja noch nicht mal mehr um mich selbst kümmern.«

Pater Ansgar sagte immer noch nichts.

»Ich flehe Sie an! Was sollen wir denn machen? Wenn er rauskommt, schlägt er uns tot! Helfen Sie uns, bitte! Sie sind doch die Barmherzigen Brüder!«

Pater Ansgar rieb seine Hände und seine Stirn, schloss die Augen und öffnete sie wieder, machte es spannend.

Marietta rutschte auf ihrem Stuhl hin und her, Daniel stand auf und stellte sich brav neben seine Mutter. Beide warteten ab.

Es dauerte, bis Pater Ansgar endlich sagte: »Oh mein Gott! Das ist alles ganz und gar schrecklich. Lassen Sie mich nachdenken, wie ich Ihnen helfen kann.«

Marietta wurde irre. Ihre Fußsohle begann zu jucken, und das war immer das untrügliche Zeichen, dass sie kurz davor war auszuflippen. Dieser gemütliche Pater mit der breiten Stirn und den kleinen Schweinsäuglein machte sie wahnsinnig.

Es dauerte noch zehn Sekunden, dann schrie sie: »Pater! Hier, mein Sohn, er ist ein prima Junge, er macht keinen Scheiß. Und er lernt wie der Teufel. Wenn er 'ne Chance kriegt, wird irgendwann ein Professor aus ihm. Bitte, Pater!« Sie sah ihn an und fiel vor ihm auf die Knie.

Erst eine halbe Minute später fand Pater Ansgar seine Sprache wieder, zog Marietta hoch und sagte: »Gute Frau, ich bin ganz bei Ihnen. Ihr Sohn gefällt mir.«

Er hatte vom ersten Moment an gespürt, dass der Junge intelligent und sensibel war. »Ich werde ihn in unserem Internat aufnehmen. Drei Monate probeweise. Wenn er sich bewährt, kann er bleiben.«

»Ich kann Sie nicht bezahlen«, sagte Marietta leise.

Pater Ansgar nickte. »Ich weiß. Aber das kriegen wir hin. Wenn er lernwillig ist und sich gut in die Gemeinschaft einfügt, ist er uns willkommen. Und auch Sie können bleiben. Bis Sie eine Wohnung gefunden haben, von der Ihr Mann nichts weiß!«

Marietta stieß einen kurzen hohen Schrei aus und wäre Pater Ansgar am liebsten um den Hals gefallen, aber sie beherrschte sich.

»Danke«, sagte sie. »Danke, danke, danke.« Tränen liefen ihr übers Gesicht, und sie küsste ihm die Hand. »Sie ahnen ja nicht, wie sehr Sie uns geholfen haben. Danke, Pater. Sie sind wirklich ein barmherziger Bruder.«

29

Es gab zwei Betten im Zimmer. Eins links und eins rechts vom Fenster. Links auf dem Bett lag ein Junge mit stoppelkurzen blonden Haaren. Er las und nahm keinerlei Notiz davon, dass Daniel hereinkam und seine Sachen auf das Bett rechts warf.

»Hi!«, sagte Daniel.

Der Junge antwortete nicht.

Daniel brauchte keine zehn Minuten, um seine wenigen Habseligkeiten im Schrank zu verstauen. Währenddessen sagte der fremde Junge keinen Ton, las nur in seinem verdammten, blöden Buch.

»Ich bin Daniel«, sagte Daniel, als er fertig war und sich aufs Bett setzte. »Und du?«

»Hubertus. Hubertus Egbert von Feldenburg.«

»Cooler Name. Ich bin Daniel Hollberg.«

Hubertus blinzelte zum ersten Mal über den Rand seines Buches.

»Gibt's hier irgendwann was zu essen?«, fragte Daniel leise.

»Ja. Um sechs.«

»In welche Klasse gehst du denn? In die fünfte?«

»Klar. Und du?«

»Ich auch.«

»Und du wohnst jetzt hier? In meinem Zimmer?«

»Ja. Wo denn sonst?«

»Weiß nicht. Aber es nervt mich.«

Daniel zuckte nur die Achseln. »Ich finde das Zimmer hier super. Schön groß, schön hell, einfach klasse.«

»Für zwei ist es viel zu klein!«, brummte Hubertus.

Daniel schwieg und nahm sich vor, alles zu tun, damit er Hubertus nicht störte. Er war ziemlich gut darin, nicht aufzufallen und sich unsichtbar zu machen.

Pater Ansgar sorgte umgehend dafür, dass Daniel Stifte und Füller bekam, dass er alle erforderlichen Bücher hatte und genügend Papier und Hefte, Lineal und Radiergummi.

Daniel war überglücklich. Es gab für ihn keinen schöneren Moment, als an seinem kleinen Schreibtisch neben dem Schrank zu sitzen und Schularbeiten zu machen. Er lernte, so viel er konnte. Es würde alles gut werden.

»Wann kommen denn endlich deine Klamotten?«, fragte Hubertus, als er eines Morgens vor seinem vollgestopften Kleiderschrank stand und sich anzog.

»Welche Klamotten?«, fragte Daniel.

»Na, dein ganzer Kram von zu Hause! Dein Schrank ist gähnend leer, und ich weiß nicht, wohin mit meinen Sachen! Du hast hier fünf Fächer, und nur in zweien liegt ein bisschen was.«

»Du kannst alles benutzen, was du brauchst. Von mir kommt nichts mehr.«

»Wie, von dir kommt nichts mehr?«

»Mehr hab ich nicht. Das hier ist alles. Kein Problem, du kannst die Fächer haben.«

Hubertus war fassungslos, und es dauerte keine fünf Minuten, da hatte er die drei freien Fächer mit seinen Sachen vollgestopft.

»Danke«, sagte er.

»Kein Problem«, meinte Daniel und las weiter.

Daniel hatte einen blauen Pullover, der war ein Sonderangebot gewesen, relativ neu und für »besondere Gelegenheiten«. Den hatte er zu Hause nur angezogen, wenn er und seine Mutter eingeladen waren oder einen Termin bei Gericht, beim Jugendamt oder sonst wo hatten. Eben da, wo es wichtig war.

Dann hatte er einen grauen Pullover, mit Flecken vorne, die nicht mehr rausgingen. Seine Mutter hatte alles versucht, aber egal wie oft sie ihn wusch, die Flecken blieben.

Und schließlich besaß er einen braunen und einen schwarzen Pullover, die zwar keine Flecken hatten, aber so entsetzlich hässlich waren, dass er sie nie anzog. Der schwarze war hart und kratzig, und der braune hatte einen gelben Rand am Kragen und an den Ärmeln, der irgendwie omamäßig aussah, fand Daniel. Er konnte den Pullover nicht ausstehen.

So blieb ihm nur der blaue. Und er war dazu verdammt, ihn im Internat jeden Tag anzuziehen. Roch jeden Abend an den Ärmeln. Wenn sich leichter Schweißgeruch ankündigte, wusch er den Pullover und hängte ihn ans Fenster. Und zog ihn am nächsten Morgen wieder an. Ganz egal, ob er noch feucht war und ihm der scharfe, kalte Wind in die Nieren stach, wenn er in dem klammen Pullover hinüber in die unbeheizte Kapelle zur Morgenandacht ging.

Er hatte nur diesen einen verdammten Pullover.

Das jährliche Schulsportfest stand an.

Daniel und Hubertus machten sich fertig. Daniel steckte

einen Trainingsanzug, den er sich in der Kleiderkammer ausgesucht hatte, und eine Flasche Wasser ein.

»Was hast du denn für Schuhe?«, fragte Hubertus.

Daniel hielt ihm die ausgetretenen, dünnen Turnschuhe vor die Nase, die er gerade trug. »Die hier.«

»Das geht nicht. Damit kannst du keinen Blumentopf gewinnen.«

»Ich hab keine andern.«

Hubertus überlegte einen Moment. Dann öffnete er seinen Schrank und sagte: »Hier. Wenn du willst – such dir welche aus. Ich hab genug.«

Daniel war fassungslos.

Denn Hubertus hatte alles. Turnschuhe in allen Farben und Arten, Laufschuhe, Fußballschuhe, Tennisschuhe und blendend weiße Segelschuhe, wenn er mit seinen Eltern am Wochenende hin und wieder segeln ging. Er hatte Schuhe für den Wald und fürs Feld, für die Schule und fürs Haus, für den Regen und für den Schnee. Für alle Eventualitäten eben.

»Kann ich die …?«, fragte Daniel zögerlich und zeigte auf ein Paar mit weicher Polsterung, weißer Sohle und grünem Rand.

»Klar. Wenn sie dir passen?«

Daniel zog die Schuhe an. Sie waren vielleicht zwei Zentimeter zu groß, aber das verschwieg er und schnürte sie nur ein wenig fester.

»Perfekt!«, sagte er und strahlte.

»Okay«, meinte Hubertus. »Kannst sie behalten.«

»Einfach so?«

»Klar. Aber ich komm in Mathe nicht klar. Begreif das alles nicht.«

»Kein Problem. Da helf ich dir.«

Daniels Mutter hatte sechs Wochen in einer kargen, acht Quadratmeter großen Klosterzelle gewohnt, aber jetzt hatte sie eine Einzimmerwohnung in Oberhausen gefunden, 320 Kilometer vom Kloster entfernt.

»Tut mir leid, Großer«, hatte sie geflüstert und Daniel fest an sich gedrückt. »Aber ich muss die Wohnung nehmen. Das verstehst du doch, oder?«

Daniel nickte.

»Ich bin weg, und er weiß nicht, wo ich bin. Er wird mich nie finden. Nur du hast meine Adresse. Und Belinda natürlich. Aber niemand sonst, o.k.?«

»O.k., Mama.«

»Du darfst sie ihm niemals verraten.«

»Ich bin doch nicht blöd, Mama.«

»Gut.« Sie sah ihn an und strich sich die Haare aus dem Gesicht. »Wir werden uns jetzt nicht mehr so oft sehen können, Cowboy.«

»Ich weiß.«

»Ich kann ja nicht mit dem Zug nur für ein paar Stunden durch die halbe Welt fahren!«

»Kein Problem. Versteh ich doch. Mach dir keine Sorgen.«

»Aber natürlich mach ich mir Sorgen.« Seine Mutter brach in Tränen aus.

Daniel fuhr ihr vorsichtig übers Haar. »Es ist alles o.k., Mama, wirklich. Ich komm hier klar. Und ich schreib dir. Versprochen.«

Seine Mutter drückte ihn an sich. »Du bist super, Großer, ich glaub an dich. Du wirst deinen Weg machen. Mach keinen Scheiß, damit sie dich nicht rausschmeißen, aber wenn was ist, ruf mich an. Ich schick dir meine Telefonnummer, sobald ich eine hab. Und dann hau ich dich raus. Versprochen!«

»Danke, Mama.«

Sie ließ ihn nicht los, sah in den Himmel und weinte unentwegt.

»Ich muss dann.«

»Ja klar.«

»Verdammte Scheiße. Du wirst mir fehlen.«

»Du mir auch.« Jetzt weinte auch Daniel.

»Halt die Ohren steif!«

»Du auch.«

»Ich hab dich lieb.«

»Ich dich auch, Mama.«

Sie nickte, wischte sich mit dem Ärmel über die Augen und das tränenverschmierte Gesicht und ging.

Dann drehte sie sich plötzlich um, lief noch einmal zurück, hob Daniel hoch, obwohl er für sie eigentlich schon viel zu schwer war, bedeckte sein Gesicht mit Küssen und Tränen, setzte ihn wieder ab, wandte sich um, winkte noch einmal kurz und rannte davon.

Und Daniel brach das Herz.

30

»Kann ich Sie einen Moment sprechen, Bruder Ansgar?«

»Aber selbstverständlich.« Bruder Ansgar, der auf dem Weg zum Deutschunterricht war, blieb stehen. »Aber in fünf Minuten beginnt mein Unterricht in der Achten.«

»Kein Problem, ich brauche nur zwei Minuten«, sagte Bruder Thomas, der Leiter des Internats. »Es geht um Ihren speziellen Zögling Daniel Hollberg, den Sie unter Ihre Fittiche genommen haben. Wie macht er sich?«

»Hervorragend. Er ist intelligent, fleißig, freundlich, zuvorkommend, hilfsbereit und dankbar, auf dieser Schule zu sein. Besser geht es nicht.«

»Das Probevierteljahr hat er also bestanden?«

»Mit Bravour.«

»Und mit den anderen Jungs? Seinem Zimmergenossen? Ist er da verträglich?«

»Ganz vorzüglich. Er ist ausgesprochen sozial, es kommen keine Klagen. Wenn wir auf dieser Schule nur Jungs wie Daniel hätten, hätten wir keine Probleme.«

»Das hört sich ja an wie im Märchen, Bruder Ansgar!« Bruder Thomas lächelte.

»Ja, und so ist es auch. Auf diesen Jungen lasse ich nichts

kommen. Er ist bescheiden und nimmt sich ständig zurück. Das Wohl anderer ist ihm wichtiger. Im Grunde lebt er unbewusst unser christliches Prinzip der Bescheidenheit und Nächstenliebe. Insofern ist er ein echter Gewinn für unsere Schule, Bruder Thomas.«

»Glauben Sie, dass er das Abitur an unserem Internat schafft?«

»Aber mit links, Bruder Thomas. Ohne Probleme. Wenn es einer draufhat, dann er. Und wenn einer den Ehrgeiz besitzt, über sich hinauszuwachsen, dann er. Aber jetzt entschuldigen Sie mich bitte, Bruder Thomas, ich muss zum Unterricht.«

Und schon eilte Bruder Ansgar mit großen Schritten durch den Klostergarten weiter in Richtung Schulgebäude.

Bruder Thomas lächelte, versenkte die Hände in den Taschen und ging ebenfalls langsam davon.

Es war schade, dass er nicht mehr unterrichtete, sondern sich nur noch um die Organisation des Internats kümmerte.

Somit kannte er Jungen wie Daniel gar nicht.

Einen Jungen, der offensichtlich etwas ganz Besonderes war.

31

Das Internat war beinahe ausgestorben, in den Fluren traf man fast niemanden mehr, Stille herrschte.

Der erste Mai fiel auf einen Dienstag, und die meisten Kinder und Jugendlichen verbrachten das verlängerte Wochenende bei ihren Eltern.

Die Internatsleitung ermöglichte diese Kurzurlaube, wo immer sie konnte. Eltern und Kinder sahen sich selten genug, so ein Wochenende, noch dazu im Mai, war eine willkommene Gelegenheit.

Hubertus war nach Hause zu seinen Eltern gefahren, Daniel lag auf dem Bett und wusste nicht, wohin mit sich.

Liebe Mama, schrieb er, *was für ein toller Frühling! Es ist fast schon so warm wie im Sommer. Wir spielen jeden Abend Fußball, im Moment liege ich unter einem Baum und lese, es ist einfach super hier. Am fünfzehnten Mai wird der Pool eröffnet, dann können wir auch draußen schwimmen. Ich bin total happy und hoffe, du bist es auch. Ich umarme dich. Daniel.*

In Wirklichkeit lag Daniel den ganzen Tag auf seinem Bett und lernte.

Und weinte sich in den Schlaf.

Als Hubertus wiederkam, war er braungebrannt. Fast verbrannt. Er hatte das gesamte Wochenende mit seinen Eltern auf der Segelyacht verbracht.

»Es war bombig!«, sagte er, als er ins Zimmer kam. »Hammer. Wir hatten so ein geiles Wetter, eine so tolle Tour, es hat einen Mörderspaß gemacht. Das kannst du dir nicht vorstellen. Ich bin noch völlig hin und weg und natürlich zu nichts gekommen. Dachte, ich kann noch hier und da was lernen, aber war nicht. Wer lernt denn auf 'nem Boot, wenn die Sonne knallt, das Schiff durch die Wellen schneidet, einem der Wind um die Ohren pfeift und man nicht mal mehr Land sieht … Es hat nur noch gefehlt, dass die Schweinswale ins Boot springen, die pausenlos um uns rumgeschwommen sind. Ich bitte dich, wer kann denn in so einer Situation lernen? Ich nicht!« Er lachte. »Und du? Wie hast du die Tage verbracht?«

»Einfach nur so. Es gab nichts Besonderes.« Daniel schämte sich fast dafür, dass in seinem Leben so gar nichts passierte.

»Okay.« Hubertus ließ sich aufs Bett fallen. »Oh Mann, das Leben kann so geil sein, aber nein, wir hocken hier und kriegen gar nichts mit. Es geht alles an uns vorbei. Das ist nicht zu ertragen. Was steht morgen an?«

»Wir schreiben einen Aufsatz in Deutsch. Dann kommt Biologie. Da hältst du ein Referat über Darwin. Und dann haben wir noch zwei Stunden Kunst.«

»Was? Mein Referat über Darwin ist schon morgen? Wieso weiß ich davon nichts?«

»Keine Ahnung. Aber so isses. Der Termin steht seit sechs Wochen.«

»Alle wissen es offensichtlich, nur ich nicht.«

Daniel zuckte die Achseln.

»Bist du sicher, Daniel?«

»Hundertprozentig.«

»Oh mein Gott! Und was mach ich jetzt? Ich hab nichts vorbereitet. Nichts.«

Daniel zuckte erneut die Achseln.

»Bitte, hilf mir, bitte!«

Daniel überlegte, wartete und ließ Hubertus zappeln. Dann sagte er: »Okay, ich schreib es dir.«

»Echt?«

»Ja.«

Hubertus sah ihn mit großen Augen an. »Einfach so?«

»Hm«, meinte Daniel und lächelte.

Er arbeitete beinah die ganze Nacht, schlief vielleicht zwei Stunden.

Total übermüdet und mit dunklen Augenringen legte er am Morgen Hubertus das fertige Referat auf den Tisch.

»Super, Mann, danke!«, sagte Hubertus, der ausgeschlafen und bestens gelaunt war. »Irre, wie du das hingekriegt hast. Hoffentlich kann ich deine Klaue lesen.« Er lachte leise.

»Hoffentlich«, murmelte Daniel und gähnte.

»Ich weiß gar nicht, wie ich dir danken soll.«

»Schon gut.«

Das Referat war ein voller Erfolg. Frau Klöbing, die Biologielehrerin, die viel zu große Füße, viel zu große Hände und einen viel zu großen Busen hatte und daher unter der Hand nur Frau »Klobig« genannt wurde, war hin und weg. »Großartig, Hubertus«, sagte sie. »Du hast dich offensichtlich intensiv mit dem Thema befasst. Das weiß ich zu schätzen, ich bin wirklich beeindruckt! Allerdings hatte ich manchmal den Eindruck, du weißt nicht so richtig, was du sagst. Die Materie ist dir noch sehr fremd. Du hast sie dir aus den Büchern zusammengeschrieben, aber nicht wirklich zu eigen gemacht. Das ist schade,

Hubertus, denn das gehört eigentlich dazu, und darum ist es jetzt auch keine Eins, sondern nur eine Zwei plus. Dennoch: Das hast du wirklich gut gemacht, Hubertus. Du bist auf dem richtigen Weg.«

Hubertus nickte und sah zu Boden, Daniel strahlte.

Von nun an erklärte Daniel seinem Freund mathematische Formeln, übersetzte lateinische Texte, fragte englische Vokabeln ab und schrieb Aufsätze. Für sich und für Hubertus. In anderem Stil, in anderer Art, die Lehrer merkten nichts.

»In den Sommerferien kannst du zwei Wochen mit zu mir kommen«, sagte Hubertus eines Morgens. »Meine Eltern sind einverstanden. Kann sein, dass wir mit der Yacht unterwegs sind, oder wir gehen zur Jagd. Dann ist gerade Blattzeit, und die Böcke sind frei.«

Daniel war fassungslos. Er konnte sich nichts Schöneres vorstellen.

»Das ist ja Wahnsinn«, sagte er leise, und: »Danke!«

32

Ende Juni war es so weit. Um kurz nach zehn Uhr morgens hielt Johanna von Feldenburg mit ihrem Mercedes 380 SE vor dem Internat, stieg aus, schob sich die Sonnenbrille auf die Haare, blinzelte in die Sonne, zündete sich eine Zigarette an, öffnete alle Türen des Wagens weit und wartete auf die Jungs.

Sie war eine attraktive Frau Anfang vierzig, blond, schlank, selbstbewusst. Immer ein gut gefülltes Konto und eine passende Kreditkarte zur Hand, in allen Ländern der Welt zu Hause, Stammgast in den größten Hotels der Metropolen. Das strahlte sie aus. Auch wenn sie locker an der Autotür lehnte und auf ihre Uhr sah.

Bruder Ansgar kam auf sie zu. »Frau von Feldenburg! Ich freue mich, Sie zu sehen! Wie geht es Ihnen?«

»Gut, sehr gut.« Sie rauchte weiter, während sie mit ihm sprach. »Und wie geht es Ihnen und der Schule?«

»Sehr gut. Ich habe fast das Gefühl, in dieser brutalen Welt sind wir eine Oase des Friedens.« Er sah sie an, und sie lächelten beide.

Jeden anderen Menschen hätte er gebeten, die Zigarette auf dem Schulgelände auszumachen, aber bei Frau von Feldenburg machte er eine Ausnahme. Zu viel Gutes hatte sie schon für die Schule getan, zuletzt hatte sie zwei neue Fußballtore und dreißig Trikots für die Jungs spendiert.

»Hubertus macht sich übrigens ausgezeichnet«, sagte Bruder Ansgar »Er ist in der Schule erfolgreich, und der Kontakt mit seinem Zimmernachbarn Daniel tut ihm ausgesprochen gut. Wir sind sehr zufrieden.«

»Ach, das freut mich.«

»Ich wünsche Ihnen einen schönen Urlaub!«

»Danke, Pater! Ihnen auch eine geruhsame Zeit!«

In diesem Moment stürmte Hubertus die Treppe hinunter und rannte auf seine Mutter zu, Bruder Ansgar entfernte sich höflich.

Johanna vergaß alle Etikette, schmiss die glühende Zigarette weg, riss die Arme auseinander und umarmte ihren Sohn mit überschäumender Herzlichkeit, küsste ihn und drückte ihn fest an sich.

»Endlich«, flüsterte sie, »endlich sind Ferien, und ich hab dich ein bisschen länger.«

Daniel folgte Hubertus langsam und vorsichtig. Hatte das Gefühl zu stören.

»Das ist Daniel«, sagte dann aber Hubertus sofort. »Mein Freund.«

»Hallo, Daniel!« Sie strahlte und reichte ihm die Hand. »Ich bin Johanna von Feldenburg, Hubertus' Mutter. Hoffentlich kommen wir gut miteinander aus.«

»Bestimmt«, sagte Daniel leise und hatte einen Kloß im Hals.

Johanna schenkte ihm noch ein Lächeln, dann öffnete sie den Kofferraum.

Hubertus und Daniel schleppten ihr Gepäck aus dem Haus, verstauten es im Kofferraum und stiegen ein. Hubertus saß auf dem Beifahrersitz, Daniel hinten.

»Alles klar, Mama«, sagte Hubertus. »Du kannst losfahren.«

Dann warf er noch einen Blick auf das Internat. »Und tschüss!«

Johanna fuhr los.

»Ist das nicht irre? Sechs Wochen ohne diesen Kasten hier?«, sagte Hubertus und grinste.

»Du hast mir gesagt, ich kann nur zwei Wochen mitkommen«, erwiderte Daniel leise.

»Lass mal. Findet sich alles. Abwarten.«

Frederik von Feldenburg stand vor dem großen Tor, als Johanna und die Jungs auf das Haus zukamen. Er war ein Hüne von Mann. An die zwei Meter groß, mit einem gewaltigen Bauch, den er stolz wie eine außergewöhnliche Errungenschaft vor sich hertrug. Wenn Frederik lächelte, hatte er tiefe Grübchen in den Wangen, und Daniel mochte ihn auf Anhieb.

»Willkommen«, sagte Frederik. Er umarmte Hubertus und schüttelte Daniel die Hand. »Kommt rein, packt eure Sachen aus, richtet euch ein, macht euch frisch, und dann treffen wir uns zum Essen wieder.«

Daniel, der sich die meiste Zeit verstecken und im Schrank hatte hausen müssen, der nur eine enge Wohnung kennengelernt hatte, in der die Wäsche vor dem Fenster trocknete, in der er zwischen Bergen von schmutzigem Geschirr auf dem Küchentisch Hausaufgaben machen und immer alles wegräumen musste, wenn gegessen wurde, in der sich die Wäsche auf der Couch türmte und das Bett nur alle zwei Monate bezogen wurde, war wie erschlagen vom Anwesen derer von Feldenburg.

Dort gab es den großen Flur, von dem ein Salon, ein Gästezimmer, ein Esszimmer und ein Jagdzimmer abgingen. Jedes einzelne Zimmer war so groß wie die Wohnung, in der Daniel mit Mutter, Schwester und seinem gewalttätigen Stiefvater gelebt hatte.

Im Jagdzimmer stand in der Mitte ein großer Tisch mit Platz für acht bis zehn Personen, und die Wände waren übersät mit Trophäen. Rehbockgehörne, Rothirschgeweihe, Geweihe vom Damwild, Elchwild, Muffelwild und von afrikanischen Gnus und Antilopen. Auch ein gewaltiger Büffel war darunter. Außerdem ausgestopfte Füchse, Waschbären, Dachse und einige Vögel.

Wow, dachte Daniel.

»Pass auf!«, sagte Frederik am Abend im Salon zu Daniel. »Wir werden morgen zur Jagd gehen. Aufstehen um vier, und um halb fünf geht es los. Dann geht die Sonne auf, wir müssen also nicht wie im Herbst im Dunkeln los. Wenn du magst, kannst du mitkommen. Oder du bleibst im Bett.«

»Ich komme gerne mit. Sehr gerne«, murmelte Daniel.

»Gut. Im Wald wird nicht gesprochen. Kein Murmeln, kein Räuspern, kein Flüstern, kein Hüsteln, nichts. Kein Rascheln. Keine lauten Schritte.

Daniel nickte. »Alles klar.«

»Und auch kein Pupsen oder Niesen«, sagte Hubertus.

Frederik lachte. »Natürlich nicht. Das wäre das Schlimmste!«

Jetzt lachten auch Hubertus und Daniel.

»Gut. Dann schlaft schön, bis morgen früh!«

Daniel und Hubertus zogen ab in ihre Zimmer im oberen Stock.

»Dein Vater ist ziemlich o.k.«, sagte Daniel flüsternd, als sie im Flur standen.

»Manchmal. Manchmal auch nicht. Er kann auch sehr streng sein. Aber er ist nie ungerecht. Wenn du alles richtig machst, gibt es kein Problem.«

»Hm. Haben wir auch eine Waffe dabei?«

»Nein. Wir haben ja noch keinen Jagdschein. Aber den machen wir, sobald wir das Abi in der Tasche haben, o.k.?«

»O.k.«

»Na, dann, schlaf gut bis morgen um vier.«

»O.k. Ach, Hubertus?«

»Ja?«

»Danke noch mal.«

33

Daniel konnte sich nicht erinnern, wann er das letzte Mal so ein Herzklopfen gehabt hatte. Er hatte in der Nacht vor Aufregung kaum geschlafen, und als der Wecker morgens um vier klingelte, sprang er sofort aus dem Bett, putzte sich die Zähne, zog sich an und war nach nur wenigen Minuten startklar.

Als er in die Küche kam, stand Frederik von Feldenburg in voller Jagdkluft am Herd und kochte Tee.

»Guten Morgen«, sagte Daniel leise.

»Oh, Daniel! Du bist schon fertig! Prima! Guten Morgen!« Frederik war strahlender Laune. »Komm, trink einen Schluck Tee. Das tut gut und beruhigt Magen und Kopf für mehrere Stunden. Und iss auch ein Stück Brot, wenn du kannst. Ich packe jetzt mein Gewehr und alles, was ich brauche, ins Auto, und dann treffen wir uns in zehn Minuten auf dem Hof. O.k.?«

Daniel nickte. »O.k.«

»Wo ist Hubertus?«

Daniel zuckte die Achseln. »Weiß nich'. Ich hab ihn heute Morgen noch nicht gesehen. Als ich an seine Tür geklopft hab, hat er nicht reagiert. Aber er kommt bestimmt, er hat sich riesig auf die Jagd heute gefreut.«

»Ja, sicher kommt er. Wie immer natürlich auf die letzte Sekunde. Bis gleich.« Frederik von Feldenburg ging hinaus.

Daniel nahm sich ein Stück Brot und legte sich eine Scheibe Käse darauf. Nicht weil er Hunger hatte – im Grunde war er viel zu aufgeregt, um zu essen –, sondern weil Frederik es gesagt hatte.

Gerade als er langsam den heißen Tee trank, kam Hubertus in die Küche. »Das find ich so zum Kotzen an der Jagd«, sagte er, »dieses scheißfrühe Aufstehen. Wie geht's dir? Mir geht's beschissen. So einen verdammten Bock kann man auch mittags schießen, er ist ja nicht nachts unterwegs wie die Wildschweine. Ich kapier nicht, warum wir immer schon im Morgengrauen draußen sein müssen.« Hubertus' Haare standen zerzaust in alle Richtungen, er wirkte ungewaschen und verschlafen.

»Zum Teufel mit der Jägerei vor dem Aufstehen«, murmelte er noch, nahm sich eine Milchtüte aus dem Kühlschrank und trank sie halb leer.

»Ich finde es klasse, so früh draußen zu sein«, bemerkte Daniel.

Hubertus sah ihn an und zog die Augenbrauen hoch. Dann grinste er. »Gehen wir«, sagte er. »Mein Alter wird fuchsteufelswild, wenn wir nicht pünktlich sind.«

Sie saßen alle drei auf einem komfortablen Hochsitz, der überdacht war und Sichtmöglichkeiten in alle Richtungen bot. Saßen still. Bewegungslos. Schweigend. Sahen über das Land.

Die Sonne ging auf, aber noch lagen die Nebelschleier über der Wiese. Die feuchten Gräser glitzerten im Morgenlicht, Millionen von winzigen, zarten Spinnennetzen überzogen die Wiese wie ein fein geklöppeltes, funkelndes Tuch. Alle drei hatten die Ohrenschützer hochgeschoben am Hinterkopf.

Frederik hielt die Büchse in der Hand, aufgelegt auf der Balustrade.

Er wartete. So wie Hubertus und Daniel auch.

Wenn sich Frederik bewegte, hielt Daniel den Atem an.

So verharrten sie über eine Stunde. Dann traten zwei Böcke auf die Lichtung. Vorsichtig, witternd, sich umsehend.

Auf dem Hochsitz regte sich niemand.

Frederik nahm in Zeitlupe sein Fernglas zur Hand und hielt es sich vor die Augen.

Die Böcke kamen näher.

Frederik legte das Fernglas ab, reichte es Daniel und sah durch die Absehe seines Zielfernrohrs. Die Entfernung war perfekt, er machte sich bereit zum Schuss. Zog sich die Ohrenschützer auf die Ohren. Hubertus tat es ihm nach. Fast lautlos.

Es dauerte noch einige Sekunden, die Daniel wie endlose Minuten vorkamen. Dann legte Frederik an, entsicherte mit einem leisen Klack, konzentrierte sich, wurde ganz ruhig und schoss.

Daniel zuckte zurück. Er war so fasziniert gewesen, dass er vergessen hatte, die Ohrenschützer aufzusetzen. Der Knall zerriss ihm fast das Trommelfell.

Der Bock bäumte sich auf, lief noch ein paar Meter und fiel.

Blattschuss. Perfekt getroffen.

Der zweite Bock flüchtete mit hohen Sprüngen durchs Gras und verschwand im Wald.

Die Singvögel verstummten.

Frederik drehte sich um und lächelte.

»Waidmannsheil, Papa«, sagte Hubertus. »Besser geht es nicht. Ein perfekter Schuss und ein stattlicher Bock.«

Frederik nickte. »Kommt. Sehen wir ihn uns an.«

Der Bock lag da, als ob er mit offenen Augen schliefe. Ruhig. Friedlich. Entspannt.

Frederik besah ihn sich langsam und genau. »Alles in Ordnung«, sagte er. »Anscheinend ein gesundes Tier. Ach, Hubertus, gehst du mal bitte zum Auto und holst die Plastikdecke, Handschuhe, Wasser und Taschenlampe? Und die Wanne, wenn du alles tragen kannst.«

Hubertus nickte und lief davon.

Frederik steckte dem Bock einen kleinen Tannenzweig in den Äser und verneigte sich kurz. Dann schwiegen sie.

Als Hubertus wiederkam, ging Frederik schnell, routiniert und professionell vor. Er schleppte den Bock bis zum Ansitz, zog ihn an der Leiter hoch, hängte ihn an zwei Haken an den Hinterläufen auf, zog sein spezielles, extrem scharfes Taschenmesser, das er zum Aufbrechen immer dabeihatte, aus der Hosentasche und schnitt ihn im Schritt auf. Von den Hinterläufen an abwärts. Zog das Fell zu den Seiten ab, entnahm die Eingeweide und besah sich sämtliche Organe ganz genau, ob sie irgendwelche Anzeichen von Würmern oder Verfärbungen zeigten.

Aber der Bock war gesund.

Daniel sah vollkommen hingerissen zu. Der Einblick in das Innere eines Körpers faszinierte ihn total. Es erregte ihn. Sein Unterleib vibrierte.

Das Herz, das Frederik gerade in Händen hielt, hatte vor zehn Minuten noch geschlagen, das Blut war noch warm, die Leber geschmeidig und glatt. Die Gedärme ein Berg aus schleimigen, grün-gräulichen Wülsten.

Frederik sah Daniel an. Lächelte kurz. Und dann legte er das Herz in Daniels Hände.

Daniels Puls raste. Er glaubte zu spüren, dass das Herz in seinen Händen immer noch schlug. Dass es pulsierte. Denn es war noch warm.

Er schloss die Augen.

Das war Leben pur.

Er spürte, dass der Anblick des ausgeweideten Tieres und seiner Überreste ihn immer mehr erregte. Er hielt es kaum noch aus, versuchte krampfhaft zu verbergen, was er empfand.

Daniel atmete schnell, presste den Beckenboden zusammen und schloss einen Moment die Augen.

Dann ging es wieder.

Er merkte gar nicht, dass Frederik ihm das Herz wieder aus der Hand nahm und in eine der Plastikwannen warf.

Dort lag auch schon der Magen voll mit grünem Brei, mit zum Teil bereits verdauten Kräutern und Gräsern, die der Rehbock an diesem Morgen gefressen hatte.

Daniel bekam kaum Luft, so begeistert war er.

Schließlich wusch Frederik den ausgeweideten Tierkörper mit frischem Wasser aus.

In der einen Wanne lagen jetzt Organe, Gedärme und die abgetrennten Läufe, die zum Luderplatz gebracht werden sollten. Wildschweine, Füchse und anderes Raubwild würden die Reste des Tieres in ein oder zwei Nächten vollkommen auffressen, wie Frederik erklärte.

In der anderen Wanne lagen die Leber und die Körperteile des Bockes, die zum Verzehr geeignet waren.

»Halt den Kopf!«, sagte Frederik. »So fest du kannst.«

Daniel tat es, und dann sägte Frederik ihn vom Körper ab.

»Wir werden ihn auskochen. Für die Trophäe!«, sagte Frederik, und Daniel nickte.

Er warf einen Blick zu Hubertus, und der grinste.

»Jetzt fahren wir nach Hause und hängen den Bock in die Kühlkammer«, fuhr Frederik fort. »Und in einigen Tagen siehst du beim Zerwirken, wie man dieses wundervolle Fleisch von so einem Rehbock verwerten kann.«

»Ja, prima«, stammelte Daniel.

»Geht es dir nicht gut?«

»Doch, doch, alles bestens. Gar kein Problem.«

Frederik lächelte und sagte nichts weiter. Es gab viele, die es nicht ertragen konnten, wenn sie zum ersten Mal sahen, wie Rehwild aufgebrochen wurde.

Daniel war enttäuscht, dass die Jagd schon vorbei war.

Aber das war seine Welt. Das hatte er an diesem Morgen begriffen.

Noch nie hatte ihn irgendetwas in seinem Leben derartig fasziniert.

Das war das, was er wollte.

34

Sechs Jahre später

Internat, 1988

»Nur noch siebzehn Monate, dann sind wir hier weg«, flüsterte Hubertus, als sie beide im Bett lagen und nicht schlafen konnten. »Dann haben wir das Abi, und dann kann uns keiner mehr was.«

»Noch sechzehneinhalb Monate.«

»O.k. Noch besser. Ich geh nach Berlin zum Studieren. Kommst du mit?«

»Klar komm ich mit.«

»Oder nach Hamburg.«

»Auch o.k. Mir egal, ich hab ja nirgends jemanden.«

»Und deine Mutter?«

»Ja, gut, meine Mutter. Sie schickt mir einmal im Monat ein paar Mark. Was sie sich abknapsen kann. Und zum Geburtstag schreiben wir uns. Ihr wird es egal sein, wo ich hingehe, Hauptsache, ich komme klar.«

»Oder wir gehen nach Bayern. Da ist die Jagd besser.«

»Super. Dann studieren wir in München. Aber bevor wir an die Uni gehen, machen wir den Jagdschein, o.k.?«

»Klar.«

»Ich spare jeden Monat was, damit ich ihn mir leisten kann. Bald hab ich das Geld zusammen.«

Hubertus sah ihn an. Daniel war wirklich so arm wie eine Kirchenmaus und tat ihm leid. »Noch sechzehneinhalb Monate«, sagte Hubertus. »Verflucht noch mal.«

»Das ist ein Klacks.«

»Für mich ist es eine Ewigkeit.«

Beide schwiegen.

Dann fragte Hubertus: »Bist du müde?«

»Überhaupt nicht. Und du?«

»Kein bisschen. Ich könnte Bäume ausreißen.«

»Ich auch.«

»Wollen wir raus und im ›Alten Stiefel‹ ein Bier trinken?«

»Spinnst du?«

»Wieso? Merkt doch keiner. In zwei Stunden sind wir locker zurück.«

»Ich hab kein Geld.«

»Aber ich. Genug für uns beide.«

Daniel überlegte einen Moment. Dann nickte er. »O.k.«

Beide schlüpften in ihre Jeans, zogen sich Pullover und Jacke über, kletterten aus dem Fenster, ließen es für den Rückweg angelehnt und rannten über die Wiese. Blieben stehen, sahen sich an und lachten. Warum haben wir das nicht längst schon mal gemacht, schienen sie sich zu fragen.

Im »Alten Stiefel« bestellten sie ganz selbstverständlich zwei große Biere, die sie auch ganz selbstverständlich nach wenigen Minuten bekamen, und konnten es kaum glauben.

Sie tranken schnell. Viel zu schnell. Und bestellten die nächsten zwei. Und die nächsten. Jeweils zusammen mit zwei Kurzen.

Daniel trank die Schnäpse nicht, sondern schob sie zu Hubertus.

»Was ist los?«

»Ich kann die Kurzen nicht ausstehen. Schmecken beschissen, find ich.«

Hubertus zuckte nur die Achseln und trank Daniels Schnäpse mit.

»Mein Vater hat eine Eigenjagd«, sagte Hubertus nach einer Weile bereits mit schwerer Zunge. »Über tausendfünfhundert Hektar. Das sind hundertfünfzigtausend Fußballfelder. Kannst du dir so was vorstellen? Und wenn wir den Schein haben, gehen wir da jagen. So viel wir wollen.«

»Ein Hektar ist ungefähr ein Fußballfeld. Das sind dann tausendfünfhundert Fußballfelder und nicht hundertfünfzigtausend.«

»Ist doch egal, oder? Du musst die Hektar nur mit zehntausend multiziplieren ...«

»Multiplizieren ...«

Hubertus winkte ab. »Egal. Irgendwie so, und dann kriegst du die Fußballfelder raus. Unvorstellbar. Kein Mensch kann sich so eine Fläche vorstellen. Und wenn dann noch die Erdkrümmung dazukommt, kannst du noch nicht mal so weit gucken.«

»Komm, bezahl mal, wir gehen zurück.«

Hubertus nickte, zog sein Portemonnaie aus der Hosentasche und winkte dem Kellner. »Mein Vater hat ja gar keine Zeit mehr, er ist froh, wenn wir uns um alles kümmern, die Jagd, die Tiere und diese ganzen Millionen von Hektar, die ja niemand zählen kann. Du, das wird ein saugutes Leben, wir können machen, was wir wollen, und verdienen sogar Geld damit. Du und ich, und keiner redet uns rein. Niemand. Wir haben Angestellte, und wer nicht spurt, fliegt.«

Der Kellner kam und legte die Rechnung auf den Tisch.

Hubertus warf einen flüchtigen Blick darauf, zog einen Schein aus seiner Brieftasche und sagte »stimmt so«.

Der Kellner bedankte sich artig und verschwand schnell.

»Bist du wahnsinnig?«, fragte Daniel. »Du hast ihm fünfundzwanzig Mark Trinkgeld gegeben!«

»Ist doch egal. Komm, wir gehen.«

»Was machen wir jetzt?«, fragte Hubertus, als er schwankend vor dem Gasthof stand. »Ich hab noch keine Lust, nach Hause zu gehen.«

»Nee, ich auch nicht.«

»Dann lass uns irgendwohin fahren.«

»Wohin? Und wie?«

»Komm!«, sagte Hubertus. »Da drüben ist ein Parkplatz.«

Er ging von Wagen zu Wagen und musste sich immer wieder an den Autos festhalten, um nicht umzufallen.

Schließlich blieb er vor einem Audi stehen. »Der ist gut«, sagte er, »der fährt schnell, damit kommen wir bis nach Venedig, wenn wir wollen, und ich will nach Venedig, und du?«

»Ich auch«, sagte Daniel, der überhaupt nicht mehr begriff, was gerade geschah. »Venedig ist klasse.«

Daniel konnte gar nicht genau sehen, was Hubertus machte. Es ging so schnell. Er fuhrwerkte mit einem Draht, seinem Taschenmesser und irgendwas anderem herum, und plötzlich hatte er die Autotür geöffnet und sagte: »Alles klar! Steig ein!«

Daniel setzte sich in den Wagen und sah ungläubig, wie Hubertus ihn kurzschloss und wahrhaftig startete.

In den ersten Minuten fuhr Hubertus vorsichtig, suchte Licht, Blinker, Hupe etc. Sobald er alles gefunden hatte, wurde er mutiger und drückte aufs Gas. Wurde immer schneller, raste durch die Nacht, schleuderte um die Kurven und jauchzte dabei.

»Bist du wahnsinnig?«, schrie Daniel. »Willst du uns umbringen? Bitte, fahr langsamer!«

Aber Hubertus hörte nicht. Er befand sich vollkommen im Rausch der Geschwindigkeit, er achtete auf keine Geschwindigkeitsbegrenzungen, schoss über Kreuzungen, übersah rote Ampeln, drückte einfach nur auf die Tube.

»Wie geil ist das denn?«, schrie er. »Absolut irre! Daniel, ich habe das Gefühl, in 'ner halben Stunde sind wir in Venedig!«

Er verließ die Landstraße und fuhr auf die Autobahn. Der Tacho zeigte ständig zwischen hundertsechzig und hundertachtzig. Zum Glück war die Autobahn jetzt mitten in der Nacht fast völlig leer.

Daniel klammerte sich an einem Haltegriff fest, ihm war übel vor Angst.

»Bitte, Hubertus, fahr langsamer! Bitte!«

Hubertus hörte nicht. »Nur noch sechzig Kilometer bis Hannover!«, jubilierte er. »Wir fliegen ja geradezu, morgen sind wir in Venedig, und dann können die uns alle mal! Wir werden den ganzen Idioten in der Schule 'ne Ansichtskarte schicken!« Er lachte gackernd und schrill.

»Was hast du gesagt?«, fragte Daniel plötzlich. »Wir sind bald in Hannover?«

»Ja klar! Mit Schallgeschwindigkeit!« Hubertus drückte noch mehr aufs Gas. 200 Stundenkilometer.

»Hubertus! Wir fahren in die falsche Richtung! Hannover liegt doch im Norden, verdammte Scheiße! Du musst Richtung Italien fahren! München! Südtirol, und dann an die Adria nach Venedig! Wie besoffen bist du denn, Mann?«

»Ich bin überhaupt nicht besoffen!«, schrie jetzt auch Hubertus. Er hatte einen scharfen, entschlossenen Zug um den Mund und legte eine Vollbremsung hin. Ohne zu überlegen, wendete er in einem schnellen Manöver und fuhr in der entgegengesetzten Richtung weiter.

»Sind wir jetzt richtig?«, fragte er und grinste.

Daniel drehte fast durch. »Bist du wahnsinnig!«, brüllte er. »Was tust du? Du hast auf der Autobahn gewendet, du Idiot, jetzt sind wir Geisterfahrer! Dreh sofort wieder um, sofort!«

»Du weißt aber auch nicht, was du willst«, meinte Hubertus kopfschüttelnd. »Erst hast du gesagt, ich fahre in die falsche Richtung, jetzt hab ich gedreht, fahr in die entgegengesetzte Richtung, aber das ist dir auch nicht recht! Was soll ich denn machen?«

»Du bist einfach total besoffen! Um Gottes willen, dreh um, Hubertus, bitte! Fahr nach Hannover, ich will gar nicht mehr nach Venedig, bitte! Und dann halten wir auf einem Rastplatz und überlegen, was wir machen. Aber bitte dreh um, und zwar sofort!«

»Ich kann hier nicht so einfach wenden, ich bin auf der Autobahn, hast du eben selbst gesagt!«

»Bitte, frag nicht, sondern dreh um, Hubertus, bitte!«

Daniel weinte fast. »Und fahr jetzt erst mal ganz links, ganz, ganz links, ja, langsam, und dann können wir auf einen Parkplatz abbiegen, wenn es einen gibt.«

Hubertus schüttelte den Kopf und drehte das Radio an. Bewegte sich im Takt der Musik. »Ich pass schon auf«, sagte er zu Daniel, »keine Sorge.«

Daniels Nerven waren bis zum Zerreißen gespannt. Sein ganzer Körper glühte, er wusste nicht, was er machen sollte, er wusste nur, dass er innerhalb von Sekunden, nein, innerhalb von Bruchteilen von Sekunden eine Entscheidung treffen musste, um den Frontalzusammenstoß, den absoluten Super-Crash mit einem entgegenkommenden Wagen, den sie wahrscheinlich niemals überleben würden, zu verhindern.

Drei Autos waren bereits wild aufblendend an ihnen

vorbeigerast. Als kein entgegenkommender Wagen in Sicht war, zog Daniel die Handbremse, nicht abrupt, sondern relativ langsam und kontrolliert. Er zwang sich trotz seiner Panik dazu, weil er Angst hatte, dass der Wagen ausbrechen und sich überschlagen würde. Gleichzeitig griff er Hubertus ins Steuer und zog es nach links. Bis zum Anschlag.

Hubertus wehrte sich nicht, da er nichts mehr begriff. Er war so betrunken, dass er kurz davor war einzuschlafen.

Aber so, wie es sich Daniel vorgestellt hatte, klappte es nicht. Der Wagen begann zu schleudern und sich zu drehen, schoss neben der Autobahn auf eine Wiese, überschlug sich und blieb endlich nur wenige Meter vor einem Wald auf dem Dach liegen.

Totenstille.

Es qualmte, dampfte und stank.

»Raus hier!«, schrie Daniel. »Hubertus! Los! Komm raus!«

Daniel konnte die Beifahrertür mit Gewalt aufdrücken und sich hinausquetschen. Dann lief er zur Fahrerseite. »Los, komm raus, hilf mir, Hubertus, du musst es schaffen! Los!«

Hubertus regte sich nicht. Vielleicht war er verletzt oder benommen oder ohnmächtig, jedenfalls konnte er sich nicht bewegen.

Daniel geriet in Panik. Er lief um das Auto herum, drückte die Beifahrertür mit aller Kraft noch weiter auf, krabbelte noch mal ins Innere des Wagens, schnallte Hubertus ab und versuchte ihn zu sich auf die Beifahrerseite zu ziehen. Er umklammerte seinen Oberkörper, brüllte: »Bitte hilf mir, Hubi, ich schaff das nicht allein, komm raus, schnell, hier auf meiner Seite!«

Er hob Hubertus' Beine geknickt auf den Sitz, zog weiter, Stück für Stück. Es war ihm egal, ob sich Hubertus verletzte, Daniel mobilisierte Kräfte, von denen er nie geahnt hatte, dass er sie besaß.

Und schließlich hatte er es geschafft.

Hubertus lag auf der Wiese neben dem Auto, das er gerade geschrottet hatte, und kam ganz langsam zu sich.

»Was ist los?«, fragte er leise.

»Du hast ein Auto geklaut und hattest einen schweren Unfall«, flüsterte Daniel. »Ich stell mich jetzt gleich an die Autobahn und winke, und dann kommen Krankenwagen und die Polizei und die Feuerwehr und was weiß ich, und dann wird alles gut.«

Hubertus begann zu weinen. »Daniel, meine Eltern dürfen davon nichts erfahren, du weißt nicht, was dann los ist, mein Vater schlägt mich tot …« Er weinte so sehr, dass Daniel dachte, er könne nie mehr aufhören.

Daniel wusste später nicht mehr, wer auf sie aufmerksam geworden war und die Polizei gerufen hatte. Er konnte nicht einmal mehr sagen, ob er wirklich gewunken hatte oder still neben dem weinenden Hubertus sitzen geblieben war.

Jedenfalls war irgendwann die Wiese mit Feuerwehr, Polizei, Rettungssanitätern und Notärzten zugeparkt, und die beiden Jungen wurden ins Krankenhaus gebracht.

Hubertus hatte eine tiefe Schnittwunde an der linken Hand und Daniel ein Schleudertrauma, ansonsten waren sie mit Prellungen davongekommen.

Alles nicht so schlimm. Der Ausflug war für die Jungs glimpflich ausgegangen, nur der geklaute Wagen hatte Totalschaden.

Bei der Gerichtsverhandlung war Hubertus weiß wie die Wand. Er blieb bei seiner Aussage: »Ich kann mich an nichts erinnern. An gar nichts. Ich muss völlig betrunken gewesen sein. Ich weiß noch nicht mal mehr, dass wir einen Unfall hatten. Ich kann mich nur daran erinnern, dass ich im Krankenhaus aufgewacht bin und am Tropf hing. Und meine Mutter stand an meinem Bett und weinte.«

»Ah ja«, sagte der Richter und sah den Gutachter an. »Ist ein so totaler Erinnerungsverlust denkbar?«

»Aber selbstverständlich«, antwortete der Gutachter und stand auf. »Auf einen Schock, wie infolge eines so schweren Unfalls, reagiert jeder anders. Der eine löscht jede Erinnerung sofort und für immer aus, beim anderen brennen sich Einzelheiten geradezu ins Gedächtnis ein. Das menschliche Gehirn ist unberechenbar. Alles ist möglich.«

»Danke«, sagte der Richter und wandte sich an Daniel. »Aber Sie erinnern sich?«

Daniel nickte und blickte zu Boden.

»Wer von Ihnen beiden hat das Auto in dieser Nacht gefahren?«

»Ich.«

»Und wer hat es geklaut?«

»Ich.«

»Und warum?«

»Ich wollte weg aus dem Internat. Ich konnte es nicht mehr aushalten. Und da hab ich zu Hubertus gesagt: Komm, wir hauen ab, und er war auch sofort begeistert und ist mitgekommen, als die Gelegenheit günstig war.«

»Woher wussten Sie, wie man Autos klaut und fährt?«

»Ein Freund hat es mir mal gezeigt.«

»Welcher Freund?«

»Ich weiß nicht mehr, wie er heißt. Er war eine Klasse über mir.«

»Aha.« Der Richter verdrehte die Augen. »Und er hat es Ihnen beigebracht? Einfach so?«

»Ja. Wir kamen mal irgendwie auf das Thema, und da hat er mir gezeigt, wie es geht. Einfach so.«

Hubertus schwieg und sah Daniel voller Bewunderung an.

»Und woher konnten Sie Auto fahren?«

»Das hat er mir auch gezeigt, weil ich das unbedingt lernen wollte. Wir haben auf dem Gelände hinter dem alten Schrotthändler geübt. Da ist nie jemand, und man hat 'ne Menge Platz.«

»Aber Sie sind nie durch das Dorf oder durch die Stadt gefahren?«

»Doch, bin ich.« Daniel sah zu Boden. »Ich hab alles gemacht, ich konnte es echt ganz gut.«

»Und warum wurden Sie in dieser Nacht zum Geisterfahrer?«

»Ich hab die Orientierung verloren, und dann bin ich in Panik geraten und hab einfach umgedreht. Es war total bescheuert, ich weiß, aber ich war auch ziemlich besoffen.«

»Eins Komma acht Promille. Ihr Freund hatte zwei Komma vier. Wie kommt das denn?«

Daniel zuckte die Achseln. »Vielleicht hat er noch ein paar Schnäpse mehr getrunken. Keine Ahnung. Ich hab nicht drauf geachtet.«

»Aber Sie wissen hundertprozentig, dass Sie gefahren sind?«

Daniel nickte.

»Ich weiß nicht, warum«, sagte der Richter nachdenklich, »aber irgendwas stört mich an der ganzen Sache, und ich kann Ihnen nicht so richtig glauben. Es ist selten, dass einer vor Gericht alle Schuld auf sich nimmt. Normalerweise beschuldigt ein Angeklagter Gott und die Welt und versucht sich selbst als den einzig gesetzestreuen Menschen auf der Welt hinzustellen. Bei Ihnen ist es anders. Warum?«

»Weil es die Wahrheit ist«, sagte Daniel stoisch und sah dem Richter offen in die Augen.

»Gut«, meinte der Richter. »Dann sei es eben so.«

Daniel bekam eine Bewährungsstrafe. Hubertus wurde freigesprochen.

35

»Was willst du denn jetzt machen?«, fragte Hubertus. Sie saßen auf ihren Betten und öffneten knackend die beiden Bierbüchsen, die sie ins Zimmer geschmuggelt hatten. Daniel war der Schule verwiesen worden und musste das Internat innerhalb einer Woche verlassen.

Daniel fuhr sich entnervt mit den Händen durch die Haare. »Keine Ahnung. Vielleicht kann ich bei meiner Mutter bleiben. Mal sehen. Aber begeistert wird sie nicht sein.«

»Und dein Abi?«

»Kann ich mir abschminken. Meine Mutter lebt von der Stütze, ich muss mir sofort 'nen Job suchen. Hauptsache, sie nimmt mich auf, sonst sitz ich auch noch auf der Straße.«

Hubertus schlug mit der Hand auf den Tisch. »Das ist doch alles so zum Kotzen!«

»Du sagst es.« Daniel war zum Heulen zumute. Er stand auf, öffnete seine Schreibtischschublade und nahm einen Zettel heraus. »Hier. Das ist die Adresse meiner Mutter in Oberhausen. Ich meld mich, wenn ich dort angekommen bin.«

Hubertus steckte die Adresse in seine Brieftasche. »Ich hätte nie gedacht, dass die Patres dich rausschmeißen. Nie! Für mich sind die Barmherzigen Brüder unten durch.«

»Es liegt nur an dem widerlichen Pater Bonifatius. Wenn er so 'ne Scheiße anordnet, kann keiner was dagegen tun. Ich bin sicher, dass Pater Ansgar für mich gekämpft hat, aber der Sturkopp Bonifatius hat noch nie 'ne Entscheidung rückgängig gemacht.«

Hubertus nickte. »Wann fährst du?«

»Ich hau hier gleich morgen früh um fünf ab. Um Viertel vor sechs geht der Zug nach Hannover, und da steig ich dann um in Richtung Duisburg.«

Beide schwiegen. Die Bierbüchsen waren längst leer.

»Daniel?«

»Hm?«

»Du bist echt mein bester Freund.«

»Du meiner auch.«

»Das muss so bleiben, auch wenn du da bist und ich hier.«

»Klar bleibt das so.«

Hubertus stand auf und zog sein Taschenmesser aus der Hosentasche. »Komm, wir schließen Blutsbrüderschaft.«

Daniel grinste, stand ebenfalls auf und schob sich – wie Hubertus – den Ärmel seines Pullovers hoch.

Hubertus holte tief Luft, setzte das Messer an, schloss einen Moment die Augen und ritzte sich einen ungefähr fünf Zentimeter langen Schnitt in die Innenseite des Unterarms. Sofort quoll Blut heraus.

Daniel machte es genauso. Dann pressten sie ihre blutenden Unterarme fest aufeinander.

»Jetzt bist du mein Bruder«, sagte Hubertus leise.

»Ja, jetzt sind wir Brüder«, sagte auch Daniel.

»Für immer.«

»Für immer und ewig!«

Sie umarmten sich, wuschen die Arme unter fließendem

Wasser und drückten anschließend saubere Taschentücher auf die Wunden.

Dann begann Daniel zu packen.

Knapp sechs Stunden später saß er im Zug.

Beim Abschied hatte ihm Hubertus noch alles Geld gegeben, das er hatte: zweihundertzweiundsiebzig Mark. Damit konnte sich Daniel die Fahrkarte kaufen und kam fürs Erste über die Runden.

Die Landschaft, die am Fenster vorbeizog, war trist und grau. Es nieselte leicht.

Nur noch ein paar Monate, und er hätte sein Abi gehabt. Hätte sich noch nicht mal sonderlich anstrengen müssen.

Aber er hatte es vergeigt.

Sie hatten es gemeinsam vergeigt. Jetzt war er auf dem Weg zu seiner Mutter und musste sie bitten, ihn aufzunehmen.

Es war vorbei.

Verdammt.

Er wäre so gern Jäger geworden.

36

»Mein Gott, was bist du für ein blöder Hund!«, stöhnte Daniels Mutter. »Wie kann man nur so bescheuert sein? Du hattest so gute Karten und hast alles in den Sand gesetzt.«

Sie wischte sich ein paar Tränen aus dem Gesicht.

»Mama, bitte!«, flehte Daniel. »Ich kann es dir erklären!«

Seine Mutter zündete sich eine Zigarette an. »Ich bin so fassungslos, bin so enttäuscht, das kannst du dir nicht vorstellen. Ich hätte nie gedacht, dass du so dumm bist!«

»Mama«, flüsterte er und wollte sie umarmen, aber sie schob ihn zurück.

»Hör auf. Was sollen wir denn jetzt machen?«

Daniel ballte in seinen Hosentaschen die Fäuste.

»Hier kannst du doch nicht bleiben! Mein Geld reicht nicht für zwei, und ich habe nur ein Zimmer. Das funktioniert nicht. Also such dir so schnell wie möglich einen Job und eine kleine Bude. Zur Untermiete oder in 'ner WG, ganz egal. Sieh zu, dass du dein verhunztes Leben selbst auf die Reihe kriegst!«

»Vielleicht kann ich zu der Familie, in der Belinda lebt?«

»Nein, das kannst du nicht«, meinte seine Mutter knapp. »Die haben mit Belinda genug um die Ohren. Die werden sich bedanken.«

»Wie lange kann ich bleiben?«

»Höchstens ein paar Tage. Such dir was, so schnell wie möglich!«

»Danke, Mama!«

Sie sah ihn traurig an und sagte leise: »Ich arbeite hier in dieser Wohnung, weißt du? Ja, ich bekomme hin und wieder Besuch. Es geht nicht anders. Tut mir echt leid, aber wenn du zu lange bleibst, hab ich gar nichts mehr. Dann verliere ich auch noch meine Stammkunden.«

Ihr Blick schien ihn um Verzeihung zu bitten.

Für Daniel war es wie ein Stich ins Herz.

»Verstehe«, sagte er nur. »Ich werd mir Mühe geben und dir nicht lange zur Last fallen. Ganz bestimmt nicht!«

Er nahm sie in den Arm, und sie drückte ihn fest an sich. So fest, wie sie ihn noch niemals an sich gedrückt hatte. Als wollte sie alle Umarmungen nachholen, die es in ihrem Leben mit ihrem Sohn hätte geben können.

Und ließ gar nicht mehr los.

Hubertus überlegte bis zum nächsten Wochenende. Dann ging er zu seinem Vater.

»Hast du einen Moment Zeit für mich?«, fragte er ihn nach dem Essen. »Ich muss unbedingt mit dir reden.«

»Aber sicher, mein Sohn«, meinte Frederik von Feldenburg. »Komm, gehen wir in mein Arbeitszimmer.«

Sie setzten sich an Frederiks schwerem Schreibtisch gegenüber, und Frederik sah seinen Sohn aufmunternd an.

»Was gibt's? Wen hast du geschwängert?«

»Nein, das ist es nicht. Leider.« Hubertus grinste schwach. »Bleibt dieses Gespräch unter uns?«

»Aber sicher. Wenn du das wünschst …«

»Was auch immer in den kommenden Tagen geschieht«,

sagte Hubertus leise, »ich möchte nicht, dass irgendjemand, auch nicht Mutter, irgendetwas über die Beweg- und Hintergründe erfährt.«

»Einverstanden«, sagte Frederik mit ernster Miene.

Hubertus hielt ihm die Hand hin, und er schlug ein.

Eine Weile war es still. Hubertus sammelte sich. Vater und Sohn sahen sich an.

Schließlich begann Hubertus. »Vater, die Gerichtsverhandlung war eine Farce. *Ich* war betrunken, *ich* habe das Auto gestohlen, *ich* habe den Unfall gebaut. Daniel hat versucht, mich von alldem abzuhalten, aber ich war wie von Sinnen, er kam nicht gegen mich an. Als wir uns überschlagen hatten, hat er alles darangesetzt, mich aus dem Wrack zu ziehen, nicht auszudenken, ob ich ohne ihn hier überhaupt noch sitzen würde. Und dann hat er vor Gericht alle Schuld auf sich genommen.«

»Warum, zum Teufel?«, fragte Frederik, der das alles gar nicht glauben konnte, was Hubertus ihm da beichtete.

»Weil ich unsagbare Angst vor dir hatte. Vor deiner Strafe und den Konsequenzen. Und weil mir auf einmal klar wurde, dass damit mein Abi im Arsch ist. Daniel hat das alles für mich getan.«

Frederik schwieg.

»Er ist mein allerbester Freund.«

Frederik nickte. »Und warum erzählst du mir das alles?«

»Er ist aus dem Internat geschmissen worden, hat kein Dach mehr über dem Kopf, keinen Job, kein Geld, keine Schule, nichts mehr. Er sitzt auf der Straße, Papa. Wegen mir. Ich kann das nicht ertragen. Bitte, hol ihn her. Lass ihn hier wohnen. Als wäre er mein Bruder.«

»Was ist, wenn ich Nein sage?«

»Dann gehe ich auch. Dann müssen wir uns gemeinsam irgendwie durchschlagen.«

»Das ist Erpressung.«

»Nein. Das ist einfach so. Er hat sich sein Leben verbaut, um mir zu helfen. Das kann nicht sein. Jetzt muss ich *ihm* helfen. Und dann sind wir quitt und können beide noch mal von vorn anfangen.«

»Ich muss es mir überlegen«, sagte Frederik.

»Nein!« Hubertus sprang auf. »Die Zeit haben wir nicht. In den nächsten Tagen schmeißt ihn seine Mutter raus, und dann steht er auf der Straße und taucht irgendwo unter. Und dann finden wir ihn nicht mehr. Bitte, lass ihn uns holen, bevor es zu spät ist.«

Frederik von Feldenburg schwieg und zündete sich ein Zigarillo an.

Keiner sagte ein Wort.

Dann stand Frederik auf und gab seinem Sohn eine schallende Ohrfeige.

Hubertus steckte sie weg, ohne mit der Wimper zu zucken und ohne ein Wort zu sagen.

Das darauffolgende Schweigen war fast unerträglich.

Schließlich atmete Frederik tief durch. »Gut«, sagte er. »Lass ihn kommen. Dann soll er in Gottes Namen hier wohnen. Aber wenn es rauskommen sollte, warum er jetzt hier wohnt, dann sind wir geschiedene Leute, mein Sohn. Ist das klar? Ich will meinen Ruf nicht verlieren, nur weil du dich nicht benehmen konntest!« Er schlug mit der Faust auf den Tisch. »Sorge dafür, dass Daniel die Schnauze hält! Niemand darf je erfahren, was du getan hast! Haben wir uns verstanden?«

»Wir haben uns verstanden!« Hubertus stand auf. »Danke, Papa! Das werde ich dir nie vergessen.«

Nur drei Tage später zog Daniel im Gutshaus ein. Er bekam ein Zimmer unter dem Dach mit eigenem kleinen Bad und einem weiten Blick über die Ländereien derer von Feldenburg.

Und fühlte sich so glücklich, als wäre dies alles seins.

Frederik von Feldenburg rief ihn zu sich.

»Ich bin Ihnen unendlich dankbar«, sagte Daniel leise.

»Ja, schon gut. Kein Problem. Mein Sohn mag dich, und Platz haben wir ja genug. Aber eins muss klar sein: Kein Wort über das, was geschehen ist. Haben wir uns verstanden?«

»Natürlich.«

»Du interessierst dich ja für die Natur, die Tiere, die Jagd, und ich glaube, in dir steckt wirklich ein guter Jäger … Hubertus wird später Forstwirtschaft studieren, aber was hältst du davon, wenn ich dich nach deinem Abitur sofort bei einer Jagdschule anmelde und du den Jagdschein machst?«

Daniel wurde ganz heiß. »Das wäre ein Traum.«

»Du könntest hier bei mir als Jäger und später als Jagdaufseher arbeiten.«

Daniel strahlte übers ganze Gesicht und wäre am liebsten vor Freude an die Decke gesprungen. »Das wäre ein noch viel größerer Traum.«

»Alles gut. Du musst nichts mehr sagen.«

»Danke, Herr von Feldenburg.«

Daniel ging in sein Zimmer, ließ sich aufs Bett fallen und starrte an die Decke. Noch nie war er so glücklich gewesen.

Alles hatte sich zum Guten gewendet.

Er war in Sicherheit. Er würde jagen. Er hatte später einen Job.

Mehr, als er sich jemals erträumt hatte.

Ciao, Mama, vielleicht kommst du mich irgendwann einmal besuchen, dachte er. Jeden Wunsch werde ich dir erfüllen. Jeden. Und wenn ich kann, hole ich dich da raus aus der Scheiße.

37

Achtzehn Jahre später

Toskana, Dezember 2006

Es war ein kalter Morgen. Schwere Wolken hingen über dem Land, vielleicht würde es sogar Schnee geben.

Octavia Scarpaccini erwachte mit Kopfschmerzen. Sie fühlte sich schwach und elend, spürte ein scharfes Ziehen im Unterleib, wahrscheinlich bekam sie heute, spätestens morgen ihre Tage. Am liebsten wäre sie im Bett geblieben, aber das war unmöglich.

Sie warf einen Blick auf die digitale Anzeige ihres Radioweckers. 6 Uhr 30. Oddio.

Draußen war es immer noch stockdunkel.

Octavia quälte sich aus dem Bett, ging unter die Dusche und verfluchte den Tag, an dem ihr Sergio, ihr Jagdaufseher und Verwalter, vorgeschlagen hatte, die jährliche Gesellschaftsjagd an diesem Dezemberwochenende abzuhalten.

Am liebsten hätte sie sich mit einem Tee in den Wintergarten gesetzt und auf den ersten Schnee gewartet, der erst dünn und wässrig und dann immer dichter fallen und schließlich auf Büschen, Bäumen und Wiesen liegen bleiben würde.

Das war für sie immer der schönste Tag des Jahres.

Aber heute würde das Haus voller Gäste, voller Jäger und Treiber und Helfer, Freunde, Verwandte und Bekannte sein.

Gerade heute konnte sie das überhaupt nicht ertragen.

Sie ging in die Küche und trank einen Kaffee, hatte noch nicht einmal Appetit auf eine Scheibe Weißbrot.

Ihre Kopfschmerzen wurden immer schlimmer.

In einer halben Stunde musste sie draußen stehen und die Jäger willkommen heißen.

Ihr war schwindelig, und auch die Bauchschmerzen wurden immer schlimmer. Aber sie ignorierte sie und zog sich ihr Jagdkostüm an: eine enge Hose, Bluse, Weste, ein ebenso enges Jackett, Stiefel. Sie wusste, dass sie in der Jagdkluft eine blendende Figur machte. Dann schminkte sie sich leicht, tuschte sich die Wimpern, zog sich Handschuhe über und trat wenige Minuten später in den Hof des Gutshauses, in dem die Jäger aufgereiht standen und sie erwarteten.

»Buongiorno«, sagte sie leise, »buongiorno Signori, amici e cacciatori! Benvenuti a Castello Scarpaccini.«

Dann begrüßte sie alle Jäger mit Handschlag und übergab die Leitung der Jagd offiziell an ihren Jagdaufseher Sergio Cervelli.

»Buongiorno, cacciatori, benvenuti, wir gehen heute auf Rotwild und Schwarzwild. Die Jagdsitze werden Ihnen jetzt sofort zugeteilt, die Jagd beginnt um acht Uhr. Aufbrechpause ist von 10 Uhr 30 bis 11 Uhr. Jagdende ist um 13 Uhr, dann wird das Wild zur Strecke gelegt, und es wird zum Schüsseltreiben geladen. Bitte achten Sie auf die Jagdhornsignale.«

»Buonasera, Signora Scarpaccini«, sagte Hubertus und verneigte sich leicht, als sie ihm nach der Jagd die Hand gab. »Ich bin Hubertus von Feldenburg …«

»Aber sicher, lieber Herr von Feldenburg, ich erinnere mich sehr gut an Sie und auch an Ihren Herrn Vater! Und ich freue mich, dass Sie gekommen sind.«

»Leider hatte ich vor der Jagd noch keine Gelegenheit, Sie zu begrüßen. Das sollte nicht unhöflich sein.«

»Nein, das lag an mir. Ich hatte sehr viel zu tun und habe mich fast nur in meinem Büro aufgehalten.«

»Darf ich Ihnen meinen Freund und unseren Jagdaufseher auf Gut Feldenburg vorstellen? Signor Daniel Hollberg. Da mein Vater leider verhindert war, habe ich mir erlaubt, ihn mitzubringen. Er ist der beste Jagdaufseher, den wir je hatten.«

»Wie schön! Piacere! Willkommen auf Castello Scarpaccini. Ich freue mich, dass Sie hier sind, ich hoffe, dass es Ihnen gefällt, und wünsche Ihnen weiterhin eine erfolgreiche Jagd!«

Sie gab ihm nicht die Hand, aber Daniel verbeugte sich und sah ihr in die Augen. »Grazie, Signora«, sagte er. »Grazie.«

So einer schönen Frau war er noch nie begegnet, und das machte ihn ganz hilflos.

Erst beim gemeinsamen Abendessen sah er sie wieder.

Sie blickte durch den Raum, streifte kurz seinen Blick, und er sah am kurzen Aufblinken ihres Auges, dass sie ihn sehr wohl registriert hatte.

Während des gesamten Abends sprachen sie kein Wort miteinander. Sahen sich nicht, begegneten sich nicht.

Gegen Mitternacht standen nur noch wenige im Saal herum und hielten sich an ihren Gläsern fest. Der morgige Jagdtag würde wieder früh, das hieß bei Sonnenaufgang, beginnen.

Schließlich verließ auch Octavia mit einem Gruß in die Runde den Saal.

Daniel überlegte einen Moment, ob er ihr folgen sollte – aber dann ließ er es bleiben.

38

Kurz vor sechs tranken Hubertus und einige andere ihren Morgenkaffee im Saal, in dem das Frühstücksbuffet aufgebaut war.

Der Himmel war düster und fast violett, die Luft trotz der Dezemberkälte schwül und gewittrig, bereits jetzt am frühen Morgen klebte ihm das Hemd am Körper. Keine gute Idee, bei einem drohenden Unwetter auf dem Ansitz auszuharren.

Hubertus sah sich um. Von Daniel war noch nichts zu sehen, aber in diesem Moment betrat Octavia Scarpaccini den Saal. Sie sah besser aus als am Tag zuvor, ihr Teint war klar und frisch, ihre Augen leuchteten, ihre Haare glänzten.

Sie kam direkt auf ihn zu. »Guten Morgen, Herr von Feldenburg«, begrüßte sie ihn wie auch schon am Abend zuvor auf Englisch. »Wie haben Sie geschlafen? Ist alles zu Ihrer Zufriedenheit?«

»Oh ja, vielen herzlichen Dank, es ist wundervoll, hier zu sein, und der gestrige Jagdtag war ja ein voller Erfolg.«

»Das denke ich auch. Heute sind wir in einem anderen, sehr schönen Teil des Reviers, sehr hügelig und gut zu bejagen, da es fast überall natürlichen Kugelfang gibt. Ich überlege allerdings, mit der Jagdaufsicht zu sprechen und die Jagd eventuell um zwei Stunden zu verschieben. Ein Gewitter ist im Anmarsch, und das wäre zu gefährlich.«

»Das habe ich eben auch schon gedacht«, bestätigte Hubertus.

»Mein verstorbener Gatte hat Ihren Herrn Vater sehr gut gekannt und sehr geschätzt«, sagte Octavia und lächelte. »Er hat mir oft von ihm erzählt.«

»Ja, mein Vater bekam ein Stipendium der Stiftung Ihres Gatten und studierte in Florenz Biologie. Mein Vater und Ihr Gatte kannten sich sehr gut und sind auch gemeinsam auf die Jagd gegangen. Die beiden waren Freunde. Elios Jagdunfall ist ihm sehr zu Herzen gegangen.«

Sie schluckte, lächelte kurz und sagte: »Ach ja, bitte grüßen Sie Ihren Freund. Ich würde mich freuen, wenn er heute Abend beim Essen auch dabei wäre.«

»Das mache ich gerne. Ich bin sicher, dass er kommt.« Hubertus verbeugte sich, und ohne ein weiteres Wort verließ Octavia den Saal.

Im Hinausgehen begegnete sie Signor Francesco Mandolini und stieß einen kleinen, leisen Schrei aus: »Madonnina, Signor Mandolini! Quale sorpresa! Ich habe Sie noch gar nicht gesehen!«

»Ich bin auch erst heute Morgen angereist und freue mich außerordentlich, Sie zu sehen, Contessa!« Er küsste ihr die Hand.

»Was für eine Freude! Es ist so lange her! Gehen Sie heute zur Jagd?«

»Ja. Sehr, sehr gerne.«

»Na, dann, augurio di buona caccia.«

Mandolini verbeugte sich schweigend.

»Wie geht es Ihnen, der Familie und vor allem der werten Gattin?«

»Sehr gut! Danke der Nachfrage.«

»Und wie laufen die Geschäfte?«

»Ich bin sehr zufrieden und kann nicht klagen, Contessa.«

»Ach, was ich Sie immer schon mal fragen wollte: Ist es noch spruchreif, dass Sie in Umbrien gerne circa 250 Hektar Land, vor allem Wald, verkaufen wollen?«

»Ja, das würde ich gern. Ich lebe in Milano, und die Ländereien sind einfach zu weit weg, als dass wir sie vernünftig hegen und bejagen könnten, und uns fehlen Angestellte. Wir würden gern verkaufen, ohne Frage.«

»Ich hätte da eventuell einen Interessenten.« Octavia lächelte. »Conte Silvio Ambrosini. Ein Geschäftsmann aus Perugia. Hat Ländereien, die an Ihre grenzen. Es wäre eine optimale Konstellation. Er ist heute auch bei der Jagd dabei, ich könnte Sie am Abend miteinander bekannt machen, wenn Ihnen das recht ist.«

Mandolinis Augen strahlten. »Aber das wäre ganz und gar fantastisch. Danke, Signora! Tantissime grazie!«

»Kein Problem. Dann sehen wir uns heute Abend beim Essen?«

»Certo. Sehr, sehr gern.« Mandolini verbeugte sich und küsste ihr die Hand.

»Ich danke euch allen!«, sprach Octavia Scarpaccini am Abend mit fester Stimme ins Mikrofon. Sie trug ein anderes, aber wieder hautenges, grau-dunkelgrünes Jagdkostüm, das ihren perfekten Körper betonte, und als einzigen Schmuck eine mit Diamanten bestückte Haarspange in Form eines Hirschgeweihs. »Ich danke euch für diese gelungene, erfolgreiche Jagd. Es war eine Jagd, die den Tieren und der Natur zugutegekommen ist, wir haben zumindest ein wenig dazu beigetragen, das Gleichgewicht in der Natur wiederherzustellen. Wundervolle

Menschen, engagierte Jäger aus allen Teilen Europas, haben sich kennen- und schätzen gelernt und können heute Abend miteinander feiern. Waidmannsheil!

Conte Angiolo Vasarri und Emanuela, wie schön, dass ihr da seid! Principe Carlo Gallorini, es ist mir eine Ehre, dass Sie mein Gast sind. Barone Alessandro Cherici, ich freue mich, dass du angereist bist, aber es ist schade, dass du deine bezaubernde Frau Tiziana nicht mitbringen konntest, da sie erkrankt ist. Wir wünschen ihr gute Besserung! Marchese Vasco Ciccarelli, herzlich willkommen! Und Nobile Hubertus di Feldenburg, ich grüße Sie! Leider kann ich hier nicht jeden Einzelnen erwähnen, aber seien Sie alle ganz herzlich willkommen!

Haben Sie einen wunderschönen Abend, guten Appetit, salute e sempre augurio di buona caccia! Und bitte, beehren Sie mich bald wieder mit Ihrem Besuch!«

Statt Applaus klopften sämtliche Jäger für die Signora Scarpaccini auf den schweren Eichentisch. Sie errötete leicht.

Dann ergriff ganz spontan ein ergrauter Mittsechziger das Wort. »Buonasera, ich bin Alessandro Cherici, und ich möchte es doch nicht unerwähnt lassen, dass Signora Scarpaccini soeben eine neue Stiftung gegründet hat. Die Octavia-Elio-Scarpaccini-Stiftung, die zeitgenössischen bildenden Künstlern zugutekommen soll. Ganz abgesehen davon, dass die Signora bereits seit Jahren die Oper, das Theater und das Ballett unterstützt. Was wäre die Kunst in Italien ohne Octavia Scarpaccini? Arm dran! Das ist einen tiefen Dank und einen Applaus wert!«

Alle Anwesenden standen auf und applaudierten.

Octavia verbeugte sich, sichtlich berührt. Damit hatte sie nicht gerechnet.

Alessandro hauchte ihr einen Kuss auf die Wange und setzte sich wieder.

Daniel sah, dass Octavia Scarpaccini dem Ausgang zusteuerte, und sprach sie an. Auf Englisch. Obwohl er sich nichts sehnlicher wünschte, als mit ihr in ihrer Muttersprache reden zu können.

»Entschuldigen Sie bitte, nur einen Moment.«

Octavia blieb stehen.

»Ich bin Daniel.«

»Ja, ich weiß.«

Er schluckte und sah sie offen an. Lächelte sogar. »Ich hätte gern fünf Minuten mit Ihnen gesprochen. Würde gern ein Glas Wein mit Ihnen trinken. Und Ihnen all das sagen, was ich Ihnen schon seit zwei Tagen sagen will: Wie wunderbar es hier ist. Wie schön Sie sind. Und dass ich Sie gern wiedersehen würde.«

Er wartete ab.

Blöder hätte er es sicher nicht anfangen können, aber er wusste auch wirklich nicht, wie sonst.

»Oh wie nett, aber jetzt haben Sie mir auch schon alles gesagt, was Sie sagen wollten. Das war sehr charmant. Grazie e buonanotte.«

Sie reichte ihm ihre Hand, er hauchte einen Kuss darauf, sie schenkte ihm noch einmal ihr schönstes Lächeln und ging davon.

Und Daniel war am Boden zerstört.

39

Gutshaus von Feldenburg, Januar 2007

Hubertus klopfte an Daniels Tür, wartete jedoch keine Antwort ab, sondern kam sofort ins Zimmer. Er machte ein ungewöhnlich ernstes Gesicht. »Ich muss mit dir reden, Daniel«, sagte er und ließ sich in einen Sessel fallen.

»Möchtest du etwas trinken?«

»Ja. Ein Bier, wenn du hast.«

Daniel öffnete zwei Biere und sah Hubertus an. Schon wochenlang hatten die beiden nicht mehr zusammengesessen, seit der Jagd in Italien gar nicht.

»Zwei Rehe sind gerissen worden«, begann Hubertus und kam damit sofort zur Sache. »Von einem Wolf oder einem scharfen Hund, wir wissen es nicht. Aber als wir sie gefunden haben, waren sie schon mehrere Tage tot.«

»Wer ›wir‹?«

»Mein Vater und ich.«

»Ah ja.«

Hubertus atmete tief durch. »Gehst du überhaupt noch raus in den Wald? Machst du eigentlich noch deinen Job? Du hättest sie schon viel eher finden und etwas unternehmen müssen.«

»Ich kann nicht jeden Tag überall sein.«

»Das stimmt. Aber sie lagen ganz in der Nähe deiner Kirrungen. Nicht zu übersehen.«

»Wenn du es sagst? Ein totes Reh in diesem weitläufigen Gelände findet man genauso schnell wie eine Nadel im Heuhaufen.«

»Das ist Blödsinn, Daniel, und das weißt du auch.«

Daniel zuckte nur die Achseln.

»Können wir uns darauf verlassen, dass du irgendwann wieder anfängst zu arbeiten, oder was ist los?«

Daniel schwieg und sah Hubertus einfach nur an.

Hubertus seufzte. »Du jagst nicht mehr, du hast den Zaun an der Bundesstraße zwischen Schobertshausen und Lahrenfeld immer noch nicht hochgezogen, obwohl er dringend notwendig wäre. Du weißt doch selbst, dass es da zweimal in der Woche einen Wildunfall gibt. Es ist, als wärst du nicht da, Daniel! Und wann haben wir das letzte Mal eine Kneipentour gemacht? Vor Ewigkeiten. Ich hab vergessen, wann.«

»Ich auch.«

»Also?«

»Gib mir eine kleine Auszeit, bitte. Dann krieg ich vielleicht alles wieder auf die Reihe.«

»Was ist los?«

»Das kann ich dir nicht sagen.«

»Warum nicht? Ich denke, du bist mein Freund? Wir sind Brüder!«

Daniel nickte.

In diesem Moment fiel Hubertus' Blick auf Daniels Schreibtisch, wo sich italienische Wörterbücher, eine Grammatik, Lehrbücher, Übungshefte und unzählige beschriebene Seiten türmten.

Er grinste. »Daniel, die nächste Frage brauchst du mir nur

mit Ja oder Nein zu beantworten, aber bitte beantworte sie mir: Liegt es an der Scarpaccini?«

Daniel nickte.

Auch in den folgenden Wochen lernte Daniel wie ein Wahnsinniger Italienisch. Er versuchte seinen Jagdaufseher-Pflichten besser nachzukommen, aber in jeder freien Minute paukte er Grammatik und Vokabeln. Dagegen war die Lernerei fürs Abitur ein Kinderspiel gewesen.

Zu Ostern Anfang April schickte er ihr einen Brief. Auf feinstem geschöpftem Büttenpapier schrieb er mit Füllfederhalter:

Contessa Scarpaccini, buona pasqua e una buona caccia. Non posso dimenticare i belli giorni alla caccia da voi in dicembre. Tantissimi saluti, Daniel Hollberg.

Und bereits eine Woche später kam ihre Antwort, die Daniel Wort für Wort mithilfe des Lexikons übersetzte.

Buongiorno, Signor Hollberg, schrieb sie, *ich habe mich sehr über Ihren Brief gefreut! Was für eine nette Geste! Auch ich denke gern an die Zeit im vergangenen Dezember zurück. Ein Wiedersehen wäre wirklich sehr nett, darum möchte ich Sie herzlich zum Maibock-Schießen im kleinen Kreis am ersten Mai ins Castello Scarpaccini einladen. Nach der Jagd wird es ein Fest geben, und ich würde mich freuen, wenn Sie dabei sein könnten. Waidmannsheil und mit vorzüglichen Grüßen verbleibe ich, Ihre Octavia Scarpaccini.*

Daniel fiel fast vom Stuhl vor Aufregung. Er freute sich so ungemein, dass er sofort zum Telefon griff und Hubertus anrief: »Ich habe eine Einladung von der Scarpaccini zum Maibockschießen bekommen!«, brüllte er.

»Ich auch«, sagte Hubertus. »Fahren wir gemeinsam hin?«

»Na, aber natürlich! Ich kann es kaum erwarten!«

Er schrieb ihr als Antwort nur zwei Worte: »Vengo!« und »Grazie!«, weil er plötzlich bei jedem noch so einfachen Satz unsicher war.

Und er beschloss, sich mehr mit dem Konjunktiv zu beschäftigen, der im Italienischen Ausdruck für Gefühle, Gemütslagen, Hoffnungen und Wünsche war.

Sarei felice, se tu fossi innamorata di me – Ich wäre so glücklich, wenn du in mich verliebt wärst.

Das wäre ein Traum.

40

»Ist sie das?«, fragte Daniel plötzlich. »Halt doch mal an! Da! Da drüben! Siehst du sie nicht? Ich glaube, das ist Octavia Scarpaccini!«

Eine Frau galoppierte auf einem großen weißen Pferd über die Wiesen.

Hubertus stoppte den Jeep auf der schmalen Landstraße. »Ja, stimmt, das könnte sie sein!«

Daniel hielt es kaum noch auf dem Sitz. »Das muss sie sein!«, schrie er. »Fahr weiter, Hubertus! Fahr, fahr, fahr!«

Als sie ihnen wenig später leicht verschwitzt aus dem Stall entgegenkam, war Daniel wie erschlagen. So schön hatte er sie nicht in Erinnerung gehabt.

Hier in der Toskana war es bereits sommerlich warm. Daniel zog sich das Jackett aus, blinzelte in die späte Nachmittagssonne, schob seine Sonnenbrille aus dem Gesicht, sah Octavia an und lächelte. Hatte den Kopf voller italienischer Vokabeln und wusste nicht, was er sagen sollte.

»Signora, was für eine Freude, Sie wiederzusehen!«, sagte Hubertus und küsste ihre Hand. »Und herzlichen Dank für die Einladung!«

»Gern geschehen!« Octavia lächelte.

Daniel schwieg. Er fühlte sich klein und nichtig, wie ein dummer Junge im Angesicht dieser Frau.

»Die meisten Jagdgenossen treffen erst morgen ein, daher würde ich mich freuen, wenn Sie beide mit mir zu Abend essen würden«, sagte sie. »Um zwanzig Uhr im Salon? Ist Ihnen das recht?«

»Sehr!«, antwortete Hubertus schnell und verbeugte sich leicht. »Herzlichen Dank.«

Daniel schwieg. Sein Hals war wie zugeschnürt. Wochenlang hatte er von diesem Moment geträumt, jetzt fühlte er sich völlig hilflos.

»Bis später«, sagte Octavia, drehte sich um und ging leichtfüßig davon.

Beim Abendessen war Daniel ähnlich schweigsam. Hubertus und Octavia unterhielten sich, Daniel wurde innerlich immer kleiner, in Gedanken brachte er keinen einzigen vernünftigen Satz zustande. Die italienischen Vokabeln tobten in seinem Kopf, aber er war nicht in der Lage, sie sinnvoll zusammenzusetzen. Und wenn er überlegte, was er auf Englisch sagen könnte, fiel ihm auch nichts ein.

Ich hätte niemals hierherkommen sollen, dachte er, was für ein Blödsinn. Auch die Italienischlernerei hätte ich mir sparen können.

Ab und zu lächelte Octavia ihm zu, aber das machte ihn nur noch nervöser.

Ich fahre wieder, dachte er. Gleich morgen früh. In diesem Zustand kann ich auch nicht jagen. Ich würde noch nicht mal einen Elefanten treffen, wenn er genau vor mir steht.

Als er sich von Octavia verabschiedete und für das Abendessen bedankte, war er fix und fertig.

»Komm«, sagte Hubertus, »lass uns noch einen trinken. Ich

habe noch ein paar Flaschen von einem ganz vorzüglichen Rotwein im Auto!«

»Sehr gesprächig warst du beim Abendessen ja nicht gerade«, meinte Hubertus wenig später, als er eine Flasche öffnete. »Die Dame des Hauses scheint dir die Sprache verschlagen zu haben.«

»Genau so ist es. Frag mich nicht, warum.«

»Das Schlimme ist, man sieht es dir an, dass du bis über beide Ohren verknallt bist. Und dann fällt dir natürlich nichts mehr ein. Logisch. Würde mir auch so gehen.«

Daniel dementierte das noch nicht einmal mehr. »Es ist die Hölle«, sagte er.

»Das kann ich mir vorstellen.« Sie tranken schweigend.

Schließlich sah Hubertus ihn forschend an. »Wäre das denn überhaupt eine Option für dich? Hier, in Italien?«

»Das ist mehr als eine Option, Hubertus. Das ist das große Los. Und das weißt du.«

Hubertus nickte.

»Warten wir's ab.«

»Ja. Warten wir's ab.«

Am nächsten Tag war Bockjagd. Außer Hubertus und Daniel waren noch fünf weitere Jäger im Gelände verteilt.

Daniel schoss zwei Böcke. Perfekt und präzise. Beide Male ein Blattschuss direkt ins Herz. Die Tiere hatten den Schuss wahrscheinlich gar nicht bemerkt, hatten nicht gelitten, sondern waren einfach tot umgefallen.

»Sauber!«, bemerkte Hubertus anerkennend. »Besser geht es wirklich nicht.«

Auch Octavia war beeindruckt. »Gratulazione!«, sagte sie. »Das war wirklich fantastisch. Woher können Sie so außerordentlich gut schießen?«

Daniel zuckte die Achseln. »Jahrelange Übung. Außerdem hab ich ein ziemlich gutes Auge und kann mich auf den Punkt konzentrieren. Im Moment des Schusses werde ich absolut ruhig. Das ist kein Verdienst, sondern eine Gabe. Liegt wahrscheinlich an meinen Genen.« Er lächelte, und sie nickte.

»Gehen wir ein paar Schritte?«, fragte er sie am Abend nach dem Essen.

»Ja, gerne.«

Sie gingen schweigend nebeneinanderher. Ab und zu sahen sie sich an, aber Octavia unterbrach diese eher zufälligen Blicke immer sehr schnell, sah wieder geradeaus und ging weiter.

»Signora, Sie haben hier das schönste Jagdgebiet, das ich jemals gesehen habe«, sagte er, nur um irgendetwas zu sagen.

»Das kann schon sein«, sagte sie leise. »Ich finde es auch wunderschön, aber ich habe keine Vergleichsmöglichkeiten, so wie Sie.«

Er blieb stehen und hob mit den Fingerspitzen ihre Hand. »Und Sie sind die schönste Frau, die mir je begegnet ist. Und ich habe da eine Menge Vergleichsmöglichkeiten.« Er deutete einen Handkuss an, zog Octavia anschließend leicht an sich und drückte ihr einen Kuss auf die Lippen.

Sie parierte sofort mit einer Ohrfeige. Nicht hart, aber doch so, dass er zurückzuckte.

Dann drehte sie sich um und ging davon.

»Was macht die Liebe? Wie kommst du voran?«, fragte Hubertus am nächsten Tag, als sie zurück nach Deutschland fuhren.

Daniel zuckte die Achseln. »Wie kommt man voran bei einer Scarpaccini? Gar nicht. Sie gibt sich ja fast unnahbar!«

»Ja«, entgegnete Hubertus. »Für dich ist sie das, und darum

ist es so schwierig. Behandle sie wie eine Frau und nicht wie eine Göttin. Dann wird es leichter.«

»Nein, das hab ich versucht. Du irrst dich, Hubertus. Octavia ist eine Göttin und will auch wie eine behandelt werden.«

41

Mittlerweile war es Herbst, und wieder kam ein kurzer Brief aus Italien. »*Die Hirschjagd hat begonnen. Falls Sie Lust und Zeit haben, sind Sie herzlich willkommen. O. Scarpaccini.*«

Es hätte ihm besser gefallen, wenn sie *Octavia S.* geschrieben hätte, aber sie hatte *O. Scarpaccini* geschrieben. So war es nun mal.

»Wollen wir zusammen fahren?«, fragte er Hubertus, aber der schüttelte den Kopf. »Nein, ich habe Stefanie versprochen, mit ihr noch ein paar Tage segeln zu gehen. Fahr du mal allein. Viel Glück und Waidmannsheil!«

Daniel nahm zwei Wochen Urlaub und fuhr los. Der Weg bis München zog sich, die Fahrt über den Brenner war ihm noch nie so lang vorgekommen, und in der eintönigen Po-Ebene wurde er fast verrückt.

Er konnte es nicht mehr erwarten, Octavia zu sehen.

»Ich grüße Sie!«, sagte sie freundlich, als er am Palazzo eintraf. »Wie schön, dass Sie es möglich machen konnten zu kommen.«

Er küsste ihre Hand, sie lächelte kurz und redete weiter. Auf Englisch, obwohl er mittlerweile so viel Italienisch gelernt hatte, dass er dies wohl auch in ihrer Muttersprache verstanden hätte.

»Wir haben in diesem Jahr mehr Hirsche denn je. Das Rotwild in Umbrien hat sich fast explosionsartig vermehrt. Wenn Sie nichts dagegen haben, nehme ich Sie morgen Abend mit auf einen ganz bestimmten Ansitz. Er ist leider circa eine Stunde Autofahrt entfernt von hier, aber ich bin mir ziemlich sicher, dass sie dort stehen. In großer Zahl und meines Wissens jeden Abend. Mein Jagdaufseher hat gerade vor zwei Tagen die Wildkameras ausgewertet.«

»Ich freue mich darauf«, sagte er und sah sie an.

Sie hielt ein paar Sekunden seinem Blick stand, bevor sie im Palazzo verschwand.

Allmählich wurde die Sonne schwächer, und das Licht ging langsam von Hellgelb in Orange über. Der dunkle Wald am Ende der Lichtung warf immer längere Schatten. Das Wild, das jetzt heraustreten würde, hätte eine gute Deckung und würde bald nicht mehr zu erkennen sein. Vielleicht eine halbe Stunde noch. Mehr nicht.

Daniel und Octavia saßen nebeneinander auf dem Ansitz, beide hatten ein Gewehr, warteten. Sagten kein Wort, bewegten sich nicht. Verharrten regungslos, um kein Geräusch zu machen.

Ab und zu sahen sie sich an und schüttelten leicht den Kopf. Octavia zog resigniert die Schultern hoch, was heißen sollte: Ich weiß auch nicht, was heute los ist. Warum kein Tier raustritt. Warum die weite Lichtung wie leer gefegt ist.

Nach weiteren zehn Minuten, in denen sie kein Wort gewechselt hatten, entlud Daniel sein Gewehr und stellte es leise in die Ecke des geschlossenen Ansitzes, der allerdings zu allen Seiten zu öffnende und zu schließende Fenster hatte.

Dann nahm er sein Fernglas zur Hand und versuchte im letzten Abendlicht noch irgendetwas zu erkennen.

Auch Octavia entlud und stellte ihr Gewehr zur Seite.

Leise und kaum merklich rückte er näher und legte ihr den Arm um die Schultern.

Sie ließ es geschehen. Es fühlte sich plötzlich ganz selbstverständlich an.

So saßen sie lange.

Es wurde immer dunkler und auch merklich kühler.

Er zog sie fester an sich.

Und dann küsste er sie.

Sie erwiderte den Kuss. Leidenschaftlich.

Ganz, ganz langsam und vorsichtig zog er den Reißverschluss ihrer Jacke auf und schob seine Hand darunter. Er streichelte sie und begann ihren Körper Stück für Stück, Zentimeter für Zentimeter zu erkunden.

Sie ließ ihn gewähren, atmete schneller und drückte sich nur noch fester an ihn.

Als er versuchte, den obersten Knopf ihrer Hose zu öffnen, sagte sie: »Nein! Nicht hier, Daniel. Komm, lass uns gehen.«

Es war stockdunkle Nacht, als sie vom Ansitz kletterten.

Als Daniel wieder zu Hause in Deutschland war, sagte er zu Hubertus: »Es tut mir wirklich leid, aber ich muss kündigen. Ich gehe nach Italien. Ziehe zu ihr in den Palazzo. Jedenfalls fürs Erste. Mal sehen, ob es klappt und wie es sich entwickelt. Sorry, Hubertus, aber ich kann nicht anders.«

»Ich hab so was befürchtet«, meinte Hubertus. »Aber es ist gut. Und wenn es so ist, dann ist es eben so. Ich wünsche dir alles Glück dieser Erde.«

»Und wenn sie mich aus dem Haus jagt?«

»Dann kannst du immer wiederkommen, jederzeit«, sagte

Hubertus ernst, und so meinte er es auch. Es war nicht bloß so ein dahingesagter Spruch.

Die beiden Freunde umarmten sich.

Daniel wusste jetzt schon, dass er seinen Freund Hubertus und die gesamte Familie von Feldenburg verdammt vermissen würde.

42

Der Abend war klar und wolkenlos. Das Licht wurde wärmer, die Farben intensiver.

Daniel und Octavia saßen seit zwei Stunden gemeinsam auf dem Ansitz, auf dem sie sich auch zum ersten Mal geküsst hatten.

Endlich! Endlich trat am Rande des Waldes ein Hirschrudel auf die Weide.

Octavia und Daniel verharrten regungslos. Wagten kaum zu atmen.

Die Hirsche waren vorsichtig, nur vereinzelt zeigte sich einer am Waldrand, um beim leisesten unbekannten Geräusch sofort wieder im Dunkel und Dickicht des Waldes zu verschwinden.

Die Sonne versank orangerot hinter einem Hügel.

Als sie endlich aus dem Wald traten, ästen die Hirsche viel zu weit vom Ansitz entfernt.

Mit den geladenen Büchsen im Anschlag warteten Octavia und Daniel, hofften, dass sie näher kommen würden, bevor es vollkommen dunkel wurde.

Offensichtlich fühlten die Hirsche sich mittlerweile sicherer, das Rudel stand nicht mehr so eng beieinander.

Und dann geschah das Unfassbare. Ein gewaltiger Kronenhirsch, ein Vierzehnender, schritt, das gewaltige Geweih stolz erhoben, majestätisch über die Lichtung, direkt auf den Ansitz zu.

Daniel ließ das Fernglas sinken und hob die Waffe. Warf einen kurzen Blick zu Octavia, diese nickte.

Er wartete. Bewegungslos. Minutenlang. Bis der Hirsch breit stand. Endlich. Wie gemalt. So wie es sich jeder Jäger tausendmal erhoffte und erträumte. Eine Sternstunde, die man vielleicht ein Mal im Leben oder nie erlebte.

Daniel bekam den Tunnelblick. Hatte den Hirsch im Fadenkreuz seines Zielfernrohrs. Er atmete nicht mehr und spürte, dass auch sein Herzschlag aussetzte. Die Welt um ihn herum existierte nicht mehr, alles fühlte sich an wie in Watte gepackt, es gab nur noch diesen einen winzigen, wichtigen Moment. Kleiner als der Bruchteil einer Sekunde. Er und der Hirsch. Jetzt musste er schießen oder es bleiben lassen. Die Entscheidung lag bei ihm, es ging um Leben und Tod. Der Moment kam nie mehr wieder. Nie mehr.

Ihm wurde eiskalt und danach glühend heiß.

Und dann dachte er gar nichts mehr und schoss.

Der Schuss dröhnte und wurde erst im umliegenden Wald dumpf abgefangen.

Die Watte in seinem Kopf verschwand, das Blut pulsierte wieder in seinen Schläfen. Mit überdeutlicher Klarheit sah er, wie sich der Hirsch getroffen aufbäumte und davonrannte. Bis er hinter einer Baumgruppe verschwand.

»Oddio«, flüsterte Daniel.

»Komm!«, sagte Octavia.

Sie kletterten vom Ansitz, markierten den Anschuss mit einem Stock und liefen über die Wiese in Richtung der Baumgruppe, die ungefähr fünfhundert Meter entfernt war.

Da der Himmel klar und wolkenlos war, hatten sie immer noch ein wenig Licht.

Der Hirsch lag im Wundbett und klagte. Versuchte mit letzter Kraft den Kopf zu heben, als er die Menschen spürte, die sich ihm näherten.

Sie waren ungefähr zwanzig Meter von ihm entfernt.

»Bleib«, flüsterte Octavia, und Daniel stand still.

Aufrecht, das Gewehr im Anschlag, ging sie auf das gewaltige, schöne Tier zu. Als sie bis auf fünf Meter herangekommen war, blieb sie stehen.

Hirsch und Jägerin sahen sich an.

Und dann gab sie ihm den Fangschuss. Kühl, berechnend, sicher und sofort tödlich. Mitten ins Herz.

Der Kopf des Hirschs sackte zur Seite weg, seine dunklen Augen brachen und wurden glasig.

Octavia schulterte das Gewehr.

Daniel kam zu ihr und küsste sie.

Sie sahen sich an und lächelten.

43

Wenige Tage später war er zwei Stunden vor ihr wach, stützte den Kopf auf den Arm und sah sie an. Konnte es nicht fassen, dass nicht nur die schönste, sondern auch die einflussreichste Frau der Toskana an seiner Seite lag. Er wagte es nicht, sich zu bewegen oder gar aufzustehen, um sie nicht zu stören.

Im Schlaf war sie vollkommen entspannt, keine Falte zeigte sich in ihrem Gesicht, ihr Teint war makellos. Nur ab und zu zuckten ihre Augenlider, als würde sie träumen.

In diesem Moment liebte er sie über alles.

Und dann wachte sie langsam auf. Ihre Atemzüge wurden tiefer, sie gähnte leicht, blinzelte, zog sich die Decke noch einmal über die Schultern, als wollte sie weiterschlafen, und lächelte ihm zu.

»Buongiorno, Liebste«, sagte er und nahm sie in den Arm. Wiegte sie sanft hin und her, streichelte ihre Haare und ihr Gesicht.

Sie schloss die Augen.

Er ließ ihr Zeit.

Mit der Fingerspitze fuhr er sanft über ihre Lippen und sagte: »Ich möchte dich etwas fragen.«

»Ja?«, sagte sie und musste wieder gähnen. »Was ist?«

»Octavia, willst du meine Frau werden?«

Er sah sie unverwandt an.

Es war unerträglich still im Raum. Nur der Nussbaum rauschte vor dem Fenster, und ein Wiedehopf klopfte von außen an die Fensterscheibe.

Daniels Nerven waren bis zum Zerreißen gespannt, und er überlegte, ob er einen Fehler gemacht, ob er die perfekte Situation überbewertet und sie zu früh gefragt hatte.

Aber dann sah sie ihn an und sagte auf einmal leise: »Ja, ich möchte dich heiraten, Daniel. Ja. Für mich bist du etwas Besonderes. Ja. Ja. Ja.«

Daniel brauchte zwei Sekunden, bis er es begriffen hatte. Dann fiel er jauchzend über sie her, küsste sie, hob sie aus dem Bett, trug sie auf den Armen, küsste sie wieder, setzte sie wieder ab. Hatte Tränen in den Augen.

»Ich bin so glücklich«, sagte er.

»Eine Bedingung habe ich«, bremste sie ihn.

»Ja?« Er hörte auf zu atmen.

»Bitte, amore, ich möchte keine große Hochzeit. Kein großes Fest wie mit Elio. Ich müsste sonst halb Italien einladen. Bitte nicht. Diese Hochzeit soll nur für uns zwei sein. Ganz schlicht, ganz karg. Nur wir und mein Vater und deine Mutter. Zwei Freunde, die Trauzeugen sind. Ein schönes Essen, mehr nicht. Bitte, amore, alles andere würde mich zu sehr an Elio erinnern, und ich hätte das Gefühl, es bringt Unglück.«

»Oh, wie schade! Ich hatte mich so auf ein großes Fest gefreut! Die ganze Welt soll wissen, dass wir uns lieben und zusammen sind!«

»Schon. Aber noch nicht jetzt. Du bist noch so neu hier … Lass uns das Fest später nachholen, wenn dich alle Leute kennen, ja? Bitte!«

»Einverstanden. Dieser Tag ist nur für uns, nur für uns zwei!«

Octavia lachte, schlang die Arme um ihn und drückte ihn fest an sich.

An ihrem Hochzeitstag, dem 23. Oktober, fuhren sie in die Berge. Octavia und ihr Vater, Daniel und die Trauzeugen Hubertus von Feldenburg und Lavinia, Octavias Freundin.

Seine Mutter hatte Daniel gar nicht erst zu erreichen versucht.

Er hätte sich geschämt.

Sie fuhren zum Franziskanerkloster bei Cortona.

Es war ein magischer Ort. Sah man das Kloster aus der Ferne, schien es am Fuße der Berge zu liegen, stand man vor dem Kloster, dann spürte man, dass man ganz oben war. Weit über dem Tal. Und dem Himmel ganz nah.

Ein knorriger, magerer Pater mit verkrümmtem Rückgrat begrüßte die kleine Gruppe mit dem Ansatz eines Lächelns und führte sie ins Innere des Klosters. Sie stiegen eine schmale Stiege hinauf, liefen einen Gang entlang, der außerhalb des Klosters wie eine Galerie an mehreren Zellen entlangführte, und hatten den Blick auf einen tosenden Wasserfall, der vom Berg ins Tal schoss.

Mit einem alten, riesigen, eisernen Schlüssel öffnete der Pater eine schwere Tür, und vor ihnen lag eine winzige Kapelle mit einem kleinen Madonnen-Altar und zwei Bänken.

»Wir sind nicht mehr viele hier im Kloster, für uns reicht der Platz«, sagte Pater Valerio. »Aber diese Kapelle ist eine Heimat für uns.«

Daniel drückte Octavias Hand.

Nur wenig später sangen zwei Patres den gregorianischen Choral »Cantate Domino canticum novum«, und dann gaben sich Octavia und Daniel in diesem winzigen Raum, der einer Höhle glich und nur von Kerzen erleuchtet war, das Jawort.

Es ist nicht wahr – dachte Daniel.
Es ist etwas ganz Besonderes – dachte Octavia.
Und beide wussten, dass sie alles richtig gemacht hatten.
Etwas Außergewöhnliches begann.

44

Toskana, 2011

»Schatz«, sagte Daniel eines Morgens, »was hältst du davon, wenn wir den ehemaligen Trakt für Angestellte da unten am Nordhang umbauen und Apartments daraus machen? Das ist keine große Sache, kostet nicht viel, und ich denke, in drei, vier Monaten ist die ganze Sache gegessen.«

»Geld spielt keine Rolle.«

»Ich weiß.«

»Warum willst du das tun? Willst du uns unbedingt noch mehr Arbeit aufhalsen?«

»Amore, ich kann nicht den ganzen Tag rumsitzen. Ich langweile mich! Ich will etwas Sinnvolles tun!«

»Wir tun genug. Ich tue genug! Ich weiß gar nicht mehr, wie viele Vereine und Organisationen ich fördere, welche kulturellen Einrichtungen ich finanziere, es gibt ja kaum einen Maler oder Bildhauer, kaum ein Theater oder eine Oper im Land, die ich nicht unterstütze! Ich treibe mich ständig auf Premieren, Bällen und Wohltätigkeitsveranstaltungen herum, aber du kommst ja nie mit! Du sitzt zu Hause und langweilst dich! Da bist du selber schuld!«

»Nein, Octavia, ich will nicht dein Geld verteilen, sondern etwas Eigenes tun! Ich hab mir das genau überlegt. Ich könnte

Wochenendseminare veranstalten. Touristen die italienische Kultur näherbringen, Führungen durch Florenz machen ... Ich stelle mir Seminare mit unterschiedlichen Themen vor: ›Auf Dantes Spuren‹ – ›Die Geburt der Renaissance‹ – ›Das Florenz der Medici‹ – ›Die Uffizien‹ – ›Florenz im 20. Jahrhundert‹ ... Da gibt es so viele interessante Dinge, und ich denke, das würde den Touristen gefallen. Ein Wochenende pralle Kultur. Was hältst du davon? Ich bin sicher, wir würden auch eine Menge interessanter und aufregender Menschen kennenlernen.«

Octavia schüttelte den Kopf. »Daniel, du bist verrückt! Wir haben wahrhaftig genug um die Ohren, wir müssen nicht noch Kraft, Zeit und Geld aufwenden, um uns noch mehr Aufgabenbereiche zu suchen. Außerdem kenne ich halb Italien. Die führenden Köpfe des Landes. Politiker, Künstler, Unternehmer. Und zwar gut! Ich brauche keine neuen Bekanntschaften. Schlag dir das alles aus dem Kopf, Daniel!«

»Octavia, bitte!« Er wurde plötzlich ganz sanft und weich und leise, sank vor ihr auf die Knie, verbarg sein Gesicht in ihrem Schoß und wiederholte: »Bitte, Octavia, bitte.«

Sie reagierte nicht.

Er wartete ab.

Dann fuhr er langsam mit der Hand unter ihren Rock und liebkoste sie, streichelte sie, spielte mit ihr.

Sie tat, als merkte sie nichts, als ginge sie das alles nichts an. Aber sie schloss für einige Sekunden die Augen.

Dann riss sie sich zusammen und stand auf. »Gut, Daniel. Meinetwegen tu, was du nicht lassen kannst. Aber verschone mich mit irgendwelchen Planungen oder hässlichen Baufahrzeugen hier vor dem Haus. Das ertrage ich nicht.«

»Kein Problem. Die Bauarbeiter können von San Lorenzo aus zu uns hinauffahren und hinter dem Haus parken, wo du nichts siehst, nichts hörst und nichts mitbekommst. Dafür sorge ich.«

»Gut.«

Daniel nahm sie in den Arm und küsste sie. »Hast du etwas dagegen, wenn ich heute Abend noch zur Jagd gehe? Oder wollen wir irgendetwas Schönes gemeinsam machen?«

»Nein, ich glaube, ich bin müde. Geh nur«, sagte sie und verließ den Raum.

Es war kurz vor halb drei Uhr früh, als er zu Octavia unter die Decke kroch. Er hatte Stunden im Wald verbracht und liebte es, sich endlich an sie schmiegen zu können. Sie strahlte eine wunderbare Wärme aus, und ihre Haut war glatt und zart wie geschliffenes und lackiertes Ebenholz.

Sie umschlang ihn reflexartig mit Armen und Beinen und drückte ihn an sich. »Hast du was geschossen?«, fragte sie flüsternd.

»Ja. Einen Keiler. Mehr als zweihundert Kilo. Ein prachtvolles Tier.«

»Wo ist er?«

»Er hängt in der Kühlkammer.«

Octavia richtete sich auf. Sie hatte Tränen in den Augen. »Seit das mit Elio passiert ist, hab ich immer Angst, wenn du auf der Jagd bist. Ich denke ständig, du kommst nicht wieder.«

Er nahm sie in den Arm. »Ich komme immer wieder. Das verspreche ich dir.«

Beide schwiegen einen Moment.

Dann sagte Octavia: »Du kannst alles bauen, was du willst, Daniel. Und wenn du da unten drei Schlösser hinsetzt, es ist mir recht. Hauptsache, du bist glücklich.«

»Ich bin glücklich.«

Er zog ihr das seidene Nachthemd aus und drückte sie an

sich. Berührte ihren ganzen Körper, streichelte sie sanft und ohne Eile und verweilte dort, wo es ihr zu gefallen schien.

Erst dann wurde er heftiger, drängender und fordernder.

»Bitte nicht, Daniel«, sagte sie. »Bitte jetzt nicht. Du brauchst mir nicht zu danken. Es ist gut.« Damit schob sie ihn sanft von sich.

Später in der Nacht lag er noch lange wach und dachte daran, dass sein Leben eigentlich großartig war.

Er war angekommen und konnte tun und lassen, was er wollte.

Octavia ebnete ihm jeden Weg.

Das war das, was er sich unter Freiheit vorstellte.

45

Sie hatten nicht im Salon, sondern auf der Terrasse zu Abend gegessen. Glutrot versank die Sonne hinter den Hügeln. Garten- und Poolbeleuchtungen sprangen an.

Sie schwiegen. Im Hintergrund hörte man leise klassische Musik.

»Elio hat diese Abendstimmung immer sehr gemocht«, sagte Octavia leise.

»Ah ja.«

»›Der Sonnenuntergang symbolisiert mein Leben‹, hatte er oft gesagt. ›Es geht mit mir zu Ende. Mit dem Sonnenaufgang hab ich nichts mehr zu tun.‹«

»Es nervt ja, wenn jemand so fatalistisch ständig an seinen Tod denkt«, murmelte Daniel und stand auf. »Komm, lass uns nach oben gehen«, sagte er.

»Wie? Jetzt schon? Es ist doch erst halb zehn!«

»Bitte, Octavia! Ich brauche dich jetzt! Ich möchte mit dir ins Bett gehen!«

Octavia fand ihn in diesem Moment extrem anstrengend, aber sie fügte sich und stand auf. »Gut. Dann gehen wir nach oben. Wer macht hier alles aus?«

»Niemand. Ich denke, wir werden bald noch einmal hier

herunterkommen und in den Sternenhimmel schauen und dann in Ruhe alles ausmachen.«

Octavia nickte. Sie wäre jetzt gern sitzen geblieben. Aber er nahm sie an der Hand und ging mit ihr ins Haus. Ins Schlafzimmer.

Daniel wollte es. Und er spielte mit ihr. Nach allen Regeln der Kunst. Er ließ sich Zeit. Tat, was er konnte, aber sie spürte, dass er sich nur um sie kümmerte, damit sie endlich zufrieden war. Ihre Leidenschaft war schon lange verraucht.

»Lass es«, sagte sie irgendwann. »Vergiss es. Es geht nicht. Ich möchte schlafen.«

»Was ist los mit dir?«, fragte er.

»Nichts.«

Daniel war zutiefst verstört, dieses Desaster war ja nicht nur einmal, sondern schon zigmal passiert.

»Bist du krank?«

»Nein.«

»Liegt es an mir?«

»Nein.«

»Mache ich irgendetwas falsch?«

»Nein.«

»Bitte, Octavia, sag mir, was ich ändern soll, bitte!«

»Ich weiß es nicht, Liebster, ich weiß es wirklich nicht. Es ist nichts. Vielleicht bin ich einfach nur müde.«

»Ich kann mich kaum noch daran erinnern, wann wir das letzte Mal miteinander geschlafen haben!«

»Komm, lass es! Es ist müßig, darüber nachzudenken.«

Und sie versuchte sich vorzustellen, was passieren müsste, dass ein Mann sie zur höchsten Lust katapultierte. Aber ihr fiel nichts ein. Sie hatte keine Idee.

Es war nicht Daniels Schuld, es lag an ihr.

Und Daniel begriff, dass seine Frau frigide war und es keine Steigerungsmöglichkeiten mehr gab. Keine Experimente, keine Perversitäten, keine Nächte voller Zärtlichkeit und voller Erfüllung. Octavia war wie ein kalter Stein. Erst jetzt fielen ihm viele andere Situationen ein, die ähnlich, aber nicht ganz so offensichtlich gewesen waren.

Sie hatte mitgemacht. Es klaglos ertragen. Aber ihre Lust war wohl nie echt, ihre Leidenschaft nur gespielt gewesen. Das erkannte er in diesem Moment mit aller Klarheit.

Er ließ sie oben im Bett und ging zurück auf die Terrasse.

Saß noch eine Weile da und sah still in den abendlichen Himmel. Fragte sich, ob sie ihn wirklich liebte, und wusste es nicht.

Weit nach Mitternacht stand er auf und ging ins Haus.

Löschte alle Lichter und schloss die Terrassentür.

Und fühlte sich unsagbar elend.

46

Toskana, 2013

Es war Viertel vor eins. Im Palazzo war es still, nur die große Standuhr im Salon schlug dreimal. Die dumpfen, tiefen Töne verklangen nur langsam.

Octavia legte ihr Buch zur Seite und stand auf.

Normalerweise saßen sie nach zweiundzwanzig oder dreiundzwanzig Uhr immer zusammen im Salon vor dem Kamin oder im Wintergarten, aber von Daniel war seit Tagen nichts zu hören und nichts zu sehen. Sonst war sie immer zu Bett gegangen, aber heute Nacht ging sie langsam von Raum zu Raum.

Noch brannte überall Licht, er schlief also sicher noch nicht.

In der Bibliothek fand sie ihn. Er saß tief über alte, dicke Bücher gebeugt, die schon Jahrzehnte niemand mehr in der Hand gehabt hatte.

»Was tust du da?«, fragte sie leise und legte ihm sanft eine Hand auf die Schulter.

»Ich versuche den Stammbaum der Scarpaccini bis in das siebzehnte Jahrhundert zurückzuverfolgen.«

»Warum? Was soll das denn?«

Daniel klappte langsam und vorsichtig das Buch zu und sah sie an. »Wie das Leben so spielt: Ich hab bei der letzten Gesellschaftsjagd ein langes Gespräch mit Baron Alessandro Maoloni gehabt. Wir redeten so ganz allgemein über die Jagd, er erzählte, wie sehr er Elio verehrt hätte, schließlich kamen wir vom Hölzchen aufs Stöckchen, und er erwähnte, dass die Scarpaccini auch Nachfahren der Medici wären. Von Cosimo III. bzw. seiner zweitältesten Tochter Anna Maria Luisa de Medici abstammen. Ich stand da und fiel aus allen Wolken. Wusstest du das?«

Octavia schüttelte den Kopf.

»Irgendwie war mir das peinlich, dass der Baron besser über die Vorfahren meiner Familie Bescheid weiß als ich, und diese Wissenslücke möchte ich schließen.«

Octavia überhörte Daniels Bemerkung über »seine Familie« und fragte: »Und? Hast du schon irgendetwas herausgefunden?«

»Nein. Leider nur wenig. Eigentlich so gut wie gar nichts. Es ist so unglaublich verwirrend. Irgendwie hatten alle was miteinander, auch die verschiedensten Geschlechter und Adelshäuser heirateten wüst durcheinander, es ist fast unmöglich, da durchzublicken. Ich hab mal bei Cosimo III. und seiner Ehefrau Marguerite Louise de Bourbon-Orléans angefangen, die die Toskana bis 1723 regierten. Zu denen gibt es viele Quellen. So weit, so gut. Doch dann erbte erst mal dieser merkwürdige Großherzog Gian Gastone, der sein Leben lang versucht hat, einen Nachfolger zu zeugen, aber es ist ihm nicht gelungen.«

Daniel sah auf, grinste und stützte seinen müden Kopf auf die Hand. »Und nach dessen Tod wurde das Großherzogtum dann einfach an den Ehemann Maria Theresias neu vergeben. Ein Unding. Das geht gar nicht, finde ich.«

»Komm, amore, hör auf. Es ist spät. Lass uns ins Bett gehen. Oder willst du die alten Schinken hier alle auswendig lernen?«

»Nein, aber ich will alles über die Medici erfahren. Alles.«

Octavia seufzte. »Die Herrschaft der Medici war erblich. Das kann ein Vorteil oder ein Nachteil sein.«

»Na ja, jedenfalls fiel das Privatvermögen der Medici an die Schwester des kinderlosen Gian Gastone, Anna Maria Luisa de Medici, die mit einem Kurfürsten verheiratet war, fünf Kinder hatte und deren zweitälteste Tochter einen Leonardo di Scarpaccini heiratete ...«

»Ich finde es wirklich großartig, dass du dich dafür interessierst, irgendwie ist es rührend, aber ich bin jetzt müde. Komm!«

»Diese Anna Maria Luisa de Medici hat eine Menge ihrer Kunstschätze der Stadt Florenz vermacht. Das heißt, die Stadt Florenz schmückt sich mit Kunstschätzen, die im Grunde den Scarpaccini gehörten! Ich fasse es nicht!«

»Es ist mir egal.« Sie gähnte. »Ich geh jetzt ins Bett. Buonanotte, Daniele.«

»Aber warum finde ich hier in dieser Bibliothek so wenig darüber, Octavia?«

»Weil in dieser Bibliothek schöne und äußerst wertvolle Bücher stehen. Alles durcheinander. Gesangbücher, Biografien, Bücher über die Jagd, über Architektur, Ackerbau und Viehzucht, über außergewöhnliche Käfer oder was weiß ich. Jeder Scarpaccini hat etwas nach seinem Gusto hinzugefügt, aber es ist keine spezielle Sammlung. Und sie konzentriert sich nicht auf den Stammbaum der Scarpaccini oder der Medici.«

»Das hab ich gemerkt.«

»Schau doch mal ins Internet!«

»Hab ich schon. Da gibt es eine Menge über die Medici, aber es bleibt alles sehr allgemein und oberflächlich. Auf die Scarpaccini bin ich da nicht gestoßen.«

Octavia blies eine der Kerzen in den gewaltigen Kerzenständern aus. »Dann geh doch mal in die Universitätsbibliothek in Florenz, amore. Die Medici haben über dreihundert Jahre in Florenz geherrscht. Das ist das Lieblingsthema der Florentiner. Dort findest du garantiert alles über die Medici, was es überhaupt auf der Welt gibt.«

Daniel stand auf und küsste Octavia auf die Stirn. »Geniale Idee. Grazie, cara. Das werd ich machen.«

Er löschte die übrigen brennenden Kerzen und folgte ihr aus der Bibliothek nach oben in die Privaträume.

47

Der Sommer ging ins Land, Daniel holte sich stapelweise Bücher aus der Bibliothek und verschlang sie geradezu.

Nach einigen Wochen sagte er zu Octavia: »Cara, ich habe mich übrigens an der Uni eingeschrieben. Kunstgeschichte. Zum Wintersemester.«

»Du hast was?«, fragte sie.

»Ja, das hab ich.«

»Warum denn, um Himmels willen?«

»Es gibt viele Bereiche der Bibliothek, die mir verschlossen bleiben, weil ich dort nicht Student bin. Und es ist auch etwas ganz anderes, Bücher zu lesen oder Vorlesungen zu besuchen.«

Octavia blieb stumm und sah ihn lange an. »Du willst also in deinem Alter noch mal an die Uni?«

»Ja! Ich hab dir doch gerade erklärt, warum.«

»Hast du noch nicht genug zu tun mit der Jagd, mit deinen Kursen, mit den Einladungen und den Vorträgen, die du vor dem Golf-Club, der Jagdgesellschaft, den Gästen im Appartementhaus oder was weiß ich wem hältst? Reicht das nicht?«

»Nein!«

»Du weißt doch schon so viel!«

»Aber nicht genug. Ich merke, dass ich bei meinen Vorträgen

für unsere kunsthistorisch interessierten Gäste an meine Grenzen stoße. Und wie gesagt: Wenn mir ein Kenner wie der Baron Maoloni eine Frage stellt und ich nicht den blassesten Schimmer habe, dann finde ich das peinlich. Das nervt mich.«

»Willst du da jetzt nur mal ein Semester lang reinschnuppern oder ernsthaft auf einen Abschluss hin studieren?«

»Keine Ahnung. Mal sehen, wie sich alles entwickelt. Meinen Doktor in Kunstgeschichte zu machen wäre natürlich sensationell, aber das dauert zehn Jahre.«

Octavia lächelte. »Sei froh, dass dir der Baron Maoloni nichts über die Dachform des Palastes von Peking erzählt hat, sonst müsstest du noch Sinologie und chinesische Architektur studieren!«

Daniel wirkte wie versteinert und hatte jeden Humor verloren. »Ich weiß jetzt nicht, was das soll, Octavia. Ich möchte einfach ein wenig mehr erfahren über dich, über uns, über die Scarpaccini, diesen Palazzo, dieses wunderbare Land, seine Kunst, Kultur und Geschichte … Warum machst du dich darüber lustig?«

Octavia machte eine beschwichtigende Geste. »Schon gut, va bene, dann tu, was du nicht lassen kannst. Wann wirst du denn immer in der Uni sein?«

»Montags und donnerstags.«

Octavia lächelte. »Vielleicht besorgst du dir ja eine Monatskarte für die Bahn. Die bekommst du jetzt als Student extrem günstig. Denn ich bezweifle, dass du mit deinem dicken Auto in der Nähe der Uni jemals einen Parkplatz findest.«

»Wir werden sehen«, sagte Daniel kühl und verließ den Raum.

An seinem ersten Uni-Morgen war er lange vor Vorlesungsbeginn da, zum Glück, denn er suchte fast eine Dreiviertelstunde nach einem Parkplatz. Das Parkgelände war restlos überfüllt, kleine, verbeulte, uralte Autos standen kreuz und quer und auch dort, wo keine Plätze mehr ausgewiesen waren auf Wegen und Wiesen und hinter Büschen und im Parkverbot.

Mit seinem riesigen, breiten SUV hatte Daniel keine Chance. Als er dreimal das gesamte Gelände durchfahren hatte, brach ihm der Schweiß aus. Diesen Stress hielt er nicht aus. Nicht zweimal in der Woche.

Schließlich ließ er seinen Wagen außerhalb des Uni-Geländes vor einer Kleingartenhecke stehen, wo auch schon andere standen, und lief fast zehn Minuten bis zur Uni.

Fünf Minuten vor Vorlesungsbeginn erreichte er völlig außer Atem, schweißnass und hypernervös das Hauptgebäude.

Drinnen herrschte unheimliches Chaos. Ohrenbetäubender Lärm, Plastikbecher am Boden, Zettel und Plakate an den Wänden, ein undurchschaubares Gewirr von Fluren, die scheinbar alle ins Nirgendwo führten, offene und geschlossene Türen und junge, laute Menschen in zerrissenen Jeans und mit langen Haaren oder rasierten Köpfen überall. Sie kamen von allen Seiten, liefen um ihn herum, bemerkten ihn gar nicht, und er stand da und wusste nicht, wohin. Fühlte sich vollkommen verkehrt, wie in einem fremden Universum, wie im falschen Film. Er war seinen Palazzo gewohnt, seinen Reichtum, seine Einsamkeit, seine Stille. Und hier gab es von alldem nur das Gegenteil.

Er hatte Fluchtgedanken. Nur weg. Hier war es ja schlimmer als in der Bronx. Er kannte die Bronx nicht, aber schrecklicher konnte sie nicht sein.

Noch eine Minute bis Vorlesungsbeginn.

»Wo ist denn bitte der Saal F6?«, fragte er eine Studentin mit blond gefärbten Haaren, die vorüberhastete und nur sehr unwillig reagierte. »Dritter Stock!«, rief sie und rannte weiter.

Daniel lief die drei Treppen hinauf. Saal F6. Kunstgeschichte. Tja. Kein Hinweis irgendeiner Art. Nur ein Pfeil, wo es zu den Toiletten ging.

Das war das letzte Mal, dass er hier herumgerannt war und sich zum Affen gemacht hatte.

Ein junger Mann schlenderte heran. X-beinig und so schwer, dass er sich überhaupt nur noch langsam und bedächtig vorwärtsbewegen konnte.

»Scusami«, sprach ihn Daniel an. »Ich suche Saal F6. Kunstgeschichte bei Professoressa Bindi.«

Der Dicke hielt an und nickte. »Da lang. Bis zum Ende des Flurs. Dann links und die letzte Tür rechts. Läuft aber schon.«

»Danke!«, sagte Daniel und rannte los.

Er öffnete die Tür. Ungefähr hundertfünfzig Studenten und Studentinnen saßen in dem kleinen Hörsaal, und es war still. Niemand reagierte, als er hereinkam.

Verschämt setzte er sich in die vorletzte Reihe, obwohl er von dort kaum etwas sehen und kaum etwas hören konnte, und sah sich um.

Lauter junge Menschen, die alle seine Kinder sein könnten. Verwaschene Sweatshirts, bedruckte T-Shirts, Jeans, Jeansjacken, bunte Tücher, Tattoos und Piercings, und fast jeder hatte ein Handy neben sich oder in der Hand.

Und er im grünen Lodenjackett, brauner Hose und gebügeltem Hemd.

Wie peinlich.

Er wünschte sich nur nach Hause. Zum Umziehen. Hoffte, dass die Erde sich öffnen und er darin verschwinden könnte. Er war hier offensichtlich völlig verkehrt. Aber den heutigen Vorlesungstag musste er noch durchstehen. Denn sowohl jetzt als auch am Nachmittag ging es um die Medici. Vorrangig um Lorenzo de Medici, der »der Prächtige« genannt wurde.

Dottoressa Bindi war eine kleine, gebeugte Person und hatte ihre grauen, strähnigen Haare flüchtig am Hinterkopf zu einem Dutt zusammengesteckt. Obwohl sie bestimmt erst kurz vor dem Renteneintrittsalter stand, war ihre Wirbelsäule anscheinend durch Osteoporose schon so gekrümmt, dass sie sich nicht mehr aufrichten und die Tafel nur in der unteren Hälfte beschreiben konnte. Sie hatte dünne Beine, die wie Stöcke in viel zu großen Schuhen mit dicken Gummisohlen steckten, ihr Rock schlodderte um ihre Beine, und der Saum war schief.

Die Dottoressa war eine armselige Erscheinung, sie hatte eine dicke Brille, ein dünnes Stimmchen, nuschelte noch dazu und trug alles, was sie sagte, in einem Ton vor, der ungeheuer ermüdend wirkte. Auch der interessierteste Student schaltete spätestens nach fünf Minuten ab und beschäftigte sich lieber mit seinem Handy.

Die Vorlesung war ein Muss, das Interesse gleich null, und die Zuhörer schliefen oder saßen ihre Zeit ab.

Daniel verstand in der vorletzten Reihe kaum ein Wort von dem, was die Dottoressa sagte, konnte bei bestem Willen nicht entziffern, welche Jahreszahlen an der Tafel standen, geschweige denn die verwirrenden Verzweigungen des Stammbaumes der Medici erkennen. So hatte dies alles nicht viel Zweck. Auch wenn sich einer der Studenten zu Wort meldete, verstand er fast nichts. Wenn die ganze Angelegenheit einen Sinn haben sollte, musste er das nächste Mal früher kommen und sich ganz nach vorn, auf jeden Fall aber ins untere Drittel des Hörsaals setzen.

Fünf Minuten vor dem Ende der Vorlesung schlich er sich aus dem Saal.

Mittagspause. Für ein Restaurant blieb keine Zeit, außerdem wäre dann die Parkplatzsuche wieder von vorn losgegangen, wenn er in die Stadt gefahren wäre, also verbot sich das von selbst.

Er suchte die Mensa. Auch hier keine Hinweise.

Offensichtlich setzte man in der Uni voraus, dass ohnehin jeder wusste, wo die Mensa war.

Er fragte sich durch.

Die Mensa war total überfüllt und laut. So weit er blickte, waren alle Tische besetzt.

Ihm grauste.

Es war heiß in dem überfüllten Saal, unter seinem edlen, deplatzierten Lodenjackett brach ihm der Schweiß aus. Er starb tausend Tode, als er sich am Buffet anstellte.

Als er an der Reihe war, griff er – wie alle anderen – ein Tablett und begann es an den offenen viereckigen Schüsseln vorbeizuschieben. Im Grunde widerte ihn alles an, aber er nahm sich Tortellini, Tomatensoße mit Fleisch und einen kleinen Teller Salat. Dazu ein Wasser und ein winziges Fläschchen Weißwein, wobei er fast ein schlechtes Gewissen hatte. Aber wenn es hier griffbereit in der Vitrine stand, würde es wohl gehen und erlaubt sein.

Was für ein karges Mahl.

Er bezahlte nur vier Euro und schob sich nun mit seinem Tablett durch die Menschenmassen auf der Suche nach einem freien Platz.

Am liebsten hätte er auf der Stelle das Tablett fallen gelassen, wäre hinausgerannt und niemals wiedergekommen.

Aber er tat nichts von alledem.

Sein Jackett dampfte, ihm stand der Schweiß auf der Stirn, und er wusste nicht, wohin. Seit seiner Kindheit hatte er sich nicht mehr so elend und so fehl am Platze gefühlt.

Daniel kämpfte sich durch die überfüllten Reihen bis unter

eine Treppe, ganz hinten, ganz außen, ganz am Ende des Saals.

Dort waren an einem Tisch noch zwei Plätze frei.

Vielleicht, weil man dort nicht richtig aufrecht sitzen konnte.

Eine junge Frau saß dort, vor sich eine Portion Lasagne, und sie las in einem Buch.

»Ist hier noch frei?«, fragte er vorsichtig und kam sich ungeheuer dämlich vor mit seinem Tablett in der Hand.

»Nee«, sagte sie. »Hier ist besetzt.«

»Oh, Entschuldigung!«

Als er sich abdrehte, lachte sie. »Natürlich ist hier noch frei! Komm! Setz dich!«

Er setzte sich und grinste. »Danke.« Endlich konnte er sich entspannen, seine erbärmlichen Nudeln essen und den Mensairrsinn ausblenden.

Er aß langsam.

Die Frau vor ihm las unentwegt weiter und stocherte in ihrer Lasagne.

Sie hatte ein rundes Gesicht mit tiefen Grübchen und lockige schulterlange Haare. Ein paar Sommersprossen auf der Nasenspitze, aber so wenige, dass man sie zählen konnte.

»Ich hätte vielleicht auch lieber Lasagne nehmen sollen«, sagte er leise. »Sieht gut aus.«

»Hm. Geht so.«

»Hab ich am Buffett gar nicht gesehen.«

»Nee. Gibt es ganz am Schluss, unter dem Motto: italienische Spezialitäten. Die wenigsten nehmen davon, weil ihr Tablett schon voll ist und sie nicht mehr zurückwollen. Ist echt schade.«

»Eine totale Desorganisation.«

»Du sagst es.«

Sie sahen sich an und mussten grinsen.

»Was machst'n du hier?«, fragte sie. »Du bist doch kein Student?«

»Doch!«

»Echt?«

»Ja.«

Sie grinste. »Hammer. Aber o.k. Hätte ich jetzt nur nicht gedacht. Und warum studierst du? Du siehst nicht aus, als hättest du letzte Woche Abitur gemacht.«

»Nein, aber mich interessieren die Medici, mich interessiert fast alles an der florentinischen Geschichte, da möchte ich einfach mehr wissen. Einfach nur so.«

»Cool. Studieren so ganz ohne Stress muss geil sein.«

Er nickte. Bisher hatte er ja noch nicht viel mitbekommen. »Und was liest du da?«

»Was über die Medici. Einen der zig Medici.«

»Über welchen?«

»Über Lorenzo de Medici. Er ist mir irgendwie der Sympathischste von allen. Und er hat ja auch 'ne Menge bewegt.«

»Ach der! Ja, der hat viel für Florenz getan.«

»Hm.« Sie schien wenig daran interessiert, die Unterhaltung fortzusetzen.

»Kennst du eigentlich die Geschichte von Lorenzo und der Giraffe?«, fragte Daniel.

»Nein!«

Daniel beugte sich vor, lächelte ein wenig und sah sie an. »Es heißt, dass Lorenzo von einem tscherkessischen Mamluken-Sultan eine Giraffe geschenkt bekommen hatte, und die Florentiner kannten so ein Tier überhaupt nicht! Für sie war diese Giraffe so exotisch wie ein Außerirdischer. Lorenzo nannte sie ›Isabella‹, und die Menschen liebten sie ohne Ende. Wenn Lorenzo sie durch die Straßen spazieren führte, dann sah Isabella im ersten oder zweiten Stock in die Fenster und fraß die Küchenkräuter von den Fensterbrettern. Noch heute gibt es das geflügelte Wort, wenn die Pasta ungewürzt war und nicht geschmeckt hatte: ›Hier war Isabella zu Besuch!‹

Am Anfang haben die Frauen vor Angst geschrien, wenn Isabella plötzlich ihren Kopf durchs Fenster steckte, aber dann gewöhnten sie sich daran, und Isabella holte sich dort auch noch die Leckereien ab, die man ihr zusteckte. Sie war der Liebling, das Maskottchen von Florenz. Der ›Kamelopard‹. Sie wurde in Bildern und Fresken verewigt, die ganze Stadt war verrückt nach ihr. Aber der Verrückteste war Lorenzo de Medici selbst. Er baute Isabella einen riesigen, beheizten Stall, damit sie sich nicht verkühlte. Es gab Nächte, in denen er seine Gattin verschmähte und bei Isabella im Stall schlief. Er sprach mit ihr und stieg auf eine Leiter, um sie zu füttern und ihr Zweige mit dem Mund zu reichen. Wenn er ihren Namen rief, kam sie angaloppiert. Man sagt, sie fiel sogar auf die Knie, wenn er es von ihr verlangte. Lorenzo konnte sich ein Leben ohne Isabella gar nicht mehr vorstellen.«

»Ist das cool!«

»Ja. Aber dann passierte es an einem sonnigen Septembermorgen im Jahre 1486. Die warme Sonne schien durch die Stallfenster. Isabella schlief noch, als Lorenzo kam und sie rief.

Isabella sprang auf, war durch die grelle Sonne geblendet, wollte zu ihrem Herrn, stolperte, fiel und brach sich das Genick.«

»Oddio!«, sagte die Studentin und fuhr sich mit beiden Händen durch die lockigen Haare. »Wie furchtbar!«

»Ja. Es war eine Katastrophe. Ganz Florenz trauerte. Man sagt, dass sich Lorenzo danach von dem Schmerz nie mehr erholt hat, er wurde schwermütig und seltsam, rief nur noch nach Isabella und verstummte. Die Kunst interessierte ihn nicht mehr, und er starb sechs Jahre nach ihrem Tod mit nur dreiundvierzig Jahren in geistiger Umnachtung.«

Beide schwiegen. »Was für eine Geschichte!«, sagte sie und atmete tief durch. »Ist das alles wahr?«

Daniel zuckte die Achseln. »Sicher. Viel davon. Auf alle Fälle wirst du nun Lorenzo de Medici nie mehr vergessen.«

»Das stimmt.« Sie schob ihren Teller beiseite, hatte noch nicht einmal die Hälfte gegessen. »Ich glaube, hier in der Mensa ist Isabella auch vorbeigekommen.«

Beide lachten.

»Wie heißt du eigentlich?«, fragte er.

»Pia. Und du?«

»Daniele.«

»Bist du jetzt auch gleich in F8?«

Daniel nickte.

Pia sah auf die Uhr. »Ich denke, wir müssen los.«

Sie stand auf, ging zielstrebig zum Ausgang und dann durch das weitverzweigte Uni-Gebäude.

Daniel folgte ihr.

48

Eine Woche später entdeckte er sie zufällig, als sie einen Hörsaal verließ. Er lief hinter ihr her.

»Pia!«, rief er.

Sie blieb stehen und drehte sich um. Als sie ihn erkannte, lächelte sie.

»Wie geht's?«, fragte er.

»Gut.«

»Ich hab dich letzte Woche gar nicht bei den Medici gesehen?«

»Komisch, denn ich war da! Vielleicht hast du mich nicht gesehen, weil ich ganz hinten gesessen hab.«

»Hast du Lust auf einen Kaffee?«, fragte er.

Sie sah auf die Uhr. »Gute Idee. Ich hab 'ne knappe halbe Stunde Zeit.«

Der Kaffee in der Cafeteria war grottenschlecht und nur unwesentlich besser als in der Mensa.

»Studierst du eigentlich noch ein zweites Fach?«, fragte Daniel.

Sie nickte. »Philosophie.«

»Philosophie?« Er verschluckte sich fast. »Was soll das werden? Was willst du mal mit Kunstgeschichte und Philosophie anfangen?«

»Keine Ahnung.« Sie zuckte die Achseln. »Weiß ich nicht. Aber es interessiert mich eben. Und guck dir die Situation in Italien an: Eine Freundin von mir hat Pharmazie studiert, ihren Doktor gemacht, mit summa cum laude abgeschlossen, will in die Forschung und kriegt keinen Job. Sitzt schon seit drei Jahren auf der Straße. Du kannst hier einfach nicht auf Sicherheit studieren. Vielleicht ende ich irgendwann als Erzieherin, erkläre den lieben Kleinen den Sinn des Lebens und zeige ihnen, wie man tolle Bilder malt. Keine Ahnung.«

»Stimmt. Da hast du völlig recht. Vielleicht sollte man wirklich nur das tun, was einem Spaß macht. Planen lässt sich sowieso nichts.«

»Und du? Was treibst du so, wenn du nicht hier an der Uni bist?«

»Ich kümmere mich um mein Haus, meinen Garten, meine Gäste und um meine Frau, und ich gehe sehr gerne zur Jagd.«

»In dieser Reihenfolge?«

»Nein, die Reihenfolge war jetzt ganz willkürlich und unüberlegt.« Er lächelte verlegen.

»Und du schießt Bambi tot?«, fragte sie scherzhaft.

»Nein. Bambi sowieso nicht. Eher die große schwarze Wildsau.«

Sie lachte. »Benissimo. Vor einem halben Jahr ist eine ganze Horde in den Garten meiner Eltern eingefallen und hat ihn total umgegraben. Mein Vater stand am Fenster und konnte nichts tun. Konnte nur zusehen. Und am nächsten Tag hatte er keinen Garten mehr, sondern nur noch einen Acker.«

»Wo kommst du denn her?«

»Aus Neapel. Meine Eltern sind vor fünfzehn Jahren hierhergezogen, als mein Vater einen Job bei Prada bekam. Und du?«

»Ich bin nicht in Italien geboren. Ich bin Deutscher.«

Sie riss überrascht die Augen auf. »Was? Du bist Deutscher?«

Er nickte.

»Und kannst so perfekt Italienisch? Ich habe gedacht, du bist ein Italiener.«

»Mein Vater war ein Italiener. Ich bin zweisprachig aufgewachsen«, log er.

»Ah ja.«

»Pia, ich würde dich gerne einladen. Mal zu was richtig Essbarem im Gegensatz zu dem Zeug hier. Hast du Zeit und Lust? Heute Abend? Morgen? Ich kann mich da ganz nach dir richten …«

»Lass uns da ein andermal drüber reden, ja? Ich muss jetzt zu einer Vorlesung über Adorno.«

»Gibst du mir deine Handynummer? Dann können wir uns eine WhatsApp oder eine SMS schicken?«

»Klar.«

Sie tauschten die Nummern aus.

»Ciao«, sagte Pia, »bis bald, man sieht sich. Und danke für den Kaffee.«

Und damit war sie verschwunden.

49

In der nächsten Woche saß Pia bei der Vorlesung über die Medici weiter vorn, zwei Reihen vor Daniel und fünfzehn Plätze von ihm entfernt.

Wenn Pia sich umdrehte, sah sie Daniel direkt in die Augen.

Professoressa Bindi redete über Lorenzo Il Magnifico, den Prächtigen.

»Lorenzo de Medici war eitel, machthungrig und selbstverliebt«, nuschelte sie. »Er förderte die Künste – gut, aber nur um sich zu bauchpinseln. Alles, was er tat, war auf eigenen Vorteil bedacht. So schmückte er sich gern mit exotischen Tieren, die er bei fremden Sultanen einkaufte. Affen, Löwen und auch einmal eine Giraffe. Die Florentiner liebten das arme Tier, aber es hatte nur ein kurzes Leben. Und nach wenigen Wochen in der Fremde starb es.«

Pia drehte sich um und warf Daniel einen vielsagenden Blick zu.

Nur Sekunden später bekam Daniel eine WhatsApp von Pia.

Ist das öde. Und die Professoressa ist eine Idiotin. Wollen wir nicht lieber einen Kaffee trinken gehen?

Sehr, sehr gerne. In zehn Minuten ist Schluss. Treffen wir uns an der Garderobe?

O.k.

Sie gingen schweigend durch die Straßen von Florenz. Hatten in der Via Garibaldi bei Maestro Fini gegessen, und das Essen war sensationell gut gewesen.

Es regnete, und die Straße glitzerte im Licht der späten Nachmittagssonne.

Er nahm ihre Hand.

Hin und wieder knatterten Vespas durch die Straßen.

In der Via Venezia war ihre Wohnung. Zwei winzige Zimmer unter dem Dach.

Vor der Tür blieb sie stehen. »Danke für das wundervolle Essen und danke, dass du mich nach Hause gebracht hast.«

»Es war mir eine Freude.« Er hauchte ihr die Andeutung eines Kusses auf die Wange. »Hab einen schönen Abend!«

Er lächelte, drehte sich um und ging davon.

Sie sah ihm nach. War ein paar Sekunden lang enttäuscht.

Dann atmete sie einmal tief durch und ging nach oben.

50

»Lass uns doch mal ins Kino gehen!«, meinte sie und sah ihn mit großen Augen an. »Ich geh so verdammt gerne ins Kino.«

Kino, dachte er. Du lieber Himmel. Theater, Oper, Ballett oder Konzert wären o.k. gewesen, aber Kino? »Gut«, sagte er, »gehen wir ins Kino. Was willst du sehen?«

»Irgendwo läuft ›Das Ende der Welt‹. Ich liebe diese ganzen monumentalen, apokalyptischen Schinken mit Naturkatastrophen, Sintfluten, Seuchen, Kriegen, Weltuntergängen. Mit all dem, das man sich nicht vorstellen kann. Das Ehedrama zu Hause brauche ich nicht im Kino zu sehen.«

Er schickte Octavia eine SMS.

Amore, hier ist ein Unfall und ein Megastau ab Firenze Sud. Auch auf den Landstraßen ist alles dicht. Mach dir keine Sorgen, es wird spät. Ti amo. Baci.

Und dann saß er im Kino und hielt Pias Hand. Dreieinhalb Stunden lang. Und dachte daran, was man alles Sinnvolles in dieser Zeit machen könnte.

An den gefühlvollen Stellen liefen Pia die Tränen über die Wangen.

»Gehen wir noch was essen?«, fragte sie verweint und mit verschmierter Schminke, als sie endlich wieder auf der Straße standen. »Ich fürchte, ich brauche jetzt eine dicke, fettige Pizza, sonst kann ich nicht aufhören zu heulen.«

»Das geht so nicht«, sagte sie, als sie sich das letzte Stückchen Pizza in den Mund schob. »Da müssen wir mal drüber reden. Du lädst mich zu allem ein: zum Kaffee, zum Essen, zum Taxi, zum Kino … Ich fühl mich echt nicht gut dabei.«

»Denk nicht drüber nach, Pia, ich hab das Geld.«

»Wie, du hast das Geld?«

»Ich geb es gern, und es tut mir nicht weh. Überhaupt nicht weh. Kein bisschen.«

»Du hast so viel?«

»Ich hab genug. Ja.«

»Wo wohnst du?«

»Außerhalb von Florenz. Im Valdarno. Es ist eine ziemlich lange Fahrt bis zur Uni.«

»Du hast gesagt, du hast eine Frau?«

»Ja.«

»Sie wartet sicher schon auf dich?«

»Kann sein.«

»Könntest du noch mit zu mir kommen, oder geht das nicht?«

Daniel überlegte einen Moment. Dann sagte er: »Doch, das geht.«

Eine Stunde später lagen sie sich in den Armen. Und Daniel erlebte eine sinnliche, lustvolle Frau. Sie schliefen miteinander, und es dauerte lange. Sehr lange.

Pia war etwas Besonderes.

Sie kosteten ihr Vorspiel aus und gaben sich schließlich leidenschaftlich einander hin. Pia steigerte ihre zärtlichen

Momente bis zur Ekstase, drehte fast durch und brach schließlich erschöpft, befriedigt und glücklich zusammen.

So etwas hatte er mit Octavia nie erlebt.

Eine halbe Stunde später verabschiedete er sich von ihr.

»Sehe ich dich wieder?«, fragte er.

Pia nickte. »Na klar, ich fand das wirklich absolut wiederholungsbedürftig.« Sie lächelte. »Und es muss ja keiner erfahren.«

»Nein, das muss es nicht.« Er küsste sie auf die Wange und ging.

51

2014

Ihr Mann war ein anderer geworden. Wenn er aus der Uni kam, schleppte er Bücher, Kladden, Hefte, Papiere und diverse fotokopierte Unterlagen ins Haus und zog sich bis tief in die Nacht in sein Arbeitszimmer zurück.

Und er telefonierte. Stundenlang. Sie sah es daran, dass die Leitung, die in sein Zimmer führte, ständig belegt war.

Wenn sie sich bei den Mahlzeiten trafen, was nur noch selten vorkam, war er mürrisch und abweisend und in seine eigenen Gedanken vertieft. Was um ihn herum passierte, schien ihn kaum noch zu interessieren.

»Was ist los mit dir?«, fragte Octavia ihn eines Mittags am Tisch. »Du redest kaum noch ein Wort, aber telefonierst stundenlang. Jeden Tag. Ich bekomme dich kaum noch zu Gesicht, und wenn, dann bist du schlecht gelaunt und abwesend. Ich glaube, wenn man dich fragt, wo du gerade bist, dann müsstest du passen.«

»Ich studiere«, sagte Daniel. »Das habe ich mir so anstrengend nicht vorgestellt. Es erfordert meine gesamte Aufmerksamkeit. Scusami, cara. Und wenn ich nicht ständig lerne und recherchiere und mich am Telefon mit meinen Kommilitonen austausche, dann verliere ich den Anschluss. Die Alternative wäre, dass ich montags und donnerstags länger bleibe, um den Stoff mit einigen Kommilitonen nachzuarbeiten. Dann muss ich nicht so viel telefonieren.«

Sie schwieg. »Zur Jagd gehst du gar nicht mehr?«

»Nein. Im Moment habe ich dazu einfach keine Zeit.«

»Dann ist dir plötzlich die Uni wichtiger als die Jagd?«

»Im Moment ja.«

Sie nickte. »Merkwürdig. Das hätte ich nie vermutet. Zumal wir im Moment so herrliche Vollmondnächte haben. Wie geschaffen für die Wildschweinjagd.«

Daniel zuckte nur kurz entschuldigend mit den Augenbrauen.

Sie glaubte nicht an den Rausch der Wissenschaft und beobachtete ihn. Leise und unauffällig.

Sein Kleidungsstil war ein anderer geworden. Er trug keine Lodenjacketts mehr, sondern Jeans und Jeansjacke. Und kaufte sich eine sagenhaft teure Lederjacke.

Auch bewegte er sich plötzlich anders. Dynamischer. Kraftvoller. Und seine Miene erhellte sich, wenn es endlich wieder Zeit war, nach Florenz zu fahren.

Und sie roch ein fremdes Parfum. Ein leichtes, blumiges.

Das Parfum einer jungen Frau.

Sie fuhr nach Siena.

In Siena waren die Scarpaccini nicht ganz so prominent, und sie wurde auf der Straße seltener erkannt als in Florenz.

In der Via Santa Caterina hatte die »Agenzia Investigativa Martinelli« ihren Sitz. Sie hatte sich im Internet informiert, die Detektei hatte durchweg ausgezeichnete Besprechungen bekommen.

Octavia trug eine Sonnenbrille und einen breitkrempigen Sonnenhut, als sie sich der Hausnummer 42 näherte, und sah sich noch einmal um, bevor sie das Haus betrat.

Eine breite steinerne Treppe führte in den ersten Stock. An der hohen, glänzend lackierten Holztür prangte das Firmenschild, und Octavia klingelte.

Eine Angestellte öffnete. »Buongiorno«, sagte sie, »Sie wünschen?«

»Ich habe einen Termin bei Signor Martinelli«, sagte Octavia knapp und spitz, weil sie sich von Vorzimmerdamen immer bevormundet fühlte.

»Ihr Name?«

»Falerni.«

»Nehmen Sie bitte im Wartezimmer Platz. Ich sage Signor Martinelli Bescheid.«

Die Angestellte stolzierte davon.

Das Wartezimmer war mit dunkelblauem Teppichboden ausgelegt, und an den Wänden hingen große Fotografien von Segelbooten auf hoher See. Bei strahlend schönem, ruhigem Wetter und in schwerer See.

Octavia setzte sich. Tauchte ein in die Fotos und wünschte sich ans Meer. Einfach mal weg vom Castello Scarpaccini und weg von diesem Mann, von dem sie nicht mehr wusste, ob er der Richtige war. Sie hatte sich verliebt. Hals über Kopf. Gut. So etwas geschah. Das konnte man nicht verhindern. Aber vielleicht hatte sie ihn zu schnell geheiratet. Im Grunde kannte sie ihn ja kaum.

Zehn Minuten später saß sie Fedor Martinelli gegenüber, dessen bombastisches Büro Stuck an den Decken und freigelegte Gemälde aus dem achtzehnten Jahrhundert an den Wänden hatte.

Fedors Schreibtisch wirkte winzig in dem riesigen Raum

mit den hohen Fenstern, durch die man eine enge Gasse von Siena und die angrenzenden Gebäude sah.

Nach der Begrüßung sagte Octavia: »Ich bin eine Person des öffentlichen Lebens. Kann ich mit absoluter Diskretion rechnen?«

»Aber selbstverständlich, Signora. Das ist unser tägliches Geschäft. Wenn wir nicht diskret wären, könnten wir morgen schließen.«

»Gibt es eine Sicherheit?«

»Meinen Handschlag und Ihr Vertrauen. Mehr nicht.«

Fedor war ein kleiner Mann mit Oberlippenbart, Halbglatze, ovaler Brille und Bauch. Er sah aus wie der Bankbeamte von nebenan, und das war ja vielleicht auch gut so, dachte Octavia. Je unauffälliger, desto besser.

Fedor hielt ihr die Hand hin. »Schlagen Sie ein«, sagte er, »und ich werde alles schützen, was Sie mir anvertrauen. Alles. Da können Sie ganz sicher sein.«

Octavia schlug ein und entspannte sich.

Und dann offenbarte sie, wer sie war, und spürte, dass ein Ruck durch Fedors Körper ging. Anschließend schilderte sie ihre Ängste und Vermutungen und überließ Fedor Fotos.

»Bitte fahren Sie zur Universität. Was tut er da? Mit wem hat er zu tun, mit wem trifft er sich. Und wenn es spät wird …, wo ist er dann, wo bleibt er, was macht er? Ich habe keine Ahnung. Aber ich muss es wissen.«

»Das verstehe ich«, sagte Fedor. »Das verstehe ich sogar sehr gut. Und ich werde Ihr Anliegen bevorzugt und sofort behandeln. Seien Sie ganz sicher, in ein oder zwei Wochen wissen wir mit hundertprozentiger Sicherheit, wo sich Ihr Mann in Florenz aufhält und was er dort tut.«

Octavia stand auf. »Ich danke Ihnen.«

»Danken Sie mir erst, wenn wir Ergebnisse liefern.«

Octavia lächelte. »Va bene. La saluto.«

»Arrivederci, Contessa.«

Octavia ging zur Tür, drehte sich aber noch einmal um. »Und bitte: absolute Diskretion, ja? Sonst mache ich Ihnen hier Ihr Büro dicht.«

»Contessa, Ihre Bitte ist für uns absolut selbstverständlich.«

Als Octavia gegangen war, legte Fedor seine Füße auf den Schreibtisch und zündete sich eine Zigarette an.

Die Signora war wirklich eine Schönheit. Wenn ihr Mann sie betrog, war er furchtbar dumm, und Fedor konnte es sich eigentlich gar nicht vorstellen. Aber vielleicht war sie auch eine unerträgliche Zicke.

Jedenfalls schätzte er Klienten, die viel Geld hatten und bei denen er mit seiner Spesenabrechnung nicht so zurückhaltend zu sein brauchte.

52

Zwei Tage später schoss Daniel einen Überläufer, ein junges Wildschwein, nur damit Octavia Ruhe gab und daran glaubte, dass er das Interesse an der Jagd nicht gänzlich verloren hatte.

In den kommenden Tagen war er äußerst zuvorkommend. Nannte Octavia nur »amore«, »carissima« oder »mia bellissima«. Auch wenn sie nur ein paar Schritte übers Grundstück gingen, nahm er ihre Hand oder legte ihr einen Arm um die Schulter. Er las ihr jeden Wunsch von den Augen ab oder fragte: »Kann ich dir noch irgendetwas Gutes tun?«

In der Nacht war er sanft und zärtlich und versicherte ihr, dass sie die Liebe seines Lebens sei.

So liebevoll, so rücksichtsvoll und nett war er schon lange nicht mehr gewesen, und Octavia fragte sich, ob es nicht ein bisschen vorschnell gewesen war, Fedor zu beauftragen.

Daniel ahnte, dass Octavia misstrauisch geworden war.

Er musste vorsichtiger werden, sehr viel vorsichtiger.

»Amore«, sagte er also am nächsten Tag, »ich fahr heute mal zu unserem Ansitz in den umbrischen Bergen. Der große direkt am Wald vor dem Sonnenblumenfeld. Wahrscheinlich ist er schon völlig zugewachsen, so lange war ich nicht da.« Er lachte. »Mal sehen, was so los ist und ob sich was zeigt. Muss auch die Kirrungen und die Kameras kontrollieren, es gibt so einiges zu tun.«

»Wann kommst du wieder?«

Daniel zuckte die Achseln. »Du weißt, dass ich das nicht sagen kann. Vielleicht sehr bald, aber es kann natürlich auch spät werden.«

Octavia nickte.

Er küsste sie, strich ihr noch einmal übers Haar, verließ das Haus und fuhr davon.

Nicht in die umbrischen Berge, sondern nach Florenz.

53

Drei Wochen vergingen.

Fedor hatte die Tarnkappe auf und folgte Daniel. In die Uni, in Cafés und Restaurants und bis zu der Wohnung, in der er sich mit Pia traf.

Sie hatte einen Hut und eine Sonnenbrille auf, betrat das Café in einer winzigen Gasse unweit des Doms in Siena, blieb stehen und sah sich um.

Er saß ganz hinten, in der dunkelsten Ecke, und blätterte in der Karte. Sie setzte sich zu ihm. Er sah auf, lächelte.

»Buonasera.«

»Buonasera.«

»Haben Sie gut hierhergefunden?«

»Problemlos. Ich habe als Kind mal ein paar Jahre in Siena gelebt.«

»Umso besser. Wie geht es Ihnen, Signora?«

»Das sage ich Ihnen, wenn Sie mir erzählt haben, was Sie wissen.«

Fedor lächelte. »Verstehe. Aber ich möchte gar nicht so viel erzählen. Meine Recherche war sehr umfangreich und auch sehr erfolgreich. Wenn man das so formulieren darf. Es gibt zahlreiche Bilder von Ihrem Mann mit einer anderen Frau. Einer jungen Frau. Einer Studentin. In der Uni, in Cafés, Restaurants, im Kino und vor der Haustür der Studentin. Ich denke, die Sache ist eindeutig.«

Octavia nickte.

»Das überrascht Sie jetzt nicht?«

»Nein.« Octavia schüttelte den Kopf.

Fedor zog einen Umschlag aus seiner Aktentasche. »Dies sind die Fotos. Name der Frau, Adresse, alles dabei.«

»Danke«, flüsterte sie. »Großartige Arbeit.«

Sie zog ihrerseits einen kleineren Umschlag aus ihrer Handtasche und schob ihn über den Tisch. »Für Ihre Bemühungen. Vielen Dank.«

Sie steckte den Umschlag mit den Fotos ein. »Darf ich Sie wieder kontaktieren, falls ich noch einmal Ihre Hilfe brauchen sollte?«

»Aber selbstverständlich. Jederzeit.« Fedor drückte ihr die Hand. »Ich wünsche Ihnen alles Gute.«

»Danke. Arrivederci.«

Octavia verließ das Café, ohne auch nur einen Espresso getrunken zu haben.

Sie ging über die Straße zu ihrem Wagen, setzte sich hinein, startete den Motor und wartete. Wischte sich ein paar Tränen aus den Augen.

Dann fuhr sie los.

Am Abend hatte sich Octavia frisch geschminkt, die Tränenspuren waren aus ihrem Gesicht verschwunden, und sie saß strahlend schön am Tisch.

Henrietta servierte das Abendessen und schenkte einen teuren Rotwein ein.

»Sehr schön. Vielen Dank!«, sagte Octavia. »Sie können

jetzt gehen und Feierabend machen. Wir sehen uns dann morgen um vierzehn Uhr.«

Henrietta verneigte sich leicht. »Grazie. Buon appetito e buonanotte.«

Octavia und Daniel waren nun allein. Sie prosteten sich zu. »Salute.«

Eine Weile aßen beide schweigend.

Octavia lächelte. »Sag mal, amore, was hält dich eigentlich in Florenz? Hast du denn immer noch nicht alle Bücher gelesen? Du willst doch nicht ernsthaft die nächsten zehn Jahre studieren?«

»Nein. Ich denke nicht, obwohl …?« Er lächelte. »Aber das Semester ist noch nicht zu Ende, und das ziehe ich auf alle Fälle durch. Kein Mensch kann in einem Semester alle Bücher lesen, die es zu einem Thema gibt. Da reicht ein ganzes Leben nicht aus.«

»Willst du denn wahrhaftig einen Abschluss machen?«

»Octavia, das weiß ich jetzt noch nicht. Wirklich nicht.«

»Aber wenn du schon sonntags nach Florenz fährst und dort bis Montag übernachtest oder auch sonst immer wieder von Mittwoch auf Donnerstag oder von Donnerstag auf Freitag … Wo schläfst du denn da? In welchem Hotel? Ich kann dich ja nie erreichen. Ich weiß gar nicht, wo du bist!«

»Na ja, in so 'nem kleinen Hotel, ganz in der Nähe von der Uni, frag mich jetzt nicht, wie das heißt. Madonnina! Ich weiß, wo es ist und wie ich dorthin komme, aber ich weiß ums Verrecken nicht den Namen. Es ist nicht doll. Schlicht, billig, aber ausreichend für meine Zwecke.«

»Ja«, sagte sie, »ich weiß es auch nicht, denn diese Tür hat ja gar kein Namensschild, kein Hotelschild, nichts … Hier, guck mal, ist das das Hotel?« Sie hielt ihm ein Foto unter die Nase. »Da stehst du vor einem ganz normalen Haus. Und die

Frau neben dir? Ist das die Bedienung? Die Wirtin?« Sie blickte auf.

Daniel war wie erstarrt und sagte gar nichts.

»Nein«, hakte sich Octavia weiter an dem Bild fest, »das kann eigentlich nicht die Concierge gewesen sein, denn hier, guck mal, auf diesem Foto hier ist sie auch? Und das ist doch ganz woanders, nicht? Das ist doch in einem Café in Florenz, oder? Und zwar in einem der besten!«

»Was soll denn das jetzt?«, fragte er müde. »Was sind das für verdammte Fotos? Wo kommen die her? Ich fahre in die Uni, ich studiere und weiter nichts. Und alles andere ist absoluter Schwachsinn! Ich habe nichts mit Frauen! Rein gar nichts! Ich studiere, weiter nichts!«

»Ach, guck mal da, das ist die Mensa, nehme ich an. Schon wieder diese Frau. Ist ja merkwürdig. Was du auch tust, immer diese Frau …«

Er schwieg. Starrte auf die Fotos und wusste nicht mehr, was er sagen sollte.

»Das musst du mal überprüfen, Liebster«, sagte sie, »das geht ja nicht, dass diese Frau immer überall dort auftaucht, wo du auch bist! Die verfolgt dich! Die stalkt dich! Weißt du, dass das verdammt gefährlich ist? Für dich, für mich, für uns alle! Überleg dir das mal!«

»Ich kenne diese Frau nicht! Aber ich werde vorsichtiger sein!«

Octavia lächelte.

»Mein armer Daniel, du bist offensichtlich einer ganz Raffinierten auf den Leim gegangen, hast alles geglaubt, was sie dir versprochen hat, und warst so blind und so naiv – sieh mal, hier küsst du sie sogar. Unglaublich!«

»Ja, das ist eine Kommilitonin, jetzt erkenne ich sie, sie hatte eine gute Klausur geschrieben, und da hab ich ihr gratuliert!«

»Ach so. Verstehe. Und wie gratulierst du ihr, wenn sie ihr Examen besteht?« Octavia lächelte.

Daniel schwieg.

Octavia machte eine lange Pause. Und dann meinte sie ganz ruhig, leise und sanft: »Noch irgendein Vorkommnis mit dieser Frau, amore, und du fliegst raus. Ist das klar?«

Daniel saß bewegungslos und mit versteinerter Miene da.

»Eine Scarpaccini betrügt man nicht«, sagte Octavia und ging hinaus.

54

»Sie hat was gemerkt«, sagte Daniel, während er Pia in den Armen hielt. »Sie hat einen Privatdetektiv engagiert, und der hat Fotos gemacht.«

»Wo?«, fragte Pia alarmiert. »Und was für Fotos?«

»Beruhige dich«, flüsterte Daniel und küsste sie auf den Mund. »Nichts Schlimmes. Er hat uns erwischt, als wir im Kino waren. Und dann auf der Straße. Vor deiner Haustür. Und im Auto. Ich hab dich geküsst. Das hat sie per Foto. Mehr nicht. Und darum konnte ich die ganze Sache ziemlich gut abschmettern. Ich hab gesagt, das ist nur eine Bekanntschaft, nichts Ernstes.« Er grinste. »Man sollte immer nur das zugeben, wofür es eindeutige Beweise gibt. Mehr nicht.«

Pia entspannte sich ein wenig und schwieg.

»Wir müssen noch vorsichtiger werden«, fügte er leise hinzu.

Pia nickte.

»Du brauchst eine neue Wohnung. Diese hier kennt der Detektiv. Vielleicht verwanzt er sie. Man weiß es nicht.«

»Ich kann mir keine andere Wohnung leisten. Die Mieten sind unheimlich gestiegen, die hier hab ich von einer Freundin übernommen, und darum ist sie noch relativ billig.«

»Ich übernehme das. Mach dir keine Sorgen.«

Pia schwieg. Dann lächelte sie und fragte: »Wie lange kennen wir uns, Daniele? Seit Semesterbeginn? Lange – aber keine Ewigkeit.«

Daniel überlegte kurz. »Ja, genau. Wieso?«

Pia lachte und küsste ihn auf den Mund. »Egal. Unsere Beziehung ist noch ganz frisch und neu und aufregend … Und da willst du mir die Miete für eine neue Wohnung bezahlen? Ich glaube, du hast keine Ahnung, was Wohnungen in Florenz kosten. Sogar mehr als in Rom. Ich bin mir ziemlich sicher, dass Florenz zum Wohnen die teuerste Stadt Italiens ist.«

»Geld spielt keine Rolle«, sagte Daniel tonlos. »Wirklich nicht. Geld spielt *überhaupt keine Rolle*. Such dir etwas Schönes aus. Ein kleines, aber feines Appartement. Nur für dich und mich.«

Pia sprang auf. »Bist du verrückt?«

»Nein, ganz und gar nicht. Pia, hör mir bitte einen Moment zu: Ich habe eine reiche Frau geheiratet. Eine sehr reiche Frau.«

»Wen? Kenne ich sie?« Pia war jetzt sehr interessiert.

»Vielleicht.«

»Sag mir, wie sie heißt. Bitte!« Sie setzte sich auf seinen Schoß und schmiegte sich an ihn.

»Ich kann es dir nicht sagen!«

»Ach!« Sie richtete sich empört auf. »Sie beschattet uns, sie fotografiert uns, sie hetzt uns einen Privatdetektiv auf den Hals, und sie weiß ganz genau, wer ich bin. Und du sagst mir nicht, wer sie ist? Ich schwöre dir, dass niemand von mir davon erfährt, aber ich möchte jetzt wirklich wissen, wer mir hinterherspioniert und wer deine Frau ist. Ich glaube, das ist mein gutes Recht!«

Daniel überlegte einen Moment. »Gut. Du schwörst?«

»Ich schwöre beim Leben meiner Mutter.«

Er ahnte, dass es ein großer Fehler sein könnte, aber dann nahm er all seinen Mut zusammen und sagte: »Octavia Scarpaccini.«

Pia schlug die Hände vors Gesicht. »Oddio!«, murmelte sie.

»Pia«, begann Daniel erneut in sachlichem Ton, um diesen emotionalen Moment abzukürzen, »ich möchte dir einen Vorschlag, ein Angebot machen.«

»Ja?«

»Such dir eine neue Wohnung – ich finanziere sie. Ich finanziere auch deinen Lebensunterhalt, Nebenkosten, Kleidung, Auto et cetera. Da werden wir uns sicher einig, ich werde nicht knauserig sein. Aber ich will dich für mich. Ganz allein. Wenn ich dich anrufe, bist du für mich da. Das ist alles, was ich von dir verlange.«

»Und deine Frau?«, fragte Pia.

»Es läuft alles wie bisher. Ich werde mein Leben mit Octavia natürlich nicht aufgeben, sonst könnte ich dich ja auch gar nicht finanzieren …, aber ich brauche dich, Pia. Du bist die Leidenschaft, Octavia ist das Konto. Um es mal überspitzt auszudrücken. Aber wir müssen in Zukunft vorsichtiger sein. Das ist ja klar.«

Pia schwieg. Dann sagte sie: »Deine Frau ist schön. Wunderschön. Ich habe ein Bild von ihr in einer Illustrierten gesehen. Es ist beinah unverschämt, wie schön sie ist. Außerdem hat sie so viel Geld, dass du niemals im Leben mehr irgendwelche Sorgen haben wirst. Also, ich bitte dich! Wo ist denn dein Problem?«

»Du hast völlig recht, Octavia ist schön. Wunderschön.« Er sprach leise, machte eine Pause und schwieg. »Aber sie ist kalt, verstehst du? Ich weiß nicht, ob sie mich liebt, und Leidenschaft ist für sie ein Fremdwort. Ich komme einfach nicht an sie heran. So etwas wie *Lust* kennt sie gar nicht.«

»Oh, wie furchtbar«, flüsterte Pia.

»Sie hat ihr Leben im Griff. Alles ist geplant und durchorganisiert. Alles läuft. Sie ist freundlich und höflich und durchaus auch liebevoll zu mir. Aber sie verliert nie die Kontrolle. Lässt sich nie gehen. Lässt sich nicht fallen. Alles, was sie tut, bekommt ein Häkchen, wenn sie es geschafft hat. Auch der Sex mit mir wird abgehakt. Erledigt. Licht aus, jetzt können wir schlafen.«

»Das mit der Wohnung schlag dir aus dem Kopf, Daniele«, sagte Pia, nachdem sie eine Weile überlegt hatte. »Stell dir vor, du mietest mir eine sündhaft teure Wohnung, alles schick, aber in zwei Jahren trennen wir uns. Dann hab ich die teure Wohnung an der Backe, die ich mir nicht leisten kann. Oder du kündigst sie mir, und ich sitze auf der Straße. Nein, das ist keine gute Idee. Ich würde vorschlagen, wir lassen alles so, wie es ist. Alles bleibt beim Alten, denn ich bin glücklich mit meiner Wohnung und meinem Leben.«

Daniel nickte. »Aber wo sollen wir uns in Zukunft treffen?«

Pia grinste. »Warum nicht in einem Hotel? Machen wir dem fleißigen Detektiv doch mal ein bisschen Arbeit und wechseln die Hotels ständig. Wenn du finanziell aus dem Vollen schöpfen kannst, sollten ein paar Stunden oder eine Nacht in einem Luxusschuppen ja nicht das Problem sein, oder?«

»Nein, natürlich nicht.« Diese Lösung war wirklich die einfachere.

»Wie du das mit deiner Frau hinkriegst, weiß ich natürlich nicht.« Sie umarmte ihn und knabberte an seinen Ohrläppchen.

Und Daniel wusste es auch nicht.

55

Daniel ging leicht schwankend die Galerie entlang, seine Schritte waren unkoordiniert, mal länger, mal kürzer, mal torkelte er zur Seite. Er hatte seit dem Mittagessen den ganzen Nachmittag getrunken.

Er wollte gerade die Treppe hinuntergehen, als Octavia aus einem der Zimmer trat.

»Wo willst du hin?«, fragte sie leise.

»Weg.«

»Wohin: weg?«

»Irgendwohin.«

»Daniele, du hast viel zu viel getrunken.«

Er verzog angewidert die Stirn. »Blödsinn. Nicht mehr als sonst auch.«

»Das ist ein Problem! Du trinkst in letzter Zeit immer häufiger zu viel!«

»Hör auf, mich wie meine Mutter zu behandeln! Und jetzt lass mich in Ruhe, ich muss los!«

Er fiel fast um und musste sich an der Tür festhalten, um an ihr vorbeigehen zu können.

»Daniele! Das ist Wahnsinn! Du kannst doch nicht mehr fahren!«

»Ich kann mehr, als du denkst!«, nuschelte er. »Und darum hau ich jetzt ab.«

»Nach Florenz?«

»Vielleicht.«

»Bitte, fahr nicht!«

Sie ging zu ihm und umarmte ihn. Drückte ihren Kopf an seine Brust.

»Stell dich nicht an, ich komme ja wieder«, sagte er leise.

»Nein, amore. Wenn du jetzt fährst, brauchst du nicht mehr wiederzukommen!« Sie war seinem Gesicht ganz nahe und sah ihn an. In ihren Augen schwammen Tränen.

»Mein Gott, Octavia, du dramatisierst immer gleich so fürchterlich und übertreibst maßlos!«

»Ich übertreibe kein bisschen«, sagte sie scharf und stieß ihn von sich. »Ich sag dir nur eins: Wenn du jetzt nach Florenz fährst, kannst du deine Sachen packen und gehen. Für immer! Und ohne einen Cent in der Tasche!«

Daniel lachte laut. »Mach dich doch bitte nicht lächerlich!«

»Es ist mir ernst damit!«, schrie Octavia. »Wenn du jetzt fährst, ist Schluss mit amore, ein für alle Mal! Ein doppeltes Spiel mache ich nicht mit. Geh zu deiner Geliebten, wenn du willst, aber dann lass dich hier nie wieder blicken. Ich habe es dir schon einmal gesagt: Eine Scarpaccini betrügt man nicht! Und das meine ich verdammt ernst.«

»Das glaubst du doch selbst nicht!«

Daniel war wirklich betrunken, er begriff nicht den Ernst der Lage.

»Ciao«, sagte er, und: »Warte nicht auf mich. Kann spät werden.«

»Ich warne dich«, meinte Octavia leise, aber sie bebte vor Zorn und wurde, während sie redete, immer lauter. »Ich habe dich geliebt, ich habe dich geheiratet und dir das schönste und luxuriöseste Leben bereitet, das ein Mensch auf dieser Welt überhaupt haben kann. Jeden Wunsch hab ich dir erfüllt! Und wie dankst du es mir? Indem du mit irgendeiner billigen Schlampe herumvögelst?«

Daniel hatte sich weggedreht und blickte in eine ganz andere Richtung, als ginge ihn das alles nichts an.

»Sieh mich an, wenn ich mit dir rede!«, schrie sie und packte ihn an der Schulter, um ihn zu sich zu drehen.

Das war zu viel. Daniel fuhr herum, weil er nicht angefasst werden wollte, stieß sie von sich und schrie jetzt ebenfalls: »Lass mich doch endlich in Ruhe, lass mich doch endlich in Frieden!«

Er bemerkte viel zu spät, dass sie den Halt verloren hatte und die riesige, lange Freitreppe von der Galerie in den Salon hinunterstürzte. Sie stieß einen lauten, schmerzerfüllten Schrei aus, bevor sie auf dem marmornen Boden des Salons aufschlug.

Wo sie regungslos liegen blieb.

Daniel wurde blass und stand wie erstarrt.

Dann raste er die Treppe hinunter und kniete sich neben sie. Nahm ihre Hand und flehte unter Tränen: »Octavia, Liebste, meine Sonne, mein Engel, bitte, sieh mich an, hast du Schmerzen, was ist mit dir? Kannst du sprechen? Bitte, sieh mich an!«

Sie lag mit geschlossenen Augen vollkommen still und bewegungslos, er war sich noch nicht einmal sicher, ob sie noch lebte.

»Henrietta!«, schrie er, und als er nichts hörte, noch lauter: »Henrietta! Vieni! Henrietta!«

In Panik wählte er den Notruf, stotterte hilflos etwas von einem schrecklichen Unfall, konnte sich an seine eigene Adresse nicht erinnern, aber der Name »Scarpaccini« sagte den Polizisten alles.

Henrietta kam angerannt. »Oddio!«, stammelte sie nur. »Was ist passiert?«

»Sie ist die Treppe hinuntergestürzt. Bitte, halte ihren Kopf.«

Henrietta saß auf dem Boden, hielt Octavias Kopf, und die Tränen liefen ihr über die Wangen.

Eine Viertelstunde später waren Notarzt, Polizei und Feuerwehr vor Ort, zehn weitere Minuten später landete der Rettungshubschrauber direkt vor dem Palazzo.

Octavia hatte man unterdessen mit aufblasbaren Kissen, die sich ihrem Körper genau anpassten, stabilisiert und schob sie vorsichtig in den Helikopter.

Man brachte sie nach Careggi, in die Universitätsklinik von Florenz.

Daniel fuhr in seinem Wagen hinterher.

56

Daniel saß im Klinikflur und wartete, als sie operiert wurde, er schlief dort auf drei zusammengeschobenen Stühlen, holte sich nur ab und zu einen Kaffee und ein Brötchen und wartete weiter.

Als sie langsam erwachte, saß er an ihrem Bett und drückte ihre Hand: »Amore, hörst du mich? Kannst du mich spüren?«

Octavia nickte kaum merklich.

Er küsste sie auf die Stirn. »Es wird alles gut. Mach dir keine Sorgen, wir fangen ein neues Leben an, du und ich und ich und du. Es wird wieder alles wie früher! Das verspreche ich dir!«

Octavia nickte erneut mit geschlossenen Augen.

»Bitte, Liebes, sieh mich an! Bitte!«

Sie öffnete langsam die Augen.

Er küsste sie. »Weißt du, dass dies der schönste Moment in meinem Leben ist? Jetzt bist du endlich wieder bei mir!«

Octavia regte sich nicht.

»Was ist mit mir?«, fragte sie nach einer Weile.

»Du hast dir ein paar Knochen und die Hüfte gebrochen. Aber das ist alles schon operiert, und das wird wieder. Mach dir keine Sorgen.«

Octavia schwieg. Sie hatte die Augen geschlossen. Dann murmelte sie: »Was ist passiert? Ich kann mich nicht erinnern.«

»Du bist im Palazzo die Treppe hinuntergefallen.«

»Einfach so?«

»Du bist gestolpert. Und gefallen. Ich stand zu weit entfernt, ich konnte dich nicht halten.«

Er streichelte ihre Hand.

Octavia regte sich nicht.

Er rang nach Worten, wusste nicht, was er sagen sollte. Diese vollkommen reglose Frau vor ihm machte ihn hilflos.

»Bitte, geh!«, sagte sie schließlich mühsam. »Ich bin so müde. So unendlich müde.«

Er drückte ihr einen Kuss auf die Stirn und ging hinaus.

Am nächsten Morgen stand der behandelnde Arzt an ihrem Bett.

»Signora Scarpaccini! Ich freue mich, Sie so wach zu sehen. Wie geht es Ihnen?«

Octavia sah ihn an. Mit einem klaren, traurigen Blick. »Ich wollte heute aufstehen, aber es ging nicht. Was ist mit mir?«

Der Arzt schwieg. Dann sagte er leise: »Haben Sie schon mit Ihrem Mann gesprochen?«

Sie nickte. »Er hat nur gesagt, ich hätte mir die Hüfte und ein paar Knochen gebrochen.«

Der Arzt setzte sich auf die Bettkante.

»Dottore, ich spüre meine Füße und meine Beine nicht.«

Der Arzt nickte.

»Hab ich mir bei dem Sturz auch das Kreuz verletzt?«

Der Arzt drückte ihre Hand.

»Dottore, was ist? Werde ich für immer gelähmt sein?«

Der Arzt nickte.

Es war still im Zimmer. Niemand sagte ein Wort. Der Arzt streichelte vorsichtig Octavias Hand.

Octavia bewegte ihre Arme. Das funktionierte.

»Von wo an?«, fragte sie.

»Von der Lendenwirbelsäule an abwärts, Signora«, sagte der Arzt. »Es tut mir so unendlich leid.«

Octavia kämpfte mit den Tränen, aber sie versuchte, es zu ignorieren.

»Das bedeutet Rollstuhl?«

Der Arzt nickte. »Wir haben Sie operiert, aber wir konnten nichts mehr machen. Die Verletzung ist zu schwer. Sie werden Ihr Leben lang auf fremde Hilfe angewiesen sein.«

Octavia schwieg. Die Tränen liefen ihr stumm über das schöne Gesicht.

»Bitte kneifen Sie mich ins Bein, dottore, so sehr Sie können. Seien Sie nicht zimperlich. Ich will wissen, ob ich etwas spüre.«

Der Doktor tat es. Kniff sie, so sehr er konnte.

Sie spürte nichts. Zuckte nicht einmal.

»Verdammt«, sagte sie. »Bitte, kneifen Sie mich jetzt überall. Nehmen Sie keine Rücksicht. Seien Sie brutal. An den Waden, an den Oberschenkeln, versuchen Sie mir wehzutun, bitte, ich will wissen, wie tot ich bin.«

Der Doktor tat all dies – aber sie spürte nichts.

»Danke«, sagte Octavia und erschlaffte. »Jetzt weiß ich Bescheid.«

Als der Arzt gegangen war, verlangte sie nach einem Telefon und rief Fedor Martinelli an.

»Signor Martinelli«, sagte sie mit schwacher Stimme, »ich hatte einen schweren Unfall in meinem Palazzo, an den ich keine Erinnerung habe. Ich bin die große Freitreppe hinuntergefallen und weiß nicht, warum. Habe keine Ahnung, wie es dazu kommen konnte. Aber wir haben seit ewigen Zeiten wegen unserer wertvollen Kunstwerke im Salon und auf der Galerie vier Überwachungskameras installiert. Bitte gehen Sie doch unter einem Vorwand hin und holen Sie die Filme. Die Kameras müssten alles aufgezeichnet haben. Mein Mann wird gleich hier sein und wahrscheinlich den ganzen Tag über bei mir bleiben. Können Sie das für mich tun?«

»Aber sicher, Signora.«

»Ich danke Ihnen.« Sie legte auf und schloss erleichtert die Augen.

57

Nur zwei Stunden nach Octavias Anruf läutete Fedor Martinelli am Palazzo.

Henrietta öffnete.

»Sie wünschen?«, fragte sie.

»Entschuldigen Sie vielmals, aber ich bin von der Versicherung. Es geht um den Unfall der Contessa Scarpaccini.«

Henrietta nickte. »Kommen Sie doch bitte herein.«

Fedor bedankte sich und trat ein.

»Wie kann ich Ihnen behilflich sein?«, fragte Henrietta.

»Signora Scarpaccini hat mich gebeten, die Filme der Videokameras im Salon und auf der Galerie zu holen und auszuwerten, damit wir den Unfallhergang, an den sie sich nur bruchstückhaft erinnert, rekapitulieren können.«

»Ja, ich weiß nicht …, Signor Scarpaccini ist gerade auch nicht zu Hause …«

»Er ist im Krankenhaus bei seiner Frau. Ich hab ihn dort begrüßt.« Er zog einen Ausweis aus der Tasche, der ihn als Mitarbeiter einer Versicherung auswies. Fedor besaß eine riesige Sammlung von unterschiedlichsten Ausweisen, für jede nur erdenkliche Situation.

»Sie können gerne die Signora anrufen, ob es in Ordnung

ist, wenn ich jetzt die Filme mitnehme. Haben Sie die Nummer?«

Henrietta hatte mehr Angst, die Signora Scarpaccini im Krankenhaus zu stören, als jetzt etwas Falsches zu tun. Daher sagte sie: »Schon gut. Bitte kommen Sie.«

Sie führte Fedor Martinelli in den Salon. »Bitte. Aber ich kann Ihnen nicht sagen, wo die Kameras sind.«

»Danke. Kein Problem.«

Fedors geschultes Auge fand die Kameras sofort. Er holte seine kleine ausziehbare Leiter aus dem Kofferraum, und nur eine Viertelstunde später hatte er die Filme in seiner Aktentasche sicher verstaut.

»Grazie, Signora«, sagte er zu Henrietta. »E una buona giornata.«

Henrietta schloss hinter ihm die Tür und hoffte, alles richtig gemacht zu haben.

Vier Wochen später kam Octavia aus dem Krankenhaus.

Sie hatte einen hochmodernen Rollstuhl, den sie mit einem winzigen Joystick kinderleicht bedienen und in alle Richtungen steuern konnte.

Octavia kam in den Salon gefahren und sah Daniel an.

»Wir müssen umbauen«, sagte sie. »Ich brauche einen Fahrstuhl vom Keller in den Salon, vom Salon auf die Galerie und von der Galerie bis in dein und dann bis in mein Zimmer. Das sind fünf Stationen. Aber sie sind nötig, damit ich jedes Stockwerk erreiche. Damit ich mich überall bewegen kann. Bitte engagiere die Handwerker und veranlasse alles Nötige.«

»Aber selbstverständlich. Ich werde mich gleich morgen darum kümmern, cara.«

Octavia nickte. »Bitte, sei so lieb und bringe mir ein Glas

Champagner. So etwas gibt es in diesen schrecklichen Krankenhäusern ja gar nicht.«

»Aber gerne«, sagte Daniel und fühlte sich zwar wie ein Kellner, der seine Chefin bedient, aber er war auch erleichtert. Offensichtlich hatte sie wirklich keine Erinnerung an das, was geschehen war.

Die Bauarbeiten begannen nur wenig später, aber zwischen Octavia und Daniel herrschte Eiseskälte.

Daniel überwachte den Bau, nur hin und wieder kam Octavia vorbei.

Sie saß in ihrem Rollstuhl und fuhr den Handwerker an. »Was tun Sie da? Ich möchte alle sichtbaren Stahlprofile mit hochglanzpoliertem Edelstahl verkleidet sehen. Ist das klar?«

»Aber Ihr Mann sagte …«

»Was mein Mann sagte, ist mir egal. Ich möchte es so.«

Daniel kam dazu. »Wir hatten darüber gesprochen, Octavia …«

»Hatten wir das? Da kann ich mich nicht dran erinnern. Jedenfalls hätte ich es gerne so, und bitte veranlasse, dass dies sofort passiert. Außerdem habe ich hier irgendwo grauenvolle Milchglastüren rumstehen sehen. Die können gleich wieder abtransportiert werden. Ich möchte rahmenlose Glastüren. Ist das klar, Daniel?«

»Aber natürlich.«

Eines Abends am Kamin brach sie endlich das unerträgliche Schweigen zwischen ihnen.

»Daniel«, sagte sie, »ich werde dich immer lieben. Und du wirst mich auch immer lieben. Trotz alledem.«

Daniel schwieg und sah zu Boden.

»Du hast mich – als ich noch gesund war – ständig betrogen. Das wird jetzt aufhören.«

Daniel sagte immer noch nichts.

»Ich weiß«, fuhr sie fort, »dass ich jetzt für dich keine vollwertige Frau mehr bin, aber ich verlange von dir, dass du bei mir bleibst.«

Daniel sah zu Boden und zählte die Teppichfransen.

»Du hast hier bei mir das angenehmste und luxuriöseste Leben, das man sich überhaupt vorstellen kann. Es wird dir an nichts fehlen. Wirklich an nichts. Auch in sexueller Hinsicht nicht. Dafür sorge ich.«

Zum ersten Mal sah Daniel fragend auf.

»Aber du musst tun, was ich sage. Wenn du das Spiel mitspielst, ist alles gut.«

»Welches Spiel?«

»Im Entree, in der Galerie, eigentlich überall im Palazzo sind und waren Videokameras installiert. Und wenn du nicht absolut das tust, was ich verlange, werde ich den Film, der eindeutig zeigt, dass du mich bewusst die Treppe hinuntergestoßen hast, der Polizei übergeben. Das war versuchter Mord, mein Lieber. Ich habe das Video bei einem Anwalt hinterlegt. Wenn du dich nicht genau an meine Spielregeln hältst, dann bist du dran und wanderst in den Knast. Und in Italien kommst du nicht so glimpflich davon wie in Deutschland. Dann ist dein Leben kaputt. Du hast kein Geld und kein Zuhause mehr.«

Daniels Herz hörte vor Schreck auf zu schlagen. Es herrschte beängstigende Ruhe in seiner Brust. Er hustete, um den Herzschlag wieder in Gang zu setzen. Dann brach ihm der Schweiß aus. Jetzt war genau das eingetreten, was er befürchtet hatte.

Er brauchte lange, um sich zu beruhigen, sein Zittern zu unterdrücken und überhaupt ein Wort herauszubringen.

»Was verlangst du?«, hauchte er schwach.

»Das werde ich dir genau sagen, Liebster. Nicht heute, aber demnächst. Wenn wir an einem Strang ziehen, wird es wunderbar sein. Wir werden das unfassbar schönste Leben haben, das man sich überhaupt vorstellen kann. Wenn nicht – bist du ruiniert. So einfach ist das.«

»Was soll ich tun?«, fragte Daniel noch einmal.

»Warte ab, das ist nicht so einfach zu erklären.«

Martina

58

Dreizehn Monate nach Hannahs Tod

Toskana, November 2018

Martina hatte am Abend lange gelesen, überall Kerzen angezündet, Musik gehört und es sich richtig gemütlich gemacht.

Sie war Malerin. Nach ihrer Scheidung hatte sie sich eine Wohnung in einem kleinen toskanischen Bergdorf in der Nähe von Arezzo gekauft, hatte sich dort ein Atelier eingerichtet und einen winzigen Laden. Für die paar Touristen, die sich in dieses Nest verirrten.

Martina verkaufte ihre eigenen Bilder und ein paar andere Kleinigkeiten, von denen sie dachte, dass auch andere sie schön finden könnten.

Sie kam gerade mal so über die Runden, aber sie fühlte sich wohl. Nach einer zermürbenden Ehe in Düsseldorf waren dieser kleine Ort und ihre Galerie ihr Paradies.

Einmal im Monat fuhr sie am Wochenende zum Antikmarkt in Arezzo. Das war ihr Highlight, dort holte sie sich Inspiration und hoffte auf Schnäppchen.

Heute, am Sonntagmorgen, hatte sie lange geschlafen und war dann nach Arezzo aufgebrochen. Ihren Wagen hatte sie außerhalb der Stadtmauer auf einem großen Parkplatz abgestellt. Der Tag war strahlend schön, mit wolkenlosem blauen Himmel.

Die Stadt leuchtete hell wie im Sommer, die sonnendurchfluteten Cafés auf der Piazza waren gut besucht. Aber der kalte und teilweise scharfe Wind, der durch die Gassen Arezzos zog, ließ keinen Zweifel daran, dass es Anfang November war.

In ihrer Wohnung hatte sie einige antike Lampen, aber die Lampen im Bad gefielen ihr schon lange nicht mehr.

Vielleicht fand sie auf dem Markt ein paar andere, schönere.

Und es gab wunderschönen Schmuck in Arezzo, sie wollte mal sehen.

Immer am ersten Wochenende im Monat, wenn Antikmarkt war, fuhr Daniel nach Arezzo. Octavia hatte noch nie den Wunsch geäußert mitzukommen, es war für sie ein Ding der Unmöglichkeit. Eine Scarpaccini quälte sich nicht im Rollstuhl durch die Touristenströme. Aber sie hatte ihm gesagt: »Es ist wieder so weit, Daniel. Bitte, schau dich doch mal um!«

Ihr Wunsch war ihm Befehl, außerdem war der Markt für Daniel jedes Mal ein Highlight. Er liebte es, sich nach einem ausgefallenen Messer umzusehen oder nach einem ungewöhnlichen Bild für den Salon, die Galerie oder das Treppenhaus. Es gab dort in Arezzo Krempel und Kitsch, aber auch teure, echte und hochwertige Antiquitäten. Man musste nur die Augen offen halten und sich ein wenig auskennen.

Vor einigen Monaten hatte er für wenig Geld eine Salome-Darstellung eines unbekannten Künstlers gekauft, die er auf das frühe 18. Jahrhundert datierte. Ein Schnäppchen, fand Daniel, und eine absolute Rarität. Er hatte den Eindruck, dass der Händler den wahren Wert des Bildes, den Daniel um ein Vielfaches höher einschätzte, gar nicht erkannt hatte. Die tanzende, nackte Salome trug das Haupt des Johannes auf einem silbernen Tablett. Sie hatte feine Züge, die Augen geschlossen und den Kopf in Ekstase in den Nacken geworfen.

Octavia war entzückt gewesen und hatte das Bild in ihr Schlafzimmer gehängt.

Seit dem letzten Mal war viel Zeit vergangen, und er liebte es, jetzt endlich wieder auf der Suche, auf der Jagd zu sein.

Es schien ein schöner, entspannter Vormittag zu werden. Die Händler tranken Kaffee und beantworteten freundlich alle Fragen. Manche hielten einfach nur das Gesicht in die Sonne, dämmerten genussvoll vor sich hin und machten nicht den Eindruck, unbedingt etwas verkaufen zu müssen oder zu wollen.

Daniel trank in einer Bar einen Espresso und aß dazu ein Croissant, als eine Frau vorbeikam und an einem Stand mit Sonnenuhren stehen blieb. Er schätzte sie auf Ende vierzig. Sie hatte rötliche Haare, war überhaupt ein blasser Typ und ganz sicher keine Italienerin. Also Touristin. Höchstwahrscheinlich Deutsche. Ihre Taille war sehr schmal, ihr Gesäß eher breit. Auch das bevorzugte er.

Sie stand ungewöhnlich lange bei den Sonnenuhren, und er hatte nicht das Gefühl, dass sie sich nach ihrem Mann, einer Freundin oder einer Gruppe umsah. Also war sie offensichtlich allein.

Perfekt!

Er bezahlte, verließ die Bar und folgte ihr unauffällig, was bei den vielen Menschen auf dem Markt kein Problem war.

Martina schlenderte von Stand zu Stand.

In der Mitte der Piazza gab es Möbel. Riesige Tische, Schränke, Kommoden, Stühle. Eine Wiege, eine alte Schulbank, einen steinernen Trog. Einen zerschlissenen Sessel. Eine

Vitrine, Wandteppiche mit Jagd- und Badeszenen. Du lieber Himmel, wie sollte man das denn transportieren, wenn man sich für eines der Dinge interessierte? Und gab es Leute, die hier auf dem Markt in Arezzo ein zweihundert Jahre altes Doppelbett, das schon fast auseinanderfiel, kauften?

Es war ihr schleierhaft, aber die Verkäufer saßen in der Sonne, rauchten, unterhielten sich und wirkten sehr entspannt.

Sie ging weiter. Nach einem Stand mit zig Bildern in allen Größen und Arten, kunstvoll und dilettantisch, schwarz-weiß oder bunt, edel gerahmt oder nur auf eine Pappe getackert, kam sie zu den Lampen.

Lampenschirme und Fassungen in allen Formen, die man sich nur vorstellen konnte. Gläserne Schirme, gerade, geschwungen, rund oder eckig, geschliffen, bemalt, schlicht oder gestanzt, alt oder neu, kristallweiß oder getönt, für Steh- oder Hänge-, für Wand- oder Tischlampen.

Martina war wie erschlagen von der Fülle der Auswahl. Sie musste sich nur Zeit nehmen, dann fand sie sicher etwas für ihr Bad.

Sie suchte lange. »Kann ich Ihnen helfen?«, fragte der Verkäufer auf Englisch, und Martina schüttelte den Kopf.

Als sie zwei unterschiedliche gläserne Lampenschirme in der Hand hielt, sagte eine leise Stimme auf Italienisch hinter ihr: »Der linke ist modernes Pressglas, nur der rechte ist original. Wenn Sie etwas wirklich Echtes wollen, dann passen Sie auf. Hier werden Sie schnell über den Tisch gezogen.«

Martina drehte sich um. Hinter ihr stand ein gut aussehender Mann und lächelte sie an. »Entschuldigen Sie, ich wollte Sie nicht stören und auch nicht durcheinanderbringen.« Er hob beschwichtigend die Hand.

»Nein, nein«, sagte sie, »Sie bringen mich gar nicht durcheinander. Im Gegenteil.«

Er hörte ihren Akzent. »Sie sind keine Italienerin?«

Sie schüttelte den Kopf.

»Sind Sie Deutsche?«

»Ja.«

»Wunderbar. Dann können wir uns auch auf Deutsch unterhalten. Wissen Sie, weiter unten, da gibt es einen Stand, die haben wirklich erlesene, echt antike Lampen. Vielleicht sehen Sie sich erst einmal dort um und suchen dann hier weiter.«

»Das ist eine gute Idee.« Sie legte die Lampenschirme zurück.

»Wo, sagten Sie, ist der Stand?«, fragte sie und wandte sich wieder dem Fremden zu.

»Nur hier an den Restaurants vorbei und dann die Straße hinunter, dort, wo sie so steil ist. Am Brunnen gehen Sie links, und dann ist an der nächsten Kreuzung rechts der Stand mit den Lampen.«

»Merkwürdig. Ich kenne die Stände hier eigentlich ziemlich genau …«

»Der ist neu. War erst ein- oder zweimal hier, ist aber ein echter Gewinn für den Markt.«

»Guter Tipp. Danke. Ich guck ihn mir mal an.«

Der Fremde lächelte noch einmal, verbeugte sich leicht, was Martina merkwürdig fand, und verschwand dann im Getümmel der Antikmarktbesucher.

Martina ging langsam weiter.

Eine halbe Stunde später stand sie vor dem Stand mit den antiken Lampen. Hier war die Auswahl geringer, aber die Lampen waren hochwertiger und wesentlich teurer, das sah sie sofort.

Eine fiel ihr gleich ins Auge, und sie nahm sie in die Hand. Es war die schönste Lampe, die sie je gesehen hatte. Sie konnte sich gar nicht sattsehen daran, drehte und wendete sie in ihrer Hand und fragte schließlich den Verkäufer: »Quanto costa?«

»Trecentoottanta, Signora.«

»Oh.« Dreihundertachtzig Euro für einen Lampenschirm! Mit so viel hatte Martina nicht gerechnet. Das war ja Wahnsinn!

»Und? Habe ich zu viel versprochen? Hier gibt es doch fantastische Lampen, oder? Und Sie können sicher sein, dass es hochwertige, echte Antiquitäten sind«, sagte Daniel leise.

Die Frau drehte sich um und lächelte. »Wo kommen Sie denn her? Sind Sie mir gefolgt?«

»Nein«, meinte Daniel, »ich kam vorbei und sah Sie hier stehen. Haben Sie denn inzwischen was gefunden?«

»Ja, hier, die ist sehr schön und irgendwie originell, die würde mir gefallen ...«

»Aber?«

»Aber erstens hatte ich nicht vor, so viel auszugeben, und zweitens brauche ich zwei von der Sorte.«

»Versuchen Sie doch, ein bisschen zu handeln.«

Martina sprach den Verkäufer, der sich gerade mit einem Kollegen unterhielt, an. »Scusa mi, ma c'è un altra lampada uguale di questa?«

Der Verkäufer hob den Zeigefinger und wischte damit schnell von rechts nach links wie in der Schule. »No, no, no. Non c'è. Solo una. Mi scusi.«

Martina drehte sich zu Daniel um. »Pech gehabt, er hat leider nur diese eine Lampe. Keine zweite passende.«

»Oh, wie schade. Das tut mir leid. Sagen Sie, dürfte ich Sie um etwas bitten?«

»Aber natürlich!«

»Würden Sie mir den Gefallen tun und sich mal zwei Ringe

ansehen, die ich ausgesucht habe? Meine Frau und ich, wir haben bald Hochzeitstag, und ich würde ihr gerne einen schenken. Könnten Sie mir sagen, so aus Frauensicht, welcher Ihnen besser gefällt? Ich kann mich einfach nicht entscheiden.«

»Das mache ich gern«, meinte Martina und folgte Daniel.

Nur wenige Meter entfernt zeigte er ihr an einem Schmuckstand zwei Ringe. »Nun? Welchen finden Sie schöner? Welchen würden Sie eher tragen?«

»Diesen!«, sagte Martina sofort. »Ganz klar. Der ist schlichter, aber auch außergewöhnlicher. Und der Stein ist viel, viel schöner.«

»Gut. Dann kaufe ich den für meine Frau. Danke. Sie haben mir sehr geholfen.«

»Gern geschehen«, meinte Martina lächelnd.

Daniel bezahlte und steckte den Ring ein. Octavia würde den Modeschmuck keines Blickes würdigen, aber das war egal. Die vertrauensbildende Maßnahme war jedenfalls gelungen.

Daniel sah die junge Frau an. »Jetzt haben wir so viel erlebt und gekauft und nicht gekauft, das war ein erlebnisreicher Vormittag. Darf ich Sie zum Abschluss noch zu einem Kaffee auf der Piazza einladen?«

»Aber gerne«, sagte Martina.

Er triumphierte innerlich, als sie ihm durch die vielen Menschen in den engen Gassen bis auf die Piazza grande di Arezzo folgte.

59

Sie saßen sich gegenüber. Im ersten Restaurant der Stadt, auf der schönsten Terrasse mit dem besten Blick auf die Piazza. Diese Sicht fand man als Foto in fast jedem Reiseführer.

Martina hatte sich schon lange nicht mehr so wohl, so zufrieden, so entspannt gefühlt, das Leben bot einfach vollkommen unerwartete, großartige Momente.

Dieser Mann vor ihr war total faszinierend. Intelligent, belesen, kulturinteressiert, charmant.

Sie nannten sich beim Vornamen, aber sie siezten sich. Das fand sie okay. Er wollte es so.

Sie hatten bereits jeder einen Espresso und einen Prosecco getrunken, jetzt orderte Daniel zwei weitere.

»Habe ich das richtig verstanden? Sie sind Malerin und leben ganz allein in einem winzigen toskanischen Ort und verkaufen ab und zu ein Bild?«

»So ist es.« Martina grinste.

»Faszinierend!«

»Ich lebe jetzt seit fünfzehn Jahren allein hier, und ich fühle mich ausgesprochen wohl. Komme gut zurecht, aber so fließend und akzentfrei wie Sie werde ich wohl mein Leben lang nicht Italienisch sprechen!«

Daniel lächelte. »Danke für das Kompliment, aber wenn man mit einer Italienerin verheiratet ist, ist das nicht allzu schwer.«

»Stimmt. Das Alleinsein verleitet einen dazu, ausschließlich deutsches Fernsehen zu gucken. Und das ist natürlich wenig hilfreich.« Sie lachte.

Daniel schien einen Moment zu überlegen und sah in die Ferne. »Wie wär's, wenn wir heute zusammen Mittag essen?«, fragte er. »Ich würde Sie gerne einladen. Was halten Sie davon?«

Sie errötete. »Das ist furchtbar nett, aber …«

»Kein Aber. Hören Sie sich erst mal meinen Vorschlag an. Ich wohne zusammen mit meiner Frau in einem bescheidenen Palazzo außerhalb von Florenz, dazu gehören auch ein paar Appartements zur Vermietung. Uns fehlen noch ein paar Bilder, aber ich habe hier heute nichts Interessantes gefunden. Meine Frau würde sich sicher freuen, wenn Sie heute Mittag unser Gast sein würden.«

»Das kann ich nicht annehmen«, sagte sie überwältigt.

»Oh! Das ist schade! Warum denn nicht?«

»Weil ich es nicht verstehe. Wie kommen Sie dazu, mich einzuladen?«

»Weil Sie mir sympathisch sind, weil es mir gefällt, anderen eine Freude zu machen, und weil meine Frau immer glücklich ist, wenn ich nette Menschen mit nach Hause bringe. Sie ist leider nicht so mobil wie wir, wissen Sie, sie sitzt im Rollstuhl und freut sich über jede Abwechslung.«

Martina zog bestürzt die Augenbrauen hoch. »Ach so! Ja, das kann ich verstehen. Gut, dann nehme ich die Einladung gerne an. Vielen herzlichen Dank.«

»Keine Ursache. Wollen wir gehen? Dann können wir dieses herrliche außergewöhnlich warme Novemberwetter vielleicht noch ein bisschen auf der Terrasse genießen.«

»Ja, gern.« Martina stand auf. »Mein Wagen steht auf dem großen Parkplatz vor dem Stadttor.«

»Was haben Sie denn für ein Auto?«

»Einen Fiat Panda.«

»Oh!« Daniel machte ein sorgenvolles Gesicht und überlegte einen Moment. »Das dürfte schwierig werden. Der Palazzo liegt ziemlich hoch oben, und die Straße ist sehr schlecht. Ohne Geländewagen bekommen Sie da größte Schwierigkeiten. Fahren Sie doch einfach bei mir mit, und nach dem Essen bringe ich Sie zurück zu Ihrem Auto. Dann sind wir auf der sicheren Seite.«

Martina zögerte einen Moment, aber dann gab sie sich offensichtlich einen Ruck und sagte: »Ja, das ist eine gute Idee und unwahrscheinlich nett von Ihnen. Danke.«

»Sehr gerne«, meinte Daniel und lächelte. »Kommen Sie, mein Wagen parkt ganz in der Nähe.«

60

Octavia begrüßte Martina überschwänglich, gemeinsam aßen die drei »Oro della Toscana«, was Martina mehrmals lobte, denn es schmeckte ihr wirklich ausgesprochen gut.

Dann gab es Espresso mit leichtem Gebäck, und schließlich fragte Octavia? »Möchten Sie den Palazzo vielleicht ein bisschen genauer ansehen? Wir haben an der einen oder anderen Ecke durchaus bemerkenswerte Stücke. Soll mein Mann Sie herumführen?«

»Das wäre wunderschön. Sehr gerne.«

Daniel hatte verstanden. Die Frau gefiel Octavia. Er hatte eine gute Wahl getroffen. Sonst hätte sie gesagt: »Bitte, entschuldigen Sie mich jetzt. Mein Mann wird Sie zu Ihrem Auto zurückbringen, aber ich würde mich freuen, Sie irgendwann einmal wiederzusehen.«

Langsam gingen sie durch den Park, der den Palazzo umgab.

»Soll ich Ihnen etwas über die Geschichte des Hauses erzählen?«

»Nein, ich würde es sowieso nur wieder vergessen. Lassen Sie mich diesen wundervollen Ort einfach nur sehen und genießen, das vergesse ich nie mehr.«

»Großartig. So etwas hat noch nie jemand zu mir gesagt.«

Das Licht wurde satter, die Farben wärmer, die gleißend helle Mittagssonne ging ins Ockerne über. Daniel schwieg, ebenso Martina, die über das Land sah, das sich unter ihr ausbreitete, und gar nicht begreifen konnte, was sie da gerade für einen außergewöhnlichen Tag erlebte.

»Wie viel Land haben Sie hier?«, fragte sie nach einer Weile.

»Direkt um den Palazzo und das Appartementhaus herum so an die hundert Hektar, aber dann weiter entfernt noch circa fünfhundert Hektar Oliven, vierhundert Hektar Wein und dazu beinahe neuntausend Hektar Wald.«

Martina verschlug es die Sprache. »Wow!«

»Ja, das ist eine Menge. Wir benötigen viele Angestellte, um dies alles zu bewirtschaften, meine Frau managt das gesamte Unternehmen. Ich bewundere sie dafür. Ich selbst kümmere mich um unsere Gäste.«

Sie gingen nach drinnen.

»Als meine Frau den Unfall hatte …«, begann Daniel.

»Was ist denn passiert?«

»Sie hat einen falschen Schritt gemacht und ist sehr unglücklich die gesamte Treppe von der Galerie hinabgestürzt. Dabei hat sie sich die Wirbelsäule verletzt …«

»Oh, das tut mir leid.«

»Nun ja, nachdem meine Frau also diesen Unfall hatte, haben wir den gesamten Palazzo nach ihren Bedürfnissen umgebaut. Wir haben überall Fahrstühle eingebaut, Treppenlifte, Gänge begradigt, Stufen beseitigt und, und, und. Es dauerte drei Jahre. Aber jetzt ist alles geschafft, und die vielen Fahrstühle bemerkt man fast gar nicht.«

»Stimmt. Erst jetzt, wo Sie es sagen, sehe ich hier einen und da hinten einen … Sonst wäre mir wohl gar nichts aufgefallen.«

Daniel lächelte. »Kommen Sie. Einen Blick von der Galerie in den Salon sollten Sie sich gönnen.«

Sie stiegen die Treppe hinauf und gingen die Galerie entlang. Antike Lampen und alte Gemälde gaben ihr eine ganz besondere Atmosphäre.

»Hier, diese Treppe ist sie hinuntergestürzt?«

Daniel nickte und sah zu Boden.

»Das tut mir unendlich leid.«

Sie gingen schweigend weiter.

Martina war von den Gemälden, den Antiquitäten, der außergewöhnlichen Atmosphäre wie erschlagen. »Jetzt verstehe ich auch, warum Sie sich mit antiken Lampen so gut auskennen«, meinte Martina. »Ohne Sie hätte ich wahrscheinlich irgendeinen Schund gekauft.«

»Und jetzt haben Sie gar nichts gekauft. Das ist ziemlich enttäuschend, finde ich.«

Sie gingen weiter. »Dort hinten rechts ist übrigens unsere Bibliothek. Wunderschön und von unschätzbarem Wert. Die Hinterlassenschaft eines Klosters. Aber dort können wir im Moment nicht hinein, sie wird restauriert.«

»Ah ja.«

»Kommen Sie, ich zeige Ihnen die Kellergewölbe, die Weinkeller et cetera, das ist fast das Interessanteste an diesem Palazzo.«

Martina folgte ihm.

Dort, wo der Gang hinab in die Kellergewölbe begann, blieb Daniel stehen: »Hier, sehen Sie, sind die Stufen äußerst flach und ausgetreten. Esel und Pferde sind hier die sanft an- und absteigende Treppe zu den Magazinräumen hinauf- und hinuntergelaufen, um die schweren Lasten zu transportieren. Nur die Fackeln an den Wänden beleuchteten die Gänge in den unteren Gewölben.«

Martina war beeindruckt und fühlte sich zurückversetzt in mittelalterliche Zeiten.

Schließlich blieb Daniel vor einer schweren hölzernen Tür stehen und öffnete sie.

Beide betraten den Raum. Das fensterlose Gästezimmer mit dem großartigen Gewölbe.

»Wahnsinn!«, sagte Martina, als sie sich umsah. »Was ist das hier? Ein kleines Prunkzimmer in einem Schloss? Das ist ja einfach unfassbar! Traumhaft! Wie nutzen Sie dieses Zimmer?«

»Hier wohnen Gäste, die uns ganz besonders ans Herz gewachsen sind. Freunde, die nur eine Nacht bleiben und nicht unbedingt den weiten Ausblick benötigen, denn hier ...«, er zog den schweren Vorhang zur Seite, »ist kein Fenster, sondern nur Stein. Wir befinden uns ja unter der Erde.«

»Faszinierend. Das hätte ich niemals vermutet. Aber eine geniale Lösung. Was war dieser Raum früher?«

»Ein Lager für Öl und Wein.«

Daniel trat näher an Martina heran, legte eine Hand auf ihre Schulter und sagte leise: »Dieser Raum birgt ein Geheimnis.«

»Welches?«, fragte sie und drehte sich zu ihm um.

»Das verrate ich Ihnen später.«

Dann kam er ihrem Gesicht immer näher und küsste sie.

Sie zuckte zurück. Wütend. »Was soll das?«

»Komm«, sagte er unbeirrt. »Ich habe die ganze Zeit gespürt, dass du es auch willst. Sonst wärst du nicht mitgekommen. Lass es einfach. Nur du und ich. Wir beide ganz allein. Nur heute und nur diese Nacht.«

Er küsste sie erneut. Sie wehrte sich, kämpfte gegen ihn, stieß ihn zurück. »Lass den Scheiß!«, schrie sie. »Lass mich hier raus! Es reicht. Vielen herzlichen Dank!«

Aber er ließ sie nicht los, sondern warf sie aufs Bett.

Schneller, als sie denken oder reagieren konnte, klickten die Handschellen, und er fesselte sie an die eisernen Bettpfosten.

Vor Entsetzen hörte Martina auf zu schreien.

Das Aufblinken des kleinen roten Lichtes an einer Kamera bemerkte Martina nicht. Und auch ein leises Surren konnte sie nicht hören.

61

In Martinas Augen flackerte die blanke Angst.

Jetzt fesselte er auch ihre linke Hand ans eiserne Bett.

Sie war vollkommen wehr- und hilflos.

»Mach mich los«, flüsterte sie, »bitte. Das ist nichts für mich. Das mag ich nicht. Wir können alles tun, aber nicht das. Bitte, mach mich los!«

Daniel legte zwei Finger auf die Lippen. »Pssst!«

Mit einer scharfen Schere schnitt er ihr die Kleidung vom Leib. Sie geriet in stille Panik, der Schweiß brach ihr aus, und das Blut rauschte in ihren Ohren. Dennoch versuchte sie, die Kontrolle zu behalten und sich nicht zu bewegen, damit er sie nicht verletzte.

Als er auch ihre Unterwäsche zerschnitt, begriff sie, dass es eine schlimmere und gefährlichere Situation nicht geben konnte.

Er schlang zwei Schlingen um ihre Fußknöchel, hakte die Seile in der Decke ein und zog sie ein Stück hoch. Jetzt hing sie mit gespreizten Armen am Bett und mit den Beinen an der Decke und war ihm vollkommen ausgeliefert.

Sie begann zu wimmern.

»Pssst«, machte er noch einmal.

Ich bin am Ende, dachte sie. Ich sitze in der Falle, ich habe keine Chance mehr, dieser Mann wird mich umbringen. Er wird mich töten. Hilfe! Warum kommt denn niemand? Warum sucht mich niemand? Wo ist mein Handy? Warum kann ich nicht um Hilfe rufen? Mein Leben ist zu Ende, wenn ich keinen Ausweg finde! Ich werde meine Eltern nie wieder sehen, meine Freunde … Das kann es nicht gewesen sein, das darf nicht wahr sein! So etwas passiert in Büchern und in Filmen, aber doch nicht mir, und nicht hier in der Toskana! Ist er wirklich ein Mörder? Und ist wirklich alles vorbei? Vielleicht hört mich ja doch jemand, wenn ich schreie. Seine Frau oder andere Gäste.

Aber sie hatte niemanden gesehen.

In diesem Moment drehte Martina durch. Sie schrie, tobte und kämpfte, versuchte sich zu drehen, um sich irgendwie aus ihrer misslichen Lage zu befreien, aber sie hatte keine Chance.

Er stand in der Ecke, rauchte eine Zigarette und beobachtete sie.

Ab und zu lachte er leise.

Dann begann er, sie zu filmen. In Nahaufnahme. In ihren intimsten Posen.

Als Martina dies bemerkte, hörte sie auf, sich zu bewegen.

»Mach weiter«, sagte er, »na los!«

»Was bist du für ein mieses Schwein!«, stöhnte Martina. »Was hab ich dir getan?«

»Nichts«, sagte Daniel lächelnd, »aber darum geht es auch nicht.«

Langsam begann er, sie mit einem Messer zu traktieren, schlitzte und ritzte ihre Haut auf, das Blut bildete immer größer werdende Flecken auf dem Bett.

Martina weinte. Schrie und stöhnte vor Schmerz. »Bitte, lass mich gehen!«, flehte sie. »Bitte, niemand wird je davon erfahren, was hier passiert ist, ich werde es niemandem erzählen. Ich schwöre!«

Daniel lachte leise. »Sehr gut. Aber wir sind noch lange nicht am Ende.«

Es gab einen Rundgang außen um das steinerne Kerkerzimmer herum, den Octavia mit ihrem Rollstuhl abfuhr. Von allen Richtungen, aus jedem Winkel konnte sie durch Lüftungsschlitze, die man im Inneren des Raumes nicht bemerkte, beobachten, was im Zimmer geschah.

Sie lächelte, schloss hin und wieder die Augen und stöhnte vor Lust.

Es war wie ein Liebesakt. Sie fühlte sich Daniel in diesem Moment verbunden, so wie sie sich noch nie jemandem verbunden gefühlt hatte. Sie war eins mit ihm. Er tat dies alles nur für sie, er dachte an sie, er liebte sie. Es gab ein Band, eine unzerstörbare Liebe zwischen ihr und ihm, wenn er mit dieser fremden Frau schlief. Es war so groß. So schön.

Ihr Körper erbebte und zitterte, sie fühlte sich völlig glücklich und frei. Orgasmen konnte sie nicht mehr erleben, aber dies war schöner. Existenzieller. Universeller.

Das, was er tat, war ihre große Bühne. Und wenn der Vorhang fiel, war das Spiel aus.

Es war vorbei.

Er durfte und konnte sie nicht leben lassen.

Daniel erlebte seinen zweiten Orgasmus an diesem Tag, aber Martina hing nur noch schlaff in ihren Fesseln. Sie hatte die Augen geschlossen und sah aus, als ob sie schliefe. Das regte Daniel auf.

»Komm, wach auf!«, schrie er und schlug ihr ins Gesicht.

Martina erhob sich ein paar Zentimeter, so weit es ihr möglich war.

Dann begann er, sie mit einem Gürtel zu schlagen. Sie schrie, bis sie wieder bewusstlos war.

Mittlerweile waren Stunden vergangen. Wenn sie zu sich kam, quälte er sie weiter, bis die Natur gnädig war und sie nichts mehr spüren ließ.

Es war mitten in der Nacht, als sie erwachte. Martinas Augen flimmerten, sie wusste nicht, wo sie war, ihr ganzer Körper bestand nur noch aus Schmerz. Sie wollte sich bewegen, aber konnte nicht. Allmählich begriff sie, dass sie immer noch in Handschellen dalag und nackt war, immer noch in den Händen ihres wahnsinnigen Peinigers.

Ihr gesamter Körper war blutverkrustet, aber das Schlimmste war ihre Scheide. Sie brannte wie Feuer. Sie konnte es kaum aushalten, wünschte sich zurück in die Bewusstlosigkeit. Töte mich endlich, dachte sie, mach es schnell, ich kann nicht mehr. Ich halte diese Schmerzen nicht aus.

Sie versuchte zu schreien, aber es kamen nur ein paar krächzende Laute, und dann bekam sie einen trockenen Hustenanfall, dass sie glaubte zu ersticken.

»Du hast Durst, Schatz, ich weiß. Komm, hier, trink! Das wird dir guttun!«, sagte eine warme Stimme.

Ihr Mörder war also immer noch da.

Er reichte ihr ein Glas, das aussah wie ein Cocktail.

Martina trank. Dankbar. Gierig.

Daniel legte Musik auf. Den Bolero von Ravel. Martina kannte ihn in- und auswendig und wusste, dass sich die Musik immer mehr steigerte. Und sie fragte sich, ob sie das Ende des Stücks überhaupt noch erleben würde.

Daniel band sie los und nahm ihr die Handschellen ab.

Martina rührte sich nicht.

»Leg dich dort auf den Tisch«, befahl er, aber Martina

konnte sich nicht mehr bewegen. Sie war zu schwach und völlig willenlos. Ihr Körper war durch die vielen Schnitte schlaff und blutüberströmt. Er hob sie auf den Tisch und wusch sie. Sie stöhnte, aber hatte nicht mehr die Kraft, sich zu wehren.

Sie regte sich nicht.

Die Musik lief, aber Martina schien sie nicht mehr wahrzunehmen, sie leistete nicht mehr den geringsten Widerstand.

Einmal nahm er sie noch im wehrlosen Zustand. Ganz sanft und zart. Beinah liebevoll.

Ihre Zuckungen waren instinktive Körperreaktionen, aber da kam kein Begreifen mehr, dass sie starb.

Die K.-o.-Tropfen hatten ihren Verstand, ihr Bewusstsein und ihre Erinnerung außer Kraft gesetzt.

Er schnitt ganz langsam, ganz behutsam ihre Kehle durch. Millimeter für Millimeter und Zentimeter für Zentimeter. Sah zu, wie das Leben mit ihrem Blut allmählich aus ihr heraussprudelte, dann nur noch floss und schließlich verlosch.

Mit einer extrem scharfen Säge, die er bei der Jagd zum Zerwirken des Wildes benutzte, durchtrennte er schließlich ihre Halswirbelsäule.

Es brauchte ein bisschen Kraft. Mehr nicht.

Beinah geräuschlos öffnete sich die schwere Tür, und Octavia fuhr langsam in den Raum. Sie streckte die Arme aus und schloss die Augen.

Daniel umarmte sie.

»Grazie«, flüsterte sie, »du warst wundervoll, Liebster! Ich liebe dich!«

Dann wendete sie den Rollstuhl und fuhr davon. Das sehr leise Surren des Rollstuhls war nur für außerordentlich scharfe Ohren überhaupt hörbar.

Daniel begann mit der Arbeit. Er hängte die Leiche an den Beinen auf und ließ sie in eine Wanne ausbluten. Dann weidete er sie aus, entfernte ihre inneren Organe, so wie er es schon hundertmal beim Wild getan hatte. Noch in derselben Nacht würde er die Innereien zu einem Luderplatz in den Bergen bringen.

Danach hängte er sie in die Kühlkammer. Fünf bis sieben Tage bei sieben Grad. Damit das Fleisch reif und zart wurde und für das »Oro della Toscana« geeignet war.

Das war die Natur. Nichts Besonderes.

Er kannte sich gut aus in den Wäldern der Umgebung und fuhr eine Woche später zu dem entlegensten Gebiet seines Reviers, hoch hinauf in die Berge. Dorthin, wo niemand mehr spazieren ging, wo die Wälder noch Urwälder und die Straßen noch Flussbetten waren. Dorthin, wo noch nicht einmal jemand zu Weihnachten heimlich eine Tanne schlug.

In einem Waldstück, in dem er viele Wildschweinspuren fand, kippte er die Leichenteile ab. Innerhalb von zwei Tagen würden alle Reste aufgefressen oder weggeschleppt sein. In den Fuchsbau zum Beispiel. Das war viel besser, als eine Leiche zu vergraben. Denn sonst hatte er die Erde am Spaten und in seinem Auto, und außerdem würden die Wildschweine die Leichenteile ohnehin ausbuddeln. Nur eben viel später und vielleicht nicht komplett. Es war sicherer, ihnen das Festmahl auf einem Silbertablett zu präsentieren.

Ihre Kleidung hatte er bereits verbrannt.

Die Wertsachen seiner Opfer verschloss er im Tresor. Im Sommer würde er mit einem Boot hinaus aufs Meer fahren und sie dort versenken. In einem feierlichen Moment. Statt Blumen.

»Ciao«, sagte er in Gedanken und dachte daran, dass sie süß gewesen war.

Fast tat es ihm ein klein wenig leid.

Und dann ging er zurück zu seinem Auto.

62

2019

Bernarda lachte leise, als Gianni sie wach kitzelte. Dann schmiegte sie sich an ihn und seufzte wohlig, als wolle sie wieder einschlafen.

»Komm, amore, wir müssen aufstehen«, flüsterte er.

»Nein. Wir müssen gar nichts.«

Sie umschlang ihn mit Armen und Beinen wie ein Krake, zog ihn zu sich unter die Decke und bewegte sich nicht mehr.

Hielt ihn fest. Sehr fest. Wie in einem Schraubstock. Um sich zu befreien, hätte er ihr wehtun müssen, denn sie war schlank und muskulös, war Italiens Vizemeisterin im Siebenkampf gewesen.

Drei Minuten hielt er es still aus, dann strampelte, wühlte und kämpfte er sich frei. »Komm, sei lieb, steh auf!«

Sie grunzte und zog sich die Decke über die Ohren. »Bring mir einen caffè, dann mach ich alles, was du willst.«

Gianni schaltete den Kaffeeautomaten an, verschwand schnell im Bad und ließ danach zwei espressi durchlaufen.

Als er wiederkam, hatte sich Bernarda unter der Decke noch nicht bewegt.

Er kitzelte sie an den Füßen.

Sie schoss hoch.

»Caffè, Prinzessin!«, sagte er und hielt ihr den duftenden Espresso unter die Nase. »Es ist wunderbares Wetter. Sonnig, aber nicht zu heiß. Es gibt keinen schöneren Tag, um zu meinen Eltern nach Ambra zu fahren.«

Bernarda tauchte aus den Kissen auf, strich sich mit der Hand die langen, schwarzen Haare aus der Stirn und lächelte.

»Du hast ja recht, amore. Das Leben ist großartig.« Dann küsste sie ihn, kippte den Espresso hinunter, sprang aus dem Bett und verschwand im Bad.

Gianni wusste nicht, wann er jemals so glücklich gewesen war.

Gianni bewohnte seit Jahren eine winzige, heruntergekommene Wohnung in der Altstadt von Siena. Sie war eigentlich bloß ein dunkles Loch und immer nur als Provisorium gedacht gewesen, aber er war dort hängen geblieben. Hatte nie Kraft, Zeit und Geld gehabt umzuziehen.

Ohne wirklich darunter zu leiden, hauste er in diesem schmalen Schlauch von fünfzehn Quadratmetern mit nur einem einzigen Fenster hin zu einer nur zwei Meter schmalen Gasse, in die nie ein Sonnenstrahl gelangte. Sein Zimmer war mit Bett, Schrank, Tisch und Stuhl nur notdürftig möbliert, hatte lediglich eine winzige Kochnische und eine Nasszelle mit Toilette, Dusche und Waschbecken.

Seit über fünfundzwanzig Jahren war hier nichts mehr repariert oder renoviert worden.

Erst seit er mit dieser wahnsinnig schönen Frau zusammen war, wurde ihm wieder bewusst, in welch elendem Loch er hauste.

Aber das würde sich jetzt alles ändern. Die Jahre, in denen er sich allein durchschlagen musste, waren Gott sei Dank vorbei.

Eine Stunde später saßen sie in Giannis uraltem Fiat Panda, der seine besten Tage schon lange hinter sich hatte, und fuhren durch Siena und nach der Porta Tufi direkt auf die autostrada.

»Warum bist du beim letzten Kreisverkehr nicht links abgebogen in die Berge, amore, die Strecke ist viel schöner, und es dauert höchstens fünf oder zehn Minuten länger.«

Bernarda hatte ihre langen Beine hochgelegt und gegen die Windschutzscheibe gestellt, und der Anblick machte ihn so schwach, dass er sich sowieso kaum noch auf den Verkehr konzentrieren konnte. Am liebsten hätte er bei der nächsten Ausweichstelle angehalten …

Er zwang sich, nicht daran zu denken, um irgendwie bis nach Ambra zu kommen.

»Weil wir in den Bergen nie gefunden werden, wenn diese elende Karre verreckt, auf der autostrada schon«, sagte Gianni.

Bernarda kicherte und wackelte mit den Zehen, deren Nägel knallig pink und absolut perfekt lackiert waren.

Sein Vater würde wahnsinnig werden, wenn er diese Frau sah.

Gianni freute sich auf diesen Moment.

»Hast du deinen Eltern gesagt, dass wir kommen?«

»Nein.«

»Warum nicht?«

»Damit sie sich nicht darauf vorbereiten können. Ich möchte ihnen sagen: Schaut her, das ist die Frau, die ich heiraten werde. Und dann will ich ihr Gesicht sehen. Wenn ich dich vorher ankündige, sind sie höflich und freundlich und machen ein Riesentheater, und ich weiß nicht, was sie denken. Und du auch nicht. Denn du musst sehen, wie sie ganz spontan auf dich reagieren.«

»Ist das nicht ein bisschen unfair?«

»Überhaupt nicht. Non mai.«

Bernarda zuckte mit den Schultern. »Wie du meinst. Aber ich möchte es als Mutter nicht so mit dem Holzhammer mitgeteilt bekommen, wenn mein Sohn heiratet.« Sie tätschelte ihm die Hand. »Doch wir werden sehen. Ich tu mein Möglichstes. Und ich bin unendlich gespannt auf deine Eltern. Nach allem, was du mir erzählt hast, müssen es tolle Typen sein!«

63

»Neri, gerade eben ist ein Auto vorgefahren! Ich glaube, es ist Gianni. Hatte er dir irgendetwas gesagt, dass er kommt? Gerade heute? Ich hab einen Friseurtermin und müsste dringend nach Montevarchi zum Einkaufen!«

»Nein, er hat nichts gesagt.«

»Oh mein Gott!« Gabriella raufte sich die Haare. »Wir haben uns monatelang nicht gesehen, ich freue mich wirklich, dass er uns besuchen kommt, aber solche Überraschungen hasse ich!«

Neri kommentierte das nicht, sondern ging stumm zur Haustür und öffnete sie weit.

Jetzt erst sah er, dass aus dem kleinen, alten Fiat zwei Personen ausstiegen. Er traute seinen Augen nicht. Gianni und eine schöne, junge Frau mit langem, dunklem Haar.

Während Neri noch wie angewurzelt stand, stürzte Gabriella an Neri vorbei auf die beiden zu, umarmte Gianni stürmisch und reichte der Frau die Hand. »Ciao! Ich bin Gabriella, Giannis Mutter.«

»Piacere!«, sagte die junge Frau und lächelte. »Ich bin Bernarda.«

Jetzt trat auch Neri dazu, umarmte seinen Sohn und begrüßte Bernarda. »Kommt rein«, meinte er. »Wir sind auf euren Besuch jetzt nicht vorbereitet, aber das ist ja nicht wichtig. Wie geht's? Was treibt euch zu uns? Möchtet ihr was trinken? Oder essen?«

»Eins nach dem andern«, sagte Gianni und führte Bernarda sanft ins Haus.

Zuerst tranken sie espressi und Wasser, dann Prosecco und schließlich Wein zu einem von Gabriella schnell improvisierten Essen. So etwas war schon immer ihre Stärke gewesen, und sie war stolz, trotz eines fast leeren Kühlschranks doch noch ein annehmbares Pastagericht zustande gebracht zu haben.

Irgendetwas lag in der Luft.

Weder Neri noch Gabriella fragten. Als hätten sie sich abgesprochen.

Schließlich sah Gianni Bernarda an, nahm ihre Hand, drückte sie sanft und sagte: »Wir haben uns vor drei Monaten in Siena in einem Café kennengelernt. Und seitdem haben wir jede freie Minute miteinander verbracht. Ich habe euch nichts von Bernarda erzählt, weil ich selbst erst einmal abwarten wollte, wie sich die Sache entwickelt. Aber sie hat sich sozusagen zugespitzt!« Er lachte und verschluckte sich fast an seinem Wein. »Nun ist es uns beiden klar: Es gibt kein Zurück mehr, wir sind füreinander bestimmt und werden heiraten.«

Es war still im Raum.

»Oddio!«, murmelte Neri leise und fühlte sich total unsicher, wusste nicht, wie er sich verhalten sollte. »Oddio, das ist ja wunderbar!«

Gabriella fing sich als Erste. Sie stand auf, breitete die Arme aus und umarmte erst Bernarda und dann Gianni. »Ich freue mich ja so für euch!«, stammelte sie und brach in Tränen aus. Dann küsste sie Bernarda. »Willkommen bei uns und willkommen in unserer Familie. Komm! Erzähl uns von dir! Wir wissen ja gar nichts von dir und wollen dich unbedingt kennenlernen!«

Auch Neri stand auf und umarmte Gianni und Bernarda stumm. Er konnte einfach nicht heraus aus seiner Haut und war nicht in der Lage, seine Gefühle, die in ihm brodelten, so zu zeigen wie Gabriella.

Dabei dachte er: Das ist ein ganz großer Moment! Alles ist dabei, sich zu verändern! Gianni hat eine Frau, wir werden Enkelkinder bekommen, unsere Familie vergrößert sich, all das passiert, wovon wir immer geträumt haben.

Bernarda saß da und lächelte. Hielt Giannis Hand und sagte leise zu Neri und Gabriella: »Wisst ihr, dass ich euch jetzt schon mag? So als wärt ihr schon immer meine Familie gewesen. Ihr habt einen so wunderbaren Sohn.« Sie sah Gianni an, und man spürte, wie sehr sie ihn liebte. »Er ist so liebevoll, so hilfsbereit, so zärtlich, so intelligent … Nein, das ist alles Scheiße, ich kann das nicht erklären. Er ist einfach ein so wunderbarer Mensch, der Mann meines Lebens, ich liebe ihn über alles, und wie sollte ich die Menschen nicht genauso lieben, die ihn auf die Welt gebracht, großgezogen und das aus ihm gemacht haben, was er heute ist? Donato und Gabriella, ich bin wirklich glücklich, euch kennenzulernen, und ich denke, es wird eine schöne Zeit vor uns liegen.«

Bernarda hatte Tränen in den Augen und schwieg, und Gabriella und Neri waren wie geplättet. Das war ja eine sagenhafte junge Frau! Unvorstellbar! Man kannte sich seit wenigen Stunden, und dann schon eine Liebeserklärung.

Gabriella stand auf und umarmte Bernarda erneut. »Kind«, sagte sie, »lass dich drücken. Ich beginne zu ahnen, wie sehr dich Gianni liebt. Und ich glaube, er hat das ganz große Los gezogen! Willkommen in unserer Familie!«

Und dann redeten sie den ganzen Tag und die halbe Nacht.

64

Samstagabend. Die Gäste für ein Wochenende oder eine ganze Woche waren angekommen, und Daniel hatte sie zu einem Glas Wein in die Empfangshalle gebeten.

»Schönen guten Abend, buonasera, verehrte Gäste! Ich hoffe, Sie hatten eine angenehme Anreise, und freue mich sehr, dass Sie der alten Tradition unseres Hauses und meiner Einladung zu einem gepflegten Begrüßungsschluck gefolgt sind. So lernen wir uns alle untereinander zumindest ein wenig kennen und sind uns nicht ganz fremd, wenn wir uns hier im Palazzo, im Appartementhaus oder in den weitläufigen Parkanlagen begegnen.

Falls ich mich noch nicht vorgestellt habe, möchte ich nicht unhöflich erscheinen und es hiermit noch einmal tun: Ich bin Daniele Scarpaccini und freue mich, dass Sie den Palazzo Scarpaccini ausgewählt haben, um hier ein paar schöne, entspannte und sicher auch kulturell hochinteressante Tage zu verbringen.

Aber lassen Sie uns doch erst einmal gemeinsam anstoßen. Ich habe Ihnen heute zur Feier des Tages den besten Wein aus meinem Keller geholt, einen Chianti classico natürlich, einen Riserva aus einem der vorzüglichsten Weingüter der Toskana in Castelnuovo Berardenga. Kosten Sie ihn, genießen Sie ihn, und wenn er Ihnen schmeckt, können Sie ihn auch bei mir käuflich erwerben und die schönen Tage auch zu Hause bei einem Glas Wein ausklingen lassen. Wenn Sie möchten, können Sie in meinem Weinkeller auch eine ausführliche Verkostung vornehmen. Wir haben über fünfzig verschiedene Weine im Angebot.« Er hob sein Glas. »Herzlich willkommen, zum Wohl e una buona salute!«

In der Empfangshalle des Palazzo saßen zehn Gäste und hoben ihr Glas. »Salute!« Sie tranken nicht gleich, sondern rochen, ließen den kleinen Schluck Wein im riesigen Glas kreisen, rochen wieder, nippten dann, schmeckten nach und machten verzückte Gesichter. Einige nickten den anderen zu, nach dem Motto: Der Wein ist wirklich vorzüglich.

Unterdessen redete Daniel weiter. »Hier in der Empfangshalle des Palazzo, im großen Salon und auch oben auf der Galerie sehen Sie Gemälde mit Landschaften, den unterschiedlichsten Jagdszenen, aber auch viele Porträts. Das sind die Ahnen und Vorfahren derer von Scarpaccini. Generationen haben in diesem Palazzo gewohnt, ihn umgebaut und vergrößert, oder ihn nach dem Krieg teilweise wieder aufgebaut. So auch meine Frau und ich. Hier war zwanzig Jahre nichts passiert, außerdem war der Palazzo nicht behindertengerecht. Ich weiß nicht, ob Sie wissen, wie italienische Handwerker funktionieren …?« Er machte eine Pause und lächelte. Einige der Gäste kicherten. »Aber diese Geschichten möchte ich Ihnen ersparen. Auf alle Fälle haben meine Frau und ich es gewagt, wir sind durch die Hölle gegangen, aber haben diesem Palazzo wieder zu seiner ganzen Pracht und Schönheit verholfen, die Sie jetzt in vollen Zügen genießen können. Es hat Jahre gedauert – aber es hat sich gelohnt.« Einige Gäste klatschten. Daniel bedankte sich mit einem Lächeln und einer angedeuteten Verbeugung.

Er ging zu einem der Porträts. »Dies hier ist übrigens Conte Elio Francesco Scarpaccini, der erste Mann meiner Frau. Ich habe ihn sehr geschätzt, sein Tod, ein Jagdunfall, war mehr als tragisch. Dies hier ist meine werte Gattin, Contessa Octavia Scarpaccini, die ich heiß und innig liebe und die ihr schweres Schicksal, nach einem unglücklichen Unfall im Rollstuhl sitzen zu müssen, mit Haltung und bewundernswerter Beherrschung erträgt.«

»Da fehlt ja nur noch ein Porträt von Ihnen, dottore«, bemerkte eine leise Stimme.

Daniel war für den Bruchteil einer Sekunde verunsichert und bis ins Mark getroffen, aber dann überhörte er die Bemerkung und wechselte in einen sehr privaten Ton. »Meine Frau lässt sich übrigens entschuldigen, sie hätte Sie gern begrüßt und kennengelernt, fühlt sich aber heute nicht besonders wohl.« Dann wurde er wieder sachlich. »Und dies ist Barone Marco Scarpaccini, dies seine Gemahlin Baronessa Anastasia ...«, er hielt inne. »Nein, ich höre jetzt auf. Ich bräuchte Tage, Ihnen den Stammbaum der Scarpaccini zu erläutern, und ich denke, da gibt es Interessanteres.«

Er ging in der Halle ein Stück auf und ab, war sich seiner Wirkung, seiner blendenden Erscheinung, seiner guten Figur und seiner eleganten Kleidung bewusst.

»Nein, ich mache Ihnen ein Angebot. Dies mache ich nicht immer, aber in diesem Fall ... Ich denke, Sie sind alle kulturinteressierte Menschen, daher möchte ich Ihnen vorschlagen, Ihnen Florenz näherzubringen. Ich wäre glücklich, Sie durch die Uffizien zu begleiten. Aufgrund meiner Beziehungen könnte ich Karten organisieren, sodass Sie nicht an langen Schlangen anstehen müssten. Oder ich bringe Ihnen das Florenz der Medici näher, denn die Pracht dieser großen Familie ist bis heute nicht verblichen.«

Er hielt inne und sah all seine Gäste einzeln an. »Wir könnten uns auch zu einem Spaziergang durch florentinische Gärten aufmachen und wunderschöne, aber vergessene und völlig unbekannte Kirchen besichtigen, mit anschließender cena hier im Palazzo und einer Präsentation meiner Fleischspezialität: ›Oro della Toscana‹.«

Die Gäste waren wie erschlagen, überlegten und diskutierten miteinander. Henrietta ging von Tisch zu Tisch und schenkte freundlich lächelnd Wein nach.

»Also meine Frau und ich, wir würden gern das Angebot mit den Uffizien annehmen«, meldete sich ein Unternehmer aus Oberfranken zu Wort. »Ich weiß ja nicht, ob sich da noch jemand anschließt, aber dieses Theater mit den Tickets für die Uffizien, das ich grässlich finde, würde ich mir gern ersparen. Und ich kann Führungen in riesigen Gruppen nicht ertragen, insofern wären mir ein paar Erläuterungen von Ihnen, dottore, sehr angenehm.«

Daniel lächelte. »Aber gerne.«

Nicht die Frau des Unternehmers, sondern eine andere Frau sagte: »Ich würde da auch gern mitkommen, wollte immer schon mal die Uffizien sehen. Aber sagen Sie, können wir diese spezielle cena vielleicht auch essen, wenn wir nach den Uffizien nach Hause kommen? Oder gibt es die nur nach der Tour durch die Gärten?«

Daniel lachte. »Nein, natürlich nicht. Diese besondere Fleisch-Spezialität, die auf der Welt einmalig ist, können Sie jeden Abend, wann immer Sie wollen, genießen.«

Die Frau nickte zufrieden und sagte zu ihrem Mann: »Dann lass uns die Uffizien machen, Karl, findest du nicht auch?«

Karl nickte.

Daniel war stolz. Sie wohnten in seinem Haus, aßen sein Essen, folgten seinen Führungen.

Er war ein Scarpaccini. Er war der Herr dieses Palazzos.

Es war spät, die Gäste waren in ihren Zimmern im Appartementhaus verschwunden.

Er war allein.

Es herrschte Stille im Palazzo.

Er löschte das Licht.

Der Mond schien durch die hohen Fenster, warf ein milchig weißes Licht in die Räume, es reichte ihm, um sich zurechtzufinden.

Langsam ging er durch den Palazzo. Kontrollierte hier und da eine Tür, ob sie abgeschlossen war oder nicht, schaltete in einzelnen Räumen das Licht an, um sich besser umsehen zu können.

Alles in Ordnung.

Im Festsaal funkelten die Lüster, und er stand lange vor den Porträts. Der gesamte Stammbaum derer von Scarpaccini in Öl.

Ein wunderschönes Gemälde von Elio und Octavia, sie im fliederfarbenen spitzenbesetzten Kleid, kerzengerade ein wenig hinter ihr stehend der weißhaarige Elio, die Hand auf ihrer Schulter.

Daniel stand lange vor dem Gemälde. Es war das schönste.

Alle waren sie in Öl verewigt, die Porträts gingen bis ins Jahr 1735 zurück.

Nur von ihm gab es kein Bild.

Als er leise zurück ins Schlafzimmer ging, weinte er.

65

Gabriella blätterte in Katalogen und durchforstete das Internet. In zehn Tagen wurde Neri sechzig. Sie suchte eine ganz besondere Überraschung für ihn, aber ihr fiel beim besten Willen nichts Außergewöhnliches ein, das sie ihm schenken könnte. Was ihnen im Haus fehlte, kauften sie gemeinsam. Kleidungsstücke aller Art musste sich Neri selbst aussuchen, da war er schwierig, denn wenn ihm irgendetwas nicht hundertprozentig passte oder gefiel, zog er es niemals an.

Es war wirklich kompliziert. Neri las Zeitung, aber keine Bücher. Musik interessierte ihn nicht, er hatte keine Hobbys, und der Rotwein am Abend beim Fernsehen reichte ihm zum Glück. Ab und zu ein paar Freunde zu Besuch. Das war's.

Was sollte man einem Menschen wie Neri schenken? Und auf ein großes Fest legte er keinen Wert, das hatte er bereits im Vorfeld ganz klargemacht. Das letzte Fest, das total an ihm vorübergegangen war, saß ihm noch in den Knochen. Just an diesem Tag hatte er bei einer Routine-Straßenkontrolle einen jugendlichen Straftäter erschossen. Er hatte damals alles richtig gemacht, hatte schnell, perfekt und beinah heldenhaft gehandelt, hatte auch keinerlei Schwierigkeiten bekommen – im Gegenteil, er war belobigt und als Vorbild hingestellt worden. Aber dieser Tag verfolgte ihn dennoch in seinen Träumen, er wünschte bis heute insgeheim, er wäre nie geschehen.

Obwohl er seitdem an Ansehen gewonnen hatte. Weit über Ambra hinaus. Sämtliche italienische Zeitungen hatten über diesen Fall berichtet. Rom hätte ihn gern befördert und hatte ihm eine glänzende Position in der Hauptstadt angeboten – aber er wollte nicht.

Wollte in Ambra bleiben und seine Ruhe haben.

Wollte sein Leben hier, das er schätzen gelernt hatte, zusammen mit Gabriella genießen. Und ihr ging es unterdessen genauso.

Es war alles gut.

Und darum würde es kein neues Fest geben, das die bösen Geister der Vergangenheit wieder heraufbeschwören könnte. Das zumindest glaubte Neri.

Gabriella zerbrach sich den Kopf. Am Abend klickte sie sich durchs Internet, und zum ersten Mal las sie auch aufmerksam die Werbung, die jeden Morgen mit der Post kam. Busreisen übers Wochenende, fünf Tage oder eine Woche. Nach Sizilien, nach Capri, nach Sardinien. Für einen Spottpreis. Fantastische bunte Bilder versprachen einen traumhaften Kurztrip.

Aber Gabriella war skeptisch. 568 Euro, Hinfahrt mit dem Bus, dann Ätna, Zyklopen-Riviera, Isola Bella und Taormina, Rückfahrt, das alles in fünf Tagen samt Übernachtung und Vollpension.

Das konnte im Grunde nur ein Höllentrip sein. Neri würde sie umbringen, wenn sie ihn zu so etwas zwingen würde.

Es funktionierte alles nicht, da Neri auch nicht endlos Urlaub hatte. Zwei oder drei Tage vielleicht. Mehr nicht.

Und dann stieß sie auf eine Anzeige:

FLORENZ, 2 Übernachtungen in einem traumhaften Palazzo in den Bergen um Florenz, Ausflug in die Kulturhauptstadt Italiens mit Besuch des Doms, der Accademia di Belle Arti und der historischen Altstadt sowie einer Fahrt auf dem Arno, um die nächtlichen Lichter der Stadt zu genießen. Inbegriffen ein Essen in einem Ristorante der Stadt und ein luxuriöses Dinner im Palazzo Scarpaccini. Bis auf Getränke alles inclusive 480 Euro.

Gabriella war begeistert. Drei Tage pralles Kulturprogramm. Das war genau das Richtige. Sie waren schon Jahre in keiner Kirche und in keinem Museum mehr gewesen, und sie konnte sich nicht einmal mehr erinnern, wann sie das letzte Mal in Florenz gewesen waren. Es musste ewig her sein. Ja, doch, als sie mit Gianni hochschwanger gewesen war, jetzt fiel es ihr wieder ein. Da hatten sie einen Stadtbummel gemacht, waren in ein Ristorante nahe der Piazza della Signoria gegangen, und Neri hatte verrücktgespielt vor Angst, dass irgendjemand ihr und ihrem Bauch zu nahe kommen könnte …

Die Piazza, den Dom und vieles mehr noch einmal zu sehen, das war eine großartige Idee. Dazu tolles Wohnen in einem Palazzo, schönes Essen, alles genau über Neris Geburtstag, was wollte man mehr. Das würde ihn sicher freuen.

Gabriella zögerte nicht lange und buchte.

66

»Tanti auguri a te, tanti auguri a te, tanti auguri, caro Donato, tanti auguri a te!«

Ganz allmählich drang in Neris Bewusstsein, dass da jemand sang: Gabriella. Ihre Stimme war im Laufe der Jahre leicht brüchig geworden.

Vorsichtig öffnete er die Augen, und ihm wurde bewusst, dass heute sein Geburtstag war. Sein sechzigster, was für ein fürchterlicher Tag. Sechzig. Dann ging er jetzt auf die siebzig zu. Wie sein Großvater. Der war für ihn immer siebzig gewesen und hatte mit grauen Haaren an der Dorfstraße gesessen, in die Luft geguckt und nicht mehr gewusst, ob es Sommer oder Winter war.

Und jetzt war er auf dem Weg dahin. Auf dem Weg zur Siebzig.

Neri zog sich die Decke über die Ohren.

Gabriella lachte leise und sang weiter. »Tanti auguri, caro Donato, tanti auguri a te!«

Dann küsste sie ihn auf die Stirn. »Steh auf, amore, komm zum Frühstück, ich habe eine Überraschung für dich!«

Sie strich ihm noch einmal kurz übers Haar und lief aus dem Zimmer.

Oddio, dachte Neri, eine Überraschung. Ich hasse Überraschungen.

Und er stand langsam auf und ging ins Bad. Wie jeden Morgen. Als wäre er noch neunundfünfzig.

Als er frisch geduscht in die Küche kam, brannten überall Kerzen. Das hatte er erwartet, Gabriella liebte Kerzen, er nicht. Und es gab Marmorkuchen. Den hatte er auch erwartet, er liebte Marmorkuchen, Gabriella nicht. Aber sie backte ihn immer einmal im Jahr zu seinem Geburtstag.

»Che bello«, sagte er und küsste Gabriella. »Grazie.«

»Ti amo«, meinte Gabriella, und Tränen schossen ihr in die Augen.

Neri drückte sie an sich.

Beim Frühstück sagte Gabriella: »Amore, pack deine Sachen, wir fahren übers Wochenende weg.«

»Wohin?«

»Das wirst du sehen.«

»Dann muss ich Cesaré Bescheid sagen.«

»Tu das.«

»Und wenn irgendwas ist?«

»Dann bist du in einer Stunde zurück. Neri, du hast einen runden Geburtstag. Es muss auch mal ohne dich gehen. Schlimm genug, dass du das nicht vorher schon verkündet hast. Davon war ich eigentlich ausgegangen.«

Neri ergab sich seinem Schicksal, er wollte keinen Krach riskieren.

»Das ist ja toll!«, sagte er wenig begeistert. »Wohin fahren wir denn?«

Als sie den Palazzo erreichten, fehlten Neri die Worte.

»Carissima«, hauchte er, »den Palazzo kenne ich! Ich kenne

auch den Signor Scarpaccini! Ich hab hier wegen eines Mordfalls ermittelt!«

Gabriella war enttäuscht. Ihre Überraschung hatte nicht funktioniert. »Warum weiß ich davon nichts?«

»Gabriella, bitte, ich arbeite jeden Tag acht Stunden. Manchmal mehr. Ich habe Kontakt mit vielen Menschen. Tätern, Opfern, Verdächtigen, was weiß ich. Das kann ich dir nicht alles erzählen! Dafür bräuchte ich ja noch mal acht Stunden täglich!«

Gabriella schwieg. Sie sah aus, als würde sie am liebsten umdrehen und nach Hause fahren wollen.

»Und hier hast du gebucht?«

Gabriella nickte.

«Gabriella, die Scarpaccini ist eine der reichsten Frauen Italiens, und ich befürchte, das Wochenende hier wird uns ruinieren! Wir essen mit goldenem Besteck, und hinterher müssen wir einen Kredit aufnehmen, damit wir uns zu Hause wieder die Pasta leisten können. Bist du verrückt, Gabriella?«

»Keine Angst, die Preise sind ganz o.k. Das Wochenende wird uns nicht ruinieren, und jetzt hör auf, ans Geld zu denken. Es ist dein Geburtstag, und ich will, dass du jede Sekunde genießt!«

Neri schwieg, aber überzeugt war er nicht. Was war nur in seine sonst so sparsame Gabriella gefahren?

Sie parkten ihren Wagen, gingen mit ihrem leichten Gepäck die breite Freitreppe hinauf und betraten die große Eingangshalle.

Neri blieb stehen.

»Sag jetzt nichts, Neri«, meinte Gabriella und lächelte ihm zu.

Gabriella klingelte.

Es war vollkommen still. Kein Laut, keine Stimme, keine leise Musik, noch nicht einmal eine Uhr tickte.

Nach ungefähr einer halben Minute trat eine Bedienstete in den Salon. »Buonasera«, sagte sie freundlich. »Sie wünschen?«

»Mein Name ist Neri, Gabriella Neri, ich habe hier für ein Wochenende gebucht.«

»Sehr schön. Bitte nehmen Sie doch einen Moment Platz.«

In diesem Moment trat Daniel Scarpaccini aus einer der Türen hinter dem Tresen, blickte sie an und stutzte. Dann ging ein Lächeln über sein Gesicht, und er begrüßte seine Gäste in perfektem, akzentfreiem und geschliffenem Italienisch. »Commissario! Wie schön, Sie hier zu sehen! Ich freue mich!«

Er streckte Neri die Hand entgegen, und Neri schüttelte sie mit den Worten: »Darf ich vorstellen: Meine Frau. Sie hat ein Wochenende hier bei Ihnen gebucht, um mich zu überraschen. Sie wusste nicht, dass wir uns flüchtig kennen.«

»Wie schön! Was für eine großartige Idee! Gibt es etwas zu feiern?«

»Mein Mann wird sechzig«, warf Gabriella schnell ein. »Heute! Und da wollten wir dieses Wochenende genießen!«

»Oh, ich gratuliere!«

»Herzlichen Dank!«

»Da haben Sie alles richtig gemacht. Kommen Sie, ich zeige Ihnen persönlich Ihr Appartement. Dazu müssen wir allerdings nach draußen und ein paar Schritte durch die Anlage gehen.«

»Das ist überhaupt kein Problem«, meinte Gabriella.

Daniel nahm ganz selbstverständlich Gabriella die Tasche aus der Hand und ging ein paar Schritte voraus.

Er verließ den Palazzo durch einen Seiteneingang, ging quer über den Parkplatz und dann durch einen Teil des wundervoll gepflegten Parks bis hin zu dem neu erbauten Appartement-Trakt.

Gabriella und Neri folgten ihm.

»Für Sie wurde das Appartement fünf reserviert, es ist das größte und schönste und hat einen wundervollen Blick über das Land.«

»Fantastisch«, sagte Gabriella leise.

»Es liegt im ersten Stock. Möchten Sie die Treppe oder den Lift nehmen?«, fragte der Dottore.

»Die Treppe«, meinte Neri. So alt fühlte er sich noch nicht, als dass er schon bei ein paar Stufen auf den Fahrstuhl angewiesen war.

Daniel ging leichtfüßig voran, Neri und Gabriella folgten.

An der fünften Tür blieb Daniel stehen. »Hier ist Ihr Appartement. Ich hoffe, es gefällt Ihnen.«

Es war ein geräumiges Zimmer, in dem das breite Doppelbett fast verloren wirkte. Die Gardine vor den hohen Fenstern wehte leicht im Wind. Über dem Bett hing ein großer gerahmter Druck von Sandro Botticellis »Beweinung Christi«, an der Wand gegenüber ein in Gold gefasster Spiegel. An einem kleinen antiken Tisch standen zwei mit Samt überzogene Sessel.

Neri und Gabriella waren wie erschlagen von der Schönheit und Erhabenheit dieses Raumes.

Dann traten sie beide auf den Balkon. Die Hügel der Toskana und Florenz lagen vor ihnen.

Beide schwiegen ergriffen.

»Gefällt es Ihnen?«, fragte Daniel nach einer Weile.

»Sehr! Vielen herzlichen Dank.«

»Heute Abend um neunzehn Uhr halte ich einen vielleicht auch für Sie interessanten Vortrag über das Florenz der Medici. Wenn Sie dabei wären, würde ich mich freuen.«

»Ach, das tut mir leid, aber das geht leider nicht, denn heute Abend machen wir eine kleine Bootsfahrt auf dem Arno. Zur

Feier des Tages sozusagen.« Gabriella lächelte. »Ein anderes Mal gerne.«

Daniel nickte, legte den Zimmerschlüssel auf das kleine Tischchen und ging zur Tür. »Dann freue ich mich auf später«, sagte er und verließ den Raum.

Neri und Gabriella sahen sich an.

»Ich habe das Gefühl, in den Uffizien zu übernachten«, meinte Neri. »Dieses Bild sieht aus, als wäre es das Original. Und guck mal, Gabriella. Da hinten, das ist Florenz. Es liegt uns zu Füßen. Was sagst du dazu?«

»Tanti auguri a te«, antwortete Gabriella und küsste ihn.

67

»Das ist die romantischste Nacht meines Lebens«, flüsterte Gabriella und ließ sich schwer an Neris Schulter sinken. »Kneif mich mal, ich glaube, ich träume.«

»Nein, carissima, du träumst nicht, das ist der schönste runde Geburtstag, den ich je erlebt habe.«

Sechs Paare saßen auf dem bauchigen Flussboot, das ruhig auf dem Arno dahinschipperte. Schiffsführer Luigi steuerte den Kahn, sein Angestellter Benito trug zur Unterhaltung der Gäste bei und startete hin und wieder das Band, das die Erklärungen zu dem, was die Gäste gerade sahen, in drei Sprachen lieferte.

Die Sonne ging unter und tauchte den Arno in orangefarbenes, fast goldenes Licht.

Gabriella drückte Neris Arm.

Am Ufer gingen die Lichter an. Zuerst waren sie an einfachen ländlichen Häusern vorbeigefahren, dann an Fabrikanlagen, und schließlich begannen die hochherrschaftlichen Villen, die Palazzi und eng aneinandergeschmiegten Herrenhäuser. Das Licht der Häuser funkelte auf dem Wasser, als tanzten Diamanten auf seinen Wellen.

»Wunderschön«, flüsterte Gabriella.

Neri sagte nichts.

Benito stand am Bug des Schiffes und rauchte eine Zigarette. Unterdessen lief die automatische Ansage: »Wir erreichen jetzt den Ponte Vecchio im Herzen von Florenz. Was für eine Silhouette, was für ein einmaliger Blick auf die weltberühmte Brücke und auf die Palazzi am Ufer des Arno. Keine andere Stadt beherbergt diese Unermesslichkeit an Museen, Kirchen, Bibliotheken und Palästen. Florenz ist die Kulturhauptstadt Italiens, sie ist die Stadt Leonardo da Vincis und Michelangelos, sie beherbergt Mittelalter und Renaissance, Andrea Pisano und Lorenzo Ghiberti, Giotto und Botticelli. Und sie hat das beste Wasser, die beste Luft und das beste Öl der Welt!« Benito schaltete den Apparat ab und nahm selbst das Mikrofon zur Hand. »Dieser Meinung bin ich auch. Und ich bin weit rumgekommen, das können Sie mir glauben.«

Einige kicherten.

»Lassen Sie diesen wunderbaren, lauen Abend in der schönsten und aufregendsten Stadt der Welt auf sich wirken, und wenn Sie ein Gläschen Prosecco möchten – unsere Bord-Bar versorgt Sie gerne mit unterschiedlichen Getränken!«

Danach sagte Benito nichts mehr, sondern schaltete Musik an. Leise Songs von Andrea Bocelli.

Er wusste, dass seine Gäste jetzt einfach nur glücklich waren.

Am nächsten Abend saßen Neri und Gabriella im Salon des Palazzos bei der cena.

»Weißt du, dass meine Socken qualmen?«, fragte Gabriella und kicherte leise. »Ich glaube, ich bin in den letzten zwanzig Jahren nicht mehr so viel gelaufen wie heute!«

»Ich bin auch stehend k.o.«, meinte Neri müde. Und hob sein Glas. »Auf dich!«

»Auf uns!« Sie tranken einen Schluck.

In diesem Moment kam Daniel an den Tisch. »Nun?«, fragte er lächelnd. »Hat Ihnen der Tag in Florenz gefallen?«

»Es war ein Traum!«, meinte Neri. »Der Dom, das Baptisterium, der Palazzo Vecchio mit dem Salone dei Cinquecento … Alles umwerfend schön! Wir hatten ja eine Menge Erwartungen, aber so beeindruckend haben wir es uns nicht vorgestellt. Und dann noch das bombastische pistacchio-basilico-Eis im Caffè Gilli an der Piazza della Repubblica, das Sie uns empfohlen haben – einfach sensationell. Unfassbar! Wir sind wie erschlagen und fix und fertig. Die Uffizien müssen wir uns irgendwann einmal gesondert ansehen, dafür braucht man sicher auch einen ganzen Tag«

»Mindestens.« Daniel nickte.

»Es ist beinahe traurig«, sagte Gabriella. »Da leben wir nun seit so vielen Jahren in Ambra, in der Nähe von Florenz, und haben uns noch nie aufgerafft, diese Schönheiten zu besichtigen. Wie schade eigentlich. Wie viel haben wir vielleicht verpasst! Denn was Florenz zu bieten hat, kann man wahrscheinlich in einem ganzen Leben nicht erfassen.«

»Das stimmt.« Daniel lächelte. »Aber es ist nie zu spät. Und Sie haben jetzt wenigstens damit angefangen, diese sagenhafte Stadt zu entdecken.« Er beugte sich ein wenig vor. »Wie sieht es aus? Möchten Sie à la carte essen oder die von mir kreierte Spezialität ›Oro della Toscana‹ probieren? Zartes, mageres Fleisch, das wie Thunfisch auf der Zunge zergeht. Auf Rucola, mit Kapern-Senf-Soße, dazu frisches Baguette … Vorweg vielleicht eine Avocado-Zucchini-Suppe mit frischen pomodori, basilico e crostini?«

»Das hört sich gut an!«, sagte Gabriella schnell. »Das nehme ich. Und du, amore?«

»Ich auch«, meinte Neri, grinste und klappte die Karte zu.

»Meine Frau bestellt immer das Richtige, ich haue eher daneben, wenn ich etwas anderes nehme.«

»Sehr schön. Also Avocado-Zucchini-Suppe und zweimal ›Oro della Toscana‹. Vielleicht einen frischen, herben Weißwein dazu?«

»Sehr gern.«

»Sagen Sie«, hielt ihn Gabriella auf, »haben Sie hier eine ständige Restauration? Ich meine, kann man hier jederzeit zum Essen herkommen?«

»Nein.« Daniel lächelte. »Die Gruppen, die sich für ein kulturelles Wochenende bei uns einmieten, werden von uns betreut, in der Küche ist dann ein kleines Team. Wenn größere Feiern anstehen, wie Hochzeiten, Taufen oder runde Geburtstage, engagieren wir das Personal für diesen speziellen Tag dazu. Das klappt hervorragend, weil ich die Leute sehr gut kenne.«

»Ah ja!«, meinte Neri. »Das klingt gut.«

»Haben Sie noch irgendeinen Wunsch?«

»Nein. Danke!«

Daniel nickte und entfernte sich.

»Ist ja eigentlich komisch, dass hier der Chef persönlich an den Tisch kommt«, bemerkte Neri. »Er ist doch kein Kellner, und wenn er hier für alles seine Leute hat?«

»Es liegt daran, dass er dich kennt, Neri. Sieh dich mal um, die anderen bedient die junge Frau da drüben.«

Neri fand dies schmeichelhaft, und er nickte. »Was steht morgen auf dem Programm?«

»Ein Gottesdienst in der Basilica di Santa Croce um 9 Uhr für alle, die wollen. Daniele hat einen Shuttleservice organisiert, dann großes Frühstücksbuffet und anschließend Abreise.«

»Wollen wir zur Messe?«, fragte Neri.

»Ich finde schon«, meinte Gabriella, zog ein Buch über

Florenz aus ihrer Handtasche, überflog, was darin stand, und sagte zu Neri: »Diese Kirche ist der Wahnsinn. Ihr Mittelschiff ist höher als das von Notre Dame, und dort befinden sich die Grabmale von Machiavelli, Michelangelo, Galileo Galilei und Dante Alighieri. Ist das nichts? Ich finde, es rundet dieses ganze Wochenende wundervoll ab.« Sie klappte das Buch zu.

»Na gut. Wenn du meinst, dann gehen wir da hin.«

»Ich denke mal, um 14 Uhr sind wir dann wieder zu Hause. Und plötzlich wird uns unser Leben ganz leer vorkommen, nachdem wir so viel erlebt haben.«

»Ich kann ein bisschen Leere gut vertragen, cara. So viel Kultur erschlägt einen. Jedenfalls mich. Ich bin das nicht gewohnt.«

Gabriella nahm seine Hand und drückte sie.

Die Kellnerin brachte die Suppe.

»Meravigliosa«, sagte Gabriella, nachdem sie probiert hatte. »Ganz, ganz toll. Ich habe so eine Kombination noch nie gegessen.«

Neri schmeckte die Suppe auch. Er fand zwar, dass sie nicht heiß genug war, sagte aber nichts.

Anschließend brachte die Kellnerin das »Oro della Toscana«. Bombastisch angerichtet auf einem riesigen Teller in einem Bett von Rucola.

»Grazie«, murmelte Neri.

»Wow!«, sagte Gabriella.

Dann probierten sie.

»Ich habe noch nie so gutes Fleisch gegessen«, meinte Gabriella nach einer Weile. »Was ist das? Schwein? Rind? Lamm? Kalb?«

»Keine Ahnung. Aber es schmeckt wirklich gut. Zerfällt einem regelrecht auf der Zunge.«

Sie aßen einen Moment schweigend. Nur das Krachen des Baguettes war zu hören.

»Sag mal, Neri …«

»Hm?«

»Wäre das hier nicht ein toller Ort für die Hochzeit von Gianni und Bernarda?«

»Vielleicht. Wenn die Eltern der Braut ein Dukatenscheißerchen zu Hause haben. Gabriella, ich bitte dich! Eine Hochzeit hier in diesen heiligen Hallen kostet ein Vermögen!«

»Das weißt du doch gar nicht, das behauptest du einfach, amore. Ich finde, fragen kostet nichts. Und stell dir vor: die Trauung in der Basilica di Santa Croce in Firenze oder in irgendeiner anderen Kirche und dann hier das Fest? Das wäre so unvorstellbar schön …«

»In der Basilica kann doch nicht jeder vagabondo heiraten? Außer er legt einen Sack voll Geld auf den Tisch!«

»Wart's ab! Du weißt immer alles, ohne gefragt zu haben. Das nervt mich.«

Neri schwieg. Gabriella hatte vollkommen recht. Er hatte nicht die geringste Ahnung, wusste ja noch nicht einmal, was Gabriella für dieses Wochenende bezahlt hatte.

Es war früher Nachmittag, als Neri und Gabriella wieder in Ambra eintrafen.

Gabriella schloss die Haustür auf. Beide sprachen kein Wort.

Erst nach einigen Minuten setzte sich Gabriella auf die Couch und sagte: »Weißt du, Neri, wir waren irgendwie so weit weg. Es ist richtig komisch, wieder hier zu sein. Und dieser Gottesdienst heute Morgen in Santa Croce war so großartig … Also wenn Gianni und Bernarda dort heiraten könnten, das wäre ein Traum!«

»Wir werden fragen«, meinte Neri leise. Und war sich sicher, dass es doch viel zu teuer sein würde. Zu groß, zu pompös, zu schön, um wahr zu sein.

Eine bescheidene Kirche in Siena wäre angebrachter. Oder auch eine in Ambra. Ganz egal.

Er fühlte sich nicht so recht wohl.

Aber er sagte nichts.

68

»Wann kommen Gianni und Bernarda heute?«, fragte Neri und verzog das Gesicht.

»So gegen fünf. Bernarda arbeitet ja in der Klinik bis vier, und dann fahren sie direkt hierher. Was ist mit dir? Warum guckst du so komisch?«

»Mir ist ein bisschen übel. Wenn ich an Fleisch denke, ekle ich mich zu Tode.«

»Poverino! Hast du dir den Magen verdorben? Womit bloß?«

»Ich glaube, mit diesem ›Oro della Toscana‹. Wenn ich nur dran denke, kommt mir alles hoch. Was war das? Alter Hammel?«

»Nein. Niemals. Ich nehme an, Schwein. Der Konsistenz und der Farbe nach war es hundertprozentig Schwein. Wahrscheinlich cinto Sienese. Es gibt ja wirklich nichts Besseres. Und es hat vorzüglich geschmeckt!«

Neri hielt sich die Hand vor den Mund und lief zur Toilette.

Als er wiederkam, war er ganz blass und sagte: »Für mich heute bitte den ganzen Tag nur Marmorkuchen. Nichts anderes. Und falls die Hochzeit in diesem Palazzo gefeiert werden sollte, bleibe ich beim dolce. Kein primo oder secondo … nur dolce.«

»Das kriegen wir hin, Neri«, meinte Gabriella und grinste.

Bis Gianni und Bernarda kamen, hatte Neri sechs Stücke Marmorkuchen verdrückt, und er blieb dabei.

»Meinetwegen musst du nie wieder was kochen«, sagte er zu Gabriella. »Der Kuchen ist für mich wie Medizin, ich könnte mich dran gewöhnen.«

Gabriella kommentierte das nicht. Sie ging davon aus, dass sich Neri bereits morgen schon wieder nach einem Huhn in Weißweinsoße mit Schalotten, Knoblauch und Tomaten verzehren würde. Oder nach Pasta mit Lachs, Knoblauch und Petersilie.

Für Gianni und Bernarda, die Gabriella noch schöner erschien als beim ersten Besuch, bereitete Gabriella Latte macchiato zu und tischte köstliche panforte aus Siena auf.

Sie umarmten sich herzlich. Gabriella hatte das Gefühl, Bernarda schon ein halbes Leben zu kennen, so vertraut erschien sie ihr.

»Auguri, babbo, buon compleanno!«, sagte Gianni und umarmte seinen Vater. »Hier ein kleines Geschenk für dich von Bernarda und mir. Kannst du, denke ich, immer gebrauchen.« Er drückte Neri eine Schachtel in die Hand.

»Grazie. Grazie mille.« Schon jahrelang hatte Neri von seinem Sohn nichts mehr zum Geburtstag oder zu Weihnachten geschenkt bekommen. Es lag augenscheinlich an Bernardas Einfluss, dass sich die Zeiten änderten, und das rührte ihn zutiefst.

Er packte aus. Es war eine starke, teure Taschenlampe. Eine, die sich Neri immer gewünscht, aber nie selbst gekauft hätte. So sehr hatte er sich schon ewig nicht mehr gefreut und umarmte Gianni und Bernarda herzlich.

»Es passiert so viel hier in Ambra und Umgebung, da ist eine Taschenlampe immer gut«, sagte Gianni grinsend, und Neri nickte.

»Ja, es wird immer schlimmer. Die Touristen bringen die Kriminalität ins Land. Ich werde die Lampe sehr gut gebrauchen können. Und hier im Haus natürlich auch!«

Als alle Kaffee tranken, meinte Gabriella: »Aber wir haben euch ja noch gar nicht von unserem Florenz-Wochenende erzählt! Kinder, es war traumhaft, stimmt's, Neri? Einen schöneren Geburtstag hätte es gar nicht geben können.«

Neri nickte stumm.

Und dann erzählte sie ausführlich übers Wohnen im Palazzo, das Essen und die Kulturausflüge nach Florenz. »Es war so unglaublich«, schloss sie, »dass wir dachten, dieser Palazzo wäre eventuell die perfekte Lokalität für eure Hochzeit. Die richten da ständig solche Feste aus. Und vielleicht ist es ja erschwinglich. Ich weiß es nicht, aber es ansehen und fragen würde ich auf alle Fälle!«

Bernarda sah Gianni an. »Hört sich gut an«, meinte sie vorsichtig. »Wir sollten mal mit meinen Eltern reden und vielleicht mit ihnen zusammen hinfahren. Oder was meinst du?«

»Das ist eine großartige Idee!« Gianni küsste Bernarda auf den Mund. »Das machen wir.«

Traditionsgemäß richteten immer die Eltern der Braut die Hochzeit aus. Dino und Carla, Bernardas Eltern, betrieben ein gut florierendes Café in Radda. Das war Knochenarbeit, doch sie verdienten nicht schlecht. Aber ob eine Hochzeit in einem Palazzo möglich war? Gianni konnte sich das nicht vorstellen.

Ihm war es egal. Ihm hätte auch eine Trauung in einer Bergkapelle und danach ein einfaches Pastagericht in einer kleinen Trattoria im Chianti gereicht. Mit dem Blick auf die Hügel der Toskana bei untergehender Sonne.

Aber Bernarda würde ein Fest in einem Palazzo glücklich machen, und vielleicht machten es ihr Dino und Carla ja möglich.

Daniel und Pia

69

Die Morgenluft war frisch und kühl, als Neri nach draußen ging, um die Zeitung hereinzuholen.

Unterdessen hatte Gabriella den Espresso gekocht. Heiß und stark, sodass er Tote aufwecken konnte. Sie summte leise vor sich hin, als sie das Geschirr aus dem Schrank räumte. Die Haare trug sie im Nacken zusammengebunden. Das mochte er sehr.

Er trank genüsslich seinen Kaffee und ging ins Büro.

Es war alles in Ordnung an diesem Mittwochmorgen, Neri freute sich schon auf das Wochenende. Wenn das Wetter sich hielt, würden sie zwei Tage ans Meer fahren.

Cesaré war noch nicht da. Der brauchte seinen Schönheitsschlaf und kam meist erst eine halbe Stunde später, dafür blieb er oft länger. Neri war es recht. Es war angenehm, als Erster im Büro zu sein.

Er öffnete die Fenster, warf einen Blick auf den Schreibtisch und setzte sich. Schaltete das Radio an und suchte seinen Lieblingssender: Radio Allegra. Die Moderatoren waren immer gut drauf, sehr freundlich, nicht überdreht, und die Musik war leise, manchmal melancholisch zum Träumen, einfach schön.

Er legte die Füße auf den Tisch und schloss die Augen, als es an der Tür klingelte.

Neri war schlagartig hellwach, setzte sich wieder ordentlich hin, schaltete das Radio aus, atmete tief durch und spürte einen leichten Schwindel.

»Sì, sì!«, rief er. »Buongiorno.«

Nur Sekunden später stand Alfonso vor ihm. Der gute alte Alfonso, mit dem er lange zusammengearbeitet hatte, mit dem er eine verbrannte Leiche in einer Schlucht und eine erhängte Frau in der Kirche gefunden hatte. Mit dem er hin und wieder telefonierte. Maledetto, Alfonso war immer eine Bank gewesen, ein bisschen sperrig vielleicht, aber letztendlich konnte man sich auf ihn verlassen.

Neri sprang auf. »Alfonso! Ich glaub es nicht! Was machst du denn hier?«

Die beiden umarmten sich.

»Wie geht es dir, Donato?«, fragte Alfonso.

»Gut. Sehr gut. Allerbestens.«

»Und mit Gabriella?«

»Ist alles in Ordnung. Unser Haus ist jetzt richtig schön, und stell dir vor: Gianni heiratet.«

»Oh, das freut mich aber. Du siehst auch richtig gut aus. Besser als damals.«

»Ich freue mich auf die Hochzeit, aber es ist natürlich noch eine Menge vorzubereiten. Und du? Wo arbeitest du jetzt? In Siena?«

»Nein, in Perugia.«

»Ach so, ja. Ich erinnere mich. Und? Wie ist es?«

»Nicht so wahnsinnig interessant. Wenn ich ehrlich bin, ziemlich langweilig. Hier war mehr los.«

Neri lachte und verschluckte sich fast. »Mein Reden seit Langem. Ambra ist das Zentrum der Kriminalität, aber das glaubt mir ja keiner. Caffè?«

»Gerne.«

Neri setzte die Espressomaschine in Gang. »Aber du bist doch nicht gekommen, um mir zu erzählen, dass du dich in Perugia unterfordert fühlst? Was verschafft mir die Ehre?«

»Ich dachte, du freust dich, wenn wir mal wieder einen Kaffee zusammen trinken.«

»Sicher. Ich freu mich. Und?«

»Ich habe eine Bitte.«

»Oh!« Neri stellte die espressi auf den Tisch. »Schieß los.«

»Ich hab gehört, sie wollten dich in Rom haben?«

»Ja, aber ich wollte nicht.«

»Warum?«

»Hier ist es interessanter und mehr los!« Neri lachte. »Aber lenk nicht ab. Was soll ich für dich tun?«

Alfonso trank mit kleinen Schlucken den Espresso, blickte zu Boden und schien zu überlegen, wie er anfangen sollte. »Ich habe einen Kollegen, Sandro Capone, er ist Hundeführer und arbeitet beim Drogendezernat. Einzelgänger, dreimal geschieden, ewig allein, eine arme Socke. Hat einen Schäferhund, Peppone, ein tolles Tier, mit dem er zehn Jahre zusammengearbeitet hat. Der Hund war ein Phänomen, hat jedes noch so gut versteckte Gramm entdeckt. Jetzt ist der Hund im Ruhestand und lebt bei Sandro.«

»Rührende Geschichte«, meinte Neri und gähnte verstohlen.

»Ja, so weit. Jedenfalls hat sich Sandro vor sechs Wochen bei einem Einsatz den Oberschenkelhals gebrochen. Es gab Komplikationen, frag mich nicht, dies und das, jedenfalls liegt er immer noch im Krankenhaus.«

»Und Peppone?«

»Ist seit sechs Wochen bei mir. Ein Gemütshund. Gehorcht aufs Wort, ist gut erzogen, pflegeleicht, ganz toll.«

»Benissimo. Wo ist das Problem?«

»Das Problem ist, dass ich jetzt vier Wochen Urlaub habe, Neri, nach Mauritius fliege und den Hund nicht mitnehmen kann.«

Neri sprang auf. »Nicht mit mir, Alfonso, lass das, such dir einen anderen.«

»Warte einen Moment! Bitte! Nur eine Sekunde!«

Alfonso rannte hinaus und kam wenig später mit einem struppigen Schäferhund wieder, der sich sofort vor Neri hinsetzte, ihn mit treuen Augen ansah und ihm die Hand leckte. Als wüsste er, worum es ging.

Neri war sprachlos.

»Ich weiß nicht, wohin mit ihm, Donato. Ich müsste ihn im Tierheim abgeben, aber das hat er nicht verdient. Er ist so ein treuer Kollege. Hat sein Leben lang für die Polizei gearbeitet, hat mehr Drogen gefunden als Hundefutter gefressen, hat keiner Seele was zuleide getan und einen schönen Lebensabend verdient. Bei dir würde er es gut haben, das weiß ich. Du besitzt einen Garten, Donato, du musst ihn morgens nur kurz rauslassen, er haut nicht ab, und tagsüber liegt er hier bei dir unterm Schreibtisch. Er macht dir keine Arbeit und keinen Ärger. Das schwör ich dir. Bitte nimm ihn! Nur vier Wochen. Ich hätte keine ruhige Minute, wenn dieser liebe Hund ins Heim müsste und in einen kleinen Käfig gesperrt würde!«

Neri seufzte.

Peppone leckte schon wieder seine Hand.

Dann machte er »Wuff« und sah Neri an.

»Gabriella bringt mich um«, meinte Neri.

»Niemals. Nicht, wenn sie ihn kennengelernt hat. Sie wird ihn lieben. Ganz bestimmt. Ich kenne Peppone, er ist eine Seele. Der tollste Hund der Welt! Am Ende seines Lebens hat er nur Streicheleinheiten verdient. Verstehst du das? Ihr könnt abends auf der Couch sitzen, fernsehen und ihn kraulen. Und dann ist er glücklich.«

Neri sah Peppone an.

Und Peppone sah Neri an.

»Na gut«, sagte Neri. »Der arme Kerl tut mir leid. Dann werde ich das mit Gabriella durchfechten.«

Er fasste unter den Tisch und streichelte Peppone.

Und Peppone sah aus, als ob er grinste.

70

Am Nachmittag kam Neri nach Hause. Mit Peppone an der Leine, der brav neben ihm hertrottete, und zwei Fressnäpfen und einer Tüte Trockenfutter unterm Arm.

Gabriella beobachtete bereits vom Küchenfenster aus, wie die beiden gemeinsam auf die Terrasse zusteuerten und ins Haus kamen.

Sie stand neben dem Esstisch.

»Neri, was ist das?«

»Das ist ein Hund.«

Gabriella sank auf einen Stuhl, und Neri erzählte ihr Peppones Geschichte.

Peppone, den Neri von der Leine abgemacht hatte, ging zu Gabriella, legte kurz seinen Kopf in ihren Schoß, seufzte und brach zu ihren Füßen unter dem Tisch zusammen.

»Guck mal, wie glücklich er hier ist«, sagte Neri, als er mit seiner Erklärung zu Ende war und sah, dass Peppone mittlerweile friedlich schnarchte. »So einen treuen Hund kann man nicht ins Tierheim bringen, das verstehst du doch, oder?«

»Aber zu uns kann man ihn bringen?«

»Ja, klar. Warum auch nicht?«

»Was ist los mit dir, Neri?«, meinte Gabriella und stützte

den Kopf in ihre Hände. »Warum passieren die scheußlichsten Verbrechen immer alle in deiner Nähe? Warum kommen alle Bekloppten und mühselig Beladenen, alle Hilfesuchenden, alle Opfer, alle Verbrecher und überhaupt alle immer zu dir? Und warum jetzt auch noch die Hunde? Reicht es nicht, dass du der Polizist bist, der sich um halb Italien kümmert, musst du jetzt auch noch ein Tierheim eröffnen?«

»Gabriella, du übertreibst. Peppone wird uns keine Mühe machen. Und ein Hund allein ist noch lange kein Tierheim. Komm, reg dich ab. Alfonso hat mir Peppones Näpfe mitgegeben, wir sollten ihm jetzt sein Fressen geben.«

»Wir?«

»Ich. Va bene, Gabriella. Ich habe diesen Hund nach einer halben Stunde ins Herz geschlossen, du wirst ihn nach zwei Tagen lieben, da bin ich mir ganz sicher.«

Es war drei Uhr dreiundvierzig, als Gabriella Neri wach rüttelte. »Donato! Der Hund hat auf den Bettvorleger gekotzt! Zum Glück nicht auf meinen, sondern auf deinen!«

Dann zog sie sich die Decke über die Ohren und schlief weiter.

Neri quälte sich aus dem Bett, konnte kaum laufen, trat fast in das Malheur, so schlaftrunken war er, und tätschelte den Hund. »Ist gut, mein Alter, so was passiert, du kannst ja nichts dafür.«

Dann holte er Mülleimer und Küchentücher, putzte das Desaster weg, knotete die Mülltüte zu, brachte alles zurück in die Küche und verkroch sich wieder in seinem Bett.

»Gute Nacht, Peppone«, murmelte er noch, bevor er einschlief.

Peppone grunzte auf seiner Decke und pupte leise vor sich hin.

Um sechs Uhr zweiunddreißig winselte Peppone und stupste Neri. Und leckte ihm über die Nase.

»Der Hund muss mal raus«, murmelte Gabriella. »Geh, sonst scheißt er uns hier noch ins Schlafzimmer!« Und wieder zog sie sich die Decke über die Ohren.

Neri stieg aus dem Bett, verfluchte den Tag und den Hund und das Leben an sich, zog sich seinen Bademantel über, fiel fast die Treppe hinunter, gefolgt von einem lahmenden Peppone mit steifen Knochen, und öffnete die Haustür. Peppone lief hinaus und legte nur zwei Minuten später einen gewaltigen Haufen direkt vor die Terrasse. »Brav!«, rief Neri. »Sehr brav! Benissimo. Das hast du fein gemacht!«

Einen Moment überlegte er, ob er den Haufen liegen lassen oder mit einem Gefrierbeutel wegmachen sollte, aber dann ließ er ihn liegen. Mal sehen, ob er Gabriella unangenehm auffiel oder nicht.

Peppone war bester Laune. Erleichtert und vergnügt freute er sich auf die morgendliche Mahlzeit, sprang an Neri hoch, brachte ihm Stöckchen und wollte ihn zum Spielen animieren.

Aber Neri war stehend k.o. Er hätte auf der Stelle einschlafen können und schleppte sich zurück ins Haus.

Noch eine halbe Stunde bis zum Weckerklingeln. Es lohnte nicht mehr, sich noch einmal hinzulegen, also schaltete Neri die Espressomaschine an. War ja nicht so schlimm, mal ein wenig früher aufzustehen. Nur angewöhnen sollte sich Peppone diese Mätzchen nicht.

»Sitz!«, sagte er zu Peppone, der sich sofort setzte und ihn mit treuen, liebevollen Augen ansah, nach dem Motto: Keine Panik, ich tu doch alles, was du willst!

»Pass auf, mein Freund! Morgen schläfst du, bis der Wecker klingelt und wir alle aufstehen. Das war das letzte Mal, dass ich mit dir früher runtergegangen bin. Hai capito?«

Peppone legte den Kopf schief und legte sich hin.

»Dann haben wir uns wohl verstanden«, meinte Neri wenig überzeugt und ging ins Bad, um sich zu duschen und anzuziehen.

»Na, wie war die Nacht?«, fragte Gabriella beim Frühstück. »Anstrengend, oder?«

»Nun ja, es ist mit Hunden eben wie mit kleinen Kindern oder mit alten Leuten. Man muss ab und zu raus, wenn Not am Mann ist. Ich glaube, du hast ihm am Abend zu viel Salami gefüttert, darum ist ihm schlecht geworden.«

Gabriella wollte an die Decke gehen, aber sie beherrschte sich. »Wahrscheinlich, ja. Dann lass ich das, und dann wird es nächste Nacht besser. Er ist ja ein lieber Kerl.«

Neri nickte, wünschte sich ein Bett und steckte verstohlen ein Stück prosciutto cotto in die feuchte Hundeschnauze, die auf seinem Knie lag und die Hose durchnässte.

Und er hoffte, dass Gabriella es nicht sah.

71

Es war alles ruhig.

Octavia saß den ganzen Tag am Computer und verteilte ihr Geld an gemeinnützige Organisationen, an Künstler und förderungswürdige Projekte wie den Bau eines Museums oder die Restaurierung eines Theaters oder Castellos, das kurz vor dem Einsturz stand. Sie schrieb Briefe, telefonierte und empörte sich, wenn ihr trotz ihrer Spendierfreude kalter Wind entgegenschlug.

Daniel blieb zu Hause, ging nicht zur Jagd und fuhr nicht weg.

Tutto bene.

Er erkannte sie erst auf den zweiten Blick, als sie an der Rezeption stand: Sie war äußerst elegant gekleidet und mietete sich ein Zimmer für zwei Tage. Übers Wochenende.

»Bist du denn total verrückt geworden«, zischte Daniel, als er ihr gegenüberstand. »Ich hab dir tausendmal gesagt, das hier ist tabu! Meinen Privatbereich hast du zu respektieren, verdammt noch mal!«

»Reg dich ab«, meinte Pia lächelnd. »Ich werde dir nicht zu nahe kommen, ich möchte hier einfach nur ein entspanntes Wochenende verbringen. Ist das verboten?«

Daniel schnaufte nur, packte ihre Sachen und brachte sie nach oben.

Im Zimmer schloss er die Tür.

»Was soll das?« Er fasste sie an den Schultern und schüttelte sie. »Es geht dir doch nicht um ein entspanntes Wochenende. Erzähl mir keine Opern! Was hast du hier zu suchen?«

»Ich wollte endlich einmal sehen, wo und wie du wohnst, chéri, und ich muss sagen: Chapeau! Fantastico! Besser geht es wahrscheinlich nicht. Aber warum regst du dich auf? Du brauchst dich nicht um mich zu kümmern, ich werde mein Wochenende hier alleine genießen! Und jetzt bin ich gespannt auf deine Frau. Kann ich heute Abend hier essen? Das wäre toll. Bietet ihr Essen à la carte? Bestimmt. Dann bin ich um zwanzig Uhr unten im Salon. Ich freu mich, Daniele!«

Daniel war fassungslos und wütend.

Sie hatte eine Grenze überschritten.

»Was ist das für eine junge Signora, die da im Speisesaal sitzt? Da hinten am Fenster, Tisch drei?«, fragte Octavia leise. »Ihr habt euch unterhalten, und ich hatte das Gefühl, ihr kennt euch.«

»Wir kennen uns nicht. Woher auch? Du siehst Gespenster, meine Liebe.«

»Eine Alleinreisende in unserem Palazzo ist ungewöhnlich.«

»Da hast du recht. Aber offensichtlich gibt es nichts, was es nicht gibt.«

Octavia sah Daniel von der Seite prüfend an. Dann lächelte sie. »Das stimmt, mein Lieber.« Sie schwenkte den Rollstuhl zur Seite und fuhr davon.

Irgendwoher kannte sie dieses Gesicht. Aber woher?

Mit dem Fahrstuhl fuhr sie in ihr privates Turmzimmer. Ein kleiner Raum mit sechs Fenstern hoch über dem Palazzo, und jedes bot ihr einen weiten Blick in die Landschaft und über Florenz. Daniel betrat dieses Zimmer, in dem sie ihre Tagebücher und Aufzeichnungen, ihre Fotos, Erinnerungen und wichtigsten Dokumente aufbewahrte, nur selten.

Wo hatte sie diese Frau schon mal gesehen?

Es ließ Octavia keine Ruhe, und sie durchforstete nicht nur ihren Computer nach Bildern, die sie irgendwann einmal aufgenommen hatte, sondern durchwühlte auch all ihre Fotos und Unterlagen.

Versuchte sich zurückzuversetzen und zu erinnern. Man konnte Gesichter immer nur dann zuordnen, wenn man sie in dem Kontext wiedersah, in dem man sie kennengelernt hatte. In einer völlig anderen Situation war man meist hilflos.

Und hier dieser Palazzo war eine völlig andere, fremde Situation.

Ihr Verstand raste.

Und dann fiel es ihr ein: Fedor. Die Fotos aus der Uni!

Sie suchte und griff wenig später zielgerichtet nach den Bildern, die ihr Fedor einst überlassen hatte.

Und da erkannte sie sie sofort. Das war die kleine Studentin, mit der Daniel einst eine Affäre gehabt hatte.

Offensichtlich war die ganze Sache nie eingeschlafen.

Und nun war die Lady hier.

Das durfte ja wohl nicht wahr sein.

Octavia puderte sich die Nase, zog ihren Lippenstift nach und fuhr wieder nach unten.

Daniel war gerade dabei, Henrietta und weiteren Aushilfskräften Instruktionen zu geben, wie sie die Tische für eine Abendgesellschaft eindecken sollten. Den fünfzigsten Geburtstag eines Schuhfabrikanten.

»Kann ich dich einen Moment sprechen?«, fragte Octavia, als sie in den Salon gefahren kam.

»Aber selbstverständlich.« Daniel nickte Henrietta zu und rollte Octavia hinaus.

An einem kleinen Pavillon, wo sie vollkommen ungestört waren, blieben sie stehen.

»Das ist mein liebster Platz«, sagte Octavia leise. »Ich bin jedes Mal überwältigt, wenn ich hierherkomme.«

»Ja, das stimmt. Vielleicht sollten wir uns angewöhnen, nachmittags hier eine Tasse Tee zu trinken.«

»Vielleicht.« Octavia wurde ernst. »Daniel, Liebster, wir hatten schon lange kein gemeinsames Projekt mehr. Du weißt, was ich meine. Es ist auch schwer, von außerhalb eine geeignete Frau zu finden, die dir folgt. Ich kann das gut nachvollziehen. Nur mit deinem unglaublichen Charme kannst du das erreichen. Da bist du genial und unwiderstehlich. Aber es ist schwierig. Sehr, sehr schwierig.«

Sie seufzte und lächelte ihn an. »Aber vielleicht sollten wir uns diese Mühe gar nicht machen, amore. Wir haben so viele interessante Feriengäste ... Und die alleinreisende Frau, die heute gekommen ist, wirkt, als wäre sie ideal. Sie wurde uns quasi auf einem goldenen Tablett präsentiert.«

Daniel versuchte ein freundliches, interessiertes Gesicht zu machen und sich nichts anmerken zu lassen.

Octavia liebkoste seine Hand und fuhr mit dem Nagel des Mittelfingers zärtlich an der Innenseite seines Oberarms entlang, bis sich ihm sämtliche Härchen aufstellten und er eine Gänsehaut bekam.

Sie lächelte wieder ihr schönstes Lächeln. »Bitte, hol sie uns«, flüsterte sie. »Heute Nacht. Es wird ein Fest, amore. Sie ist so schön. Und so nah. Du brauchst keine großen Überredungskünste. Sie wird dir nach unten folgen, und es wird kein Problem, sondern eine Freude sein.«

»Bitte nicht, Octavia.«

»Warum nicht?«

»Ich bin nicht in der Stimmung. Bitte, lass mir ein wenig Zeit. Eine Woche, zwei Wochen, dann bin ich wieder zu allem bereit.«

»Nein, amore. Ich will diese Frau, und zwar sofort. Keine Ahnung, warum sie hier ist, aber ich denke, das Schicksal hat sie uns geschickt. Wenn du sie gehen lässt, ist der Zauber vorbei. Vielleicht kommt sie nie wieder!«

Sie fuhr sich mit der Hand über die Augen, und es schien, als wolle sie eine Träne aus dem Augenwinkel wischen.

»Wir sollten zugreifen. Ich kann an nichts anderes mehr denken, amore, bitte!«

»Nein!«

»Warum nicht?«

»Ich will nicht.«

»Warum nicht?«

Daniel schwieg.

»Ich will diese Frau, Daniel!«, sagte Octavia nun schon mit ziemlicher Schärfe in der Stimme. »Sie ist schöner und begehrenswerter als alle zuvor. Es wird ein Fest! Ein Fest unserer Liebe!«

Daniel stand wie erstarrt. War nicht in der Lage, sich zu rühren. Wusste nicht, was er machen sollte. Sollte er rauslaufen und Pia irgendwie zwingen, den Palazzo zu verlassen? Oder sollte er bleiben und versuchen, Octavia umzustimmen?

Er fühlte sich weder zu dem einen noch zu dem anderen in der Lage.

Sein Gesicht glühte. Er wusste, dass er knallrot geworden

war, seine Poren öffneten sich, er schwitzte. Sah aus wie ein Trinker, kurz bevor er vom Barhocker fiel, dabei war er vollkommen nüchtern.

»Was ist los mit dir, Liebster? Geht es dir nicht gut?«, fragte sie zuckersüß.

»Ich weiß auch nicht, was mit mir los ist, aber ich glaube, es geht mir wirklich nicht gut. Bella, bellissima, bitte nicht heute Abend, das schaffe ich nicht. Lass mich nur dieses eine Mal in Ruhe. Ich fühle mich so schwach.«

»Du wirst dich großartig fühlen, wenn es erst einmal so weit ist. Ich erinnere mich, dass du jedes Mal ein wenig gezaudert und gezögert hast, und dann war es für dich und mich, für uns beide einfach – wie soll ich sagen, du weißt es ja selbst – ekstatisch. Phänomenal! Das Größte überhaupt! Stimmt es nicht, mein Lieber?«

Daniel nickte kaum merklich.

»Na also. Trink einen halben Liter Wein und iss eine bruschetta, dann geht es dir besser. Ich glaube, sie sitzt im Moment im Park und sonnt sich. Sieh sie dir an! Genieße ihre Schönheit und freu dich drauf!«

»Bitte, Octavia! Ich tu immer alles, was du verlangst, ich mache dir das Leben so angenehm wie möglich, aber heute möchte ich nicht. Ich kann nicht. Ich fühl mich nicht wohl. Ich will nicht. Es wäre eine Tortur.«

»Für dich oder für sie?«

Daniel schwieg.

Es vergingen quälend lange Minuten. Daniel sagte nichts und rührte sich auch nicht von der Stelle.

Octavia sah in die Ferne und schwieg.

Dann endlich durchbrach sie die Stille.

»Du kennst sie, Daniel. Darum kannst du nicht.«

»Ich kenne sie nicht. Wieso sollte ich? Woher?«

Octavia lachte. »Du bist ein verdammt schlechter Lügner, mein Lieber.«

Octavia schoss mit ihrem Rollstuhl herum und funkelte Daniel wütend an. Jegliche Freundlichkeit war aus ihrem Gesicht verschwunden.

»Ich habe Fotos von dir und dieser Frau.«

Daniel sackte in sich zusammen und blickte zu Boden. Er wusste, dass er verloren hatte. Dass er und Pia verloren hatten, und er fühlte sich so elend wie noch nie zuvor.

»Kommt sie zum Abendessen?«, fragte Octavia.

Daniel nickte.

»Na, das ist doch ganz wunderbar. Normalerweise hast du so viel Arbeit und Mühe, sie bis hierher zu bringen, und in diesem Fall sind zwei Drittel schon erledigt. Ich freue mich auf heute Abend!«

»Bitte, Octavia!«

Sie lächelte kalt. »Küss mich, marito, mein Ehemann auf immer und ewig, in guten und in schlechten Zeiten. Du hast deinen Spaß gehabt, heute kommt das Finale, und es wird überwältigender sein als alles, was du zuvor mit dieser Frau erlebt hast. Und jetzt geh bitte, ich möchte mich noch ein bisschen hinlegen. Wir sehen uns um zwanzig Uhr im Salon!«

Sie schloss die Augen.

Das Gespräch war für sie beendet.

72

Im Park war sie nicht. Er war alle verschlungenen Wege abgegangen. Über die Brücke, durch die Allee, am Teich vorbei und dann rund um die Wiese.

Sie war nicht am Pavillon und nicht auf den verwitterten Steinbänken, die überall dort standen, wo man einen herrlichen Blick bis hin nach Florenz hatte. Auch auf der großen Sonnenterrasse saß sie nicht.

Natürlich gab es viele Möglichkeiten, sich in einem riesigen Park wie diesem zu verstecken, aber er glaubte mittlerweile, dass Octavia gelogen hatte. Pia lag wahrscheinlich im Bett und schlief, oder sie lag in der Badewanne und träumte vor sich hin.

Pia brauchte neun Stunden Schlaf, sonst war sie unerträglich. Und wenn sie ihren Schlaf in der Nacht nicht bekam, dann holte sie ihn sich am Tag.

Ja, mit großer Wahrscheinlichkeit lag sie im Bett und schlief bis zum Abendessen.

Er setzte sich auf die Bank am Teich. Eine verwitterte Frauenbüste stand am Ufer, mittlerweile von Seerosen umrankt. Wunderschön.

Es gab nur eine Möglichkeit. Abzuhauen. Octavia, Italien,

diesen Palazzo, die Jagd und alles, was er sich aufgebaut hatte, zu verlassen. Irgendwo ganz von vorn anzufangen.

Wenn er Octavia verlassen würde, hätte er nichts. Nur das, was er am Leibe trug. Kein Geld, keinen Job, kein Zuhause.

Er stand auf und lief. Die Wege auf und ab, rechts und links, im Kreis und in Achten, er lief und lief, und dabei wurde ihm immer klarer, dass es keine Option für sein Leben war, Octavia zu verlassen.

Er hatte keine Chance.

Sie hatte ihn im Griff.

Daniel blieb im Park. Saß wie festgeschraubt und hoffte auf ein Wunder. Darauf, dass sich ihm irgendwie doch noch eine Lösung präsentieren würde.

Ungefähr zwei Stunden später sah er Pia. Wie sie die Balkontür ihres Zimmers öffnete, sich streckte, lächelte, eine Weile die untergehende Sonne genoss und dann wieder hineinging.

Es war Viertel nach sieben.

Sie würde sich für das Abendessen fertig machen.

Würde sich darauf freuen und wunderschön aussehen.

Daniel weinte.

Dann ging er ins Haus.

Er wusste, was er zu tun hatte.

73

Er sah sie bereits, als sie die Treppe herunterkam.

Pia trug ein langes rotes Kleid, das ihre makellose Figur hervorragend zur Geltung brachte. Er atmete tief durch, so überwältigt war er.

Normalerweise hatte er sie immer nur nackt oder in Jeans gesehen, aber dass sie so schön war und über eine derart geschmackvolle Garderobe verfügte, hatte er sich in seinen kühnsten Träumen nicht vorstellen können.

Was für eine Frau, dachte er, und die Knie wurden ihm weich.

Im Salon waren drei Tische besetzt, und leise Musik spielte im Hintergrund: ein Violinkonzert von Vivaldi.

Pia setzte sich, und Henrietta brachte ihr die Getränkekarte. Sie bestellte ein Glas Prosecco.

Nimm Champagner, dachte er, am letzten Tag sollte man nicht knauserig sein.

Dann ging er zu ihr an den Tisch.

»Du siehst traumhaft aus«, sagte er leise. »So schön hab ich dich noch nie gesehen!«

Sie lächelte. »Danke, Daniele! So ein nettes Kompliment hab ich schon lange nicht mehr bekommen!« Sie atmete tief durch. »Weißt du, ich habe richtig Hunger, ich freue mich auf ein vorzügliches Abendessen bei euch. Was kannst du mir denn empfehlen?«

»Probiere unser, nein, mein ›Oro della Toscana‹! Ich habe es kreiert, und ich glaube, es wird dir schmecken. Es ist etwas ganz Besonderes!«

»Ja! Natürlich nehme ich es! Und dazu einen leichten Weißwein, bitte!«

»Sehr gern!« Er lächelte und nickte, obwohl ihm zum Heulen zumute war.

Auf dem Weg in die Küche kam ihm Octavia entgegen. Ihre Augen funkelten, auch sie sah unglaublich schön und gleichzeitig unnahbar aus.

»Du hast Geschmack, Daniel, sie ist wirklich eine beeindruckende Erscheinung!« Octavia lachte leise. »Isst sie ›Oro della Toscana‹?«

»Ja.«

»Wie schön! Na, dann setz dich zu ihr, läute den romantischen Abend ein, amore. Ich warte und freu mich auf dich und alles, was heute Nacht noch passiert!«

Damit drehte sie den Rollstuhl und fuhr davon.

»Schmeckt es dir?«, fragte er leise, und Pia zuckte zusammen. Sie hatte ihn nicht bemerkt.

»Ja, sehr!«, meinte sie und lächelte. »Aber allein essen macht keinen Spaß. Hast du einen Moment Zeit für mich?«

»Später! Ich muss noch ein paar Dinge erledigen, dann komme ich, ganz bestimmt!«

Sie nickte, und er lief davon.

Als wäre er auf der Flucht, dachte Pia.

Sie sah sich um. Mein Gott, was für ein Saal! Die riesigen hohen Fenster, die alten Schinken an den Wänden. Was für ein

Raum! Zweihundert Quadratmeter bestimmt. Oder dreihundert. Egal. Zu üppig. Zu pompös. Zu unpersönlich.

Eine kleine Hütte am Meer, Daniel. Ein Bett, eine winzige Küchenecke, ein Bad und eine Terrasse mit Blick in die Unendlichkeit. Mehr nicht. Das würde uns doch reichen! Dort könnten wir glücklich sein! Nicht hier in diesem Palazzo prozzo.

Sie aß langsam und wartete auf ihn.

Es schmeckte, aber richtig genießen konnte man nur, wenn man nicht allein war.

Als sie zum Dessert ein gelato mit einem Schuss Grappa bekam, setzte er sich zu ihr.

»So, jetzt hab ich ein bisschen Zeit für dich.«

»Was für ein herrlicher Palazzo!«, meinte Pia und leckte langsam ihren Löffel ab. »Bist du hier glücklich, oder ist es dir zu groß oder zu unübersichtlich oder was weiß ich?«

»Ich mag es«, sagte Daniel. »Ich mag es sehr. Und ich denke, zu groß gibt es nicht. Ich bin dankbar, dass ich so viel Platz habe.«

»Oh!« Pia verstummte. Da hatte sie ihn falsch eingeschätzt und konnte mit ihrer einfachen Hütte am Meer nicht mehr punkten. »Es ist sensationell«, sagte sie. »Ich hatte es mir so schön nicht vorgestellt.«

Daniel lächelte. »Dieses Haus war und ist ein verdammtes Stück Arbeit. Das kann sich niemand vorstellen.«

»Doch, das kann ich schon«, meinte Pia leise, »aber macht es dir auch Spaß? Oder wärst du den Klotz am Bein lieber los?«

Daniel schwieg. Er sah Pia lange an. Dann nahm er ihre Hand und flüsterte: »Heute wäre ich den Klotz am Bein lieber los. Und morgen vielleicht auch. Aber übermorgen nicht mehr. Ich weiß einfach nicht, was ich will.«

»Das kenne ich.« Pia drückte seine Hand. »Wir sind uns

ähnlicher, als wir denken. Wir sind uns so nah, aber wir wissen es nicht!«

Daniel drückte ihre Hand und stand auf.

»Ich muss in die Küche«, sagte er und verschwand.

Pia fragte sich, ob er heute Nacht noch in ihr Zimmer kommen würde oder nicht.

74

»Kommst du mit?«, fragte er wenige Minuten später, als sie gerade mit dem Eis fertig war. »Ich möchte dir etwas zeigen!«

»Ja, sicher!«, sagte sie und stand auf. »Schreibt ihr mir das Essen auf die Zimmerrechnung?«

»Ja, ja, mach dir keine Gedanken. Bitte, komm!«

Sie folgte ihm. Ging mit ihm durch das Entree die Treppe hinunter in den Keller bis in den Raum ohne Fenster.

Den Raum für besondere Anlässe.

»Oh!«, sagte Pia. »Das hier ist ja etwas ganz Besonderes! Ein Wahnsinn!« Sie drehte sich zu ihm um. »Ein Liebesnest, oder? Hier passiert das, was oben in den Zimmern nicht passieren soll. Und deswegen gehen wir hier hinunter?«

»So ungefähr.« Er lächelte schief.

»Hier sind wir ungestört?«

»Ja.«

»Vollkommen?«

»Total!«

»Aber warum nicht in meinem Zimmer? Es ist traumhaft! Warum hier?«

Daniel zuckte mit den Achseln. Er wusste nicht mehr weiter, spürte die Kamera und Octavias Blicke in seinem Rücken, war fertig mit der Welt. Am liebsten wäre er mit Pia geflüchtet. Hinaus! In den Wald oder in die Wiesen! Einfach nur weg.

»Okay«, sagte sie. »Wir beide sind allein, mehr brauch ich nicht! Komm her, amore!« Sie umarmte ihn, drückte ihn an sich und suchte seinen Mund.

»Nicht so schnell, Pia, bitte nicht so schnell! Wir haben die ganze Nacht Zeit!«

Sie lachte. »Okay! Sonst kannst du es nicht erwarten, aber bitte!«

Er legte sich zu ihr und nahm sie in den Arm.

»Still! Ganz still! Bitte, reg dich nicht, ich will dich einfach nur spüren!«

Pia entspannte sich und wurde ganz schwer in seinem Arm.

Er küsste sie.

»Willst du mit mir schlafen?«, fragte sie nach einer Weile.

»Nein.«

»Warum nicht?«

»Ich kann nicht.«

»Warum nicht?«

Er verschloss ihren Mund mit einem Kuss.

Pia schlang Arme und Beine fest um ihn.

»Ich liebe dich!«, flüsterte sie.

»Ich dich auch«, sagte Daniel leise und wusste nicht, wie er dies alles Octavia erklären sollte.

Pia schlief ruhig und entspannt. Er sah sie an. Konnte es nicht tun. Jede – aber nicht Pia.

Aber genauso wenig konnte er in dieser Nacht zu Octavia zurückkehren.

Er war in einer absolut ausweglosen Situation. Hatte sich in seinem Leben noch nie so hilflos gefühlt.

Irgendwann schlief er ein und erwachte am frühen Morgen.

Er tastete nach Pia. Sie war noch da. Lebte noch. Der Albtraum war vorbei. Nein, er war nur um wenige Stunden verschoben. Alles würde von vorn beginnen, und zwar heftiger als zuvor.

Er streichelte sie erst zart, als wolle er ihren Schlaf nicht stören, aber dann wurde er heftiger, drängender, leidenschaftlicher.

Und Pia ging darauf ein. Sie wandte sich ihm zu, öffnete sich bereitwillig und erwiderte seine Liebkosungen.

Daniel warf einen Blick auf seine Uhr. Kurz vor sechs. Jetzt würde Octavia nicht mehr zuschauen, sie lag sicher in ihrem Bett und schlief. Oder sie war wach und tobte vor Wut.

In jedem Fall war er endlich unbeobachtet.

Und das, was er in diesen frühen Morgenstunden mit Pia erlebte, war so schön wie noch niemals zuvor.

75

Beim Frühstück saß er Octavia gegenüber und versuchte, so gelassen wie möglich zu erscheinen.

Octavia kochte vor Wut.

Keiner der beiden sagte ein Wort.

Die Spannung war unerträglich.

Daniel wollte gehen, wollte nach oben in sein Zimmer laufen, die Tür verriegeln, seine Ruhe haben … Aber es ging nicht. Er saß wie festgenagelt und blieb. Wartete auf das heilige Donnerwetter. Wollte es hinter sich bringen.

»Gehen wir in den Pavillon?«, fragte Octavia schließlich. »In einer Viertelstunde?«

Daniel nickte.

Er schlich mit hängendem Kopf, wie ein Delinquent zu seiner eigenen Hinrichtung.

»Du hast dein Wort gebrochen und unsere Abmachung nicht eingehalten«, sagte Octavia, als sie sich im Pavillon zum ersten Mal an diesem Morgen in die Augen sahen. »Du hast es nicht getan. Warum?«

»Ich konnte nicht.«

»Warum nicht?«

Daniel schwieg.

»Weil du sie liebst?«

Daniel reagierte nicht. Ja, er liebte Pia, ja, ja, ja. Aber das konnte er Octavia nicht sagen. Niemals.

Er zuckte die Achseln.

»Ich möchte, dass du es heute Nacht tust. Sonst sind wir geschiedene Leute. Verstehst du? Geschiedene Leute.«

Daniel saß wie erstarrt. Er wusste einfach nicht, was er machen sollte.

»Es kann doch wohl kein Problem sein, diese kleine Nutte umzubringen. Sie mir zu opfern. Als Liebesgabe. Als Zeichen ewiger Treue.« Sie lächelte. »Aber es muss heute Nacht geschehen, sonst reist die Gute ab, und die Chance ist ein für alle Mal vorbei. Denn wenn du es nicht tust, dann gehst du. Mit dem, was du anhast. Und mehr nicht. Kein prall gefülltes Konto, nichts mehr. Und keine Stadtführungen mehr mit Touristen, die ihren ›Dottore‹ anhimmeln.« Sie lachte leise. »Niente, amore. Du kannst gehen. Ohne Geld, ohne irgendwas. Und du musst sehen, dass sie dich nicht schnappen, denn ich werde dich suchen lassen. Wegen Mordes und wegen versuchten Mordes. Schon vergessen?«

Wie tief konnte man fallen, dachte Daniel. In seinen schlimmsten Albträumen hatte er sich nicht vorstellen können, dass so etwas jemals passierte. Aber jetzt war es so weit. Er saß in der Scheiße. Und was er auch tat: Es war verkehrt.

»Ist okay«, flüsterte er. »Ich werde es tun. Wie auch immer.« Und Tränen liefen ihm über die Wangen.

»Das ist gut«, sagte sie. »Und das liebe ich an dir, dass du die Konsequenzen deines Handelns so schnell begreifst.«

Daniel war am Ende. Er konnte kaum noch stehen. Wusste nicht mehr, was er machen sollte.

»Bring mich zurück in den Palazzo, amore«, sagte sie. »Ich

möchte mich noch einen Moment hinlegen, nachher werde ich ein wenig lesen und eine Spazierfahrt machen, und dann freue ich mich aufs Abendessen.«

Schweigend schob er ihren Rollstuhl zurück zum Palazzo. Er hasste sie in diesem Moment, mehr, als er je gedacht hatte, einen Menschen hassen zu können.

Und er wusste, er würde es nicht schaffen.

Nicht Pia. Nicht sie.

Der Abend kam schneller, als ihm lieb war. Den ganzen Tag hatte er gehofft, dass noch irgendetwas geschah, was eine Wendung bringen, alles verändern und ihn retten könnte ... Aber es passierte nichts.

Es war ein wunderbarer milder Abend. Kein Wind wehte, die Sonne schien, Pia lag auf der Sonnenterrasse im ersten Stock.

Er ging nicht zu ihr, aber er konnte sie vom Park aus sehen.

Er hätte ihr sagen können: Verschwinde, so schnell du kannst, wenn dir dein Leben lieb ist – aber er tat es nicht.

»Ich würde heute Abend gerne Fisch essen«, sagte Pia, »wenn ihr habt?«

»Natürlich«, antwortete Daniel. »Was hältst du von einer gebratenen Dorade?«

»Wunderbar.« Pia lehnte sich zurück. »Es ist so unglaublich schön bei euch ... Das ist überhaupt nicht zu fassen.«

Daniel sagte nichts, sondern ging davon.

Er wusste nicht, wie er den Abend und die Nacht überleben sollte.

76

Es war so weit. Sie stand im Kerkerzimmer und freute sich auf ihn. Lächelte ihn an. Zog sich aus. Und er wusste, dass ihm keine Zeit mehr blieb. Jetzt musste er es tun.

Pia.

Du Liebe.

Keine Chance. Er oder sie. Ihr Leben oder seins. Das war ihm klar.

Er folterte sie nicht. Er quälte sie nicht. Er überraschte sie, als sie vollkommen entspannt dalag, und schnitt ihr die Kehle durch, als sie überhaupt nicht damit rechnete. Schnell und schmerzlos. Mit dem schärfsten Jagdmesser überhaupt, mit dem er sonst Böcke oder Hirsche aufbrach.

Sie schrie nicht. Sie merkte gar nichts. So schnell ging der Schnitt durch die Kehle. So plötzlich kam der Tod.

Er stand vor ihr. Sah sie an. Noch immer lief Blut aus ihrem Hals. Ihr ganzer Körper war voller Blut, sie kam ihm vor wie eine blutige Puppe.

Im Nacken spürte er die Kamera. Er hörte ein Klicken, wusste, dass sie das Mikrofon eingeschaltet hatte.

»Danke, Liebster«, flüsterte sie. »Jetzt gehört sie dir.«

Klack. Das Mikro war wieder ausgeschaltet.

Verflucht seist du, dachte er, verflucht.

Und dann schloss er die Augen und vögelte die tote Pia, besudelte sich von Kopf bis Fuß mit ihrem noch warmen Blut. Ihr Körper war noch weich und warm, auch wenn er nur noch eine gefühllose Hülle war.

Er stand auf und ging unter die Dusche. Wusch Pias tiefrotes Blut von seinem Körper, das als hellrotes Rinnsal im Abfluss verschwand.

Er duschte lange, bis jeder Tropfen Blut verschwunden war. Dann ging er nach oben in sein Zimmer und verbrannte seine Kleidung im offenen Kamin. Er hasste sich.

Wenig später klopfte es an seine Tür, und er öffnete. Octavia rollte herein. Sie sah wunderschön aus und lächelte.

»Amore«, sagte sie leise, »complimenti. Du hast mich mal wieder sehr, sehr glücklich gemacht. Aber ich frage mich, warum hattest du es denn so eilig? Es ist jedes Mal ein Fest für uns beide. Das wir auskosten sollten. Es ging viel zu schnell vorbei.«

Daniel antwortete nicht. Sie wusste ganz genau, warum, und erwartete ja wohl auch keine Antwort.

»Aber nun ja. Ich bin dir nicht böse. Es ist alles gut. Und das nächste Mal wird es wieder besser, nicht wahr? Da gönnst du uns eine ganze Nacht, oder?«

Daniel nickte schwach.

»Sie stand immer zwischen uns. Jetzt nicht mehr. Jetzt gibt es nur noch uns zwei. Ist das nicht wunderbar?«

Daniel nickte.

Octavia lachte leise. »Es existieren so viele Probleme auf der Welt. So viele Schwierigkeiten zwischen Mann und Frau. Man könnte zugrunde gehen daran, dabei lassen sich die Schwierigkeiten manchmal so leicht aus der Welt schaffen. Findest du nicht auch?«

Er nickte erneut.

Octavia fuhr mit ihrem Rollstuhl näher an ihn heran, legte ihre Hand auf seinen Arm und den Kopf an seine Schulter.

»Es ist alles gut, amore. Nichts kann uns passieren. Nichts kann uns mehr trennen. Gar nichts. Wir beide, du und ich, wir halten zusammen, und solange wir an einem Strang ziehen, geschieht uns nichts.« Sie schwieg und streichelte ihn sanft.

Er bewegte sich nicht.

»Jetzt ist alles wieder in Ordnung. Verstehst du? Alles ist bereinigt, die Luft ist wieder sauber und klar. Nichts steht mehr zwischen uns. Ich fühle mich auf einmal völlig frei und bin so glücklich, Daniele.«

Seinen Namen sagte sie nur in ganz besonders wichtigen Momenten. Das war schon monatelang nicht mehr vorgekommen. Ihm war klar, dass sie sehr bewegt war. Dass er seine geliebte Pia wirklich umgebracht hatte, hatte sie sehr beeindruckt. Zumal sie davon ausging, es wäre wegen ihr.

Nein. Es war nicht wegen ihr. Es waren der Palazzo, Italien, die Jagd, die absolute Freiheit, und so viel Geld ausgeben zu können, wie er wollte. Es war dieses Leben im Luxus, das er einfach nicht mehr missen wollte. Koste es, was es wolle. Er wollte nicht so enden wie seine Mutter, er wollte niemals mehr so hausen wie in seiner Kindheit.

Und dafür zahlte er einen hohen Preis: Er war abhängig von dieser Hexe, dieser Wahnsinnigen, die skrupellos über Leichen ging und sich an der privaten Snuff-Show befriedigte.

»Möchtest du etwas essen?«, fragte sie.

»Nein.«

»Etwas trinken?«

»Ja. Sag Henrietta, sie soll mir einen halben Liter Chianti bringen.« Vielleicht konnte er dann vergessen, was geschehen war.

Octavia telefonierte.

»Ich werde sie übrigens wegbringen. Noch heute Nacht. Komplett. Es wird von ihr kein ›Oro della Toscana‹ geben.«

Octavia riss die Augen auf. »Ach? Wieso das denn? Du weißt, wie sehr unsere Gäste dieses Fleisch lieben!«

»Ja. Aber nicht Pia.«

Er stand auf und ging hinaus. »Entschuldige mich, ich habe noch viel zu tun.«

Octavia sagte nichts, aber sie war auch nicht irritiert, sondern eher amüsiert. Alles gut. Warum auch nicht. Wenn es ihm ein Bedürfnis war, die Leiche ganz zu verbuddeln oder an Wildschweine zu verfüttern – bitte schön. Es war gefährlicher, aber nun gut, das musste er wissen. Und andererseits musste er dann auch bald wieder los. Aber auch das war sein Problem.

Henrietta kam mit dem Wein herein.

Octavia winkte ab, und Henrietta zog sich augenblicklich zurück.

Octavia rollte aus seinem Zimmer.

77

Gianni und Bernarda mit ihren Eltern Dino und Carla hatten einen Termin bei Daniele Scarpaccini, um ein mögliches Hochzeitsfest zu besprechen.

»Oddio«, sagte Carla, als sie die Auffahrt hinauffuhren. »Guckt euch diesen Palazzo an! Mamma mia, nein, Kinder, ich glaube, das wird nichts. Das ist zu teuer.«

»Wart's ab«, meinte Dino knapp, der damit beschäftigt war, den Wagen zu parken. »Fragen kostet ja nichts.«

Carla schwieg, aber fühlte sich extrem unwohl. Sie hätten gar nicht erst hierherkommen sollen. Oder zumindest ohne Bernarda und Gianni. Denn sie wollte nicht immer diejenige sein, die Träume zerstörte und einem begeisterten Hochzeitspaar sagen musste, wir können uns das leider nicht leisten, denn Dino machte das ganz sicher nicht. Er warf gern das Geld vollkommen unüberlegt zum Fenster raus, denn er hatte die Finanzen weder vor Augen noch im Griff.

»Madonnina«, seufzte Bernarda, als sie die große Freitreppe hinaufgingen, »das ist wirklich ein Traum, Gianni! Sooo schön hab ich es mir nicht vorgestellt.«

Gianni nickte nur und drückte ihre Hand. Er wusste, wie sparsam seine Mutter Gabriella war, und wenn sie und sein

Vater hier ein ganzes Wochenende inklusive Programm gebucht hatten, dann konnte es eigentlich nicht so schlimm sein.

Im Entree wurden sie vom Hausherrn persönlich begrüßt. Er gab jedem einzeln die Hand. »Herzlich willkommen im Palazzo Scarpaccini. Mein Name ist Daniele Scarpaccini, meine Frau kommt sicher gleich dazu, wir beide bewirtschaften hier dieses bescheidene Anwesen. Darf ich Sie zu einem Glas Prosecco einladen?«

»Gerne«, sagte Dino, der als Erster seine Sprache wiederfand. Alle anderen waren wie erschlagen von dem sagenhaft prunkvollen Salon, in den Daniele sie führte, nachdem er Henrietta ein Zeichen gegeben hatte.

In diesem Moment rollte Octavia auf die kleine Gruppe zu. Sie war eine Erscheinung, und alle Augen richteten sich auf sie.

»Darf ich vorstellen, meine Frau!«, sagte Daniel und lächelte.

»Benvenuti«, meinte Octavia, »ich freue mich sehr.«

»Octavia«, sagte Daniel, »ich habe dich dazugebeten, weil es um eine Hochzeit geht. Dieses glückliche junge Paar«, er zeigte auf Bernarda und Gianni, »würde gern bei uns feiern. Circa siebzig Gäste werden erwartet.«

Octavia reichte jedem Einzelnen die Hand. »Ich grüße Sie! Sie sind also die Braut.« Bernarda nickte. »Was sind Sie für eine wunderschöne junge Frau! Dieser Palazzo ist die richtige Kulisse für Sie. Und Sie sind der Bräutigam?« Gianni nickte. »Gratuliere! Sie haben die schönste Frau der Welt, machen Sie sie glücklich! Und Ihnen als Eltern der Braut kann ich nur sagen, dass wir alles tun werden, damit die Hochzeit der schönste Tag nicht nur im Leben Ihrer Kinder, sondern auch in Ihrem Leben wird.

Daniele, bitte, besprich und kläre alles, du weißt, ein Hochzeitsfest in diesem Palazzo ist immer etwas ganz Besonderes, und ich liebe es. Falls es Probleme gibt, ruf mich bitte an.« Sie nickte Bernarda, ihren Eltern und Gianni zu. »Ich freue mich auf ein rauschendes Fest!«

Dann rollte sie langsam durch den Saal. Die Fahrstuhltür öffnete sich, und Octavia fuhr nach oben.

Daniel hatte verstanden. Sie wollte die Hochzeit unbedingt. Unter allen Umständen. Jetzt ging es darum, möglichst geschickt zu verhandeln.

»Kommen Sie«, sagte er zum Hochzeitspaar und zu Bernardas Eltern, »ich zeige Ihnen den Palazzo. Damit Sie die Räumlichkeiten kennen, wenn Sie hier feiern.«

Er zeigte ihnen den Festsaal, in dem gefeiert, gegessen und getanzt wurde, die blitzblanke, chromglänzende Küche und die Garderobe. Dann führte er sie durch die Parkanlagen zum Gästehaus und den Appartements, falls es einige Gäste vorzogen, nach den Feierlichkeiten direkt auf dem Anwesen zu übernachten.

»Parkplätze haben wir ebenfalls genug, für siebzig Gäste gar kein Problem.«

»Wunderbar«, sagte Carla.

»Perfekt«, meinte Dino.

»Und was sagen Sie?«, fragte Daniel auf dem Rückweg lächelnd Bernarda und Gianni.

»Es ist wunderschön«, meinte Bernarda leise. »Es wäre ein Traum, aber meine Eltern bezahlen, und darum kann ich nichts dazu sagen. Es könnte sein, dass es ihre finanziellen Möglichkeiten übersteigt.«

Gianni schwieg. Seine Familie trug zur Hochzeitsfeierlichkeit nichts bei, also stand es ihm nicht an, einen Kommentar abzugeben.

»Wo werden Sie heiraten? In Florenz?«, fragte Daniel.

Bernarda nickte. »Ja. Unbedingt. Aber wir haben noch mit keiner Kirche gesprochen.«

»Das dürfte auch kein Problem sein.« Mittlerweile saßen alle wieder im Salon. »Um wie viel Uhr wollen Sie nach der Trauung hier eintreffen?«

»So gegen fünfzehn Uhr.«

»Gut. Dann würde ich vorschlagen, wir servieren einen kleinen Imbiss mit Prosecco und herzhaften Häppchen, wer möchte, kann auch zu caffè und dolce greifen. Ganz ungezwungen. Sie können sich ein wenig stärken und endlich alle Gäste in Ruhe begrüßen und sich mit ihnen unterhalten. Und um neunzehn Uhr servieren wir dann die cena. Wie viele Gänge hätten Sie gern? Vier? Fünf? Oder sechs?«

Carla war ganz irritiert und sehr zurückhaltend. »Entschuldigen Sie, Signor Scarpaccini, aber wir unterhalten uns jetzt hier schon derart detailliert, dabei wissen wir noch gar nicht, ob eine Feier in Ihrem schönen Haus überhaupt in unseren Möglichkeiten liegt …«

»Gnädige Frau, machen Sie sich keine Sorgen. Ich muss natürlich Ihre Wünsche erfahren, um Ihnen überhaupt einen Preis nennen zu können. Aber ich bin sicher, dass wir uns einigen werden. Ganz sicher.«

»Ah, ja.« Carla klang alles andere als überzeugt.

»Gut. Machen wir weiter?«

Dino nickte.

»Also, wie viele Gänge hätten Sie gern? Ich würde Ihnen fünf empfehlen. Sechs sind vielleicht ein bisschen viel mit dem Nachmittagsimbiss.«

»Ja, das stimmt«, meinte Carla und sah Bernarda und Gianni fragend an. »Was denkt ihr? Vier oder fünf?«

»Was gibt es denn?«, fragte Gianni. »Wenn ich die Gänge kenne, weiß ich auch, wie viele wir nehmen sollten.«

Daniel konzentrierte sich. »Als Antipasti könnte ich Ihnen Wildragout-Pasteten anbieten oder Gänseleber mit Rosinen, außerdem eine frische panzanella: Brotsalat mit Tomaten, Thunfisch und Zwiebeln. Als ersten Gang hätte ich ein risotto al gorgonzola, orecchiette con broccoli oder lasagne con ricotta anzubieten und als Hauptgang dann die Spezialität unseres Hauses: ›Oro della Toscana‹ alla Scarpaccini auf Rucola mit Tomaten und Pinienkernen oder pollo in umido con funghi oder tacchino arrosto alla melagrana. Anschließend vielleicht ein kleines Artischockengratin. Und dann zum Abschluss eine Weinschaumcreme mit Mandelmakronen oder sizilianische Festtagstorte. Das wäre natürlich nur etwas, wenn Sie keinen besonderen Hochzeitskuchen wünschen.«

»Nach so einem Essen kann den Hochzeitskuchen auch kein Mensch mehr essen«, sagte Bernarda.

»Ja, da haben Sie völlig recht. Aber wir könnten die sizilianische Festtagstorte auch so pompös gestalten, dass sie einer Hochzeitstorte in nichts nachsteht und Sie sozusagen zwei Fliegen mit einer Klappe schlagen.«

»Das wäre großartig.« Bernarda sah Gianni an. »Was meinst du?«

»Es klingt super.« Für Gianni hörte es sich nicht nur toll, sondern sensationell an, aber so ein wahnsinniges Essen konnten sie sich nicht zu viert leisten, wie sollte das denn für siebzig Leute funktionieren?

»Müssen wir uns jetzt schon entscheiden?«, fragte Dino.

»Aber nein! Natürlich nicht! Ich wollte Ihnen nur aufzeigen, was es für Möglichkeiten gibt. Und selbst da können Sie noch das eine oder andere variieren.«

»Was kostet der Spaß?«, fragte Dino. »Ungefähr. Es kommt mir nicht auf einen Euro an. Nur, dass ich ungefähr weiß …«

»Entschuldigen Sie mich einen Moment«, sagte Daniel und verließ den Salon.

Er fuhr mit dem Aufzug in den Turm.

Octavia saß in ihrem Zimmer am Fenster und sah über die Berge. Sie wirkte, als hätte sie ihn schon erwartet.

»Siebzig Leute, Octavia«, begann er. »Empfang, ein paar Übernachtungen, ich weiß nicht genau, wie viele, vier bis fünf Gänge, ich nehme mal an, sie wollen auch eine Band. Also das volle Programm. Was soll ich nehmen?«

»Sie haben wenig Geld, stimmt's?«

»Ich gehe davon aus.«

»Eine Bedingung habe ich: Die Hochzeit muss am 23. Oktober stattfinden.«

Daniel zuckte zusammen.

»Ja, Daniele, an unserem Hochzeitstag! Dies wird endlich unser großes Hochzeitsfest sein! Es wird Zeit! Sag ihnen, die Miete beträgt zweitausend Euro. Alles andere ist frei. Sie sind eingeladen. Zum Essen und zu den Getränken. Ich schenke dem Brautpaar dieses Fest.«

Daniel war fassungslos. »Bist du verrückt?«

»Vielleicht. Aber ich kann es mir leisten.«

»Octavia! Wir müssen Köche engagieren, Servicekräfte, Reinigungspersonal ... Das kostet Unsummen!«

»Ich weiß. Aber ich habe es dir schon einmal gesagt: Ich kann es mir leisten.«

»Sicher«, meinte Daniel immer noch fassungslos, »aber es wird sich herumsprechen. Und dann richten wir hier Hochzeiten für alle Habenichtse der Toskana aus.«

»Das glaube ich kaum. Du musst nicht immer alles so schwarzsehen, mein Lieber.«

Daniel schwieg. Dann fragte er: »Warum machst du das? Warum unterstützt du auf einmal diese Familie?«

Sie sah ihn an und lächelte.

»Ich will die Braut!«, sagte sie.

78

Im Wagen war es still, als sie nach Hause fuhren.

Dann sagte Bernarda: »Es ist traumhaft. Ich kann mir keinen besseren und schöneren Ort für unsere Hochzeit vorstellen. Und bin immer noch wie erschlagen von den ganzen Eindrücken.«

»Ja«, sagte Carla, »da hast du vollkommen recht. Aber irgendetwas ist faul. Ich verstehe es nicht! Zweitausend Euro für alles? Das ist für die ein Verlustgeschäft ohne Ende! Warum machen sie das? Für Speisen und Getränke allein musst du pro Person hundert Euro rechnen. Das sind schon mal siebentausend Euro. Dann die Miete des Palazzo, Dekoration und was weiß ich, was noch alles dazukommt. Da wären zwanzigtausend Euro schon ein gutes Angebot, wenn alles inklusive ist. Aber zweitausend Euro? Das begreife ich nicht.«

Dino fuhr ruhig die kurvige Straße entlang durch die dichten Wälder. »Carla!«, sagte er. »Das ist doch ganz einfach! Die wollen auf sich aufmerksam machen. Natürlich kennt jeder die Signora Scarpaccini. Aber wer traut sich schon, dort ein Fest auszurichten? Niemand! Wir hatten ja auch alle Bedenken. Also machen sie Dumpingpreise, damit es sich herumspricht, die Leute kommen und den Palazzo buchen. Die haben zwar genug Geld, aber sie wollen dort in der Pampa nicht versauern, sondern ein bisschen Leben auf ihren einsamen Berg locken. Und eine bessere Reklame gibt es nicht, als wenn siebzig Leute sagen, das war super und überhaupt nicht teuer!«

»Das hört sich gut an«, sagte Carla kühl, »aber die Rechnung geht nur auf, wenn wir allen unseren Gästen erzählen, wie billig die Hochzeit war. Und das werden wir bestimmt nicht tun.«

Dino sah seine Frau an und fuhr schweigend weiter.

»Ich würde mir nicht den Kopf darüber zerbrechen, warum die uns so einen guten Preis gemacht haben«, meinte Bernarda. »Es ist eben so. Ich würde mich einfach drüber freuen und das Angebot annehmen. Ist doch egal, wie die ticken.«

»Stimmt!«, meldete sich Gianni zu Wort. »Wir haben so ein unheimliches Glück, für unsere Hochzeit einen so tollen Palazzo zu kriegen. Da sollten wir einfach zuschlagen. Warum die Scarpaccini das machen, ist mir ehrlich gesagt herzlich egal.« Bernarda sah ihn an, lächelte und küsste ihn auf die Wange.

»Das stimmt ja alles, was ihr sagt, und ich denke auch, dass wir das Angebot annehmen sollten, aber komisch ist es schon. Nichts ist umsonst auf dieser Welt. Warum schenken die uns was, wenn sie uns überhaupt nicht kennen?«

»Carla, lass es«, sagte Dino genervt. »Es ist alles in Ordnung. Wir haben einen guten Preis, und wir nehmen das Angebot an. Basta. Es ist ja schon krank, dass du immer etwas Böses vermutest, nur wenn jemand mal billiger ist, als du denkst. Und wenn jemand teurer ist, natürlich auch. Man darf anderen doch nicht immer nur Böses unterstellen.«

»Aber das ist zu billig, Dino, sieh das doch mal! Die Scarpaccini schenken uns bestimmt achtzehntausend Euro. Warum?«

»Keine Ahnung.« Dino sah Carla belustigt an. »Vielleicht weil sie alles andere als clever sind? Wie auch immer, wir sollten verdammt noch mal nicht darüber nachdenken, sondern uns einfach nur freuen!«

»Das finde ich auch!«, meinte Gianni.

Und Bernarda schmiegte sich an Giannis Schulter. »Das wird der schönste Tag meines Lebens. Ich kann es kaum noch erwarten.«

»Ich auch nicht«, flüsterte Gianni und küsste sie.

Nur Carla hatte ein ganz blödes Gefühl. Sie war die Einzige, die sich gar nicht so recht freuen konnte.

79

Zwei Tage später saß Gianni bei seinen Eltern in der Küche und erzählte vom Palazzo.

»Zweitausend Euro?«, fragte Neri und schenkte sich ein Glas Wein ein. »Das kann ich nicht glauben. Das ist der Wahnsinn. Was hat unsere Hochzeit damals gekostet, Gabriella, weißt du das noch?«

Gabriella überlegte. »Mein Gott, das war vor wie viel Jahren? Vor fünfunddreißig! So lange hab ich dich schon an der Hacke, amore!« Sie lachte und gab Neri einen Kuss. »Wir haben damals in Rom gefeiert. In einem sehr schönen Ristorante. Mit dreißig Leuten. Und ich erinnere mich dunkel, dass das ganze Fest meine Eltern über viereinhalb Millionen Lire gekostet hat.«

»Das sind auch ungefähr zweitausend Euro. Aber wir waren in einem sehr einfachen Ristorante und in keinem Palazzo!«

Gabriella zuckte die Achseln. »Ich weiß nur, dass mein Vater ziemlich lange dran zu beißen hatte.«

»Und die Zeiten haben sich geändert«, sagte Neri. »Alles ist teurer geworden. Heute bezahlst du ja schon für eine Nacht in einem einfachen Hotel zweihundert Euro. Damals kostete der Liter Benzin tausend Lire, heute kostet er einen Euro fünfzig, also umgerechnet dreitausend Lire. In diesem Ristorante müsste die Feier heute schon fünftausend Euro kosten. Aber dann in diesem Palazzo nur zweitausend? Das verstehe, wer will.«

»Aber ich finde es toll und hoffe, dass Dino und Carla zuschlagen«, sagte Gabriella. »Keine Ahnung, warum die Scarpaccini so großzügig sind. Es kann uns eigentlich auch egal sein.«

»Bernarda ist jedenfalls glücklich«, meinte Gianni. »Denn das ist genau die Kulisse, die sie sich gewünscht hat.«

»Weißt du schon, was sie anzieht?«

»Nein. Keine Ahnung. Sie geht nächste Woche mit einer Freundin einkaufen, und ich will – ehrlich gesagt – ihr Kleid vor der Trauung auch nicht sehen.«

»So ist es richtig, mein Sohn. Bene. Noch ein Glas Wein?«

»Gerne.«

80

In Siena gab es ein besonders gutes und sehr bekanntes Geschäft für Brautmoden. Der Inhaber war Adamo, der glücklich darüber war, »ich liebe« in seinem Namen mit sich herumzutragen. Er behauptete von sich, noch keine sechzig zu sein, sah aber aus wie fünfundneunzig. Niemand wusste sein richtiges Alter. Sein Geschäft schloss er nur auf, wenn er einen festen Termin mit einer angehenden Braut hatte, denn Laufkundschaft gab es kaum in diesem Gewerbe.

Adamo war klein, hatte einen dichten Schnurrbart, lichtes Haar und ein verschmitztes Lächeln. Hinter dem Lager, in dem sich Brautkleider, Anzüge, Accessoires, Schuhe, Schleier und vieles mehr stapelten, hauste er in einem winzigen Zimmer mit einer winzigen Kochnische und einem winzigen Bad. Es war ihm genug.

An diesem Morgen stand er pünktlich auf, trank einen starken Kaffee und kam ins Geschäft. Fegte noch einmal durch, denn er erwartete die Signora Boroni, die sich anschickte, einen Neri zu heiraten.

Er kannte niemanden davon, aber er freute sich auf das Geschäft.

Die Braut betrat zehn Minuten zu spät mit einer Freundin den Laden.

Adamo verbeugte sich tief. »Buongiorno, Signore! Was kann ich für Sie tun?«

»Ich heirate im nächsten Monat in der Basilica di San Lorenzo und feiere dann im Palazzo Scarpaccini«, sagte Bernarda.

»Oh!« Adamo zuckte zusammen. Das war ja wohl mal eine Adresse.

»Und ich suche ein außergewöhnliches Brautkleid, wie Sie sich sicher denken können.« Sie lachte leise.

»Wunderbar. An was hatten Sie gedacht? Ein schmaler oder sehr weiter Rock? Mit oder ohne Schleier? Vielleicht sogar eine Schleppe? Viel Spitze oder seidig elegant? Pailletten oder Glitzer oder nichts von alledem? Lang, halb lang oder kurz? Wir haben alles. Ich möchte nur meine Suche nach Ihrem richtigen Kleid etwas eingrenzen können.«

Bernarda überlegte. »Ich hatte an etwas Langes mit weitem Rock gedacht. Nicht zu schlicht. Ein bisschen Spitze und Glitzer darf es schon haben. Aber nicht zu viel.«

»Sehr, sehr schön«, meinte Adamo. »Da will ich mal schauen.«

Bernarda sah ihre Freundin Stefania fragend an. »Was meinst du?«

»Super. Kann ich mir gut bei dir vorstellen. Schmale Taille, weiter Rock, und ein bisschen Glimmer-Glitzer braucht der Mensch. Wenn du bei den Scarpaccini feierst, sowieso.«

Adamo kredenzte Bernarda und Stefania einen Prosecco und suchte aus seinem riesigen Angebot Kleider heraus, die infrage kamen. Als er fünf gefunden hatte, bat er Bernarda in die Kabine. »Bitte, Signora, probieren Sie. Und stören Sie sich nicht an der Größe. Ich kann verkleinern oder vergrößern, ich mache es enger oder weiter, ganz wie Sie wollen. Am Ende wird das Kleid wie für Sie maßgeschneidert sitzen. Obwohl – Sie haben eine so traumhafte, perfekte Figur: Ihnen steht jedes Kleid!«

Bernarda errötete.

»Es geht jetzt nur darum, ob Ihnen der Schnitt und die Machart gefallen oder nicht.«

Bernarda nickte, ging in die Kabine und probierte das erste Modell an.

Viereinhalb Stunden und ungefähr fünfundzwanzig Anproben später hatten sie Bernardas Traumkleid gefunden.

Adamo war immer noch geduldig und gelassen, man sah ihm die Erleichterung, dass Bernarda endlich eine Entscheidung getroffen hatte, nicht an.

Stefania hatte Tränen in den Augen und umarmte ihre Freundin. »Du bist für mich jetzt schon die schönste und perfekteste Braut, die ich jemals gesehen habe! Und wenn noch Haare und Make-up dazukommen – nicht auszudenken.«

»Danke! Ach, du bist so süß! Weißt du, Stefania, dass ich mich jetzt erst so richtig auf die Hochzeit freuen kann? Das Kleid hat mir echt im Magen gelegen. Ich dachte, ich finde nie was.«

»Du hast das schönste Kleid der Welt! Etwas Tolleres gibt es nicht!«

»Und du findest, ich sollte auch den Schleier dazunehmen? Ist das nicht zu viel?«

»Überhaupt nicht!« Stefania empörte sich fast. »Der Schleier ist das Tüpfelchen auf dem i! Bitte nimm den längeren mit der Spitze, nicht den kurzen, den du ganz am Anfang ausprobiert hast. Er ist wunderschön! Am Tag der eigenen Hochzeit kann man sich nämlich alles, aber auch wirklich alles erlauben. Das kann gar nicht zu viel sein. Hauptsache, es gefällt dir! Und Gianni.«

»Gianni gefällt es bestimmt«, sagte Bernarda leise und umarmte ihre Freundin erneut. »Ich freu mich so. Ich freu mich so unendlich.«

81

»Das geht so nicht!«, sagte Gabriella genervt. »Der Hund ist eine Katastrophe. Er ist immer im Weg, er kostet Zeit, unser ganzes Leben richtet sich nur noch nach dem Köter. Ich hab's satt.«

»Ich dachte, du magst ihn?«

»Ja, ich mag ihn auch. Natürlich. Manchmal ist er unglaublich süß, und wenn er mich mit seinem treuen Blick ansieht, dann schmelze ich dahin, genau wie du, und kann ihm nicht widerstehen, aber dann warte ich auch wieder sehnsüchtig auf den Tag, wenn er weg ist. Wenn wir endlich wieder allein sind. Und keiner mehr morgens rausmuss und kein Hund mehr auf den Bettvorleger kotzt.«

»Du tust ja geradeso, als würde das ständig passieren.«

»Nein, nicht ständig. Aber sein Durchfall letzte Woche, als er es nicht mal mehr nach draußen geschafft hat, war grauenvoll. Eine echte Sauerei!«

»Er ist nun mal ein alter und wahrscheinlich auch kranker Hund. Ich möchte nicht wissen, wie es in seinem Bauch aussieht. Und ich hab es weggemacht. Du hattest nichts damit zu tun.«

»Das stimmt, Neri, aber ich wüsste dennoch gern, wann Alfonso ihn wieder nimmt.«

»Am Achtundzwanzigsten kommt er aus dem Urlaub zurück. Eine Woche nach der Hochzeit.«

Gabriella nickte. »Va bene. Und was machen wir mit Peppone bei der Feier?«

»Während der Kirche lassen wir ihn im Auto, es ist ja nicht mehr so heiß. Ich denke, da gibt es kein Problem, danach gehe ich kurz mit ihm spazieren, und während des Festes muss er halt wieder im Auto sitzen. Alle zwei Stunden hole ich ihn raus, damit er ein bisschen laufen und pinkeln kann, aber so ist das. Das muss er ertragen. Und ich denke, im Auto fühlt er sich einigermaßen wohl und geborgen. Er wird schlafen, und alles ist gut.«

»Na, hoffen wir mal«, sagte Gabriella und zog die Augenbrauen hoch. »Wenn du meinst, dass es klappt, bitte schön. Ich möchte jedenfalls am Tag der Hochzeit meines Sohnes nichts mit Peppone zu tun haben und auch nicht mit ihm Gassi gehen.«

»Das brauchst du auch nicht«, meinte Neri kurz. »Reg dich ab.« In dem Moment, als er das sagte, spürte er schon, dass er damit die Atmosphäre vergiftet hatte. Aber jetzt war es zu spät.

Gabriella verließ schmallippig das Zimmer.

Peppone lag auf der Couch und schnarchte. War glücklich und mit der Welt vollkommen im Reinen.

82

Octavia fuhr langsam durch den Palazzo. Blieb auf der Galerie stehen. Sah hinab.

Daniel ging gerade durch die Halle.

»Daniel, cuore mio!«

Er fuhr herum und sah zu ihr nach oben.

»Bitte, komm mal kurz herauf zu mir! Wir müssen die Hochzeit besprechen und vorbereiten!«

Daniel lief zu ihr auf die Galerie und blieb stirnrunzelnd vor ihr stehen. »Was gibt es denn noch vorzubereiten? Es läuft alles, Octavia, mach dir keine Sorgen. Die Angestellten sind engagiert, das Essen ist geplant, das meiste ist bereits eingekauft, die Weine sind bestellt. Dekoration, Musikanlage und so weiter stehen. Fabrizio, der Wedding-Planer, hat alles im Griff, es wird fabelhaft funktionieren.«

»Das meine ich nicht, tesoruccio«, flüsterte Octavia und beugte sich zu ihm. »Ich meine *unsere* Hochzeit! *Wir* müssen alles vorbereiten! Was für Ringe willst du? Gold? Weißgold? Platin? Mit Diamanten? Oder Brillanten? Wir müssen sie aussuchen, bestellen, viel Zeit bleibt nicht mehr! Und ich bin so aufgeregt, kann an nichts anderes denken, kann nachts kaum mehr schlafen!«

Sie strahlte und nahm seine Hand. »Was meinst du? Sollte ich ein weißes Brautkleid tragen? Oder ein schwarzes?«

»Ein schwarzes. Das ist außergewöhnlicher.«

»Stimmt. Du hast recht.«

»Und dann würde ich mir weißgoldene Ringe wünschen mit einem kleinen Brillanten«, sagte er leise.

Octavia lächelte. »Gut. Sehr gut. Du hast Geschmack. Ich werde sie bestellen.«

Sie wendete den Rollstuhl, holte den Lift und fuhr hinauf in ihr Zimmer. Leise und glücklich summte sie vor sich hin, als sie an das rauschende Fest dachte, das es geben würde.

Ein Fest für sie und Daniel.

Die Hochzeit würde der Höhepunkt ihres Lebens sein.

Anfang und Ende zugleich.

Bernarda und Gianni

83

»Es regnet«, flüsterte Gabriella leise, als sie kurz vor sieben erwachten. »Neri, ich werd nicht mehr! Heute heiraten Gianni und Bernarda, und es regnet! Kannst du nicht irgendwas machen?«

Neri grunzte, und Gabriella kicherte. »Komm, steh auf! Es ist, wie es ist. Dann regnet es eben. Italienisches Wetter. Komm, tesoro, steh auf, es gibt noch so viel zu tun!«

Peppone erhob sich grunzend von seiner Schlafstelle, gähnte, reckte sich und trottete hinter Neri her in den Flur.

Neri öffnete die Haustür, Peppone guckte kurz nach draußen, drehte sich um, lief ins Wohnzimmer zurück und ließ sich demonstrativ in einen Sessel fallen.

»Neri!«, sagte Gabriella. »Der Hund muss unbedingt raus! Der sitzt ja bis heute Nacht fast nur im Auto!«

»Na, ich kann ihn ja nicht rausprügeln! Und wenn er nichts macht, dann muss er nachher im Auto eben platzen!«

Das ist ja der gelungene Auftakt für eine fröhliche Hochzeit, dachte Gabriella. Na, schönen Gruß. Wenn wir morgens schon so anfangen, endet es nie gut. Und sehr viel versöhnlicher sagte sie vorsichtig: »Vielleicht gehst du zusammen mit ihm raus ... Mit Leine ... Vielleicht macht er dann was?«

»Darf ich mir eventuell erst noch 'ne Hose anziehen? Oder wünschst du, dass ich mich im Morgenmantel draußen in den Regen stelle?«

»Schon gut, Neri, schon gut.« Gabriella hob abwehrend die Hände. »Ich wünsche gar nichts.« Damit ging sie. Sollte er doch machen, was er wollte. Sie hielt sich da jetzt raus, und wenn es Probleme mit dem Hund gab, dann musste Neri das klären. Sie konnte sich schließlich nicht um alles kümmern. Und wegen Peppone ließ sie sich ganz sicher nicht auf der Hochzeit ihres einzigen Sohnes die Stimmung vermiesen.

Sie ging die Treppe hinauf zum Bad.

In diesem Moment hörte sie die Haustür klappen und sah aus dem Schlafzimmerfenster.

Und da stand doch tatsächlich Neri im Morgenmantel im strömenden Regen, Peppone an der Leine. Er ging mit ihm auf dem Rasen vor dem Haus auf und ab, wartete darauf, dass der Hund einen Haufen legte, und war bereits jetzt vollkommen durchnässt. Neri würde sich höchstwahrscheinlich erkälten, und Peppone würde eine riesige Sauerei veranstalten, wenn er mit seinen schlammigen Pfoten und dem klatschnassen Fell wieder hereinkam.

Sie lief die Treppe hinunter und legte Badehandtücher auf die Couch und die beiden Sessel im Wohnzimmer. Mehr konnte sie nicht tun.

Dann ging sie unter die Dusche.

Neri fror entsetzlich und fragte sich wirklich, warum er sich nicht warm angezogen hatte und dann mit Regenmantel oder Schirm rausgegangen war. Vielleicht, weil er Gabriella beschämen wollte. Schließlich hatte sie ihn ja regelrecht vor die Tür gejagt. Aber nun würde er sich hier durch diese schwachsinnige Aktion den Tod holen.

Der Frotteestoff seines Morgenmantels hatte sich mittlerweile mit Wasser vollgesogen, hing schwer und nass an ihm herunter und klebte am Körper. Aus seinen Haaren lief ihm das Wasser in kleinen Bächen in den Kragen. In seinen durchfeuchteten Hausschuhen hatte er eiskalte Füße, aber das Schlimmste war der heftige und kalte Herbstwind, dem er nicht entgehen konnte. Es fühlte sich an wie tiefster Winter.

Bitte, Peppone, mach was, sonst habe ich morgen eine Lungenentzündung, betete Neri innerlich, und dann geht überhaupt niemand mehr mit dir Gassi.

Er stand da und wusste nicht, was er tun sollte. Wieder hineingehen? Aber dann war diese ganze lebensgefährliche Aktion umsonst gewesen, und Gabriella würde ihn zu Recht für verrückt erklären.

Oder weiter warten? Aber vielleicht war der alte Hund verstopft und machte bis morgen überhaupt nichts? So was konnte ja auch vorkommen!

Er verfluchte diesen Tag, dieses scheußliche Wetter, den Hund und diese Hochzeit, die ihm bereits jetzt auf die Nerven ging. Er wünschte den beiden alles Glück dieser Erde, doch so viel Feierei konnte er nicht ertragen.

Aber da musste er durch.

Neri war derartig in Gedanken versunken und wollte Peppone gerade mit Gewalt wieder zurück ins Haus ziehen, als er bemerkte, dass der Hund gerade dabei war, einen riesigen Haufen mitten auf den Rasen zu legen.

»Benissimimissimissimo!«, zwitscherte Neri mit hoher, hundefreundlicher Lobesstimme und freute sich auf ein heißes Bad. Nur den Haufen musste er nachher noch entfernen, bevor sie nach Florenz fuhren, denn er war für niemanden, der am Haus vorbeiging, zu übersehen. Als hätte Peppone für die gesamte Nachbarschaft ein Zeichen gesetzt: Hier herrsche ich.

»Komm, mein Alter, wir gehen rein.«

Peppone folgte Neri bereitwillig ins Haus, und Neri überlegte, wo vielleicht ein altes Handtuch war, mit dem er Peppone abtrocknen konnte, damit Gabriella ihm nicht die Hölle heißmachte. Aber in diesem Moment schüttelte sich Peppone bereits, und unzählige gräulich schmutzige Tropfen bedeckten die ehemals blütenweiße Wand im Flur.

Drei Stunden später war der Haufen verschwunden, und der Hund schnarchte im Korb. Über die verdreckte Wand im Flur verloren sie beide kein Wort.

Neri hatte ein heißes Bad genommen, der Morgenmantel hing zum Abtropfen in der Dusche, Neri trug einen nagelneuen dunklen Anzug, Gabriella ein langes, violettes Kleid mit kleinen Rüschen ums Dekolleté. Zum ersten Mal seit langer Zeit hatte sie sich wieder sorgfältig geschminkt und den Lippenstift zum Nachziehen in ihr kleines Abendtäschchen gesteckt.

Ihre halblangen Haare hatte Monica im kleinen Frisiersalon in Ambra gestern ganz wunderbar geschnitten, und sie saßen perfekt.

Neri und Gabriella schenkten dem Hochzeitspaar ein Ess-Service, das ihnen direkt nach Florenz geliefert wurde. »Damit müssen wir nicht durch die Gegend fahren«, hatte Neri gesagt.

Gabriella fand das zwar irgendwie unromantisch, aber sie fügte sich.

Es war alles fertig, alles in Ordnung.

Gabriella sah auf die Uhr. »Wir müssen los!«, meinte sie. »Ich will nicht auf den letzten Drücker in die Kirche rennen. Bitte, pack den Hund ins Auto und ab!«

Neri nickte.

Peppone freute sich, er hatte schon gespürt, dass heute kein normaler Tag war, sondern etwas Besonderes anstand, und sprang freudig erregt ins Auto. Heilfroh, dass er mitgenommen wurde.

Neri schloss sorgfältig ab und setzte sich ans Steuer.

Bevor er den Motor startete, sah er Gabriella an.

»Vielleicht sollte ich doch noch eine Kleinigkeit essen, cara. Ich habe mir gerade überlegt, dass es ja noch ewig dauert, bis es heute Nachmittag etwas gibt! Bis dahin bin ich verhungert.«

Gabriella verdrehte die Augen. »Bitte, fahr! Wir kommen zu spät, wenn du jetzt noch anfängst, Panini zu schmieren. Das hättest du dir früher überlegen sollen. Und so schnell verhungert man nicht, amore.«

Neri seufzte und fuhr los. Er würde an einer Raststätte halten und sich ein belegtes Brötchen kaufen. Auch wenn sich Gabriella auf den Kopf stellte. Sonst würde ihm schlecht werden, und er überstand die Kirche nicht.

»Was für ein schöner Tag!«, sagte Gabriella, als sie aus Ambra hinausfuhren.

Dann drückte sie Neris Knie, obwohl sie ganz genau wusste, dass er dort, und zwar nur dort, extrem kitzlig war.

84

Um vier Uhr war Gianni wach und konnte nicht mehr einschlafen. Zu viel ging ihm durch den Kopf.

Ihm wurde bewusst, dass er vielleicht gerade die letzte einsame Nacht seines Lebens verbracht hatte. In diese dunkle, enge Höhle in Siena würde er nie mehr zurückkehren. Diese Wohnung war ja immer nur als Übergang, als Provisorium gedacht gewesen. Nach einem Streit mit Neri hatte Gianni damals – direkt nach der Schule – überstürzt und stolz sein Elternhaus in Ambra verlassen und war hierhergezogen. Es sollte nicht für lange sein, aber er war dennoch Jahre geblieben.

Und irgendwann hatte er sein kleines, primitives Reich sogar schätzen gelernt. Denn er brauchte nur vor die Tür zu treten und stand mitten im Leben. Im Zentrum einer der interessantesten Städte Italiens.

Aber das alles war jetzt Vergangenheit.

Nie wieder würde er hier übernachten. Die Wohnung war zum ersten November gekündigt, schon heute Nacht würde er mit Bernarda in ihrer gemeinsamen neuen Wohnung in Florenz schlafen. Eine Dreizimmerwohnung in einer kleinen, ruhigen Nebenstraße im Herzen der Stadt. Mit einem Magnolienbaum im winzigen Hinterhof. Ganz oben, unterm Dach, mit schrägen Wänden, aber Blick in den Himmel. Und mit viel Licht. Das, was er in Siena jahrelang nicht gehabt hatte.

Dort lag ihnen Florenz zu Füßen, ein paar Schritte nur, und sie waren am Arno und auf einem der schönsten Märkte von Florenz.

Gianni konnte sein Glück kaum fassen. Er würde an der Polizeischule in Florenz seine Ausbildung zum Carabiniere fortsetzen, allerdings erst ab ersten April nächsten Jahres, vorher war nichts frei.

Aber auch seine deutschen Sprachkenntnisse waren sehr gefragt, und so hatte er bis dahin einen Job in einer Sprachenschule gefunden.

Bernarda arbeitete als OP-Schwester in der großen Universitätsklinik der Stadt. Es war ein anstrengender, verantwortungsvoller, aber gut bezahlter Job, und gemeinsam kamen sie gut über die Runden.

Alles veränderte sich zum Besseren. Ein großartiger Neubeginn.

Er konnte es kaum erwarten. Stand auf, kochte sich einen Kaffee, dabei war es erst halb fünf. Wie sollte er die vielen Stunden bis zur Hochzeit überhaupt überstehen?

Er öffnete das Fenster. Es regnete.

Als er aufstand, um sich etwas überzuziehen, heulte der Herbstwind und rüttelte am offenen Fenster.

Schade, dachte Gianni ein wenig enttäuscht, ich hätte mir für heute einen etwas freundlicheren Tag gewünscht. Zumal das Wetter die ganzen letzten Wochen so schön gewesen war.

Er zog sich an, schnappte sich einen Schirm und verließ die Wohnung.

Noch war es stockdunkel in Siena.

Langsam ging er durch die engen Gassen, das Licht der

Straßenlaternen ließ ihr Pflaster glänzen, als wäre es wertvoll, wie das einer reichen Stadt.

Keine Menschenseele war unterwegs. Minutenlang begegnete er niemandem, wenn er dann jemanden traf, nickte er ihm wortlos kurz zu, und der Fremde nickte zurück.

So still hatte er Siena noch nie erlebt. Keine Vespa knatterte durch die Dunkelheit, keine Nachtschwärmer und keine Jugendlichen unterhielten sich und grölten lautstark auf dem Weg nach Hause.

Er spürte, dass dies im Lauf der Zeit seine Stadt geworden war und dass er im Grunde nicht gehen wollte, obwohl er sich auf Bernarda, auf Florenz und die neue, wesentlich größere und freundlichere Wohnung freute.

Hier hatte er ein total freies Leben gelebt, hatte tun und lassen können, was er wollte, war niemandem Rechenschaft schuldig gewesen. Nur einmal war er seinem Mörder nur knapp entkommen. Weil ein Nachbar ihn gerade noch rechtzeitig entdeckt hatte. Aber das hatte nichts mit Siena zu tun, das konnte er seiner Stadt nicht in die Schuhe schieben.

Ob er in Florenz jemals so heimisch werden würde wie hier, stand in den Sternen.

Und das machte ihn wehmütig.

Er war lange gelaufen. Hatte auf der verwaisten Piazza del Campo gesessen und Abschied genommen.

Irgendeine Turmuhr schlug. Es war halb sechs.

Allmählich regte sich Leben in der Stadt. Menschen kamen aus ihren Häusern, immer mehr Autos fuhren, Bäckereien öffneten.

In der Via del Poggio kannte er eine kleine Bar, die hatte für alle Nachteulen, Traumtänzer und Schlafwandler die ganze Nacht geöffnet. Dort ging er jetzt hinein, bestellte sich einen doppelten Milchkaffee und ein Croissant und setzte sich an die Theke.

»Wie geht's dir, Gianni?«, fragte Silvia lächelnd, die pausenlos und ohne hinzusehen mit vollkommen automatischen Bewegungen einen Espresso nach dem andern kochte.

»Gut«, sagte er, ohne sehr überzeugend zu wirken. »Aber ich bin gekommen, um ciao zu sagen.«

»Was?« Silvia fiel fast ein Cappuccino aus der Hand. »Warum das denn?«

»Ich heirate heute. Und wir ziehen nach Florenz.«

Silvia verschlug es einen Moment die Sprache. Dann sagte sie: »Oddio! Davon hast du nie was erzählt!«

Gianni zuckte entschuldigend die Achseln.

Silvia nickte. »Freust du dich, oder fällt es dir schwer? Von hier wegzugehen, meine ich.«

»Ich freue mich darauf, mit Bernarda zusammenzuleben, aber es fällt mir schwer, hier wegzugehen.« Gianni grinste verlegen, und Silvia lachte laut.

»Ja, so ist es wahrscheinlich. Möchtest du noch was? Geht aufs Haus.«

»Ja, gerne noch einen Milchkaffee und ein panino mit prosciutto. Ich werde den Laden hier verdammt vermissen, glaubst du das? Und dich auch, Silvia.«

»Solche Läden gibt's auch in Florenz. Ich hab mich jedenfalls immer gefreut, wenn du gekommen bist.« Sie legte ihm kurz die Hand auf den Arm. »Hier. Dein caffè. Is' heiß!«

Dann wandte sie sich ab und kümmerte sich um andere Gäste.

Eine halbe Stunde aß und trank Gianni in aller Ruhe. Dann ging er. Winkte Silvia zum Abschied nur noch einmal kurz zu. Sie war im Stress, weil das morgendliche Frühstücksgeschäft in vollem Gange war, sodass sie nur kurz zurückwinkte.

Er würde sie irgendwann einmal besuchen.

Schließlich war er nicht aus der Welt, sondern gab nur sein Junggesellendasein auf und heiratete nach Florenz.

Das alles tu ich nur für dich, Bernarda, dachte er. Weil du die tollste, klügste und witzigste Frau der Welt bist. Und weil ich dich liebe.

Aber ein verdammt komisches Gefühl war es schon.

Um halb acht Uhr war er wieder in seiner Bude. Noch viel Zeit.

Er packte ein paar Kisten zusammen, seine gesamten Sachen wollten sie nächste Woche abholen, aber das war ein Witz, er hatte nicht viel.

Dann machte er sich fertig für die Hochzeit. Den Anzug hatte er zusammen mit seiner Mutter eingekauft, die kannte sich aus, wusste, was angesagt war und was nicht. Er selbst wusste es nicht.

Und als es Zeit war, stieg er elegant und herausgeputzt in sein kleines Auto und fuhr nach Florenz.

In ein neues Leben.

85

Bernarda lag im Bett und vermisste Gianni unendlich. In den letzten Monaten hatte sie so viele Nächte mit ihm verbracht, und jetzt, in der Nacht vor ihrer Hochzeit, war sie plötzlich allein? Das nervte sie unheimlich. Zumal sie nicht richtig schlafen konnte, nur vor sich hindämmerte und vor ihrem geistigen Auge Listen machte.

Um neun Uhr wollten ihre Eltern kommen, um ihr ein bisschen zu helfen, und sie brachten ein paar Brötchen mit.

Sollte sie sich noch einmal die Haare waschen oder nicht? Vielleicht waren sie besser zu frisieren, wenn sie nicht ganz so frisch gewaschen waren?

Um neun Uhr dreißig sollte dann ihre Visagistin und Friseurin damit beginnen, sie zurechtzumachen. Vielleicht war sie sauer, wenn die Haare nicht gewaschen waren? Sollte sie sie vielleicht um acht Uhr besser noch mal anrufen?

Um zehn Uhr wurde dann hoffentlich das fertig geänderte Kleid geliefert. Das bereitete ihr die größten Sorgen. Es wäre eine Katastrophe, wenn die den Termin vergessen hatten! Und war alles richtig gelaufen mit den Änderungen? Passte das Kleid wirklich?

Bernarda starb tausend Tode.

Und dann der Regen! Durch ihn war sie überhaupt erst wach geworden.

Unaufhörlich hörte sie ihn aufs Dach pladdern. Oddio, dachte sie, dann fällt ja schon mal der herrliche Sektempfang vor dem Palazzo Scarpaccini ins Wasser.

Es wäre ein Highlight gewesen. Ein gemeinsames Anstoßen hoch über den Dächern von Florenz, vielleicht sogar noch zur Krönung ein gelungener Sonnenuntergang.

Und nun Nebel, keine Sicht und strömender Regen. Grazie, dio! Gott meinte es wirklich nicht gut mit ihr, sonst hätte er seine schützende Hand wenigstens über diesen einen Tag gehalten.

Bernarda zog sich die Decke über die Ohren, vergoss ein paar Tränen und versuchte, sich zu entspannen.

Es ging nicht.

Sie nahm ihr Handy und schickte Gianni eine WhatsApp.

Gianni, ich kann nicht schlafen, bin zu nervös. Werde aussehen wie eine verkaterte Hexe. Bin fix und fertig. Aber freu mich so unendlich auf dich. Möchte nicht mehr allein sein!

Und Gianni antwortete prompt.

Ich auch nicht. Und ich finde verkaterte Hexen toll! Lass mal, wir schaffen das locker. Ich freu mich riesig!

Das beruhigte Bernarda. Sie sank in ihr Kissen und döste eine Stunde. Dann war sie wieder wach. Hatte das Gefühl, verschlafen zu haben, dabei war es erst sieben. Sie hielt es nicht mehr aus und stand auf.

Als Erstes kochte sie sich einen starken Kaffee und setzte sich in die Küche.

Überall stapelten sich gepackte Kisten. Im Flur, in der Küche, im Schlafzimmer – überall. Man kann nicht umziehen, wenn man heiratet, dachte sie. Oder besser: Man kann nicht heiraten, wenn man umzieht. Das ist Wahnsinn! Das ist Chaos! Wir hätten mit dem Umzug in die neue Wohnung noch drei Monate warten sollen! Das Ganze hier war ja nur Stress, und man konnte die Hochzeit gar nicht genießen.

Vor Wut trat sie gegen eine Umzugskiste, aber nichts passierte. Weder ihrem Fuß noch der Umzugskiste.

Dann ging sie ins Badezimmer und ließ sich ein heißes Bad ein. Zur Entspannung gab es nichts Besseres. Außerdem wurde ihr dann wieder warm. Durch die Barfuß-Rumrennerei war ihr ganz kalt geworden.

Um acht war sie frisch gebadet, die Haare waren gewaschen, und ihr war schön warm. Jetzt konnte der Tag kommen.

Bernarda kochte sich noch einen Kaffee und sah auf die Uhr. Sie hatte noch ein bisschen Zeit, bis ihre Eltern und die Visagistin kamen.

Es lief alles so perfekt, so normal, wie vorherbestimmt. So sollte es eben sein.

Sie hatte einen guten Job, heiratete ihren Traummann, mit dem sie sich gut vorstellen konnte, ein Leben lang zusammen zu sein. Sie hatten eine schöne Wohnung gefunden, was wollte man mehr. Und dann würde sie in den nächsten paar Jahren noch zwei Kinder bekommen, und das Glück wäre perfekt.

Dabei hatte sie Gianni ganz zufällig kennengelernt. Eines Tages hatten sie sich auf dem Klinikflur in Careggi einfach gegenübergestanden. Er hatte einen Freund besuchen wollen, der sich ein Bein gebrochen hatte und gerade operiert worden war.

Unwillkürlich hielten sie inne und sahen sich an.

»Kann ich Ihnen weiterhelfen? Kann ich irgendetwas für Sie tun?«, fragte sie.

Gianni runzelte die Stirn. »Sie sind hier Schwester?«

»OP-Schwester.«

Gianni grinste. »Dann möchte ich mir bitte gerne sofort den Blinddarm rausnehmen lassen.«

Auch Bernarda grinste jetzt. »Die Termine macht das distretto. Haus B, Parterre. Wenn Sie reinkommen der Flur links, Zimmer 17 bis 20. Viel Glück.«

Sie drehte sich weg und wollte davongehen, doch er hielt sie auf.

»Wir können es auch einfacher und unblutiger haben: Wann haben Sie Pause? Ich würde gern mit Ihnen einen Kaffee trinken.«

»Um siebzehn Uhr«, sagte sie und ging.

»Gut! Ich warte!«, rief er ihr hinterher.

Drei Stunden später saßen sie sich in der Krankenhauskantine gegenüber und redeten.

Die Zeit war viel zu kurz.

Schließlich wartete er erneut, bis sie Feierabend hatte, und lud sie zum Essen ein.

Drei Stunden saßen sie in einer kleinen Trattoria.

Und Gianni dachte: Was für eine interessante Frau.

Und Bernarda dachte: Was für ein liebenswerter Typ.

Von diesem Abend an schliefen sie keine Nacht mehr getrennt.

Bernarda liebte ihn über alles. Und darum würde diese Hochzeit auch das Highlight ihres Lebens sein.

Auch wenn es regnete.

Es klingelte. Bernarda lief in den Flur und öffnete.

Ihre Mutter umarmte sie stürmisch, ihr Vater begrüßte sie weitaus zurückhaltender, wenn auch nicht weniger herzlich.

»Mein Liebes!«, jauchzte ihre Mutter. »Wie geht's dir? Wie fühlst du dich? Bist du o.k.? Oddio, wahrscheinlich bist du ziemlich aufgeregt. Ich kann das verstehen. Mir ging es vor hundert Jahren mit deinem Vater ja genauso!« Sie warf Dino einen lächelnden Seitenblick zu, aber der reagierte nicht. Offensichtlich hatte er gar nicht zugehört.

Auch Bernarda kommentierte das nicht. »Ich warte auf die Visagistin, Mama. Sie muss jeden Moment kommen. Und dann warte ich auf das Kleid. Wenn in ein paar Stunden alles passt und alles stimmt und alles toll aussieht, dann bin ich überhaupt nicht mehr aufgeregt.«

Carla nahm das zur Kenntnis. »Wann kommen Gabriella und Donato?«

»Sie kommen direkt zur Kirche.«

»Mit Gianni?«

»Ich nehme es an. Hab aber keine Ahnung. So eine Trauung ist ja richtig spannend.« Sie grinste.

»Soll ich uns einen Kaffee kochen?«, fragte Carla und stand auf.

»Für mich nicht«, meinte Bernarda, »ich hatte schon einige.«

»Gut, dann koche ich einen für uns. Und für die Visagistin, die gleich kommt.«

Dino griff sich die Morgenzeitung, die auf dem Küchentisch lag, und begann zu lesen.

Vier Stunden später war Bernarda fertig. Das Kleid saß wie angegossen, die lockere Hochsteckfrisur sah spontan und zufällig aus, in Wirklichkeit war sie derart festgesteckt, dass sie auf jeden Fall das ganze Fest über halten würde. Sie korrespondierte fantastisch mit dem Schleier, der sich harmonisch in die Frisur einfügte. Und mit dem Make-up, den glänzenden Lippen des Permanent-Lippenstiftes und den Smokey Eyes, die Bernarda ausgesprochen gut standen, ergab das Ganze ein perfektes Bild.

»Du siehst wunderschön aus!«, schluchzte Carla und schlug

die Hände über dem Kopf zusammen. »Meine Bernarda, mein kleiner Spatz heiratet! Ich kann es nicht fassen!«

Sie brach in Tränen aus, und Bernarda nahm sie in den Arm, sehr vorsichtig und sehr darauf bedacht, weder ihr Kleid zu beschmutzen noch Make-up oder Frisur zu zerstören.

»Alles gut, Mama«, flüsterte sie. »Es ändert sich ja kaum was. Wir wohnen schließlich hier in Florenz und können uns sehen, wann du willst.«

Carla ließ Bernarda los und sah sie aus einiger Entfernung an. »Du bist die schönste Braut, die Florenz jemals gesehen hat!« Schon wieder standen Tränen in ihren Augen, und Bernarda gab ihr einen Kuss auf die Wange.

Dino legte die Zeitung beiseite. »Ich unterbreche euch nur ungern, meine Lieben, aber wir müssen los, wenn wir noch einigermaßen pünktlich in der Basilica sein wollen.«

Bernarda sah auf die Uhr und erschrak. »Papa hat recht! Gut, dann fahren wir sofort los!«

Dino stand auf und lächelte. »Keine Panik. Wir schaffen alles lässig, aber wenn wir in einen Stau kommen sollten, haben wir ein Problem.«

Bernarda nahm ihren Brautstrauß, eine Mischung aus weißen und roten Rosen und weißem Schleierkraut, und sie verließen die Wohnung.

86

Octavia hatte sich schon lange nicht mehr so gut gefühlt. Nur noch wenige Stunden, dann würden sie hier sein.

Es war ja schade, dass es derart regnete, und es sah auch nicht so aus, als wenn es irgendwann einmal aufhören würde. Der Wetterbericht hatte für die kommenden drei Tage schlechtes Wetter vorausgesagt.

Gut, dann würden sie den Sektempfang eben im Salon stattfinden lassen. Eine durchaus ebenbürtige Alternative.

Im Grunde störte der Regen überhaupt nicht.

Die Küche war informiert und gut vorbereitet. Ebenso das Service-Personal. Es standen genug Angestellte bereit, die Hochzeitsgesellschaft zu bedienen. Personal, das sie sonst nicht brauchte und nur zu diesem Zweck engagiert hatte.

Nur für diese Märchenhochzeit.

Für *ihre* Hochzeit.

Sie sah in den Saal. Die Tische waren festlich und perfekt gedeckt.

Alles in Ordnung.

Dann ging sie in den Keller.

Octavia sah sich um. Alles war wieder sauber, alles hergerichtet, Daniel hatte ganze Arbeit geleistet. Nichts deutete mehr darauf hin, was hier schon ein paar Mal geschehen war.

Octavia stellte Kerzen auf. Viele. Kurz bevor Daniel mit ihr nach unten ging, würde sie sie anzünden.

Und dann verstreute sie Rosenblätter auf dem Bett, auf dem Fußboden, überall.

Sie ließ den Raum einen Moment auf sich wirken.

Es war der romantischste Ort und der gelungenste Ausklang des Hochzeitsfestes überhaupt.

Alles für die Braut.

87

In dem erhabenen Kirchenschiff von San Lorenzo saßen ungefähr siebzig geladene Gäste und warteten auf die Braut.

Sie wirkten etwas verloren in der Basilica, eine der größten und wichtigsten Kirchen von Florenz.

Vorn stand Gianni. Fühlte sich ein wenig unwohl vor den Augen der Gäste. Unverwandt sah er in Richtung der noch geschlossenen hohen Kirchentür und wartete auf Bernarda. Sekunden kamen ihm vor wie Minuten und wurden zu kleinen Ewigkeiten.

Unter den Gästen raunte und wisperte es, sie unterhielten sich leise. Ansonsten war es still.

Und plötzlich setzte die Orgel ein, die großen Kirchentüren wurden geöffnet, es erklang der Hochzeitsmarsch von Felix Mendelssohn Bartholdy, und Bernarda betrat an der Hand ihres Vaters die Kirche.

Langsam schritten die beiden durch das riesige Kirchenschiff zum Altar, der Weg schien kein Ende zu nehmen.

Bernarda zitterte und konnte kaum laufen. Ihr Vater drückte beruhigend ihre Hand und lächelte ihr immer wieder zu.

Gianni strahlte. Am liebsten wäre er ihr entgegengelaufen und hätte sie zum Altar getragen, aber er blieb unbeweglich stehen und war berauscht von ihrer Schönheit und ihrem traumhaften Kleid. So atemberaubend, so perfekt hatte er sich seine Braut nicht vorgestellt und konnte es kaum erwarten, ihre Hand zu halten und ihr vor aller Welt, vor all ihren Verwandten, Bekannten und Freunden das Jawort zu geben.

Dino drückte Bernardas Hand ein letztes Mal, und dann übergab er seine geliebte Tochter seinem zukünftigen Schwiegersohn.

Bernarda lächelte Gianni unter Tränen zu.

»Ich liebe dich«, flüsterte er ihr ins Ohr.

»Ich dich auch«, hauchte sie zurück, und ein paar Tränen glitzerten in ihren Augen.

Als Gianni und Bernarda nach der Trauungszeremonie, bei der auch gleich die standesamtlichen Papiere mit unterschrieben wurden, glücklich, verheiratet und mit Trauringen an den Händen aus der Kirche auf den Vorplatz traten, wurden sie mit lauten Jubelschreien von ihren Verwandten, Bekannten und Freunden begrüßt.

Neri und Gabriella umarmten Bernarda und Gianni, und Gabriella trocknete ein paar Tränen. Auch Dino und Carla drückten die beiden an sich, ebenso gerührt.

Die Gäste ließen das Brautpaar hochleben, Kinder bewarfen sie mit Blumen und glitzerndem Konfetti, und rote und weiße Luftballons stiegen hoch in den Himmel.

Immer wieder schrien alle rhythmisch »bacio, bacio!«, und Gianni und Bernarda küssten sich. Immer und immer wieder.

Die Hochzeitsgäste und Passanten bekamen nicht genug davon.

Schließlich fuhr eine mit Blumengirlanden geschmückte Limousine vor, und das Brautpaar stieg ein. Ein Freund Dinos hatte seinen Wagen der Luxusklasse für diesen festlichen Anlass zur Verfügung gestellt.

Das Brautpaar fuhr los.

Und auch die Hochzeitsgesellschaft setzte sich mit ihren Privatautos in Bewegung.

Hoch in die Berge, zum Palazzo Scarpaccini.

88

Octavia und Daniel Scarpaccini erwarteten vor dem Palazzo bereits das frisch vermählte Paar, und auch die Aushilfskräfte hatten sich in ihren Uniformen dahinter zur Begrüßung aufgestellt.

Sie klatschten, als die Hochzeitslimousine hielt und Bernarda und Gianni ausstiegen.

Es schüttete nicht mehr, sondern nieselte nur noch leicht, und Octavia rollte als Erste auf das Paar zu.

Sie trug ein langes schwarzes Kleid und hatte die Haare am Hinterkopf mit einer silbernen Spange zusammengesteckt. Vor dem Gesicht trug sie einen feinen, schwarzen Schleier mit Spitze, der aber so hauchdünn war, dass er kaum etwas von ihrem Gesicht verdeckte. Er schien wie ein kunstvolles Spinnennetz vor ihrem zarten Teint.

»Meine allerherzlichste Gratulation«, sagte sie und gab erst der Braut und dann Gianni die Hand. »Auf dass Sie beide sehr, sehr glücklich werden! Willkommen im Palazzo Scarpaccini, ich wünsche Ihnen eine schöne, festliche und fröhliche Feier. Wir haben alles, was in unserer Macht steht, vorbereitet, damit Ihnen dieser Abend immer in bester Erinnerung bleiben wird!«

Wieder klatschten alle.

Gianni und Bernarda bedankten sich, und jetzt erst begrüßte Daniel das Hochzeitspaar.

Nach und nach erreichten auch die Hochzeitsgäste den Palazzo, parkten ihre Autos und gingen die lange Freitreppe hinauf.

Der Salon war festlich geschmückt, und alles war für einen Sektempfang vorbereitet. Die Bedienungen in schwarzen Röcken und weißen Blusen gingen mit den Gläsern herum. Ein Buffet mit kleinen, erlesenen Häppchen war unter der Galerie aufgebaut.

»Verehrte Gäste«, sagte Daniel mit lauter Stimme, »bitte bedienen Sie sich. Wir bieten Ihnen hier in diesem Buffet erlesene Appetithäppchen, kreiert von Matteo, unserem Chefkoch. Lassen Sie es sich schmecken. Genießen Sie die Zeit. Und falls Sie noch Wünsche haben sollten: Ein Wimpernschlag genügt. Nach diesem kleinen Vorspiel«, er lächelte in die Runde, »möchte ich Sie dann in den großen Saal zu Tisch bitten.«

Daniel nickte noch einmal freundlich und verließ den Salon.

Jetzt gab es für die Hochzeitsgesellschaft Zeit zum Small Talk. Wer noch keine Gelegenheit gehabt hatte, gratulierte dem Brautpaar, man wechselte ein paar Sätze, küsste und umarmte sich.

»Ich gehe mal kurz Gassi mit dem Hund«, sagte Neri Gabriella ins Ohr. »Jetzt ist es gerade günstig, im Moment ist noch ein bisschen Jubel-Trubel-Heiterkeit, wenn dann später alle am Tisch sitzen und ein Gang nach dem anderen serviert wird, ist es viel schwieriger. O.k.?«

»Va bene, amore. Mach das mal, der arme Kerl hat ja jetzt

schon während der ganzen Fahrt und der Trauung im Auto gesessen.«

Neri nickte. »In zwanzig Minuten bin ich zurück. So lange dauert das hier bestimmt.«

»Eher 'ne halbe Stunde«, meinte Gabriella. »Also, lass dir Zeit.«

»Iss ein paar Häppchen für mich mit«, sagte Neri noch, und Gabriella grinste.

Peppone begrüßte Neri überschwänglich, als er die Heckklappe des Wagens aufschloss. Neri kraulte den alten Hund ausgiebig am Hals, knuddelte ihn einmal von Kopf bis Fuß durch, und Peppone grunzte vor Wonne. Dann sagte Neri »hopp«, aber da war nicht mehr viel mit »hopp«. Ganz vorsichtig und langsam ließ sich Peppone eher nach vorn aus dem Auto fallen, als dass er sprang. Wahrscheinlich tat jedes harte Aufkommen seinen alten Knochen weh.

Neri nahm ihn an die Leine, und die beiden gingen in den Wald direkt hinter dem Palazzo.

Der Regen legte gerade eine kurze Pause ein, was Neris Festtagsanzug sehr zugutekam, und Peppone schnüffelte und markierte und legte seinen zweiten Haufen an diesem Tag.

Als sich die erste Begeisterung über den unverhofften Spaziergang bei dem Hund etwas gelegt hatte, wurde er ruhiger und trabte an lockerer Leine langsam neben Neri her.

»Bitte sei so lieb und benimm dich heute anständig, ja? Du musst leider die ganze Zeit im Auto sitzen. Aber ich hol dich ab und zu raus, ja?«

»Wuff«, machte Peppone.

Und als sie fast im Gleichschritt wieder zurück zum Auto gingen, sahen sie aus wie ein eingespieltes Team.

Oder wie ein altes Ehepaar.

Der Hund sprang in den Wagen, Neri setzte sich noch einen Moment zu ihm und streichelte ihn. »Ciao, mein Alter, sobald ich kann, besuche ich dich wieder. Es geht leider nicht anders.«

Dann schloss er die Heckklappe und hatte ein verdammt schlechtes Gewissen.

So ein lieber Kerl musste so lange in diesem Auto warten.

Aber er war dennoch nie böse. Freute sich immer, wenn man wiederkam.

89

Er war den Berg hinaufgestiegen und stand hoch über dem Palazzo. In der Ferne funkelten die Lichter von Florenz.

Was für eine Nacht!

Octavia hatte sie zur Schicksalsnacht erklärt.

Ihrer Hochzeitsnacht.

Er liebte und hasste Octavia zugleich.

Aber er wollte dieses Leben nicht missen. Hatte nichts anderes. Kein Geld, kein Zuhause, nichts. Das alles konnte er nicht aufs Spiel setzen.

Und sie hatte ihn in der Hand. Wenn er verschwand, würde sie ihn finden. Überall auf der Welt.

Er hatte ihr bereits Pia, seine Liebe, geopfert. Es war der größte Fehler seines Lebens gewesen. Seitdem konnte er keine Nacht mehr richtig schlafen. Es ließ sich nicht mehr rückgängig, nicht mehr ungeschehen machen.

Es gab keinen Ausweg.

Langsam ging er zum Palazzo zurück.

Sollte sie die Braut haben. Es war egal.

Er war und blieb ein Scarpaccini, auf ewig verbunden mit Octavia. Nur darauf kam es an.

90

Als Neri wieder in den Saal kam, wurde gerade eine klare Minestrone serviert, auf die er durchaus Appetit hatte. Er setzte sich.

»Und?«, fragte Gabriella leise.

»Alles in Ordnung. Er ist friedlich. Alles gut.«

»Wie schön.«

Neri sah, dass sich Gabriella auch ein wenig entspannte.

»Nach dem Essen geh ich noch mal mit ihm«, flüsterte Neri, und Gabriella nickte.

Es war ziemlich still im Saal. Alle löffelten ihre Suppe, kaum jemand sagte etwas, Gianni und Bernarda warfen sich ab und zu liebevolle Blicke zu und drückten sich verstohlen die Hand.

Octavia lag nackt auf dem Bett. Überall im Zimmer brannten Kerzen. In der Ferne läutete eine Kirchenglocke.

Im Kamin prasselte ein Feuer.

Es war warm im Turmzimmer, in Octavias Allerheiligstem, das nur durch einen Lift zu erreichen war, der direkt im Zimmer hielt. So konnte sie mit ihrem Rollstuhl vom Keller, vom Salon, von der Galerie oder von Daniels Zimmer in ihren

Turm fahren. Nur sie und Daniel hatten den Schlüssel – niemand sonst.

»Welches Öl hättest du denn gern?«, fragte er.

»Magnolie und Pistazie. Und nimm noch ein bisschen Mandel dazu.«

Daniel nickte.

Octavia lag mit geschlossenen Augen da.

»Was tun sie gerade?«, fragte sie.

»Sie sind immer noch mit der Minestrone beschäftigt.«

Octavia nickte. »Bitte, fang an.«

Daniel beträufelte ihren Körper mit Öl und begann langsam und sehr behutsam, es in die seidenweiche Haut einzumassieren.

Währenddessen sah Daniel auf die Monitore, die in allen vier Ecken des Zimmers und an der Decke angebracht waren und aus allen Blickrichtungen zeigten, was im Salon gerade geschah.

»Jetzt ist der Vater der Braut aufgestanden. Offensichtlich will er eine Rede halten. Soll ich den Ton anstellen?«

»Nein. Es interessiert mich nicht.«

Langsam und zart massierte Daniel Octavias Brüste.

Sie bebte, und ihr Oberkörper bäumte sich auf.

Dino klopfte an sein Glas. »Liebes Brautpaar, liebe Freunde und Verwandte, als Vater der Braut möchte ich ein paar Worte sagen. Keine Angst, ich werde mich kurzfassen, denn der nächste Gang ist in der Küche sicher schon in der Warteschleife.« Er atmete tief durch und lächelte in die Runde.

Keiner sagte ein Wort, alle hörten gespannt zu.

»Ich weiß nicht mehr genau, wann, aber es ist sicher schon ein halbes Jahr her«, fuhr Dino fort, »da kam meine Tochter abends zu mir und sagte: ›Papa, ich habe einen Mann kennengelernt, den ich heiraten möchte.‹ Ich bekam einen Heidenschreck und wollte zur Verstärkung und Unterstützung meine Frau rufen, aber die war nicht zu Hause.«

Carla, Bernarda und einige Gäste lachten.

»Und ich dachte augenblicklich, mamma mia, das kann ja nichts werden. Meine Tochter hat das Talent, sich immer die falschen Männer auszusuchen, die falschen Entscheidungen zu treffen und in den falschen Zug zu steigen.«

»Grazie, babbo, für die Blumen!«, sagte Bernarda.

Aber Dino lächelte nur und strich ihr übers Haar. Dann sagte er leise: »Aber dann lernte ich wenig später Gianni kennen. Und ich dachte, madonnina, was für ein netter Kerl! Wo hat sie den bloß aufgegabelt? Der ist genau der Richtige für sie!«

Gianni stand stumm auf und umarmte seinen Schwiegervater.

»Ich habe Gianni dann sehr gut kennengelernt, und ich muss sagen, er ist ein Hauptgewinn, Bernarda! Ihr beide seid wie füreinander geschaffen. Und ich weiß, dass ihr euch liebt! Ich danke dem Himmel, dass ihr euch getroffen habt, und ich freue mich darauf, Donato und Gabriella, Giannis Eltern, näher kennenzulernen. Das Leben ist großartig, werdet glücklich, ich liebe euch alle! Salute!«

Donnernder Applaus.

Dino setzte sich, er war ganz rot, sehr gerührt und sehr froh.

»Jetzt musst du etwas sagen!«, zischte Gabriella und kniff Neri in den Oberschenkel. »Na los! Mach schon! Jetzt ist der Moment! Es wäre peinlich, wenn du nichts sagst!«

»Was?«, fragte Neri, verschluckte sich und musste husten. »Ich? Was soll ich denn sagen?«

»Keine Ahnung. Irgendwas.« Sie kniff ihn noch einmal und drückte ihn hoch. »Na los, Neri, sag was. Du bist schließlich der Vater des Bräutigams!«

Neri stand auf. Das war ja nun so gar nicht sein Ding, auf große Reden bereitete er sich gerne lange vor, aber so ins kalte Wasser geworfen zu werden ging gar nicht.

»Tja«, meinte er und grinste schief, »die Situation überrascht mich jetzt, aber schließlich bin ich der Vater des Bräutigams, des netten Kerls, und ich muss sagen, wir haben unsere Kinder offensichtlich gut hingekriegt. Bernarda ist die süßeste Braut und Schwiegertochter, die ich mir vorstellen kann, und ich gratuliere meinem Sohn zu so einer tollen Frau. Aber jetzt ist Schluss. Lasst uns anstoßen: auf das Brautpaar, auf die zwei wunderbaren Familien, die sich gerade kennenlernen, und auf die vielen Enkelkinder, die noch kommen. Salute!«

Alle hoben ihre Gläser, stießen an, tranken, und Neri setzte sich.

»Das war großartig, Neri«, flüsterte Gabriella, und sie hatte Tränen in den Augen. »Hast du die Rede heimlich doch vorbereitet?«

Neri schüttelte empört den Kopf. »Aber überhaupt nicht! Ich war auf dem Standbein erwischt, und jetzt will ich was essen!«

Gabriella grinste still in sich hinein. Sie war mehr als stolz auf ihren Donato.

Ein letztes Mal fuhr Daniel mit den Fingerspitzen von den Schultern bis zu den Zehen Octavias schönen Körper entlang. Durch das Öl glänzte die Haut jetzt seidig.

Dann stellte er die Ölfläschchen zur Seite und begann Octavia einzukleiden.

Streifte ihr einen edlen Spitzenslip über die Beine und hob ihr Becken leicht an, um ihn ihr anzuziehen. Dann zog er sie hoch, sodass sie zum Sitzen kam, und legte ihr einen BH an. Anschließend streifte er ihr feine Seidenstrümpfe über.

Sie war schön, aber wie eine wächserne Puppe, deren Glieder man einzeln bewegen musste, um sie in eine andere Position zu bringen.

Im Schrank hing das Brautkleid. Er stand auf und holte es heraus.

»Che bello!«, flüsterte Octavia. »Endlich ist es so weit.«

»Ja, Liebste.«

Wie ein Kunstwerk bestand es fast nur aus zarter Spitze voller Ornamente und Blumenmotive. Eng anliegend mit einem spitzen Ausschnitt, betonte es die schmale Taille und ging dann fast unmerklich in einen weich fallenden, weiten Rock über.

Es war ein Traum von einem Kleid. Schwarz, fein und unvorstellbar schön.

Heute war der Tag, an dem sie es tragen würde.

Daniel löschte das Licht, sodass nur noch die Kerzen und das Kaminfeuer leuchteten.

Dann legte er Musik auf. Den »Bolero« von Ravel.

Octavia erzitterte.

Daniel stand auf, holte eine kleine Schmuckschatulle aus seiner Jacketttasche und öffnete sie.

»Octavia Scarpaccini«, sagte er und sah ihr fest in die Augen. »Ich werde dich immer lieben.«

»Daniele Scarpaccini«, antwortete sie lächelnd, »du bist der Mann meines Lebens. Mit niemandem auf der Welt gibt es eine Symbiose wie mit dir. Auch ich werde dich immer lieben.«

Er nahm einen Ring und streifte ihn ihr über den Finger.

»Für immer«, sagte er. »Bis dass der Tod uns scheidet.«

Dann streifte sie ihm den Ring über den Finger und flüsterte: »Bis dass der Tod uns scheidet.«

Daniel küsste sie.

91

»Nun ist der große Moment gekommen«, sagte der Bandleader, »der Moment, auf den Sie wahrscheinlich alle schon sehnsüchtig warten: Das Brautpaar wird jetzt seinen Hochzeitswalzer tanzen, und dann wird die Tanzfläche für alle eröffnet sein. Allora! La musica, per favore!«

Gianni und Bernarda standen bereit. Sie hielten sich an den Händen und lächelten sich zu. Die Musik setzte ein, und die Band spielte den Walzer Nr. 2 von Dimitri Schostakowitsch.

Gianni und Bernarda drehten sich im Takt, und alle hielten den Atem an. Es lag so viel Gefühl in diesem Tanz, dass alle wie gebannt und total fasziniert zusahen.

»Ich wusste ja gar nicht, dass Gianni so gut tanzen kann!«, flüsterte Gabriella Neri ins Ohr. »Das ist ja der Wahnsinn!«

»Mein Sohn!«, flüsterte Neri zurück. »Hat er alles von mir geerbt!«

Als der Walzer zu Ende war, kehrten Gianni und Bernarda verschwitzt, aber glücklich zu ihrem Tisch zurück.

Die Musik spielte weiter, und Neri nahm Gabriella an der Hand. »Komm«, sagte er ihr ins Ohr. »Lass es uns probieren. Ob wir es noch hinkriegen.«

Gabriella folgte ihm auf die Tanzfläche. »Wir werden uns blamieren, Neri!«

»Ach was!«

Und dann riss er Gabriella an sich und tanzte mit ihr den schwungvollsten Walzer seines Lebens. Er hätte nie gedacht, dass er noch so viel Kraft und Elan hatte, und war richtig euphorisch. Da musste erst sein Sohn heiraten, damit er begriff, was er noch alles konnte.

Mein Gott, er sollte viel öfter mit Gabriella tanzen, vielleicht sollten sie sich in einer Tanzschule anmelden … Dann würden sie alles noch mal von der Pike auf lernen, wären jede Woche auf dem Parkett und bestimmt zweimal im Jahr auf irgendeinem Ball. Seniorensport, dachte Neri, verdammt anstrengend, aber schön.

Und Gabriella tanzte und tanzte und schnappte nach Luft. Wie ein Fisch an Land. Wahrscheinlich würde sie in den nächsten fünf Minuten einen Herzinfarkt kriegen, wenn sie nicht sofort aufhörte. Ihre Brust wurde immer enger.

»Neri, komm, bitte, wir müssen uns setzen, ich kann nicht mehr.«

Erschrocken sank Neri mit Gabriella auf zwei freie Stühle.

»Madonnina, ich bin am Ende, das war zu viel für mich«, röchelte sie.

Er hielt ihre Hand und beobachtete sie. Überlegte, ob er die ambulanza rufen sollte.

Was war denn los? Normalerweise war sie immer die Starke. Die Organisatorin, die Alles-Überblickende, die Alles-Durchschauende, die Alles-Entscheidende … Und dann so was. Da haute sie ein Walzer aus der Bahn. Seine Göttin. Seine Gabriella.

Gabriella stabilisierte sich, bekam wieder Luft und lächelte schon wieder.

»Komm«, sagte er nach einer Weile, »wir gehen ein bisschen an die Luft und machen einen kleinen Nachtspaziergang. Peppone wird sich freuen, und dir wird es dann auch besser gehen.«

Gabriella nickte.

Er setzte ihr das Diadem auf die dunklen, langen Haare und zog sie fest an sich. »Langsamer Walzer«, flüsterte er ihr ins Ohr. »Nur für uns!«

Und dann tanzte er langsam mit ihr durch den Raum. Sie drückte sich eng an ihn, und er trug sie. Ihre Füße berührten nicht den Boden, aber dennoch tanzte er mit ihr. Drehte sie, als wäre sie schwerelos, summte dabei und schmiegte seine Wange an ihre.

»Ti amo«, flüsterte sie und drückte ihn mit ihren Armen noch fester an sich.

Als sie beide erschöpft waren, setzte er sie zurück in den Rollstuhl, tupfte ihr den Schweiß von der Stirn, glättete ihre Haare und rückte das Diadem zurecht.

92

Sie hatte die Tänze nicht gezählt, die sie mit Gianni hintereinanderweg getanzt hatte, aber jetzt war sie kaputt und fühlte sich verschwitzt.

»Pause!«, sagte sie und küsste Gianni. »Gönn mir einen Moment. Ich geh mich mal kurz frisch machen.«

»Alles klar«, sagte Gianni, »ich hol uns was zu trinken.«

Bernarda ging durch den Salon zum Ausgang.

Hand in Hand saßen sie nebeneinander, jeder mit einem Glas Champagner in der Hand, beobachteten auf den Monitoren das Fest und lächelten sich hin und wieder zu.

Es war schließlich *ihr* Fest, *ihre* Hochzeit.

Jetzt hatten sie auch den Ton angeschaltet.

»Ich glaube, die Braut sucht die Toiletten, möchte sich frisch machen«, sagte er zu Octavia.

»Gut«, antwortete sie, sah ihn an und lächelte. »Dann geh. Es ist so weit!«

Bernarda war nicht ganz klar, wie sie in diesem ausladenden Kleid auf die Toilette gehen sollte, aber sie musste es irgendwie schaffen. Sie konnte nicht mehr und war froh, dass sie nicht einen noch bauschigeren Rock oder eine noch längere Schleppe trug.

Auf dem langen Flur zu den Waschräumen begegnete sie Daniel Scarpaccini.

»Oh«, sagte er. »Signora! Wie geht es? Sind Sie zufrieden?«

»Sehr. Es ist ein wunderschönes Fest. Alles perfekt, ich bin unheimlich glücklich.«

»Kann ich Ihnen irgendwie helfen?«

»Ich suche eigentlich die Toiletten. Wollte mich nur ein wenig frisch machen.«

»Die sind gleich da hinten. Den Flur entlang, und dann rechts.«

Er stutzte und sah sie an. »Aber mit diesem Kleid dürften Sie in so einer engen Kabine ein Problem haben. Bitte, kommen Sie doch mit mir! Unsere Bäder, die von meiner Frau und mir, sind wesentlich größer. Sie sind nicht für die Öffentlichkeit zugänglich, aber natürlich für eine Braut. Dort haben Sie kein Problem mit Ihrem Kleid.«

»Das ist aber nett«, antwortete Bernarda erfreut.

»Bitte, hier entlang«, sagte Daniel.

Und Bernarda folgte ihm.

93

Signor Scarpaccini ging quer durch den Salon. Hinter einer Säule gab es einen Fahrstuhl, den Bernarda bisher noch gar nicht bemerkt hatte.

Der Hausherr lächelte, schloss mit einem eigenen Schlüssel die Tür auf und bat Bernarda mit einer eleganten, höflichen Geste hineinzugehen. Bernarda betrat den geräumigen, verspiegelten Fahrstuhl.

»Wir haben ihn für meine Frau eingebaut«, erklärte Daniel. »So kann sie sich mit ihrem Rollstuhl im ganzen Haus bewegen.«

Er vergewisserte sich, dass das Brautkleid auch nirgends eingeklemmt war, schloss die Tür und fuhr nach unten.

Bernarda wunderte sich. Sie hatte erwartet, Signor Scarpaccini in eines der oberen Stockwerke, zumindest aber bis auf die Galerie zu folgen, wo sie das private Bad der Scarpaccini vermutete, aber der Fahrstuhl fuhr abwärts. In den Keller.

Als er hielt, öffnete sich die Fahrstuhltür lautlos.

Sie betraten einen dunklen Raum. Daniel zündete in Sekundenschnelle die Kerzen eines großen silbernen Leuchters an, und das Licht flackerte gespenstisch gegen die grobe Natursteinwand.

Bernarda wusste nicht, was sie davon halten sollte. Aber sie wollte auch nicht unhöflich erscheinen und sagte nichts.

Dann zündete Daniel alle weiteren Kerzen im Raum an.

Jetzt erkannte Bernarda mehr. Sie befanden sich in einem Kellergewölbe, sehr schön antik und geschmackvoll eingerichtet, ein ungewöhnlicher Raum, auf eine gewisse Art faszinierend.

Allerdings fiel ihr auf, dass es kein einziges Fenster gab.

»Das ist sehr schön hier«, sagte Bernarda zu Daniel, der sie irgendwie abwartend ansah. »Aber könnten Sie mir wohl bitte das Bad zeigen?«

»Natürlich! Hier, bitte.« Er öffnete die Tür. »Es ist nicht übermäßig groß, das gebe ich zu, aber sehr fein. Sie werden gut darin zurechtkommen. Ich warte so lange hier draußen.«

Da hätte ich auch oben in eine der Kabinen gehen können, dachte Bernarda ärgerlich. Aber jetzt war es auch egal.

Sie raffte ihren Rock und erleichterte sich. Danach fühlte sie sich wesentlich wohler und kräftiger.

Als sie aus dem Bad herauskam und ihr Kleid noch einmal zurechtzupfte, war Daniel verschwunden.

Sie war allein.

Sie sah sich irritiert um. Nein, er war nirgends. Verdammt.

Wie unhöflich, dachte sie. Jetzt musste sie allein zurückfinden.

Sie ging zum Fahrstuhl. Aber da gab es keinen Knopf, den man drücken und so den Fahrstuhl rufen konnte, die Tür ließ sich nicht öffnen.

Auch die schwere Holztür zu diesem Zimmer war abgeschlossen.

Was soll das?, dachte sie wütend. War das ein Spiel und sie plötzlich die entführte Braut, die vom Bräutigam gesucht werden musste?

Sie fand das alles überhaupt nicht witzig, sondern eher ärgerlich.

Rosenblätter, dachte sie verwundert, als sie das Bett betrachtete. Was sollte das werden? Eine vorgezogene Hochzeitsnacht?

Gianni, wenn du dir das ausgedacht hast, dann reicht es jetzt. Dann komm bitte und hol mich ab!

Sie hatte keine Lust mehr, wollte zurück zu ihrem Fest.

Setzte sich aufs Bett und wartete ab.

Wurde allmählich immer saurer.

94

Daniel stieg auf der Galerie aus dem Lift. Er wollte noch einen Blick in den Saal werfen, bevor er Octavia holte, um mit ihr in den Keller zu fahren.

Die Stimmung schien sehr gut zu sein. Die Band spielte, die Gäste tanzten, der Wein floss in Strömen.

Er lächelte.

In diesem Moment kam Gianni die Treppe herauf und auf ihn zu.

»Signor Scarpaccini«, sagte er ein wenig atemlos, »haben Sie zufällig meine Braut gesehen?«

»Nein. Wieso?«

»Sie wollte sich ein wenig frisch machen.« Er sah auf die Uhr. »Das ist jetzt bestimmt eine Viertelstunde her, und sie ist wie vom Erdboden verschluckt. Das kann doch nicht sein!«

»Nein!« Daniel lachte kurz auf. »Das kann wirklich nicht sein. Normalerweise verschwinden bei uns keine Bräute. Vielleicht ist sie auf der Damentoilette, und es dauert mit dem Kleid ein bisschen länger?«

»Das kann ich mir nicht vorstellen«, murmelte Gianni.

Eine junge Servicekraft ging an ihnen vorbei.

»Monika!«, hielt Daniel sie auf.

Sie fuhr herum. »Ja?«

»Wo wollen Sie hin?«, fragte Daniel auf Deutsch.

Und auch Monika antwortete auf Deutsch. »Der Koch schickt mich. Ich soll aus der Vitrine neben dem Fahrstuhl zwanzig neue Gläser holen. Aus irgendeinem Grunde streikt die Geschirrspülmaschine momentan.«

»Gut. Tun Sie das. Aber bitte etwas später. Als Erstes gehen Sie jetzt bitte zur Damentoilette und sehen nach, ob die Braut dort ist und vielleicht ein Problem hat. Und dann kommen Sie bitte sofort wieder her und sagen Bescheid.«

Monika nickte, verbeugte sich leicht und lief davon.

»Sie werden sehen«, sagte Daniel jetzt wieder auf Italienisch zu Gianni, »gleich wissen wir, wo sie ist. Wahrscheinlich hat das Nachschminken nur ein wenig länger gedauert.«

»Woher können Sie so gut Deutsch?«, fragte Gianni verwundert.

Daniel lächelte. »Ich nehme Ihre Frage jetzt mal als Kompliment für mein Italienisch, denn ich bin Deutscher. Aber ich lebe nun schon seit vielen Jahren in Italien, bin mit einer Italienerin verheiratet, spreche den ganzen Tag Italienisch, und da bleibt es nicht aus, dass das Italienische nach so langer Zeit langsam zur Muttersprache wird. Ich träume und denke auch italienisch, aber das Deutsche habe ich natürlich nicht vergessen.«

»Das wusste ich ja gar nicht«, sagte Gianni.

Daniel lächelte. »Bitte entschuldigen Sie mich jetzt. Monika wird gleich kommen und Ihnen sagen, ob sie Ihre Braut gefunden hat.«

»Ich danke Ihnen«, meinte Gianni.

Daniel nickte und ging davon.

Gianni blickte hinunter auf die Tanzenden und wartete.

Nur drei Minuten später kam Monika zurück. »Auf der

Damentoilette ist sie nicht«, sagte sie in gebrochenem Italienisch.

Gianni nickte. »Va bene. Grazie.«

Dann ging er die Treppe hinunter zurück in den Saal.

95

»Endlich!«, sagte Octavia. »Endlich kommst du! Wo warst du denn so lange?«

»Der Bräutigam hat mich aufgehalten. Er sucht bereits seine Braut.«

Octavia lächelte.

»Dann wird es Zeit.«

Daniel öffnete die Fahrstuhltür und schob Octavia hinein.

Sie fuhren nach unten.

Bernarda saß immer noch auf dem Bett, inmitten von roten Rosenblättern. Es war vollkommen still. Sie hörte keine Musik, kein Lachen, keine Stimmen – nichts. Als würde ihr Hochzeitsfest dort oben im Saal gar nicht stattfinden.

Wie lange sie da jetzt schon saß, wusste sie nicht. Zehn Minuten, zwanzig, eine halbe Stunde?

Jedenfalls wurde sie immer wütender. Ein Scheißspiel! Es war ihr Fest dort oben! Ihre Hochzeit! Sie wollte dabei sein! Sie wollte es genießen! Aber nein, sie saß hier und konnte nicht weg. Das war absurd! Warum kam denn nicht endlich jemand und beendete diesen Spuk? Gianni musste sie doch vermissen!

Sie traute sich nicht zu schreien, um sich nicht zu blamieren, sie kam sich so ungeheuer affig und verloren vor, war so unglücklich und hilflos.

Das darf doch alles nicht wahr sein, dachte sie immer und immer wieder. Ich bin doch hier im völlig falschen Film!

Aber sosehr sie sich innerlich auch empörte, aufregte und litt, sie konnte nichts tun. Saß auf diesem verfluchten Bett, und der Abend verging.

Endlich! Sie hörte das leise Surren des Fahrstuhls, und nur Sekunden später öffnete sich die Tür.

Octavia Scarpaccini fuhr leise herein.

Ihr Mann folgte ihr.

Die Fahrstuhltür schloss sich lautlos.

»Meine Liebe«, sagte Octavia und lüftete den Schleier. »Was für ein einmaliger, festlicher Tag! Ich bringe dir deinen Mann! Du bist glücklich, aber du wirst noch glücklicher werden.«

Bernarda war so irritiert und perplex, dass sie viel zu spät bemerkte, dass ihr Daniel mit einem blitzartigen Klick Handschellen anlegte und sie ans Bett fesselte.

Völlig fassungslos über das, was hier geschah, starrte sie Octavia und Daniel an, war nicht in der Lage, irgendetwas zu sagen.

Octavia lächelte sanft. »Jetzt wird Daniele dein Bräutigam, dein Geliebter sein bis in den Tod. Kommt, gebt mir eure Hände!«

Sie rollte ein Stück vor bis zum Bett, auf dem Bernarda saß, nahm die Hand, die nicht angekettet war, und legte sie in Daniels. »Ihr seid nun auf ewig verbunden. Bis in den Tod. Mann und Frau, Braut und Bräutigam, Geliebter und Geliebte!«

»Seid ihr irre?«, schrie Bernarda. »Was soll das? Macht mich los und bringt mich nach oben! Ich will zu Gianni, zu meiner Familie, zu meinen Freunden! Das ist kein Spiel, das ist Wahnsinn!«

»Ganz ruhig. Jetzt beginnt deine Hochzeitsnacht.«

Daniel beugte sich hinunter und drückte Bernarda einen Kuss auf die Wange. Ganz vorsichtig, sanft und zart.

Dann fesselte er auch ihre zweite Hand ans Bett.

Octavia nickte stumm.

96

Neri und Gabriella brachten nach dem kurzen Spaziergang Peppone zurück zum Auto, der darüber aber anscheinend gar nicht böse war. Er rollte sich hinten im Auto sofort auf seiner Decke zum Schlafen zusammen.

Bevor Neri und Gabriella die Heckklappe wieder schlossen, hatte er bereits leise zu schnarchen begonnen.

»Wunderbar«, sagte Neri zu Gabriella, »jetzt ist er glücklich und zufrieden, er hat was gefressen, hat Wasser getrunken, alles bestens. Wir brauchen uns keine Sorgen mehr zu machen. Lassen wir ihn in Frieden schlafen. Und dann gehe ich vielleicht noch einmal mit ihm Gassi, wenn wir wieder zu Hause sind, aber vorher nicht.«

»Na, das hat ja richtig gut geklappt«, meinte Gabriella und hakte sich bei Neri unter. »Ich finde, wir zwei sollten jetzt bei einem Glas Champagner nicht nur auf die Kinder, sondern auch auf uns anstoßen, amore. Wie viele Jahre sind wir jetzt verheiratet?«

Neri versuchte zu rechnen, aber dann gab er es auf. »Viele.«

»Sag doch mal, wie lange sind wir zusammen?«

»Lange.« Neri lachte. »Sehr, sehr lange. Komm.«

Die beiden betraten den Palazzo und gingen in den Festsaal.

Sie sahen Gianni, aber Bernarda war nirgends zu sehen.

»Wo ist denn deine Frau?«, fragte Gabriella ihren Sohn.

Gianni schob sich die schweißnassen Haare aus der Stirn. »Ich weiß es nicht. Ich weiß es wirklich nicht. Ich habe sie bereits überall gesucht. Sie wollte nur mal kurz auf die Toilette und sich frisch machen. Aber dort ist sie nicht. Und das war bestimmt schon vor einer halben Stunde.«

»Als wir rausgingen, kamt ihr gerade vom Tanzen zurück«, meinte Neri.

»Ja, und dann ist sie sofort gegangen. Weil sie vom Tanzen so verschwitzt war.«

»Stimmt! Wir waren sicher eine halbe Stunde mit Peppone draußen.«

Neri zuckte die Achseln.

»Wir haben ihn gefüttert und waren bis oben am Wald. Das ist eine ganz schöne Strecke«, meinte Gabriella. »Und immer bergauf.«

»Kann sein«, meinte Neri. So genau konnte er das nicht sagen.

»Komm, Neri!« Gabriella nahm seinen Arm. »Lass uns mal gucken, wo sie sich rumtreibt.«

97

Bernarda lag auf dem Bett. An beiden Händen mit Handschellen an die Bettpfosten gefesselt. Schweißperlen standen ihr auf der Stirn, und sie zitterte am ganzen Körper. Verzweifelt begann sie zu beten. »Hilf, Maria, es ist Zeit, hilf Mutter der Barmherzigkeit …«

Langsam schnitt Daniel ihr das Brautkleid vom Körper.

Bernarda liefen die Tränen übers Gesicht. »Nein, bitte nicht«, weinte sie. »Bitte, lass mir mein Kleid! Bitte!«

»Du brauchst es nicht mehr«, sagte er und zog ihr das Höschen aus.

Bernarda schrie auf, und Octavia, die mit ihrem Rollstuhl am Kopfende des Bettes saß, verschloss ihren Mund mit einem Kuss.

Bernarda hörte auf zu schreien, aber sie begann zu toben und zu strampeln, sodass Daniel auch ihre Füße ans Bett fesseln musste.

Jetzt hatte sie keine Chance mehr.

Er begann sie zu vergewaltigen und sah dabei Octavia in die Augen. Sie ließen den Blick nicht voneinander.

Es war ihre Hochzeitsnacht.

Sie küssten sich über dem Gesicht von Bernarda.

Und als der Orgasmus kam und Daniel über Bernarda schreiend zusammenbrach, seufzte auch Octavia.

Dann sahen sie sich an.

Und lächelten.

»Bis dass der Tod uns scheidet«, flüsterte Octavia, rollte in den Fahrstuhl und fuhr nach oben.

98

Nach ungefähr einer Viertelstunde trafen sich Gianni, Gabriella und Neri zusammen mit Dino und Carla im Salon.

Bernardas Eltern waren vollkommen sprachlos, wussten nicht, was sie denken sollten. Die Situation war einfach zu absurd.

»Sie muss doch irgendwo sein!«, meinte Carla. »Das gibt es doch nicht! Man verschwindet doch nicht auf der eigenen Hochzeit. Hier läuft irgendein Spiel oder Scherz, von dem wir nichts wissen. Und darum weigere ich mich, in Panik zu geraten oder hysterisch zu werden. Spätestens in einer halben Stunde liegen wir uns lachend in den Armen!«

»Aber sie ist nirgends!«, sagte Gabriella. »Ich versteh das nicht! Ich war noch einmal auf der Damentoilette und überall im Erdgeschoss. Niente.«

»Ich war auch im Park«, bemerkte Gianni leise. »Ich meine, sie kann doch nicht verschwunden sein! Bitte! Sie fährt nicht weg, sie läuft nicht weg, wo soll sie denn sein? Wir sollten vielleicht einfach noch eine Weile abwarten.«

»Was anderes wird uns wahrscheinlich auch nicht übrig bleiben.« Neri wirkte ziemlich resigniert. »Dass eine Braut auf ihrer eigenen Hochzeit verschwindet, ist mir auch noch nicht untergekommen. Zumal sie so gerne tanzt und ihre eigene

Feier sicher genießen will. Es sei denn, jemand hat sie entführt.«

»Entführt?«, fragte Gabriella entsetzt. »Wer denn? Und warum denn?«

»Na, was weiß ich, irgendwelche ragazzi aus dem Dorf. Das ist doch ein beliebtes Spiel bei der Dorfjugend. Und der Bräutigam muss die Braut dann suchen und zurückholen.«

»Genau an so etwas haben wir auch gedacht«, warf Dino ein.

»Aber hier doch nicht!« Allmählich regte sich Gianni auf. Und er wusste nicht genau, worüber. Weil Bernarda einfach verschwand oder weil sein Vater und sein Schwiegervater solch einen Quatsch erzählten. »Wir feiern hier keine Dorfhochzeit, Dino. Wir haben die Dorfjugend nicht eingeladen, die die Braut auf einen Trecker lädt und mit ihr in die nächste Kneipe fährt, und der Bräutigam, der sie dann holt, muss die Zeche zahlen. Ich kenn das auch. Aber hier haben wir eine ganz andere Situation. Wir sind im Palazzo Scarpaccini. Bei der Crème de la Crème. Alles edel, alles vom Feinsten, alles vornehm. Da wird die Braut nicht einfach entführt und im Wald auf einen Baumstumpf gesetzt.« Er war so wütend, weil er so traurig, so verzweifelt und so hilflos war.

»Und du hast auch draußen wirklich alles abgesucht?«, fragte Gabriella ihren Sohn.

»Alles. Natürlich haben wir alle hier drinnen nicht in die Privaträume geguckt, aber sie wird sich wohl auch kaum bei der Contessa ins Bett gelegt haben.«

»Wahrscheinlich nicht, nein.« Gabriella überlegte. »Wir sollten uns nicht verrückt machen. Ich würde vorschlagen, wir suchen konzentriert weiter, fragen die Gäste, ob sie sie gesehen haben, und dann reden wir mit den Scarpaccini. Vielleicht haben die eine Idee, wo sie sein oder was passiert sein könnte.«

Gianni nickte.

Und Neri dachte, dass das jetzt alles einfach nur zum Kotzen war.

Er hoffte, dass es sich als ganz großes Missverständnis herausstellen würde, denn er hatte keine Lust mehr, sich Sorgen zu machen. Eigentlich hatte er sich darauf gefreut, auf der Hochzeit seines Sohnes einfach nur glücklich zu sein und endlich mal wieder mit Gabriella zu tanzen.

Und dann verschwand die Braut? Das durfte ja wohl nicht wahr sein!

99

Sie lag nackt vor ihm. Zitterte am ganzen Körper. Schlotterte vor Angst. Weinte und klapperte mit den Zähnen. Betete zu Gott, dass er sie retten möge. Versuchte sich einen Handel auszudenken. Etwas, das sie Gott als Gegenpfand anbieten könnte. Was konnte sie ihm geben, wenn er sie rettete?

Alles.

Er überprüfte noch einmal die Verschlüsse der Handschellen, fuhr mit einer Messerspitze von ihrem Hals über Brust und Bauch bis zu ihrer Scham und zwischen ihre Beine, und Bernarda hielt die Luft an vor Angst, aber dann legte er lächelnd das Messer weg.

»Nein. Es ist noch zu früh. Später. Du musst noch ein bisschen warten. Ich komme bald wieder.«

Er warf ihr einen angedeuteten Kussmund zu und ließ sie liegen. Hilflos, nackt, in einem pompösen Verlies.

Er hatte ihr gesagt, die Mauern wären achtzig Zentimeter dick, niemand würde ihre Schreie hören. Jeder Widerstand wäre zwecklos.

Gianni, dachte sie, bitte, bitte, liebster Gianni, komm und hilf mir! Sonst ist unser Leben zu Ende, bevor es angefangen hat!

Und dann konnte sie nichts weiter tun, als zu weinen.

100

»Donato, sie ist jetzt seit einer Stunde unauffindbar. Das ist nicht normal, irgendetwas muss passiert sein. Wir müssen was unternehmen!«, sagte Gabriella flehend.

Sonst war sie immer die Starke, die Zupackende, diejenige, die immer noch eine Idee hatte und der oft noch eine Lösung einfiel. Aber diesmal war sie wie blockiert vor Angst und glaubte in diesem Moment fest daran, dass hier nur Neri helfen konnte. »Bitte tu was!«

Neri nickte. Auch er hatte ein ganz schlechtes Gefühl und wusste, dass er jetzt handeln musste. Aber er überlegte noch, wie, und hatte eine starke, tiefe Zornesfalte auf der Stirn.

So einen energischen, konzentrierten Gesichtsausdruck hatte Gabriella bei ihrem Mann noch nie gesehen, und das erfüllte sie zumindest mit ein klein wenig Hoffnung.

Neri gab sich einen Ruck. Dann stand er auf und ging quer durch den Saal zur dreiköpfigen Band, die unentwegt und nur mit kleinen Unterbrechungen spielte, denn die Hochzeitsgäste tanzten unermüdlich. Von ihnen hatte noch niemand mitbekommen, dass die Braut fehlte.

Neri hob die Hand, gab der Band ein Zeichen und legte die Finger auf die Lippen.

Die Musik verstummte, und die Tanzenden hielten überrascht inne. Die Bandmitglieder legten ihre Instrumente zur Seite und warteten leicht grinsend ab, was nun passieren würde.

»Liebe Gäste und Freunde«, begann Neri mit fester Stimme, »das, was ich Ihnen und euch jetzt mitteile und mitteilen muss, ist kein Spiel und kein Scherz, sondern bitterer Ernst. Seit über einer Stunde ist Bernarda verschwunden und unauffindbar. Wir haben alles abgesucht, wir haben überlegt, wo sie sein könnte – wir kommen nicht weiter, alles ohne Erfolg. Wie ihr wisst, bin ich der Schwiegervater, ich liebe diese junge Frau wie mein eigenes Kind, und ich werde alles tun, um sie zu finden. Ich bitte Sie, ich bitte euch, helft uns dabei.

Wir sollten uns in einzelne Suchtrupps einteilen, die konzentriert und genau den Palazzo innen und außen absuchen. Vielleicht ist sie im Park, hat sich verlaufen oder ist ohnmächtig geworden, liegt irgendwo, wo sie noch niemand gesehen hat … Es gibt viele Möglichkeiten. Wer auch nur die geringste Idee oder den kleinsten Anhaltspunkt hat, wende sich bitte sofort an mich, meinen Sohn oder an meine Frau. Es tut mir leid, dass ich jetzt mit so einer schlechten Nachricht vor euch stehe, aber wenn ihr alle mithelft und wenn wir sie gefunden haben, können wir anschließend umso fröhlicher, länger und intensiver feiern. Ich danke euch.«

Eine Weile verharrten alle Gäste in Schockstarre. Die Band spielte nicht mehr, und alle, die zuvor getanzt hatten, verließen die Tanzfläche.

Im Saal erklang keine Musik mehr, sondern allgemeines Gemurmel, alle sprachen miteinander, bildeten Gruppen, überlegten, wo die Braut sein könnte.

Und sie machten sich auf die Suche.

Gianni saß vollkommen zusammengesunken am Tisch, den

Kopf auf die Hand gestützt, vor sich eine halb volle Flasche Grappa.

Neri nahm sie ihm weg. »Entschuldige, Gianni«, sagte er leise, »ich weiß, wie schlimm du dich fühlst, aber hör auf zu saufen. Ich weiß nicht, was in dieser Nacht noch passiert, aber ich brauche dich jetzt, wir alle brauchen dich, und vor allem Bernarda braucht dich jetzt.«

Gianni nickte.

Vater und Sohn sahen sich an. Beide überlegten fieberhaft und sprachen kein Wort.

Dann, nach einer großen Pause, sagte Neri nachdenklich: »Scarpaccini, Scarpaccini, immer Scarpaccini. Er sitzt im selben Flugzeug wie die verschwundene Frau damals, er ist Jäger, ist in den Wäldern unterwegs. Ich war schon mal hier, um ihn zu befragen, und jetzt sind wir wieder hier und suchen deine Frau ... Madonna, in meinem Kopf dreht sich alles, ich hätte keinen Wein trinken sollen. Kannst du dich noch an das Video aus dem Flugzeug erinnern?«

»Natürlich. Wieso?«

»War er es, der mit der Ermordeten geredet hat?«

Gianni zuckte die Achseln.

»Ach, nein!« Neri stützte den Kopf schwer in die Hand. »Ich bringe alles durcheinander. Der Sitznachbar der Ermordeten war ja ein Deutscher!«

»Aber Daniele Scarpaccini ist ein Deutscher, babbo!«

»Wie?«

»Ja! Ganz eindeutig! Vorhin hat er mit einer Servicekraft fließend Deutsch gesprochen, ich hab ihn gefragt, woher er das kann, und da hat er erzählt, dass er tatsächlich Deutscher ist. Er lebt nur schon so lange in Italien und ist mit einer Italienerin verheiratet, dass er akzentfrei Italienisch sprechen kann.«

Neri war ganz blass geworden. »Das hab ich ja gar nicht gewusst«, murmelte er. »Maledetto! Vielleicht hätte das hier alles verhindert werden können, wenn …« Er sprach den Satz nicht zu Ende, sondern sprang auf. »Gianni, sie muss hier im Palazzo sein! Sie muss!«

101

Daniel stand vor dem Bett und betrachtete Bernarda ausgiebig. Genüsslich und schweigend.

»Du bist wunderschön«, sagte er leise.

»Bitte, lass mich gehen!«, flehte sie. »Niemand wird irgendetwas von mir erfahren. Ich schwöre es! Aber bitte, lass mich gehen! Lass mich zu meinem Mann!« Sie weinte heftig.

»Ich bin dein Mann«, sagte er kalt.

»Was willst du von mir?«

»Liebe bis in den Tod.«

102

Niemand tanzte mehr. Alle suchten Bernarda. Guckten zum hundertsten Mal in die Toiletten, durchkämmten den Park, rüttelten an den Autotüren – nichts.

Einige Gäste weinten, andere lamentierten hysterisch, allmählich machte sich Panik breit in der Hochzeitsgesellschaft.

Eine Gruppe kam verschwitzt und atemlos zurück. »Wir haben draußen alles abgesucht«, sagten sie zu Neri, den sie im Eingangsbereich trafen. »Haben jedes Auto durchleuchtet, sind hoch bis zum Wald. Haben in den Gräben geguckt, überall ... Aber wir haben nichts gefunden. Assolutamente niente.«

»Danke«, sagte Neri. »Nett von euch.«

Er hatte schon lange keine Idee mehr, wo man noch suchen könnte. Es war so absurd. Er fühlte sich wie in einem Science-Fiction- oder Horror-Film.

Gianni irrte umher und rief unentwegt: »Bernarda!«.

Nichts.

Neri und Gabriella suchten mittlerweile nicht mehr Bernarda, sondern die Scarpaccini, die sich auch nicht mehr blicken ließen. Octavia hatten sie seit der Begrüßung nicht mehr gesehen, und jetzt war auch Daniel Scarpaccini wie vom Erdboden verschluckt.

Gabriella setzte sich. Hielt einen Moment inne. Überlegte.

Überlegen half immer, wenn man etwas verloren hatte. Wenn Neri zum Beispiel seine Schlüssel oder sonst was suchte und vollkommen aufgelöst im Haus herumrannte, hatte sie sich immer ganz still hingesetzt und überlegt: Wann und wo hatte er sie zum letzten Mal benutzt? Welche Hose, welche Jacke hatte er angehabt? Wo könnte er sie ganz in Gedanken verlegt haben?

Und sie hatte sie immer gefunden.

Das Gleiche tat sie jetzt mit Bernarda. Wo war sie das letzte Mal gesehen worden? Wo hatte sie vielleicht hingewollt? Wo könnte sie sein?

Sie saß lange und still. Niemand nahm Notiz von ihr. Ihre Fantasien kreisten hoch konzentriert nur um dieses eine Thema.

In Gedanken ging sie aus dem Haus, durch den Park, zum Parkplatz. Fehlte ein Auto? War Bernarda weggefahren?

Nein. Sie hatte gar keinen Schlüssel. Weder vom Hochzeitsauto noch von einem anderen. Und warum sollte sie mit einem der Gäste wegfahren?

Es ergab keinen Sinn, sie liebte Gianni über alles. Nein, das war alles völliger Blödsinn.

Und sie dachte an Peppone. An den armen Kerl, der da immer noch im Auto saß und hoffentlich schlief.

Und dann durchfuhr es sie erst eiskalt und dann glühend heiß.

Das war die Lösung.

Peppone!

103

Bernarda war etwas Besonderes. Das hatte Octavia bereits bei ihrer ersten Begegnung erkannt.

Er würde es anders machen als bei den anderen.

Er würde ihr nicht die Kehle durchschneiden, nein, das war zu banal.

Er würde ihr bei lebendigem Leibe das liebende Herz aus dem Körper holen und es Octavia bringen. Auf einem goldenen Tablett.

Das war einer Braut angemessen.

Aber er wollte keinen Kampf. Darum gab er ihr ein Glas Prosecco. »Jetzt beginnt unsere Feier«, sagte er. »Komm, trink das!«

Bernarda ahnte, dass er sie betäuben, sie gefügig machen wollte, aber es war ihr egal. Sie wollte dies alles nicht mehr mitbekommen, sie sehnte sich danach, nichts mehr zu spüren und keine Angst mehr haben zu müssen.

Darum trank sie willig das Getränk, das er ihr an die Lippen hielt, stürzte es in einem Zug hinunter. Glaubte daran, dass es ihre Rettung sei.

Er legte Musik auf. Den »Bolero« von Ravel.

Ciao, sagte sie innerlich, ciao.

Und: Leb wohl, Gianni, ich liebe dich.

Er öffnete die Handschellen, nahm sie auf den Arm und trug sie sanft hinüber zum schweren Tisch.

Sie wehrte sich nicht, die K.-o.-Tropfen hatten sie gefügig gemacht.

104

Neri stand oben auf der Galerie, ganz still und in Gedanken. Sah nach unten auf die Gäste.

Gabriella stürzte auf ihn zu, vollkommen außer Atem, weil sie die lange Treppe so schnell heraufgerannt war.

»Was ist?«, fragte er alarmiert, als er seine aufgeregte Frau sah.

»Neri! Hol Peppone! Wenn sie hier in diesem Haus ist, dann findet er sie.«

Neri brauchte eine Sekunde.

Dann rannte er los.

Nur Minuten später stand er mit dem Hund im Saal.

»Wenn sie hier im Palazzo ist, dann wird dieser Hund sie finden«, sagte er den überraschten Gästen, die sich mittlerweile alle wieder dort versammelt hatten. »Bitte, bleiben Sie jetzt alle auf Ihren Plätzen.«

Dieses Haus hat Augen und Ohren, dachte er, denn in diesem Moment gab es ein leises »Pling«, und Octavia Scarpaccini rollte aus dem Fahrstuhl.

Sie lächelte kühl. »Was ist hier los? Raucher und Hunde haben in diesem Palazzo nichts verloren. Bitte haben Sie die Güte und führen Sie den Hund hinaus. Und zwar sofort!«

»Nein, Signora, das werde ich nicht tun!« Neri wurde laut. »Ich stehe hier vor Ihnen nicht als Privatperson und Schwiegervater der Braut, sondern als Capo der Carabinieri in Ambra, Regione Valdarno. Dieser Hund ist ein ausgebildeter Polizeihund und wird hier gebraucht. Das ist eine polizeiliche Anordnung.«

Mit allem hatte Octavia gerechnet – damit nicht.

»Ich dulde keine Tiere in meinem Palazzo.«

»Der Hund und ich werden jetzt dieses Haus durchsuchen. Wenn Sie nachträglich dagegen klagen möchten, können Sie das gerne tun«, sagte Neri scharf.

Octavia schwieg. Fassungslos.

105

Bernarda hatte im Auto eine Jacke angehabt, außerdem hatte sie dort auch ihre Handschuhe gelassen, die sie in der Kirche getragen hatte.

Dies alles reichte Peppone.

Er hatte ihren Geruch in der Nase und machte sich auf die Suche. Folgte ihrer Spur, ging dorthin, wo sie hingegangen war, lief im Saal kreuz und quer, kurz nach draußen und wieder zurück, schnüffelte lange unter dem Tisch, aber dann lief er zielstrebig zur Fahrstuhltür im Salon.

Gabriella sah Neri an. Beide sagten kein Wort. Einen Schlüssel zum Fahrstuhl hatten sie nicht.

Neri hielt eine Servicekraft auf, die vorüberlief.

»Entschuldigen Sie«, sagte er. »Wir müssen mit diesem Fahrstuhl fahren. Können Sie uns bitte die Tür öffnen?«

»Diesen Fahrstuhl können nur Signora oder Signor Scarpaccini bedienen, niemand sonst. Es tut mir leid.« Damit verbeugte sie sich leicht und ging davon.

»Va bene!«, sagte Neri. »Sie ist also mit Daniel oder Octavia Scarpaccini in den Fahrstuhl gestiegen. Und irgendwo müssen sie ja ausgestiegen sein. Peppone, komm!«

Er sah Gabriella an. »Wir versuchen es auf der Galerie, dann im obersten Stock.«

So schnell war Neri noch nie eine Treppe hinaufgelaufen, und Gabriella folgte ihm schwer atmend.

An der Fahrstuhltür auf der Galerie reagierte Peppone überhaupt nicht. Er stand still, wartete und sah Neri nur fragend an.

»Weiter!« Sie stiegen hinauf in den nächsten Stock zu den Privaträumen der Scarpaccini.

Aber auch dort roch Peppone nichts. Zeigte sich eher gelangweilt.

»Vielleicht gibt es noch ein Untergeschoss?«, fragte Gabriella vorsichtig.

»Vielleicht«, meinte Neri, obwohl er es sich nicht vorstellen wollte. »Wir müssen es versuchen.«

Sie rannten die Treppen hinunter. Dann dauerte es etwas, bis sie den Gang in den Keller fanden.

Aber sie waren richtig. Peppone wurde immer nervöser. Er schnüffelte wie verrückt, war kaum noch zu halten und drehte schließlich vor der schweren Holztür zum Kellergewölbe fast durch.

»Lauf!«, schrie Neri. »Ich glaube, wir haben sie! Da drin wird Bernarda sein! Schnell! Hol Hilfe! Die Tür muss aufgebrochen werden, denn die Scarpaccini werden sie nicht freiwillig aufschließen. Lauf, Gabriella, beeil dich, ich warte hier mit Peppone!«

Gabriella rannte los.

Neri suchte nach seinem Handy. Er zog es aus der Tasche, das Display leuchtete auf, aber er hatte keinen Empfang. Hier im Keller, tief unter der Erde, keine Chance.

»Verflucht!«, schrie Neri. »Bernarda, bist du da drin? Wir holen dich da raus!«

Er hörte nichts. Totenstille.

Neri wartete und sah immer wieder auf sein Handy, ob sich nicht doch ein Balken zeigte und er Verstärkung anfordern konnte.

Peppone wurde immer wilder und kratzte sich an der schweren Holztür die Krallen blutig.

106

Es war ein wundervoller Abschied gewesen. Wer starb schon in seiner eigenen Hochzeitsnacht?

Octavia zog die dritte Schublade von oben in ihrem Schreibtisch auf und holte das Tablettendöschen heraus, das dort seit Jahren lag.

Für den Fall der Fälle.

Für heute.

Es fiel ihr leicht, weil sie wusste, dass es so ohnehin nicht weitergehen konnte.

Es war ein schönes Finale gewesen.

Liebe bis in den Tod.

Es hatte sich erfüllt.

Sie drehte die Tablette in ihren Fingern.

Eine Alternative gab es nicht.

»Ciao«, sagte sie laut, nahm die Tablette in den Mund, schluckte sie und spülte sie mit einem Schluck Wasser hinunter.

Dann wartete sie auf den Tod.

Er kam schnell und schmerzlos.

107

Gianni rief nicht mehr. Er rannte durch den Palazzo und riss jede Tür auf. Er wusste, dass er sich längst im Privatbereich der Scarpaccini befand, aber das war ihm egal.

Mehrere Schlafzimmer, Bäder, ein riesiges Ankleidezimmer, ein traumhaftes Wohnzimmer mit verglaster Front, eine Bibliothek und noch unzählige andere Zimmer öffnete er. Aber nirgends eine Spur von Octavia oder Daniel Scarpaccini.

Dann stand er vor einer alten, schmalen Holztür mit schweren Beschlägen. Darauf stand ein Schild mit großen Lettern: Zutritt verboten.

Sie war verriegelt, aber mit viel Kraft gelang es ihm, den eisernen, schon teilweise verrosteten Riegel aufzuschieben. Offensichtlich war er schon lange nicht mehr bewegt worden.

Er öffnete die Tür. Eine enge Wendeltreppe mit ausgetretenen Stufen führte hinauf in den Turm.

Hier war sicher schon ewig niemand mehr hinaufgestiegen, Octavia hatte mit ihrem Rollstuhl sowieso keine Chance, aber Daniel vielleicht.

Er lief die enge Stiege hinauf.

Nach ungefähr dreißig Stufen endete die Treppe, und er stand vor einer kunstvoll verglasten, verschlossenen Tür.

»Aufmachen!«, schrie er und rüttelte an der Klinke, aber nichts rührte sich. Niemand hörte ihn.

Gianni zog sein Hemd aus, wickelte es sich um die Hand und schlug das Glas ein. Dann drehte er von innen den Schlüssel im Schloss und trat ein.

Das, was er sah, nahm ihm den Atem.

Octavia saß zusammengesunken und vornübergefallen in ihrem Rollstuhl. Neben ihr auf dem Tisch ein halb volles Glas Wasser.

»Signora?«, fragte Gianni vorsichtig, aber sie rührte sich nicht.

Gianni nahm ihre Hand und fühlte ihren Puls. Er spürte nichts.

Schüttelte sie leicht, horchte nach ihrem Atem.

Nichts.

Octavia Scarpaccini war tot.

Wie zum Teufel war die Signora in dieses Turmzimmer gekommen?

Er sah sich um. Öffnete Schranktüren und riss Vorhänge zur Seite.

Da. Ein Fahrstuhl. Geräumig. Verspiegelt. Und groß genug für eine gelähmte Frau mit Rollstuhl.

Der Schlüssel steckte.

Er ging hinein und drückte auf den untersten Knopf, die minus Eins.

Den Keller.

Die Fahrstuhltür schloss sich, der Lift setzte sich langsam in Bewegung und fuhr beinah lautlos unter die Erde.

108

Die Hochzeit war vorbei. Bernarda war sein letztes Opfer, seine letzte Braut.

Es würde keine weiteren geben.

Es gab nichts mehr, was Octavia noch verlangen könnte.

Sie hatte alles gehabt.

Es war vorbei.

Wer starb schon in seiner eigenen Hochzeitsnacht?

Die Entscheidung war schwierig, weil sie so endgültig war.

Und dann fiel sie doch unsagbar leicht.

Er nahm das Messer und schnitt sich die Kehle durch.

Beinahe zärtlich.

Es war gar nicht so schwer, wie er gedacht hatte.

Aber dann hörte er auf zu atmen und zu denken.

109

Sein Herz schlug bis zum Hals, als der Fahrstuhl im untersten Stockwerk ruckartig stehen blieb.

Die Fahrstuhltür öffnete sich.

Dumpfe, abgestandene Luft schlug ihm entgegen. Und er roch Blut. Genauso hatte es gerochen, wenn die Eltern seines Freundes, die in der Nähe von Siena einen Bauernhof hatten, Schweine geschlachtet hatten.

Und dann sah er Bernarda. Nackt. Auf dem schweren Eichentisch, an Händen und Füßen gefesselt.

Er stürzte auf sie zu, nahm ihren Kopf, küsste sie, streichelte sie, spürte, dass sie noch atmete, noch lebte.

»Bernarda! Liebe!«, heulte und schrie er zugleich. »Es ist alles gut! Du bist gerettet! Wir haben dich gefunden!«

Bernarda schlug die Augen auf.

Ihr Blick war ohne Gefühl, ohne jede Reaktion. Sie erkannte Gianni nicht.

»Ich bin's, Bernarda!«, weinte Gianni. »Ich bin's, Gianni!«

Bernarda schloss die Augen wieder.

Und erst dann nahm Gianni Daniel Scarpaccini, der auf dem Bett saß, wirklich wahr. Sein Kopf war auf die Brust gesunken, sein Oberkörper, das Bett, alles schwamm in Blut.

Das Messer hielt er noch in der Hand.

Jetzt erst hörte Gianni, dass draußen vor der Tür der Hund kratzte und bellte.

Er stürzte zur Tür, aber sie war verschlossen. Mit Grausen, hektisch und mit zitternden Händen tastete er Daniels Leiche ab.

Und fand schließlich ein Schlüsselbund.

Nur Sekunden später standen sich Vater und Sohn gegenüber.

»Schnell«, schrie Gianni. »Wir brauchen einen Krankenwagen, babbo. Sie lebt!«

110

»Wir haben sie gefunden«, sagte Gabriella leise, als sie vor die Hochzeitsgesellschaft trat. »Sie lebt. Gott sei Dank. Aber es geht ihr schlecht. Mehr kann ich nicht sagen. Bitte bleibt alle hier und wartet ab, ich weiß nicht, was jetzt passiert. Aber niemand sollte jetzt nach Hause fahren, die Straße ist zu eng, um den Rettungskräften ausweichen zu können.«

Es war gespenstisch still im Salon. Niemand sagte einen Ton. Die Band packte leise ihre Instrumente ein.

Dann hörte man bereits die Martinshörner der herannahenden Polizei- und Krankenwagen.

Carla hatte ihre Tochter im Arm. »Meine Süße, Liebes, Kleines, mein Baby, sei stark, halte durch, du wirst es schaffen, alles wird gut«, flüsterte sie ihr ins Ohr und weinte dabei. »Es hat jetzt ein Ende, mein Engel, ich bin bei dir, wir sind alle bei dir, niemand kann dir mehr wehtun, wir helfen dir, du wirst wieder gesund, Gianni und du, ihr werdet ein tolles Leben haben!«

Bernarda reagierte nicht.

Carla streichelte ihre Wange. »Es ist doch vorbei«, schluchzte sie. »Es ist vorbei, alles wird gut.«

Dino stand stumm und hilflos daneben und hielt Bernardas Hand.

Neri wartete vor dem Palazzo und winkte. »Bitte, hier entlang.«

Die Rettungssanitäter und der Arzt rannten zusammen mit Neri hinunter in den Keller. »Machen Sie schnell! Bitte! Sie ist nicht ansprechbar!«

»Was ist denn passiert?«, fragte der Notarzt.

»Ich weiß es nicht. Aber ich vermute, dass sie vergewaltigt, betäubt und gefoltert worden ist.«

»Oh mein Gott!«

Der Notarzt fragte Bernarda nach ihrem Namen, versuchte mit ihr zu reden, aber ohne Erfolg. Sie war nicht bewusstlos, aber lag apathisch da und reagierte nicht.

Ihr wurde eine Infusion zur Kreislaufstabilisierung gelegt, dann brachte man sie auf einer Trage hinaus und schob sie in den Krankenwagen.

Die Hochzeitsgäste sahen stumm und fassungslos zu.

Carla kletterte zu ihr in den Wagen, ebenso Gianni.

»Bitte komm mit dem Auto hinterher!«, rief Carla Dino zu. »Wir fahren nach Careggi!«

Die ambulanza rumpelte den holprigen Weg hinunter.

Als sie auf die Autobahn fuhren, öffnete Bernarda die Augen.

»Mamma!«, sagte sie leise. Und: »Gianni, bitte bleib bei mir. Bitte, bitte, bitte.«

Giannis Hals war wie zugeschnürt, ihm fehlten die Worte, er konnte nicht antworten.

Aber er drückte ihre Hand, nickte und küsste sie sanft auf den Mund.

Die Leichen von Octavia und Daniel wurden abtransportiert, die Spurensicherung begann mit ihrer Arbeit.

Allmählich löste sich die Hochzeitsgesellschaft auf.

Neri blieb, bis alles vorbei war.

Es war morgens um sieben, als die Polizei ihre Arbeit erledigt hatte.

»Was passiert jetzt mit diesem Palazzo, mit diesem Anwesen, mit all dem, was den Scarpaccini gehört hat?«, fragte Gabriella mit schleppender Stimme, denn sie war todmüde. Ihr Gesicht war blass, hohlwangig, und ihre Augen lagen in tiefen dunklen Schatten.

»Keine Ahnung«, meinte Neri, »aber das ist im Moment auch nicht unser Problem.«

Er schickte eine WhatsApp an Gianni:

Wie geht es ihr jetzt?

Gleich darauf kam die Antwort:

Den Umständen entsprechend. Sie ist stabil und schläft. Ich bleibe bei ihr, Carla und Dino auch, aber ich glaube, wir müssen uns keine Sorgen machen. Sie wird es schaffen. Wie es ihr psychisch geht, weiß natürlich keiner.

Alles, alles Gute, schrieb Neri zurück. *Lass uns wissen, wenn wir euch irgendwie helfen können. Wir fahren jetzt nach Ambra.*

Er stand auf. »Komm, Gabriella. Wir fahren nach Hause. Bis nach Ambra schaffe ich es.«

An der großen Tür zum Salon stand Henrietta. Auch sie war leichenblass und übermüdet.

»Buonanotte, Commissario«, sagte sie und versuchte ein Lächeln.

»Ist noch irgendjemand von den Gästen oder den Aushilfskräften im Palazzo?«, fragte Neri.

»Nein.« Henrietta schüttelte den Kopf. »Niemand.«

»Können wir Sie jetzt hier zurücklassen?«, fragte Neri.
»Ja, sicher«, antwortete Henrietta.
»Meinen Sie, dass Sie schlafen können?«
»Vielleicht. Es ist ja vorbei. Buonanotte, Commissario.«
Dann schloss sie die schwere Tür des Palazzos.

111

Auf der Fahrt nach Hause sagten Neri und Gabriella kein Wort. Auch das Radio war ausgeschaltet, nur Peppone schnarchte leise.

Kurz vor San Giovanni hielt Neri auf einem Rastplatz.

»Möchtest du auch einen Espresso?«, fragte er Gabriella.

Sie schüttelte den Kopf.

Neri ging hinein, kam nach fünf Minuten wieder und fuhr weiter.

Nach wie vor schweigend. Keiner der beiden konnte in Worte fassen, was sie gerade erlebt hatten.

In Gedanken waren sie bei Gianni und Bernarda.

Als sie in Ambra angekommen waren, stiegen sie aus dem Auto. Neri öffnete den Kofferraum.

Peppone blieb sitzen.

Gabriella und Neri gingen zur Haustür und drehten sich um.

Der Hund machte immer noch keine Anstalten, ihnen ins Haus zu folgen.

»Komm!«, rief Neri und öffnete die Haustür. »Komm, Peppone! Du wohnst jetzt hier!«

Peppone sprang aus dem Wagen, lief ins Haus und legte sich sofort im Wohnzimmer aufs Sofa.

Neri und Gabriella standen eine Weile ganz still.

Dann schlossen sie hinter sich die Tür.

Der Regen hatte aufgehört, und es war beinahe windstill.